LA LIONNE

DU MÊME AUTEUR

La Reine des pluies, Belfond, 2003 ; Pocket, 2004
La Dame au sari bleu, Belfond, 2005 ; Pocket, 2007
La Femme du marin, Belfond, 2007 ; Pocket, 2008
Les Amants de la terre sauvage, Belfond, 2010 ; Pocket, 2011

Vous pouvez consulter le site de l'auteur à l'adresse suivante :
www.katherinescholes.com

KATHERINE SCHOLES

LA LIONNE

Traduit de l'anglais (Australie)
par Françoise Rose

belfond

Titre original :
LIONESS
Publié par Michael Joseph, une marque de
Penguin Group (Australia)

Retrouvez-nous sur
www.belfond.fr
ou www.facebook.com/belfond

Éditions Belfond,
12, avenue d'Italie, 75013 Paris.
Pour le Canada,
Interforum Canada, Inc.,
1055, bd René-Lévesque-Est,
Bureau 1100,
Montréal, Québec, H2L 4S5.

ISBN : 978-2-7144-5131-6

Belfond | un département **place des éditeurs**

place
des
éditeurs

À la mémoire de George Adamson

1

Nord de la Tanzanie, Afrique de l'Est

D'un geste preste, Angel tira sur la bride de la chamelle pour s'assurer qu'elle était solidement nouée autour du tronc d'arbre. La bête, baissant la tête, frotta doucement son museau contre l'oreille de la fillette. Angel sourit et caressa le cou au poil rêche. Puis elle tourna son regard vers le bol à traire qu'elle avait déposé un peu plus loin à l'ombre. La vue du lait épais et mousseux, si blanc contre le bois sombre, lui rappela combien elle était affamée, et elle alla détacher le chamelon qui, tout près de là, s'agitait impatiemment au bout de sa longe.

Sitôt libéré, il courut vers sa mère et chercha avidement son pis. La chamelle ne lui prêta aucune attention, pas plus qu'elle ne paraissait gênée par le poids des sacs et des couvertures arrimés à son bât. Seules les tendres feuilles à l'extrémité des branches de l'acacia semblaient accaparer son intérêt. Refermant ses lèvres épaisses autour des pousses, elle les détacha d'un coup sec et les happa.

« Quelle gourmande tu fais, Mama Kitu ! » la gronda Angel. Souriant au petit, qui grognait de satisfaction tout en tétant, elle ajouta : « Et toi aussi, Matata. »

Elle alla chercher le bol de lait, puis, le tenant à deux mains, elle descendit précautionneusement le coteau en pente douce pour se diriger vers un affleurement rocheux à quelque distance de là. Indifférente aux cailloux pointus qui hérissaient par endroits le sol sous ses pieds nus, elle gardait les yeux rivés sur le lait clapotant contre les bords du récipient.

En arrivant à proximité des rochers, elle s'arrêta pour contempler les plaines désertes. À cette heure matinale, le soleil était encore bas sur l'horizon et ses rayons obliques, transperçant l'air poussiéreux, coloriaient le paysage de teintes vives. Le sable était d'un jaune étincelant et les ombres entre les rochers ourlés d'or et couronnés de rose dessinaient des taches irrégulières, mauves et brunes. Levant le regard vers l'horizon, Angel discerna dans le lointain les contours de la montagne en forme de pyramide qui surplombait les plaines, avec ses flancs d'un bleu vaporeux, son sommet poudré de lave blanche pareille à une calotte de neige. Elle leur indiquait la direction à suivre, Angel le savait. Toute la journée, tandis qu'elles chemineraient, elles la verraient se dresser en face d'elles, entre les oreilles velues de Mama Kitu.

Ol Doinyo Lengaï, la montagne du dieu Engaï[1], un lieu sacré pour les Massaï.

Contournant le dernier rocher, Angel s'avança vers sa mère. Celle-ci était assise en tailleur sur le sol, à côté d'une large pierre plate qui ressemblait tellement à une table qu'elle paraissait avoir été placée là exprès pour inviter les voyageurs à faire halte et à admirer le panorama. Comme sa fille, Laura était vêtue d'une tunique et d'un pantalon en coton uni, mais elle avait enroulé une écharpe imprimée autour de sa tête. Penchée au-dessus de la pierre, elle chassait les mouches qui vrombissaient autour des galettes de pain et des dattes qu'elle y avait disposées.

Angel lui tendit le bol.

« Merci », dit Laura en le portant à sa bouche. Quand elle releva la tête, ses lèvres étaient soulignées d'une moustache blanche. « Il n'y a pas de sable dedans, remarqua-t-elle d'un ton approbateur.

— J'ai fait très attention, répondit Angel.

---

1. *Engaï*, l'Être suprême, le Dieu créateur, pour les Massaï, les Kikuyu et autres peuples d'Afrique de l'Est. *(Toutes les notes sont de la traductrice.)*

— Tu te débrouilles à merveille. » Laura accompagna ce compliment d'un sourire et s'essuya la bouche sur sa manche.

« C'est que je ne suis plus un bébé, rétorqua Angel. Regarde... » Ouvrant la bouche toute grande, elle fit bouger du bout de sa langue une incisive branlante.

Laura s'inclina vers elle pour l'examiner. « Il vaudrait mieux l'arracher.

— Non, répliqua la fillette en secouant la tête.

— Tu risques de l'avaler. Et dans ce cas, la fée des dents de lait ne viendra pas.

— Quelle fée ? » demanda Angel d'un air intrigué.

Laura prit une galette et la lui donna, en même temps que le bol. « En Angleterre, les parents racontent à leurs enfants que, s'ils mettent leurs dents de lait sous leur oreiller, la fée passera les chercher durant la nuit et laissera à la place des pièces de monnaie.

— Tu le faisais, quand tu étais petite ? s'enquit Angel. Et la fée venait ?

— Quelquefois, répondit Laura. Pas toujours. » Tout en parlant, elle ôta son foulard. C'était un morceau de *kitenge*, aux couleurs jadis éclatantes mais aujourd'hui fanées, aux bords déchirés et effilochés. Ses longs cheveux, du même blond paille que ceux de sa fille et qui lui descendaient plus bas que les épaules, étaient raides et ternis par la poussière. Après les avoir démêlés avec les doigts, elle renoua l'écharpe et rentra les mèches rebelles sous l'étoffe. Puis elle scruta le visage d'Angel.

« Qu'est-ce qui ne va pas ? demanda-t-elle, devant son expression soucieuse.

— Nous n'avons pas d'oreillers.

— Ne t'inquiète pas pour cela. Je ne pense pas qu'il y ait de fée ici. »

Angel plissa les yeux d'un air pensif. « Je crois que si.

— Mange, à présent, reprit sa mère en souriant. Nous ne ferons pas d'autre pause avant plusieurs heures. »

Tandis qu'Angel mordait dans le pain, Laura se redressa et montra la montagne. « Le *manyata* se trouve là-bas, juste en bordure de la plaine. Il faut y arriver avant la tombée de la nuit.

— Peut-être qu'ils auront tué une chèvre, dit Angel, la bouche pleine, en projetant des miettes. Et qu'ils nous offriront du ragoût de viande ?

— Non, ils ne nous attendent pas. »

Angel la regarda, une lueur d'inquiétude dans ses yeux bleu-vert. « Alors, ils ne nous laisseront peut-être pas entrer.

— Mais si. Le chef est le frère de Walaita. Quand nous lui expliquerons qui nous sommes et que nous lui montrerons les cadeaux qu'elle nous a demandé de lui apporter, il nous accueillera avec plaisir. »

Angel se leva et suivit le regard de Laura, toujours fixé sur le lointain. « Raconte-moi encore, implora-t-elle. Raconte-moi ce que nous allons faire. »

Posant une main sur la tête de l'enfant, Laura répondit : « Nous mettrons Mama Kitu et Matata à l'abri dans le *boma*, avec tout le bétail de la tribu. Ensuite, nous monterons notre tente à côté de la maison du chef.

— Mais nous ne resterons pas là.

— Non. Demain, nous laisserons les chameaux au *manyata*, puis nous irons à pied jusqu'à la cascade. Et là, nous attendrons qu'une voiture s'arrête et nous emmène jusqu'à la route principale.

— Qui nous emmènera ? demanda Angel, trépignant d'excitation.

— Des *wazungu*. Des touristes en safari organisé. Des femmes avec des lunettes de soleil et du rose sur les lèvres, des hommes avec d'énormes appareils photo. »

Angel gloussa de rire. « Et quoi d'autre ?

— Je ne m'en souviens vraiment plus.

— Et qu'est-ce qu'on fera, quand on arrivera à la route principale ?

— Nous prendrons l'autobus pour aller à la ville.

— La ville, répéta tout bas Angel. Nous irons à la ville...

— Mais si nous ne nous remettons pas en chemin au plus vite, déclara Laura, nous n'irons nulle part. » Rassemblant les reliefs du repas, elle fit signe à l'enfant de prendre le bol, puis se dirigea vers les chameaux.

Angel la suivit, balançant le récipient au bout d'une ficelle en sisal passée dans un trou percé dans le bord.

Elle n'avait fait que quelques pas lorsqu'elle entendit un petit cri de surprise. Levant les yeux, elle vit que Laura s'était immobilisée et regardait fixement les broussailles à ses pieds. Quelque chose dans son attitude fit naître chez Angel un brusque sentiment d'appréhension. Elle se rua vers sa mère, serrant le bol contre sa poitrine.

« Attention ! lui cria Laura par-dessus son épaule. Il y avait un serpent, mais je suis à peu près sûre qu'il s'est enfui. » Elle était pâle et paraissait visiblement secouée. « J'ai senti quelque chose. Je crois qu'il m'a mordue. »

Retroussant le bas de son ample pantalon, elle dénuda sa jambe gauche. À mi-hauteur du mollet, on distinguait deux petits points rouges. Angel dévisagea sa mère, dont les yeux étaient agrandis par la peur.

« J'ai eu à peine le temps de le voir, murmura Laura, la voix tremblante. Il était si rapide. Et il a disparu aussitôt...

— Tu devrais t'allonger. Quand on est mordu par un serpent, il ne faut surtout pas bouger. »

Sa mère prit une longue inspiration, puis relâcha lentement son souffle. « Oui, tu as raison. » Elle s'étendit sur le sol, en essayant de ne pas remuer sa jambe gauche. Arrachant son foulard, elle tenta maladroitement de défaire le nœud, en vain.

Au bout de quelques secondes, Angel s'en empara et le dénoua avant de le lui rendre. Laura entreprit de l'enrouler étroitement autour de sa jambe, en commençant en dessous du genou et en progressant jusqu'aux traces de morsure.

Quand ce garrot improvisé eut été mis en place, elles examinèrent toutes deux les minuscules plaies. Tout autour, la peau commençait à se boursoufler.

« Ça fait mal, maman ?

— Pas beaucoup. Pratiquement pas », répondit Laura. Elle laissa de nouveau échapper un long soupir frémissant. « Ce n'était peut-être pas un serpent dangereux. Je ne sais pas quelles espèces on trouve dans cette région. » Elle abaissa de nouveau les yeux vers sa jambe, avant de reprendre : « Peut-être même s'agit-il d'une morsure sèche. Parfois, le serpent a déjà utilisé tout son venin, ou bien il n'a pas la possibilité de l'injecter réellement. Tout s'est passé si vite… » Elle adressa à Angel un sourire rassurant. « À mon avis, nous ferions mieux de poursuivre notre route. Je peux étendre ma jambe le long de la selle et la garder immobile. »

Angel hocha la tête. « Nous devrions aller au *manyata*.

— Oui, acquiesça Laura. C'est ce qu'il y a de mieux à faire. »

En courant, Angel gravit la pente pour regagner l'endroit où elles avaient attaché les chameaux. C'était une bonne chose qu'elles se soient seulement arrêtées pour un court moment : si elle avait dû replier les tentes et charger les chameaux toute seule, elles n'auraient pas pu repartir de sitôt. En l'occurrence, il ne lui fallut que quelques minutes pour détacher Mama Kitu et la mener jusqu'à Laura. Le bruit lourd et cadencé des pas de la chamelle lui procura un peu de réconfort. Mama Kitu était une brave bête à laquelle on pouvait se fier. Même quand elle était en chaleur, elle ne donnait jamais de coups de pied ni ne mordait. On pouvait la laisser se promener en liberté sans qu'il soit nécessaire de l'entraver, car elle se laissait toujours facilement attraper. Et quand elles parvinrent auprès de Laura, étendue sur le sol rocailleux, sa jambe gauche posée sur un rocher, la chamelle s'agenouilla docilement dès qu'Angel le lui ordonna.

Matata, perturbé par cette soudaine tension dans l'atmosphère, trottait nerveusement en rond autour de sa mère. Angel essaya de l'éloigner, craignant qu'il ne marche sur Laura.

« Va-t'en », cria-t-elle en agitant les bras. Le chamelon l'ignora. « Va-t'en. File ! » hurla-t-elle de nouveau. Sa voix résonna dans le silence. Elle se mit à respirer plus vite, gagnée par la panique.

« Ce n'est rien, Angel. Ça va aller. Il faut que tu restes calme. J'ai besoin de ton aide. »

La fillette reconnut ce ton : c'était celui que sa mère employait quand elle travaillait. Si ferme et si tranquille que celui qui l'entendait se sentait plus fort. Angel hocha la tête et se força à rassembler son courage.

Après que Laura se fut hissée sur les couvertures pliées qui rembourraient la selle, Angel s'assit devant elle, tenant la corde attachée au licou de Mama Kitu. Laura se cramponna à elle quand la chamelle se redressa en grognant, faisant tanguer sa charge. Puis elle se laissa aller en arrière, s'adossant à un sac, son membre blessé étendu devant elle et reposant sur l'armature de bois. Angel était obligée de garder une jambe relevée pour lui laisser de la place, mais elle parvenait quand même à rester en équilibre.

Quand elles descendirent la pente, Laura laissa échapper une exclamation de douleur, et Angel la regarda par-dessus son épaule.

Laura se contraignit à sourire. « Ce sera plus facile quand nous serons sur un terrain plat. »

Arrivées au bas de la colline, elles se retrouvèrent sur une étendue de sable à peu près plane, parsemée de rochers et d'arbres rabougris. Angel regardait droit devant elle, vers la lisière des plaines. Chaque pas de leur monture les rapprochait du *manyata*. Elle imagina leur arrivée au village. Il y aurait des gens pour leur venir en aide – mais que feraient-ils ? Tout dépendait, elle le savait, de la dangerosité du serpent et de la quantité de venin injectée. Elle se souvint de ce berger mordu par une vipère, dans le village au bord de la rivière. Il était resté couché dans sa hutte pendant des jours, gémissant de souffrance. En fin de compte, il avait survécu. Mais beaucoup de gens mouraient des suites d'une morsure de ce genre, tout le monde le savait. C'était pourquoi les villageois prenaient soin de tuer tous les serpents qui s'aventuraient à proximité des maisons.

À cette pensée, Angel sentit la colère monter en elle. Pourquoi Laura n'avait-elle pas été plus vigilante ? D'aussi loin qu'elle s'en souvînt, sa mère lui avait sans cesse répété de fermer soigneusement sa moustiquaire, de ne pas patauger dans les eaux stagnantes et de bien regarder où elle mettait les pieds, surtout si elle ne portait pas de sandales.

« Qu'est-ce que tu aimerais faire, quand nous serons en ville ? » La voix de Laura s'éleva derrière elle, interrompant le cours de ses pensées.

Angel déglutit, le regard toujours fixé sur la montagne lointaine. « Je ne sais pas.

— Allons, reprit Laura. Tu as certainement une idée. »

Sa voix semblait redevenue normale et la fillette se détendit un peu. « Je voudrais... voir un rond-point. Un grand, avec des fleurs au milieu et une statue. »

Laura fit entendre un petit rire. « Et quoi d'autre ?

— Je veux acheter une *aiskrimu* à un vendeur ambulant.

— Moi aussi. Je veux une glace et... une robe neuve. »

Angel sourit en reconnaissant leur jeu familier. « Je veux acheter une glace, une robe neuve... et un uniforme d'écolière.

— Mais tu ne vas pas à l'école, objecta Laura. C'est moi qui te fais la classe. » Bien qu'affaiblie, sa voix portait distinctement par-dessus le martèlement sourd des pas de la chamelle.

« Je peux quand même mettre un uniforme, rétorqua Angel. Comme ça, je ressemblerai aux autres enfants. De toute façon, c'est ce que j'ai choisi. »

Elle attendit que sa mère poursuive l'énumération. Dans le calme ambiant, le moindre petit bruit était amplifié – le crissement du cuir sur le cuir, les gourdes s'entrechoquant, le chant flûté des tisserins. Elle tourna la tête. Dans un sursaut d'effroi, elle vit que Laura était en train de suffoquer. Complètement affalée sur les sacs, elle commençait à glisser sur le côté.

Tirant sur la longe d'un geste brusque, elle hurla à Mama Kitu de s'asseoir. Elle tenta de retenir Laura pendant que l'animal fléchissait les genoux et s'accroupissait. Mais le corps de sa mère était lourd et flasque et, quand la chamelle s'immobilisa, il bascula sur le sable.

Laura resta là, inerte, respirant avec difficulté. Des gouttes de sueur apparurent sur son front et sa lèvre supérieure.

Angel la contempla, paralysée de terreur. « Il t'a mordue pour de bon ! Il t'a empoisonnée ! »

Laura se lécha les lèvres. « Angel. Écoute-moi. Tu vas me laisser ici et aller au *manyata*. Le guérisseur aura sûrement la pierre noire. Quelqu'un reviendra avec toi pour me soigner.

— Je ne veux pas », répondit Angel. Elle avait conscience de parler comme un tout petit enfant – de ceux qui réclamaient encore qu'on les porte.

« Tu dois faire ce que je te dis, insista Laura d'une voix douce. Mais d'abord, va me chercher mon sac. »

Angel détacha de la selle une sacoche en cuir usagée et la rapporta à sa mère. Tandis que, agenouillée à son côté, elle débouclait les courroies, une petite lueur d'espoir se ranima en elle. Combien de fois avait-elle vu Laura fouiller dans ce sac et y dénicher la solution à leur problème ? Peut-être contenait-il un remède qui pourrait la guérir ? Plongeant la main à l'intérieur, elle effleura d'un geste hésitant un sachet en plastique rempli de comprimés blancs.

« Qu'est-ce que tu veux ?

— Prends ma bourse. Et donne-moi mon passeport. »

Angel la dévisagea, se demandant si c'était la fièvre qui la faisait délirer.

« S'il te plaît », murmura Laura.

Enfouissant sa main jusqu'au fond du sac, Angel trouva la bourse. En la palpant, elle sentit les arêtes dures du passeport et l'en extirpa.

Laura gémit. Ses yeux étaient à demi clos et elle les plissait comme si elle avait du mal à fixer son regard. « Mets-le dans ta poche. Ne le perds pas. Demande au chef du *manyata* de t'emmener chez le garde du parc national. Montre-lui le passeport et dis-lui que je suis ta mère. Ainsi, les gens sauront qui tu es. »

Elle ferma les yeux. Angel l'observa un moment, chassant les mouches qui se posaient sur sa peau. Sa mère respirait plus facilement à présent mais elle avait toujours l'air pâle et fatigué. Peut-être avait-elle seulement besoin de repos, se dit la fillette. Ensuite, elle se sentirait mieux et elles pourraient reprendre leur route.

Elle regarda le passeport posé sur ses genoux. Elle ne comprenait pas pourquoi Laura voulait qu'elle le garde dans sa poche et non à sa place habituelle, dans le sac. Ni pourquoi elle lui avait dit de le montrer au garde de la réserve. Ce devait être quelqu'un d'important, comme tous les fonctionnaires, mais en quoi ce passeport pourrait-il l'intéresser ? Tandis qu'elle réfléchissait, plissant le front sous l'effet de la perplexité, la dernière phrase de Laura lui revint en mémoire.

Ainsi, les gens sauront qui tu es.

Elle contempla la forme inanimée étendue sur le sol, pendant que la signification réelle de ces mots lui apparaissait peu à peu.

Laura n'avait aucun espoir d'être sauvée.

Elle voulait qu'Angel aille au *manyata* mais elle ne s'attendait pas à la revoir.

La bouche de l'enfant s'assécha d'un coup et son estomac se noua. C'est alors qu'une autre pensée lui traversa l'esprit – le souvenir de quelque chose que Laura avait dit un jour à des amis, dans le village du figuier. Elle toucha doucement l'épaule de sa mère puis la secoua. Laura ouvrit les yeux et leurs regards se rencontrèrent.

« La pierre noire ne marche pas, murmura Angel. Tu ne crois pas en son pouvoir. »

Des larmes brillèrent dans les yeux de Laura. « Non.

— Est-ce que tu vas mourir ? » demanda la petite fille à voix basse.

Un petit sanglot s'échappa des lèvres de sa mère. Elle ouvrit la bouche, mais ne répondit pas.

Angel continua à la dévisager intensément. En cette minute, il n'existait plus d'autre réalité que leurs regards attachés l'un à l'autre, en un échange muet. Elle avait l'impression que cet instant pourrait durer éternellement si elle s'abstenait de bouger. Puis le visage de Laura se contracta de douleur. Angel souhaita désespérément pouvoir faire quelque chose, n'importe quoi, pour l'aider. Empoignant l'ourlet de sa tunique, elle s'en servit pour essuyer le front de sa mère, mouillé de sueur. Elle tamponna ensuite les gouttes de transpiration au-dessus de sa lèvre supérieure. Ces petits gestes l'aidèrent à retrouver son calme. Et, pendant qu'elle épongeait la peau moite en s'efforçant d'avoir la main aussi légère qu'un papillon se posant sur une fleur, elle se rappela comment Laura avait soigné Walaita, la sœur du chef. Il y avait seulement quelques semaines de cela, elles étaient assises, sa mère et elle, au chevet de la malade, dans sa hutte obscure et enfumée. Walaita n'était pas encore au dernier stade de la maladie mais tout le monde savait ce qui allait arriver. Le cancer avait envahi tout son corps.

« Je peux te promettre une chose, avait dit Laura, en prenant la main de la femme. Je resterai près de toi jusqu'au bout. »

Même dans la pénombre, Angel avait pu voir le soulagement se peindre sur le visage de Walaita.

Elle souleva la main de sa mère et la serra doucement dans la sienne.

« N'aie pas peur, maman. Je resterai près de toi jusqu'au bout. Il y aura toujours une lampe allumée. La nuit ne sera jamais complètement noire. »

Laura esquissa un sourire. Des larmes coulèrent au coin de ses yeux, ruisselant le long de ses tempes pour se perdre dans ses cheveux emmêlés. « Je t'aime, mon ange. Tu es si... courageuse. Mais tu ne peux pas rester ici. Tu dois partir. » Les mots s'échappaient par saccades, entre deux inspirations haletantes. « Je n'ai pas peur de la mort. Tu le sais. J'ai peur pour toi, si tu restes ici toute seule. Il faudra emmener Mama Kitu et Matata...

— Non ! s'écria Angel. Je ne m'en irai pas. »

Laura secoua la tête d'un air désespéré. « Ne sois pas têtue. Je t'en prie. Ce n'est pas le moment... »

Matata choisit cet instant pour s'approcher. Il tourna autour de Mama Kitu, essayant de l'inciter à se relever afin qu'il puisse la téter. Puis il pressa son museau contre le corps et le visage de Laura.

Angel le repoussa. Elle allait devoir éloigner les chameaux, comprit-elle, pour éviter qu'ils dérangent sa mère. Après avoir décroché la gourde de la selle, elle ordonna à Mama

Kitu de se redresser et la conduisit – suivie, comme toujours, de Matata – jusqu'à un acacia. Sitôt qu'elle eut noué la longe à une branche, elle retourna auprès de Laura et se pencha sur elle pour verser un peu d'eau entre ses lèvres. Laura réussit à l'avaler. « C'est bien », approuva Angel. Il fallait boire quand on était malade, elle ne l'ignorait pas. Et il fallait toujours avoir de l'eau en quantité suffisante.

Elle sentait sur elle la chaleur du soleil, plus haut dans le ciel à présent. Quelques acacias malingres poussaient à proximité, mais elle savait qu'elle n'aurait pas la force de traîner Laura jusqu'à eux pour la mettre à l'ombre. Il y avait toutefois, tout près de la tête de sa mère, un gros rocher presque aussi haut qu'elle. Ouvrant la sacoche, Angel y prit un *kitenge* imprimé d'oiseaux roses et bruns sur fond ivoire. C'était celui que Laura utilisait pour se couvrir la tête quand elles arrivaient dans un village musulman. Angel réussit à arrimer une des extrémités au rocher en la coinçant sous des pierres. Puis elle drapa le reste de l'étoffe sur le corps de sa mère, comme une moustiquaire mal accrochée, elle ne protégeait ni ses jambes ni ses pieds. Mais au moins la tête et le haut du corps étaient-ils à l'abri du soleil.

Angel recula de quelques pas pour inspecter son œuvre, avec un sentiment de fierté. Laura l'avait souvent félicitée pour sa débrouillardise, en disant qu'elle lui était d'une grande utilité. Et Angel passait effectivement beaucoup de temps près d'elle, à l'aider de son mieux dans son travail. Sans doute parce qu'elle avait grandi dans des villages où les enfants gardaient les troupeaux au lieu d'aller à l'école et, si leurs parents étaient malades, ou décédés, devaient également s'occuper de leurs jeunes frères et sœurs. « Tu es une vraie petite Africaine », avait déclaré Laura à sa fille. Ce compliment avait enchanté Angel, qui avait redoublé d'efforts pour se montrer forte et raisonnable.

Avant de se glisser sous l'abri de fortune, elle souleva le bas du pantalon de Laura. La jambe était maintenant rouge et enflée. La peau distendue formait des bourrelets sous le foulard étroitement enroulé. Angel se mordit la lèvre, se demandant si elle devait desserrer le pansement, tant il paraissait inconfortable. Mais Laura l'avait posé avec tellement de soin que la fillette décida de ne pas y toucher.

Elle s'assit au chevet de sa mère. La lumière filtrant à travers l'étoffe teintait de rose le visage de Laura. Elle aurait presque eu l'air en bonne santé, sans l'écume grisâtre moussant au coin de sa bouche. Angel l'essuyait constamment, mais elle réapparaissait aussitôt.

Le temps paraissait élastique, tantôt s'étirant, tantôt se raccourcissant. Il lui semblait qu'il ne s'était écoulé qu'un bref moment depuis que sa mère et elle avaient repris la route vers le *manyata* en parlant de ce qu'elles achèteraient en ville. Et puis elle s'aperçut qu'à force de boire de temps à autre, si peu que ce fût – une gorgée pour elle, une gorgée versée entre les lèvres de Laura – la gourde était presque vide. Bientôt, elle devrait aller en décrocher une autre de la selle de Mama Kitu.

Elle parcourut du regard la plaine brûlante et sèche. La lumière pastel du petit matin s'était changée en un éclat aveuglant. Le sable et les rochers avaient repris leurs vraies couleurs – toutes les nuances de gris. Même le vert des arbres et des broussailles disparaissait sous la poussière grise. Les seules taches colorées, c'étaient ces fleurs rose vif qui s'épanouissaient sur d'étranges buissons dépourvus de feuilles et qu'on appelait « roses du désert[1] ».

Angel contemplait sans la voir la terre couleur de cendre quand, brusquement, Laura bougea. La fillette se retourna en sursaut et abaissa les yeux sur le visage de sa mère. Laura ressemblait à une nageuse se débattant dans les profondeurs d'une eau fangeuse pour remonter vers la lumière. « Angel ? » chuchota-t-elle d'un ton pressant.

La fillette se pencha vers elle pour répondre : « Je suis là, maman. » Elle attendit que Laura continue, mais aucun autre mot ne sortit de sa bouche. Elle se mit à caresser la tête de sa mère, en veillant à ne pas s'accrocher les doigts

1. Rose du désert ou *Adenium* : Plante succulente originaire d'Afrique de l'Est et d'Arabie. Ses branches portent en fait des feuilles charnues, mais, dans les régions les plus arides, elle perd son feuillage pour mieux résister à la sécheresse en limitant ainsi l'évaporation.

dans les cheveux emmêlés. Laura avait souvent fait de même avec elle, quand elle avait eu la fièvre, en accompagnant le mouvement rythmique de sa main d'une chanson douce. L'air et les paroles lui revinrent d'un coup et elle commença à chanter tout bas.

Lala salama mtoto. Dors maintenant, mon petit. À ton réveil tu verras...

La berceuse comportait de nombreux couplets, décrivant les animaux, les oiseaux et les gens qui partageraient la vie du bébé. Angel les chanta tous, puis recommença depuis le début. Quand la respiration de Laura redevint laborieuse, elle continua à lui caresser les cheveux et à chantonner.

Des larmes coulaient sur son visage, leur goût de sel s'insinuait dans sa bouche. Bientôt, elle pleura à gros sanglots, mais n'arrêta pas de fredonner. Tant qu'elle continuerait à chanter, se disait-elle, Laura continuerait à respirer.

Pourtant elle entendit le souffle de sa mère devenir de plus en plus faible, le halètement faire place à un murmure, puis à un soupir à peine audible.

Angel se figea, ses doigts toujours enfouis dans la chevelure de Laura, son épaisse crinière trempée de sueur, pleine de poussière et de sable. Retenant sa propre respiration, elle attendit. Mais tout ce qu'elle percevait, c'était le bruissement du vent dans les broussailles et l'appel lointain d'un corbeau.

Lentement, elle pencha la tête pour blottir sa joue contre le sein de sa mère. Fermant les yeux, elle tenta de discerner un battement de cœur. Mais il n'y avait plus que le silence. L'immobilité. Plus rien.

Une rafale de vent secoua l'abri improvisé et fit onduler l'étoffe. Bientôt, l'extrémité du *kitenge* se libéra des pierres qui la retenaient. Angel le saisit avant qu'il ne s'envole. Le serrant contre elle, elle enfouit sa tête dans le tissu, cherchant le parfum dont il conservait la trace. Une odeur d'encens, celle de Laura. Elle savait qu'elle devait aller chercher Mama Kitu et Matata et repartir vers le *manyata* tant qu'il faisait encore jour. Mais elle n'avait pas envie de bouger. Elle avait toujours le sentiment que, si elle demeurait immobile, le temps s'arrêterait. Et son monde resterait inchangé.

Plongeant la main dans la poche de sa tunique, elle prit le passeport. Elle savait ce qu'il contenait – elle avait eu l'autorisation de le regarder de temps en temps, à condition de le ranger soigneusement à sa place ensuite. D'habitude, elle l'ouvrait directement à la page portant la petite photo de Laura. C'était intéressant de la voir sous une apparence complètement différente, les cheveux bien coiffés et coupés court, avec du rouge à lèvres et un collier, comme les femmes des safaris. Cette fois, ce fut à peine si Angel regarda la photo ou les jolis tampons aux formes et aux couleurs variées. Elle tourna rapidement les pages pour arriver à la dernière et lut les mots que Laura y avait tracés de sa main.

James Kelly, 26, Brading Avenue, Southsea, Hampshire, Angleterre.

James était le frère de sa mère, comme Angel le savait. Il n'était jamais venu en Afrique, de sorte qu'elle ne l'avait jamais rencontré. Il lui avait cependant envoyé un cadeau, une fois – une poupée très jolie mais si fragile que personne ne pouvait jouer avec. Laura s'était soudainement mise à parler de lui, un jour. Angel était encore petite à l'époque, mais elle se rappelait parfaitement la conversation. Elles étaient assises sur le sol de béton de la véranda, chez les sœurs de la Charité, attendant qu'on leur apporte des médicaments.

« Il n'est pas marié et n'a pas d'enfants, avait dit Laura. Il vit dans une belle et grande maison au bord de la mer. »

Elle avait un air inhabituellement grave, et Angel s'était sentie mal à l'aise. « Pourquoi tu me parles de lui ? avait-elle demandé.

— S'il m'arrive quelque chose, avait expliqué sa mère, tu iras vivre auprès de James. Je lui ai fait promettre qu'il veillerait sur toi, parce que tu n'as pas de *baba* ni de *bibi*. Pas de père ni de grand-mère. »

Angel avait gardé le silence, la tête brusquement pleine de pensées et d'images douloureuses. « S'il t'arrive quelque chose, avait-elle répondu finalement, je me débrouillerai toute seule. Comme Zuri.

— Ce n'est pas pareil pour les enfants blancs », avait déclaré Laura, d'une voix douce mais ferme. Elle avait voulu ajouter autre chose, mais Angel s'était levée et lui avait tourné le dos, en proie à un profond sentiment d'angoisse et de peur – de colère, aussi. Elle ne voulait pas entendre ça ; elle ne voulait pas imaginer qu'il puisse arriver malheur à sa mère, ni se représenter ce qu'il lui arriverait alors, à elle. Elle s'était déjà éloignée de quelques pas en direction du vieux figuier quand une phrase lui était revenue à l'esprit, un proverbe qu'elle avait appris au village. Se retournant, elle l'avait cité à Laura : « Le malheur a l'oreille fine. Si tu prononces son nom, il viendra. »

Laura n'avait plus jamais abordé le sujet.

Les mains d'Angel se crispèrent sur le passeport tandis qu'elle contemplait l'écriture de sa mère, les yeux rivés sur le tout dernier mot, écrit en lettres épaisses à l'encre noire. *Angleterre.* Laura lui avait souvent parlé de l'Angleterre. C'était un pays où tout le monde avait beaucoup d'argent et où les enfants passaient leur temps à s'amuser avec leurs jouets à l'intérieur des maisons. Les gens vivaient dans des villes où l'on trouvait de bons hôpitaux, mais beaucoup plus d'inconnus que d'amis. À la place des chameaux, il y avait des voitures...

Angel referma la couverture rigide. Elle tint un instant le passeport sur sa paume grande ouverte, comme pour le soupeser. Puis elle le lança de toutes ses forces et le regarda s'envoler dans les airs avant de retomber entre deux rochers, petite tache rouge foncé sur le sable gris.

Repliant les jambes, elle ramena ses genoux contre sa poitrine et laissa retomber sa tête, le front posé sur ses rotules osseuses. Elle se sentait fatiguée et vide, comme si sa propre vie s'était enfuie de son corps.

Elle s'imagina rester ici pour toujours. Rien qu'elle, Matata et Mama Kitu. Sa famille...

Soudain, tout près d'elle, elle entendit un battement d'ailes. Puis le léger bruissement d'un gros oiseau secouant ses plumes. Au moment même où elle relevait la tête, un deuxième vautour se posa sur le sol.

Elle regarda fixement les charognards. Ils étaient affreux, avec leurs becs crochus et leurs yeux enfoncés. Leur aspect déplumé l'avait toujours dégoûtée ; on aurait dit qu'à force de se nourrir de charogne, l'espèce tout entière était malade.

Se redressant d'un bond, elle se rua sur eux. « *Nendeni ! Nendeni mbali !* » Partez ! Fichez le camp !

Les vautours déployèrent leurs ailes immenses et s'envolèrent, mais pour se poser aussitôt à quelques battements d'ailes de là.

Angel regarda Laura gisant sur le sable. Elle savait que d'autres vautours allaient arriver, toujours plus nombreux, et qu'il lui deviendrait impossible à la fin de les chasser. Elle se tourna vers les chameaux. Si elle réussissait à hisser Laura sur Mama Kitu, elle pourrait l'emmener au *manyata*. Mais les charognards ne renonceraient pas, elle en était consciente. Ils les poursuivraient et s'abattraient sur le chameau. Et Mama Kitu elle-même serait prise de panique et s'enfuirait.

Sous ses yeux horrifiés, un troisième oiseau vint se poser sur la poitrine de Laura. Elle s'élança en agitant les bras. Mais, comme les autres, il ne battit en retraite que de quelques mètres et alla se percher sur un rocher.

Rapidement, Angel étala le *kitenge*, drapant une extrémité autour des pieds de sa mère avant de tirer l'autre vers sa tête. Au moment de lui recouvrir le visage, elle hésita. D'une main, elle repoussa une mèche collée sur la joue pâle. Une larme s'échappa de ses yeux, éclaboussant la peau cireuse. Puis elle remonta l'étoffe et la lissa d'un geste tendre, avant de se mettre en devoir de ramasser des pierres et de les empiler sur le linceul.

La chaleur avait commencé à décliner et les cailloux abondaient à proximité, mais la tâche n'en fut pas moins longue et difficile. La roche volcanique rugueuse écorchait la peau d'Angel. Chaque fois qu'elle soulevait une pierre, elle devait vérifier qu'un scorpion ou un serpent n'était pas dissimulé dessous. Et les vautours continuaient à criailler autour d'elle, se rapprochant furtivement. Mais, finalement, il ne resta plus un centimètre d'étoffe visible. Le dernier fragment du foulard préféré de Laura avait disparu. Angel empila néanmoins d'autres pierres pour s'assurer que le tombeau resterait inviolé.

Et tout à coup, les vautours se mirent à battre frénétiquement des ailes en poussant des cris rauques, comme pris de fureur à cette vue. Toujours agenouillée près du tumulus, Angel se figea. Elle n'ignorait pas que les vautours attaquaient parfois les gens. Peut-être pas les adultes robustes et en bonne santé. Mais une petite enfant sans défense...

Tu n'es pas une petite enfant, chuchota une voix obstinée dans sa tête. *Tu es plus âgée que Zuri, qui conduit tout seul son troupeau vers les terres de pâturage. Tu es plus forte que lui aussi. C'est toujours toi qui gagnes, quand vous vous battez.*

S'emparant d'une pierre, elle se releva et se tourna face aux vautours.

Ils ne la regardaient pas. Leurs becs recourbés étaient tous pointés dans la même direction, plus loin vers la droite. Elle suivit leur regard et une nouvelle terreur se répandit en elle quand elle découvrit la cause de cette agitation.

Fisi. Des hyènes.

Il y en avait toute une meute. Elles se trouvaient encore à une certaine distance, mais avançaient vers elle à toute allure, de leur étrange démarche chaloupée. Celle qui était à leur tête émit un long hurlement qui ressemblait à un rire dément.

Près de l'acacia, Matata poussa un cri alarmé. Mama Kitu dressa haut la tête d'un air anxieux. Angel tourna les yeux vers les chameaux, en se demandant si elle devait quitter l'abri des rochers pour courir se réfugier près d'eux. Mama Kitu aurait vite fait de disperser les prédateurs en leur décochant des ruades.

Elle perdit un temps précieux à tenter d'évaluer le risque ; elle ne voulait pas que la meute la rattrape en terrain découvert, à mi-distance entre les rochers et les chameaux. Puis les hyènes furent devant la tombe, grognant et toussant tandis qu'elles reniflaient les pierres. Angel les regarda, épouvantée. La plus grosse avait dû être blessée au cours d'une bagarre.

Un lambeau rose pendait d'une blessure à son cou. Lentement, la bête tourna vers elle une tête galeuse, en faisant de nouveau entendre son cri sinistre, un ricanement mauvais qui se terminait par une note plus élevée, comme une question.

Empoignant la sacoche, Angel lui en assena un grand coup. Le cuir épais heurta le crâne velu avec un bruit mat. La hyène battit brièvement en retraite, puis revint à la charge en montrant ses crocs.

Les autres resserrèrent leur cercle autour de la fillette, emplissant l'air de leur odeur fétide. Muette de terreur, Angel fit tournoyer le sac au bout de son bras, encore et encore. Les bêtes hurlèrent de colère, mais ne reculèrent que de quelques pas, pour s'avancer de nouveau, lentement, furtivement. Finalement, un cri jaillit de la gorge de la petite fille. « Maman ! Maman ! » Les mots lui vinrent instinctivement aux lèvres, même si elle savait qu'il n'y avait plus personne pour lui répondre. « Maman. Maman... » Sa voix se brisa dans un sanglot. « Je t'en prie. Aide-moi. »

Elle eut vaguement conscience d'entendre les chameaux blatérer avec force sous l'effet de la panique. L'air retentissait de bruits. Tout près d'elle, elle percevait les halètements rauques et les reniflements des hyènes. Les piaillements excités des vautours observant la scène. Et une longue plainte grêle, comme le pleur d'un nouveau-né, qui semblait émaner de sa propre bouche.

Tout à coup, un autre son s'éleva par-dessus ce tumulte. Un rugissement profond et sonore qui déferla sur la savane à la façon d'une vague, balayant tout sur son passage. Les hyènes dressèrent l'oreille et tournèrent leurs museaux camus vers les plaines.

Une lionne arrivait d'une démarche élastique, à longues foulées régulières, ses flancs ondoyant sous le soleil de l'après-midi. Bientôt, elle ne fut plus qu'à quelques mètres. Parvenue à la pierre plate sur laquelle Laura et elle avaient pris leur petit déjeuner, la lionne s'arrêta. Rejetant la tête en arrière, elle rugit de nouveau, découvrant ses gigantesques crocs et sa longue langue rose.

Angel la regarda, fascinée. Du coin de l'œil, elle vit les hyènes s'enfuir piteusement. La plus grosse résista un moment, griffant le sol avec ses pattes de derrière et braquant sur la lionne un regard belliqueux. Mais quand le puissant félin fit mine de s'approcher, elle détala.

Un craquement résonna dans l'air et Angel tourna la tête vers les chameaux. Mama Kitu, terrorisée, s'était cabrée, et la branche à laquelle elle était attachée se balançait maintenant au bout de sa longe, lui battant les pattes. Sous le regard impuissant d'Angel, la chamelle disparut derrière le sommet de la colline, suivie de son petit.

La fillette se plaqua contre le rocher quand la lionne s'avança vers elle. Elle savait que plus rien ne pourrait la sauver à présent. Elle revit les carcasses sanglantes que le boucher accrochait à l'arbre devant sa boutique, au village, la graisse blanche et la chair rouge toutes tachetées de mouches. Son cœur se mit à battre à grands coups, sa respiration se bloqua. Puis une pensée lui traversa l'esprit. Elle allait mourir ici, comme Laura. Elle ne serait pas obligée de lui survivre. Apaisée, elle ferma les yeux et attendit la lionne.

Un silence épais parut se refermer sur elle. Elle guetta le bruit feutré des pas de l'animal, mais n'entendit que les sons familiers de la savane, des chants d'oiseaux et des bourdonnements d'insectes. Elle commença à se demander si, par miracle, la lionne s'était désintéressée d'elle. Mais c'est alors qu'une odeur musquée lui emplit les narines. Quelques secondes après, un souffle chaud lui effleura le visage. Elle ouvrit les yeux. La lionne se tenait en face d'elle. Son menton et son museau au pelage brun clair étaient déjà tachés de sang frais. Paralysée de peur, Angel regarda les mâchoires s'ouvrir, exposant les gencives noires, les dents acérées, la langue rose et enroulée sur elle-même. Un feulement sourd monta de la gorge de la lionne. Mais au lieu d'exploser en un rugissement sonore, il s'éleva en un doux appel qui s'attarda dans l'air comme la note d'une chanson. De surprise, Angel en resta bouche bée. Levant les yeux, elle rencontra le regard de l'animal. Pendant un long moment, elle demeura captive de ces prunelles à la lumière dorée. Puis, du fond de sa mémoire, s'éleva la voix de Zuri. « Ne regarde jamais une bête sauvage dans les yeux, à moins que tu ne veuilles la provoquer. » Elle inclina la tête de côté. Observant la lionne entre ses paupières mi-closes, elle la vit ouvrir une nouvelle fois sa large gueule et, tout de suite après, sentit la longue langue râpeuse lui lécher la joue.

L'appel chantant se fit de nouveau entendre, encore plus doux cette fois-ci, presque un murmure. Tandis qu'Angel se tenait figée sur place, les membres paralysés par l'effroi, elle perçut un mouvement derrière la lionne. Glissant un regard subreptice dans cette direction, elle découvrit un lionceau au pelage duveteux et tacheté. Il leva vers elle ses yeux ronds et jaunes aux paupières ourlées de noir. Un deuxième petit apparut, puis un troisième. La lionne les ignora. Elle s'écarta un peu d'Angel, comme si elle attendait sa réaction. Voyant que la fillette ne bougeait toujours pas, l'animal inclina sa tête roussâtre et la poussa doucement du bout du museau. Ce geste étant resté sans effet, elle recommença.

Angel fit quelques pas de côté, toujours collée au rocher. Quand elle se retrouva à découvert, la lionne vint se placer derrière elle. L'enfant avança en trébuchant, engourdie de peur, l'esprit en pleine confusion. La lionne sur ses talons, elle escalada la pente, passa devant l'arbre brisé où elle avait attaché Mama Kitu et continua son chemin. Les trois lionceaux gambadaient autour d'elle, frottant leurs nez humides contre ses orteils.

Quand ils atteignirent le sommet de la colline, la lionne vint se poster à droite d'Angel et elles cheminèrent flanc contre flanc. Angel releva la tête, pour regarder où elle mettait les pieds. D'instinct, elle sentait qu'elle devait prendre garde à ne pas tomber. Elle ne devait pas s'écrouler comme une créature faible et inutile. Elle devait avoir l'air forte et courageuse. Elle balança les bras et obligea ses jambes tremblantes à se mouvoir à un rythme régulier. Le soleil de la fin de l'après-midi projetait devant elle l'ombre de son corps frêle. Les silhouettes des lionceaux jouaient autour de ses pieds et celle de la lionne se dressait à son côté, foulant le sol d'une démarche conquérante.

2

Emma se pencha sur son siège, scrutant la piste poussiéreuse qui s'étirait jusque dans le lointain, bordée de buissons rabougris, de monticules rocheux et de touffes d'herbe jaune et desséchée. Çà et là, on apercevait un acacia déployant son ombre parcimonieuse. Il n'était pas encore neuf heures du matin, mais la chaleur était déjà accablante. Emma sentait sa chemise humide de sueur adhérer à sa peau.

« Il me semble que nous devrions être arrivés, à présent, dit-elle au chauffeur.

— Nous y serons bientôt, répondit Mosi. Ne vous inquiétez pas. »

Il freina sans prévenir pour éviter un profond nid-de-poule et Emma s'accrocha au tableau de bord tandis que le Land Cruiser dérapait sur une nappe de sable. Mosi braqua ensuite à fond pour remettre le véhicule sur le gravier.

Ils traversèrent un massif d'euphorbes candélabres. Elles s'érigeaient en rangs serrés au-dessus d'eux, tels des cactus gigantesques, et Emma leva les yeux vers leurs branches bleu-vert à la forme fuselée, toutes hérissées d'épines. Ces plantes étaient belles, à leur façon – d'une beauté âpre et rude, en harmonie avec ce paysage ravagé par le soleil. Emma reporta son regard sur l'étroite piste qui serpentait devant eux. Peu à peu, les euphorbes se firent plus rares avant de disparaître tout à fait et ils se retrouvèrent en rase plaine.

Tout à coup, Mosi lui montra un grand panneau sur leur gauche. Des broussailles dissimulaient en partie l'inscription et la peinture était presque entièrement écaillée. Emma parvint néanmoins à déchiffrer les mots : *Station de recherche sur la fièvre d'Olambo.*

Elle garda les yeux fixés sur la pancarte jusqu'à ce que celle-ci ne soit plus visible. Elle s'agita alors nerveusement sur son siège, rentrant sa chemise à l'intérieur de son jean, libérant ses cheveux empoussiérés de leur élastique pour les peigner tant bien que mal avant de les renouer en queue-de-cheval. Enfin, elle sortit de sa poche son tube de baume et s'en passa sur ses lèvres.

La piste contourna le flanc d'une petite colline. Emma promena son regard autour d'elle, remplie d'une excitation mêlée d'appréhension. Après toutes ces années, elle avait presque atteint sa destination. Et enfin, elle le vit : un petit bâtiment à la façade jadis blanchie à la chaux et aujourd'hui pelée, se découpant nettement sur la terre grise mouchetée d'herbe jaune.

« Il était temps que nous arrivions, déclara Mosi en montrant le tableau de bord. Le moteur commençait à chauffer. »

Emma regarda la jauge de température. L'aiguille était à la limite de la zone rouge. Mosi tapota le cadran du bout du doigt, mais l'aiguille ne bougea pas.

Lorsqu'ils s'arrêtèrent, un nuage de poussière enveloppa le Land Cruiser. Emma attendit qu'elle soit retombée avant de descendre du véhicule, en emportant son sac à bandoulière en cuir vert. Quand elle planta ses pieds sur le sol, il s'en éleva de petites colonnes de sable gris et fin. Elle sentit les particules se déposer sur son visage empoissé de sueur et de crème solaire. Surprenant son reflet dans le rétroviseur latéral, elle s'inclina pour inspecter son apparence. Dans le miroir terni, sa chevelure et ses yeux sombres formaient un contraste frappant avec sa peau claire. Elle essuya une trace noire sur sa joue, ajusta son col, puis, se redressant, tira sur sa chemise collée à son dos. L'air caressa sa peau moite, lui procurant une brève sensation de fraîcheur.

Mosi se tenait devant le véhicule, la main sur le capot. « Il vaut mieux que je vérifie le radiateur tout de suite.

— Je vais aller voir s'il y a quelqu'un », dit Emma, le front creusé par un pli soucieux. Elle n'avait pas reçu de réponse à la lettre envoyée pour annoncer sa venue. À en juger par l'état du panneau sur la route, la station pouvait fort bien être fermée, abandonnée. Néanmoins, se dit-elle, même si elle ne réussissait pas à entrer, elle pourrait au moins regarder par les fenêtres.

Tandis qu'elle s'engageait sur le sentier, elle entendit derrière elle le grincement du capot qui se soulevait, puis le chuintement de la vapeur s'échappant du radiateur.

Elle contempla le bâtiment en face d'elle. Il paraissait incongru, tout seul dans ce décor désertique, comme un accessoire qui ne serait pas à sa place. Seule la haute clôture métallique protégeant la cour, à l'arrière, semblait l'arrimer au sol. Par-delà le toit de tôle s'étendait la savane clairsemée, jonchée de pierres et de rares acacias, avec ici et là des termitières, ces étranges tours de terre rouge aux formes biscornues. Emma ralentit le pas, le regard attiré vers l'horizon. Une montagne se dressait dans le lointain, un triangle parfait d'un pourpre éclatant se dessinant sur le ciel d'un bleu vaporeux. Elle observa son contour. Cela ressemblait à un volcan. Elle pensa brusquement que, si Simon avait été là, il aurait pu lui raconter toute l'histoire de cette région, lui expliquer comment on pouvait lire dans la roche, la pierre et le sable chaque détail de sa longue existence. Mais il se trouvait en ce moment aussi loin d'elle qu'il était possible de l'être.

Pressant l'allure, elle poursuivit sa route. En s'approchant du bâtiment, elle distingua un petit escalier en ciment menant à une large véranda, une porte peinte en vert et, de chaque côté, une fenêtre garnie de barreaux. Les murs chaulés étaient maculés de taches et le toit de tôle couvert d'une rouille orange.

« Il y a quelqu'un ? » appela-t-elle. Pour toute réponse, elle n'entendit que le bourdonnement des insectes et la plainte ténue d'un oiseau tournoyant au-dessus de sa tête.

Elle se dirigea vers l'arrière du bâtiment et jeta un coup d'œil à travers le grillage. Le mur de derrière était dissimulé à sa vue par une énorme citerne. Elle inspecta la cour, un vaste carré de terre grise où l'on avait construit des annexes de fortune à l'aide de plaques métalliques rouillées. Une corde à linge pendait mollement entre le toit et un poteau de guingois, mais aucune lessive n'y séchait. Un petit jardin, délimité par des pierres peintes, avait manifestement été depuis longtemps laissé à l'abandon ; même les mauvaises herbes avaient dépéri. Près de l'entrée était garé un Land Rover à l'aspect si vétuste qu'il semblait improbable qu'il pût un jour redémarrer.

Revenant vers le devant de la bicoque, Emma gravit les marches et frappa à la porte. Le bois massif parut engloutir le son. Elle manœuvra la poignée. Avec un léger grincement, la porte s'ouvrit.

Emma tressaillit quand un poulet s'enfuit à toute vitesse entre ses jambes et s'élança sur la véranda en battant des ailes. Elle entra pour se retrouver dans un étroit couloir où régnait une odeur de feu de bois et de cuisine. Tout au bout, un trait de lumière se déversait par la porte de derrière, grande ouverte. Quelqu'un était assis sur le perron, lui tournant le dos. Au début, Emma n'entrevit qu'une silhouette, mais, quand sa vue se fut adaptée au clair-obscur, elle discerna une peau et des cheveux noirs, de larges épaules, des muscles puissants saillant sous les manches d'un T-shirt blanc. Elle hésita une seconde, puis appela de nouveau : « Bonjour ? Excusez-moi ? »

D'un seul mouvement fluide, l'homme se releva et se retourna. Il avait les pieds nus et portait un long pantalon kaki. Contre sa poitrine, il serrait un petit animal, un agneau à la toison rousse et bouclée. Dégageant une de ses mains, il ôta de ses oreilles les écouteurs de son iPod.

Pendant un instant, ils se dévisagèrent en silence. Emma remarqua la régularité des traits de l'inconnu, la cicatrice violacée en haut de son front, ses yeux presque noirs dans la pénombre du couloir. Ce n'était plus un adolescent, et pas encore un homme mûr, présuma-t-elle ; sans doute se situait-il à mi-chemin entre ces deux âges. Puis elle regarda l'animal qu'il tenait entre ses bras : quatre pattes grêles et une large queue plate pendaient contre le T-shirt blanc, un crâne couronné de poils frisottés était blotti au creux du coude.

« Cette petite agnelle était malade, expliqua l'homme. Mais à présent, elle est prête à retourner auprès de sa mère. » Montrant une bouteille de bière brune surmontée d'une tétine, qui était posée à ses pieds sur le sol, il ajouta : « Elle a bu beaucoup de lait. »

Emma sourit. « Elle est très belle. » Réagissant au son de sa voix, l'agnelle ouvrit des yeux clairs et lumineux.

« Puis-je vous aider ? reprit l'homme. Vous seriez-vous égarée ? » Il s'exprimait en un anglais parfait, avec un accent africain à peine perceptible.

« Non... Je ne me suis pas égarée. Je cherche le responsable de cette station.

— Nous ne sommes que deux à travailler ici – mon assistant et moi, répondit-il d'un air légèrement intrigué. Je suis le chirurgien vétérinaire chargé des recherches. Je m'appelle Daniel Oldeani. » Faisant passer l'agneau sur son autre bras, il libéra sa main droite pour la lui tendre, paume en l'air.

Emma la lui serra, en se sentant un peu maladroite, comme si ce n'était pas le geste approprié. « Je suis le Dr Lindberg, Emma Lindberg. Je vous ai écrit pour dire que j'aimerais visiter la station. »

Daniel secoua la tête. « Je n'ai pas reçu votre lettre. Peut-être s'est-elle perdue. Cela arrive parfois. » Il la détailla du regard, comme pour tenter de déterminer ce qui l'amenait ici. Probablement se disait-il qu'elle paraissait trop jeune pour être médecin ; à l'institut, les visiteurs la prenaient toujours pour une étudiante. Puis un sourire empli d'espoir apparut sur ses traits. « Vous venez travailler avec nous ? J'ai envoyé moi aussi des lettres par dizaines, pour demander de l'aide aux ONG.

— Non, je suis désolée... Il s'agit d'une visite à caractère privé. Ma mère est venue ici il y a longtemps, au début des années 1980. Elle effectuait une étude sur le terrain pour le Centre américain de prévention et de contrôle des maladies. » Tournant la tête vers les deux pièces derrière elle, elle expliqua : « J'aimerais simplement voir l'endroit où elle travaillait. »

Daniel la regarda sans rien dire pendant quelques secondes. Quand il parla, ce fut d'une voix douce et basse. « Je suis navré pour la tragédie qui vous a frappée.

— Vous en avez entendu parler ? s'exclama Emma, surprise.

— Je n'étais qu'un enfant. Je ne m'en souviens pas personnellement, mais nul ne l'a oubliée. Vous êtes la fille du Dr Susan Lindberg, poursuivit-il en hochant lentement la tête. Vous venez honorer sa mémoire. Soyez la bienvenue. »

La gorge d'Emma se contracta sous l'effet de l'émotion. De tous ceux à qui elle avait parlé de son voyage, Daniel Oldeani était le premier à en comprendre immédiatement le motif : ce n'était ni la simple curiosité, ni un prétexte pour découvrir l'Afrique, mais plutôt une sorte de pèlerinage.

« Combien de temps comptez-vous rester ? s'enquit Daniel. Nous n'avons pas de chambres pour les visiteurs, mais nous pourrons toujours nous arranger.

— Aucune importance, se hâta de répondre Emma. Je n'ai pas l'intention de m'attarder. Je suis accompagnée par le chauffeur d'une agence de safari. Il va me conduire dans le Serengeti, où je me joindrai à un groupe en voyage organisé. Nous sommes attendus là-bas ce soir même.

— Vous êtes vraiment pressée ! rétorqua Daniel en souriant, découvrant des dents d'un blanc éclatant qui tranchaient de façon saisissante contre ses lèvres et sa peau sombres. Par ici, je vais vous montrer les lieux », reprit-il avec un geste du bras vers l'avant du bâtiment.

Emma s'apprêtait à faire demi-tour quand elle vit Mosi apparaître par la porte de derrière. « Voici mon chauffeur », dit-elle à Daniel.

Les deux hommes échangèrent des salutations avant d'entamer une conversation dans ce qu'Emma supposa être du swahili. Au bout de quelques minutes, Daniel se tourna vers elle. « Votre chauffeur doit trouver quelqu'un pour l'aider à réparer le radiateur. Il va falloir que je l'emmène au village. J'en profiterai pour restituer cet animal à ses propriétaires. » Tendant le doigt vers la porte sur la droite d'Emma, il indiqua : « Le laboratoire est là. Je vous en prie, commencez la visite sans moi. Malheureusement, mon assistant est allé à Arusha, et vous serez donc seule. Mais je serai de retour d'ici peu. » Tout en parlant, il souleva l'agnelle au-dessus de sa tête et la posa avec douceur sur ses épaules, refermant ses mains sur les sabots des pattes de devant et de derrière pour la maintenir solidement en place.

Tandis que les deux hommes s'éloignaient, Emma se dirigea vers la porte du laboratoire, d'un pas lent qui résonnait sur le béton. Quand elle la poussa, un flot de lumière se répandit dans le couloir. Une odeur familière de produits chimiques flotta jusqu'à elle.

S'immobilisant sur le seuil, elle se délesta de son sac, le laissant glisser au sol. Du regard, elle parcourut lentement la pièce. Le soleil entrait à profusion par les deux fenêtres, dont l'une donnait sur le devant du bâtiment, l'autre sur le côté. Près de la porte, sur une paillasse de laboratoire, était posé un isolateur portatif, ce qu'on appelait plus communément une « boîte à gants » dans le jargon scientifique : un caisson de verre étanche, avec deux orifices autour desquels étaient ajustés des gants en caoutchouc jaune. Un peu plus loin se trouvait un évier surmonté d'un miroir. Encore plus loin, tout un coin du labo était occupé par des piles de cages de toutes tailles. Dans l'angle opposé se dressait un bizarre échafaudage fermé par un rideau, destiné peut-être à servir de rangement. Sous la fenêtre latérale étaient installées une autre table de manipulation et une chaise en bois déglinguée.

Emma traversa la pièce pour s'en approcher. Une série de petites boîtes étaient alignées sur la table, remplies de tampons de coton, de lames de microscope, de flacons à échantillons et de gants jetables – toutes les fournitures habituelles. Au milieu d'elles, on avait placé un pot contenant de singulières fleurs roses sur des tiges charnues dépourvues de feuilles.

Emma posa les mains sur le dossier de la chaise. Elle avait contemplé des photos de sa mère travaillant sur le terrain. Elle savait comment Susan était habillée, à quoi elle ressemblait. Elle se réjouit d'être seule, sans personne pour la déranger pendant qu'elle se concentrait pour évoquer l'image de sa mère assise à ce bureau, bien des années plus tôt.

Elle voyait Susan, dans sa blouse verte et son tablier en plastique luisant, des bottes de caoutchouc blanc aux pieds. Ses longs cheveux bruns étaient attachés sur sa nuque, découvrant son visage – les ombres noires sous ses yeux, le pli soucieux entre ses sourcils. Toute une collection de lamelles et de fioles était étalée devant elle. C'était la fin de la journée, le soleil à travers la fenêtre la nimbait de ses rayons obliques. Dans une main, elle tenait une seringue remplie d'un sang noirâtre, dans l'autre, l'embout qu'elle s'apprêtait à placer sur l'aiguille afin de pouvoir ôter celle-ci sans risque.

Lentement, soigneusement, Susan inclina la seringue vers l'embout. C'était un geste routinier qu'elle accomplissait des dizaines de fois par jour. Mais à cet instant précis, elle avait le soleil dans les yeux ; ou bien elle était trop fatiguée pour se montrer aussi vigilante que d'habitude, ou quelque chose avait détourné son attention...

Elle étouffa un petit cri quand l'aiguille lui piqua le pouce. Arrachant son gant, elle le brandit dans la lumière et étira le latex pour l'examiner, espérant d'abord que l'aiguille ne l'avait pas transpercé, puis repérant, terrifiée, le trou à peine visible. Frénétiquement, elle tenta alors de se nettoyer, frottant sa main au moyen d'un coton imprégné de désinfectant, pressant la minuscule plaie pour faire sortir le sang. Mais tous ses efforts étaient inutiles et elle le savait. La seule manière dont elle pouvait se protéger à présent, c'était en se tranchant immédiatement le pouce. Toutefois, le sang contenu dans la seringue n'avait pas encore été analysé. Peut-être n'était-il pas infecté par le virus. La collègue de Susan s'était rendue au village afin de prélever des échantillons. Elle était seule face à son angoisse. Elle tendit vers le scalpel une main hésitante – celle-là même qu'elle s'apprêtait à mutiler...

Puis elle se ravisa et choisit d'attendre, en espérant que tout irait pour le mieux.

Pendant quatre terribles heures, elle continua à travailler, en proie à la peur constante de ressentir le premier symptôme de la maladie. Et puis sa gorge commença à la picoter. Dans quelques heures, elle serait gravement malade. Il n'existait aucun traitement et moins de vingt pour cent des personnes infectées survivaient ; d'ici quelques jours, elle mourrait vraisemblablement, dans cette longue et douloureuse agonie dont elle avait si souvent été le témoin.

Jamais elle ne repartirait d'ici. Jamais elle ne reverrait son mari ni son enfant.

Emma ferma les yeux. Depuis qu'elle avait entrepris d'enquêter sur les circonstances de la mort de Susan, il y avait plusieurs années de cela, elle avait revécu cette histoire d'innombrables fois ; mais ici, dans cette pièce, la réalité la frappait de plein fouet, dans toute son atrocité. Elle sentit une sueur froide lui glacer le dos, ses jambes s'amollir. Elle alla jusqu'à l'évier et tourna le robinet pour se passer de l'eau sur le visage.

Relevant la tête, le nez et le front ruisselants, elle se regarda dans le miroir et prit une profonde inspiration. Susan était morte depuis vingt-cinq ans. Emma n'avait alors que sept ans et elle n'avait gardé de sa mère que très peu de souvenirs précis. Pourtant, elle s'était accrochée à l'idée qu'elle se faisait de celle-ci, embellissant de rêves et de suppositions les images réelles imprimées dans sa mémoire. À mesure que les années passaient, la pensée que Susan avait connu tout cela avant elle – l'adolescence, la fin des études, le premier petit ami, le premier emploi – lui avait toujours procuré un certain réconfort. Elle avait l'impression d'être moins seule, car elle sentait constamment près d'elle, par l'esprit, la présence de sa mère, emplie de force et de sagesse.

Mais la situation allait bientôt changer. Aujourd'hui, c'était l'anniversaire d'Emma. Trente-deux ans, l'âge de Susan au moment de sa mort. Jusqu'à présent, elle avait toujours mis ses pas dans ceux de sa mère ; ils la précédaient, lui montrant le chemin. Mais c'était fini : ils s'arrêtaient là, à la lisière d'un territoire inconnu. Le moment était venu pour Emma de poursuivre sa route toute seule.

À cette pensée, elle sentit son estomac se nouer. Elle ne savait tout simplement pas comment elle réussirait à s'en sortir sans cette présence tutélaire à son côté. En même temps, elle se cramponnait à l'espoir que, si elle parvenait à tirer un trait sur le passé, elle pourrait enfin être heureuse. Elle avait d'ailleurs toutes les raisons de se considérer comme telle et elle en était consciente. Face à son image dans le miroir, elle dressa mentalement l'inventaire : une réussite professionnelle qui lui permettait de s'épanouir pleinement dans le meilleur centre de recherche médicale d'Australie. Un compagnon qui partageait sa passion pour la science et la soutenait dans son travail. Leur appartement neuf, élégamment décoré dans le style suédois. Une garde-robe remplie de vêtements de créateurs. Une femme de ménage qui venait deux fois par semaine et apportait des fleurs fraîches pour leur table. Des repas raffinés dans les meilleurs restaurants de Melbourne, dès que la fantaisie leur en prenait et pas seulement dans les grandes occasions. Un mode de vie que n'importe qui lui aurait envié. Et malgré tout, Emma se sentait incomplète, comme si, en perdant sa mère il y avait si longtemps, elle avait perdu du même coup une partie essentielle d'elle-même.

Elle observa intensément son reflet. Maintenant qu'elle était parvenue dans ce lieu, à cette date symbolique, un cycle s'achevait et elle aurait voulu en éprouver de la satisfaction. Mais elle avait seulement l'impression d'être perdue dans les limbes. Elle se frotta vigoureusement le visage. Elle avait ressenti la même chose, autrefois, quand son père l'avait emmenée dans son bureau pour lui annoncer la terrible nouvelle. Pendant longtemps, elle n'avait pas vraiment cru à la mort de sa mère, s'imaginant qu'elle menait une vie clandestine quelque part en Afrique et qu'elle rentrerait un jour. Après tout, il n'existait aucune preuve de son décès. Aucun cercueil n'avait été expédié à la famille, car il était interdit de rapatrier les cadavres porteurs d'un virus mortel non identifié. Le corps avait été incinéré sur place, apparemment, ainsi que tous ses vêtements et même son matelas. Tout. Consumé, anéanti.

Emma se tourna vers la fenêtre, se représentant les cendres en train de s'envoler dans le vent pour se mêler à la poussière grise du sol...

Elle sursauta, effarée. La tête brune et velue d'un chameau s'encadrait dans l'embrasure, la remplissant presque entièrement.

Médusée, elle la regarda fixement. Derrière les barreaux protégeant la vitre, l'animal semblait être en cage, comme dans un zoo, mais c'était lui qui se trouvait dehors, observant Emma de ses yeux immenses et sombres frangés de longs cils recourbés. Fourrant son nez pâle entre les barreaux, il se mit à tapoter le verre.

Emma s'approcha et tendit le cou pour voir le reste du corps. Sur le dos du chameau était arrimé un cadre en bois garni de couvertures pliées en guise de selle ; des sacoches de toile grossière rayée de couleurs vives étaient accrochées de chaque côté, bourrées d'objets. Mais le propriétaire de la bête n'était nulle part en vue.

Elle ouvrit la porte et découvrit que le chameau était accompagné par un petit. En descendant les marches, elle remarqua que l'animal adulte tenait une patte fléchie et que le pelage au-dessus du pied était taché de sang séché. Puis elle constata qu'une branche cassée pendait à la corde attachée au licou.

Levant une main en visière au-dessus de ses yeux, elle scruta la brousse dans toutes les directions, son regard bondissant d'un arbre à une fourmilière, puis à un empilement de rochers. Personne. Elle inspecta le sentier sablonneux allant de la piste jusqu'au bâtiment. Il ne portait pas d'autres empreintes de pas que les siennes.

Le chameau adulte s'avança vers elle en boitant. Quand il fut près d'elle, Emma recula. L'animal était beaucoup plus grand qu'un cheval, alors qu'elle n'avait jamais eu affaire à des animaux plus gros qu'un labrador. Le chameau continuait à se rapprocher. Emma se força à demeurer où elle était. L'animal vint se planter devant elle, la dominant de toute sa hauteur avant de baisser la tête pour lui renifler les cheveux. Elle tressaillit, mais son instinct lui conseilla de rester immobile. Un menton osseux vint se poser sur son épaule et un museau velu lui chatouilla la joue.

Elle se pétrifia sur place, mourant d'envie de s'enfuir mais craignant d'irriter l'animal. Elle se demanda combien de temps il allait garder cette position, la tête lourdement appuyée contre son épaule, et ce qu'il ferait ensuite. Du coin de l'œil, elle vit le chamelon s'aventurer vers un buisson à l'ombre duquel se reposaient quelques poulets. À son grand soulagement, l'adulte s'éloigna dans la même direction. Emma essuya une tache de salive sur sa chemise. Après avoir dispersé les volatiles, le jeune chameau réclama la tétée, donnant des coups de tête dans le flanc de sa mère. La chamelle se prêta patiemment à sa requête, bien qu'elle eût l'air recrue de chaleur et de fatigue. C'est alors qu'Emma se rappela avoir vu une citerne dans la cour de derrière et un seau placé sous le robinet.

En toute hâte, elle fit le tour du bâtiment et ne tarda pas à constater que les bêtes la suivaient. Après avoir ouvert le portail, elle s'accroupit pour remplir le récipient, tout en surveillant les chameaux d'un œil circonspect. Il y avait un autre baquet près de la porte. Elle le remplit également, puis plaça les deux récipients à bonne distance l'un de l'autre et recula. La femelle émit un grognement méfiant, mais elle semblait irrésistiblement attirée par l'eau. Elle se dirigea en clopinant vers l'un des seaux, y plongea la tête et se mit à boire bruyamment. Lorsque le chamelon suivit son exemple, Emma battit furtivement en retraite et referma la grille.

De loin, elle observa les chameaux en train de s'abreuver. Quand la mère se tourna de côté, Emma remarqua que l'une des sacoches de selle était déchirée, laissant voir une partie de son contenu. S'approchant avec précaution, elle distingua un bout de moustiquaire, un tissu imprimé, et aussi un petit bocal noir au couvercle jaune dont l'étiquette lui parut aussitôt familière. Plissant les yeux, elle fit encore un pas en avant. Un pot de Marmite[1]. L'un des étudiants-chercheurs, à l'institut, était originaire d'Angleterre et il apportait toujours un bocal de cette pâte à tartiner à la cantine, affirmant que la version australienne du produit, le Vegemite, était trop épaisse et pas assez salée. Emma fronça les sourcils, déconcertée. De la Marmite, ce n'était pas le genre de denrée qu'un chamelier africain était susceptible d'emporter dans ses pérégrinations.

La chamelle, ayant fini de boire, repoussa le seau d'un coup de pied. Emma espéra qu'elle allait s'asseoir, comme elle avait vu des chameaux le faire dans des films. Mais l'animal demeura debout, la tête haute, les yeux à demi clos pour se protéger de l'éclat du soleil.

D'un revers du bras, Emma essuya la sueur sur son visage. Puis elle alla chercher une chaise à l'intérieur du bâtiment. Après avoir posé celle-ci à côté de la chamelle, elle grimpa dessus et, avec des gestes lents et prudents, tendit le bras pour ouvrir la sacoche. Dressée sur la pointe des pieds, elle sortit tout ce qui lui tomba sous la main. Un corsage de femme en étamine à impression « tie and dye », un drap de sac de couchage en soie. Sa main se referma sur un objet qu'elle ne put identifier au toucher. Quand elle l'extirpa, elle vit que c'était un ouvrage de tricot. De grosses aiguilles étaient plantées de part et d'autre dans la laine épaisse. Une écharpe rouge au point mousse, pas encore terminée.

Emma était toujours juchée sur son perchoir lorsque Daniel apparut à la grille. Sous l'effet de la surprise, il s'immobilisa un instant, bouche bée. Puis il se rua dans la cour.

« Ils viennent d'arriver, expliqua-t-elle. Il n'y avait personne avec eux. » Descendant de la chaise, elle lui montra les objets qu'elle avait trouvés.

« Ils appartiennent à un Européen, déclara-t-il. Une femme, vraisemblablement », ajouta-t-il, en effleurant le doux tissu pastel du corsage.

---

1. Marmite : Marque britannique de pâte à tartiner à base de levure, très répandue dans les pays anglo-saxons.

Emma se mordit la lèvre, l'expression alarmée. « Il lui est arrivé quelque chose. Il faut prévenir la police. J'ai un téléphone portable dans mon sac.

— On ne capte pas de réseau ici. Nous sommes trop loin de tout.

— Avez-vous une radio ?

— Oui, mais elle se trouve dans le Land Rover que Ndugu, mon assistant, a pris pour se rendre à Arusha. »

Daniel écarta la chaise et se pencha pour examiner la patte blessée. « Tenez-vous à distance, conseilla-t-il à Emma. Leurs coups de pied peuvent faire très mal. » Il fit courir ses doigts sur le pelage ensanglanté. Puis, saisissant le pied à deux mains, il réussit à persuader la chamelle de le soulever. Époussetant la terre qui l'incrustait, il mit au jour une profonde entaille dans le coussinet plantaire. « Pourriez-vous m'apporter le couteau qui est là-bas ? » demanda-t-il à Emma, en montrant la porte de derrière. Dans une bassine à vaisselle, il y avait un vieux couteau de cuisine. Daniel s'en servit pour fouiller la plaie. La chamelle frémit, puis demeura immobile, comme si elle comprenait que l'homme essayait de l'aider. Daniel retira deux petites pierres qu'il laissa tomber sur le sol. Il siffla doucement entre ses dents, secouant la tête. « La patte n'a rien. Mais c'est une mauvaise blessure. L'infection est en train de se propager. Cette bête a besoin d'un traitement. Je peux la soigner, mais d'abord, nous devons nous mettre à la recherche de sa propriétaire.

— Que voulez-vous dire ? s'enquit Emma d'un air anxieux.

— Peut-être s'est-il produit un accident et quelqu'un a-t-il besoin de notre aide.

— Vous ne suggérez quand même pas... » Elle secoua la tête. « Je ne veux pas me mêler de ça. Je suis une simple visiteuse. Vous devriez plutôt aller chercher de l'aide au village.

— Vous êtes médecin. S'il y a un blessé, je vais avoir besoin de votre assistance.

— Je suis chercheuse en médecine, pas praticienne », protesta Emma. En vérité, elle avait récemment repassé son brevet de secouriste, conformément au règlement de l'institut en matière de sécurité et de santé. Mais il était absurde de penser qu'elle allait se lancer dans une expédition en pleine brousse avec un homme qu'elle venait tout juste de rencontrer. D'un autre côté, elle savait que si la propriétaire des chameaux était retrouvée blessée, Daniel n'arriverait pas à se débrouiller seul ; sur le chemin du retour, il ne pourrait pas à la fois s'occuper de la victime et se concentrer sur la conduite.

« N'est-ce pas plutôt le travail de la police ? objecta-t-elle. De toute façon, nous n'avons même pas de véhicule, tant que Mosi n'aura pas réparé le Land Cruiser. »

Daniel poussa un petit grognement de dédain. « Je préfère encore me fier à cet engin. » Du geste, il montra le vieux Land Rover au fond de la cour.

Emma tourna vers l'épave un regard incrédule. Elle ne lui parut pas davantage en état de fonctionner que lorsqu'elle l'avait aperçue pour la première fois.

« Dans ce cas, reprit-elle, je crois que le mieux serait que vous vous rendiez au poste de police le plus proche. C'est aux policiers qu'il appartient de lancer des recherches. »

Avant de répondre, Daniel se dirigea vers la porte de derrière. Ramassant un jerrican en plastique, il alla le remplir au robinet. « Il me faudrait deux heures pour arriver en ville. » Levant la voix pour couvrir le bruit de l'eau, il poursuivit : « Et ensuite, la police devrait venir jusqu'ici. Nous pouvons gagner un temps précieux.

— Mais comment saurons-nous où chercher ? » À peine eut-elle formulé cette question qu'elle le regretta. Plus elle argumentait, plus elle s'impliquait. Si Simon s'était trouvé à sa place, elle le savait, il n'aurait même pas entamé la discussion.

« Je pourrais suivre les traces des chameaux, expliqua Daniel. Mais je sais déjà d'où ils viennent.

— Comment cela ? s'enquit Emma.

— Je connais la région comme ma poche. Pour les besoins de notre travail, nous posons des pièges pour capturer des animaux. Ndugu et moi, nous sommes allés partout, même dans les coins où les pasteurs massaï ne s'aventurent pas. Vous avez vu les pierres que j'ai retirées du pied de la chamelle ? On ne les trouve qu'en un seul endroit, dans le désert. »

Du geste, il indiqua le vaste paysage s'étendant derrière les mailles du grillage. Suivant la direction de son doigt, Emma contempla, par-delà les plaines, la montagne bleu-violet en forme de pyramide qui se dressait dans le lointain.

« Ne vous inquiétez pas, dit Daniel. Vous ne risquez rien. »

Elle réfléchit, en proie à une terrible indécision, tentant de peser le pour et le contre. Puis elle se tourna vers lui, encore incertaine. Ce fut alors qu'elle remarqua une petite touffe de poils roux collée au T-shirt de Daniel. Les sabots de l'agnelle avaient également laissé des traces noires sur le coton blanc. Et elle se rappela avec quelle douceur et quelle assurance en même temps il avait manipulé le petit animal.

Croisant son regard, elle hocha lentement la tête. « Allons-y. »

3

Le terrain était plat et nu et Daniel n'eut aucune difficulté à se tracer un chemin à travers la plaine, même si le vieux Land Rover faisait un bruit de ferraille chaque fois qu'ils roulaient sur une bosse, comme s'il était rempli de pièces détachées.

« Regardez bien tout autour de vous », dit-il à Emma. Lui gardait les yeux fixés sur le sol où l'on discernait de vagues indentations indiquant l'itinéraire emprunté par les chameaux. « Si vous apercevez quoi que ce soit d'anormal, prévenez-moi. »

Emma scruta le paysage, en quête d'une trace quelconque de la propriétaire des deux bêtes : une tache de couleur, la forme d'un corps, un mouvement dans cette étendue immobile. Mais elle ne distinguait aucun signe d'une quelconque présence humaine. Il n'y avait ni route ni piste, pas de huttes, de puits ou d'enclos à bétail comme elle avait pu en observer durant son trajet jusqu'à la station de recherche. Elle songea avec angoisse qu'il ne ferait pas bon tomber en panne dans un endroit pareil. Elle plissa les yeux pour mieux voir à travers le pare-brise orné de toiles d'araignées à l'intérieur et incrusté de boue à l'extérieur. De toute évidence, l'essuie-glace du côté passager ne fonctionnait plus depuis des années. Elle jeta un coup d'œil à l'alignement de jauges sur le tableau de bord rudimentaire et se détourna aussitôt. Mieux valait ne pas penser à l'essence, au niveau d'huile ou à la température du moteur…

Elle abaissa son regard sur le sac vert posé à ses pieds. Quand elle avait pris la décision d'accompagner Daniel, elle avait couru le chercher tandis qu'il rédigeait un message à l'intention de Mosi. À l'intérieur, soigneusement rangées dans ses nombreuses poches et compartiments, se trouvaient toutes les choses dont elle pensait avoir besoin en Afrique – y compris de l'écran solaire, une lotion antimoustiques spécialement conçue pour les régions tropicales, un gel antibactérien, un paquet de lingettes nettoyantes, des pansements adhésifs, un antiseptique iodé, des sachets de sels de réhydratation et un arsenal de médicaments. Au moment où elle avait préparé ses bagages, elle comptait certes effectuer un safari de luxe, pas une mission de sauvetage ; néanmoins, avoir à côté d'elle ce sac bourré à craquer la rassurait.

Ils atteignirent une zone où la terre nue avait été durcie par le soleil, et Daniel ralentit. « J'ai perdu les traces. » Se dressant à demi sur son siège, il passa la tête et les épaules par la vitre pour examiner le sol. Au bout de quelques minutes, il se rassit et accéléra. Emma se détendit, présumant qu'il avait retrouvé la piste. Tandis qu'il concentrait son attention sur la route, elle en profita pour l'étudier subrepticement. Il était très différent de Mosi. Son chauffeur avait un visage rond, assorti à sa silhouette dodue, et celui de Daniel s'harmonisait également à son corps, maigre et délicatement ciselé. Le soleil jouant sur sa peau mettait en relief ses pommettes, la courbe de ses lèvres et l'arête de son nez. Emma remarqua de légers sillons autour de sa bouche. C'était un homme qui devait sourire fréquemment, se dit-elle. Pourtant elle percevait également en lui une certaine gravité, presque de la solennité. Ne voulant pas être surprise en train de le dévisager, elle détourna prestement les yeux quand il s'adressa à elle.

« Nous sommes entrés dans le désert », annonça-t-il en agitant la main pour désigner leur environnement. Il n'y avait pratiquement pas d'arbres ; les rares qu'elle voyait étaient bas et rabougris. L'air était brûlant. Le sable gris était jonché de petites pierres. Çà et là se dressaient des rochers plus gros, des blocs noirs et rugueux à la surface grêlée. « Comme vous pouvez le constater, poursuivit Daniel, ce n'est pas un désert au sens propre du terme. C'est le mot qu'on emploie en anglais, mais en swahili, on l'appelle *nyika* – "la terre sauvage où personne ne vit". Vous savez que la Tanzanie portait jadis le nom de Tanganyika, ce qui signifie "La terre sauvage qui s'étend au-delà de la ville de Tanga". »

Emma n'était pas sûre d'avoir déjà entendu ce nom, mais n'en acquiesça pas moins. Ils se dirigeaient tout droit vers la montagne ; elle était encore loin, mais la brume se dissipait et on l'apercevait plus distinctement à présent. À sa surprise, Emma découvrit que les versants supérieurs étaient poudrés de blanc.

« Il y a de la neige au sommet du mont !

— De la lave blanche, rectifia Daniel. Ce n'est pas un volcan ordinaire. Pour les Massaï, c'est un lieu sacré, la montagne de Dieu. »

Emma contempla le lointain. Le paysage tout entier avait quelque chose d'irréel – les rochers noirs, les plaines grises, les flancs blêmes de la montagne : elle avait l'impression de voir une version en noir et blanc d'un film qui aurait dû être en couleurs.

Elle consulta sa montre. Ils roulaient depuis plus de deux heures et il était maintenant midi passé. Elle envisagea de dire à Daniel qu'elle préférait ne pas aller plus loin et qu'il était temps de faire demi-tour. Puis elle se représenta une femme, une étrangère comme elle, toute seule dans ce désert, blessée et désespérée. Elle se remit à fouiller le paysage du regard.

À mesure que le trajet se prolongeait, ils s'enfoncèrent tous deux dans le silence ; l'air devint dense, comme alourdi par un sentiment d'inutilité. Emma sentait le soleil brûlant du début de l'après-midi se déverser sur elle par une large déchirure en forme de V dans la toile du toit, juste au-dessus de sa tête. Elle ouvrit son sac pour en sortir le tube d'écran total et s'en enduisit généreusement le visage.

Daniel lui jeta un regard en biais, sans dissimuler sa curiosité.

« J'essaie d'éviter les coups de soleil, expliqua Emma.

— Votre peau n'est pas de la bonne couleur pour ce pays. Nous avons reçu un jour un visiteur hollandais. Il a eu le visage et les bras brûlés par le soleil. Sa peau se détachait par lambeaux, comme celle d'un serpent en train de muer. »

Emma plissa le nez d'un air dégoûté. Elle imaginait très bien ce qu'un tel spectacle avait pu inspirer à Daniel, lui dont la peau lisse et sans défaut ressemblait dans le soleil à du bronze poli.

Maintenant que le silence était rompu, elle ressentit un besoin impérieux de continuer la conversation.

« Où avez-vous étudié la médecine vétérinaire ? » s'enquit-elle. Daniel s'exprimait en un anglais tellement irréprochable qu'elle s'attendait plus ou moins à ce qu'il lui donne le nom d'une université anglaise ou américaine.

« Ici, en Tanzanie. D'abord à l'institut d'agronomie Sokoine, à Morogoro, puis à l'université de Dar es-Salaam. » Il s'interrompit pour contourner un énorme rocher. « Après l'obtention de mon diplôme, on m'a confié un poste à Arusha.

— Et depuis combien de temps travaillez-vous à la station de recherche sur la fièvre d'Olambo ?

— Trois ans, presque quatre.

— Qu'est-ce qui vous a incité à vous lancer dans ces recherches ? »

Daniel ne répondit pas tout de suite. Ses traits se figèrent, comme si un masque les avait soudain recouverts. « Des personnes que je connaissais sont mortes de cette maladie, dit-il enfin, en se tournant vers Emma. À vous, à présent. D'où venez-vous ? »

Emma hésita. Elle ne savait pas si elle devait lui fournir une version simplifiée, en s'abstenant de mentionner l'existence de sa belle-mère, Rebecca, ou qu'elle-même n'était qu'à moitié australienne – ou bien lui en révéler davantage, au risque de devoir répondre dans la foulée à toutes sortes de questions personnelles. Puis elle se rappela que Daniel savait déjà tout sur Susan. Pour une fois, elle pouvait s'exprimer librement. « Je suis née en Amérique, mais mon père est Australien. Aussitôt après la mort de maman, il a voulu rentrer dans son pays natal. Il ne supportait plus de vivre entouré de souvenirs.

— Ainsi, vous avez perdu votre foyer en même temps que votre mère.

— J'ai tout perdu. J'ai même été obligée de donner mon petit chat ; la loi sur la quarantaine est très stricte en Australie. J'ai refusé de parler à quiconque pendant plusieurs jours, quand on m'a pris Fifi. Et j'ai dû également faire mes adieux à Mme McDonald. C'était elle qui s'occupait de moi quand Susan n'était pas là. Elle me manquait terriblement. Je la considérais comme ma grand-mère. » Emma sourit à cette évocation. « Elle me disait que ma mère avait rejoint le Ciel, que je pouvais lui parler. Cela contrariait énormément mon père. Pour moi, c'était un immense réconfort, et cela n'avait aucune importance si ce n'était pas vrai. » Elle se tut, étonnée qu'il lui fût si facile de se confier à Daniel. Peut-être parce qu'il était tellement différent d'elle, dans sa façon de parler, le choix de ses mots. Ou peut-être parce qu'ils se trouvaient seuls tous les deux au milieu de nulle part et que sa réserve habituelle face à des inconnus ne paraissait plus de mise. « Donc, j'ai toujours vécu en Australie depuis lors. J'ai étudié à l'université de Melbourne. »

Daniel hocha la tête. « Vous êtes mariée ?

— Oui », répondit-elle, pour simplifier les choses ; cela faisait maintenant cinq ans qu'elle vivait avec Simon.

« Combien d'enfants avez-vous ?

— Aucun. »

Daniel garda le silence pendant un instant. Quand il reprit la parole, ce fut d'une voix empreinte de sympathie. « Je suis désolé. »

Emma le regarda, ahurie, puis sourit. « Non, tout va bien. Simon et moi avons choisi de ne pas avoir d'enfants, voilà tout.

— Pour le moment, compléta Daniel.

— Non, dit-elle en secouant la tête. Nous sommes tous deux extrêmement occupés. Je travaille à plein-temps dans un institut de recherche et Simon est un scientifique lui aussi. Nos vies sont suffisamment remplies et nous ne ressentons pas le besoin d'avoir des enfants, tout simplement. »

Daniel fronça les sourcils. Il s'apprêtait à parler quand, brusquement, il sursauta et donna un violent coup de frein. Les cages entassées à l'arrière vinrent s'écraser avec fracas contre la cabine.

Emma inspecta le sol, cherchant des yeux ce qui avait attiré l'attention de Daniel. Avant qu'elle ait repéré quoi que ce soit, il sauta à terre, en laissant tourner le moteur. Elle le vit se pencher et ramasser un objet jaune de forme cylindrique, à peu près grand comme la main. Regagnant son siège en hâte, il lui tendit une lampe de poche.

« Il y a des empreintes de chameau juste à côté, mais pas de traces humaines. Je pense que la torche est tombée de la sacoche de selle. » Il embraya et le véhicule repartit dans un soubresaut. Comme galvanisé par cette découverte, Daniel accéléra l'allure. Emma s'agrippa d'une main à la portière et s'arc-bouta de l'autre au tableau de bord.

Ce fut l'arbre qu'elle remarqua en premier – le bois blanc mis à nu, comme une blessure sur son tronc, là où une branche avait été arrachée. « Là-bas, regardez ! »

Daniel arrêta le Land Rover. Cette fois, il coupa le moteur et serra le frein à main.

« C'est là que les chameaux étaient attachés, dit-il en tendant le doigt. Les traces sur le sable montrent clairement qu'ils ont été pris de panique. »

Il balaya les environs du regard et Emma l'imita. Non loin de là se dressait un amas de pierres à la forme oblongue. Il avait exactement la taille d'une tombe. Le gros rocher à l'une des extrémités ressemblait même à une pierre tombale. Emma sentit son estomac se nouer d'appréhension.

« Restez derrière moi, murmura Daniel, tandis qu'ils mettaient pied à terre. Je veux examiner le sol pour éviter de brouiller les empreintes. »

Il mit un long moment à atteindre le monticule, marchant à pas précautionneux, courbé en deux, tournant la tête de côté et d'autre. La peau noire de ses pieds nus était grise de poussière. Emma l'observait, subjuguée par la manière dont il se déplaçait, tel un danseur exécutant une lente chorégraphie. Malgré sa tenue moderne, il ressemblait à un personnage surgi du passé.

Elle resta derrière lui, marchant dans ses pas et regardant par-dessus son épaule robuste. Le sol était en majeure partie couvert de pierres et aucune trace n'y était visible. Mais les surfaces sablonneuses étaient presque entièrement couvertes de petits creux et de bosses.

« Des hyènes sont passées par ici, déclara Daniel sans se retourner. Toute une meute. »

Emma jeta des regards craintifs autour d'elle, mais ne dit rien. Elle garda les yeux fixés sur le dos de Daniel, le T-shirt blanc tendu sur ses larges épaules. Quand ils arrivèrent près de l'amoncellement de pierres, il s'immobilisa soudain et enfonça sa main derrière un rocher au sommet aplati. Il remonta une sacoche en cuir, en la tenant par l'une de ses courroies, et la posa sur le rocher.

Emma la contempla longuement. Le cuir était usagé mais robuste. C'était un sac conçu pour durer et il avait été soumis à un long usage. Soulevant le rabat, elle jeta un coup d'œil à l'intérieur. La sacoche était profonde, et il était impossible de se faire une idée précise de son contenu. Après avoir brièvement consulté Daniel du regard, elle la retourna au-dessus de la table de pierre. Un tube de répulsif contre les insectes. Un exemplaire du deuxième tome des aventures de Harry Potter en livre de poche. Un chapeau de soleil. Et un grand sac en plastique rempli de comprimés blancs. Emma se pencha pour les examiner de plus près. Un M était imprimé sur chacun des cachets.

« De la morphine, expliqua Daniel. La marque bon marché que l'on vend en Afrique.

— C'est une grosse réserve. Trop grosse pour une seule personne, même gravement malade. »

Elle s'apprêtait à remettre les objets dans le sac lorsqu'un portefeuille noir tomba d'une des poches latérales. Elle le ramassa, éprouvant la douceur du cuir usé contre sa paume. En l'ouvrant, elle découvrit une photo protégée par un plastique transparent. Une femme blonde et une fillette, posant côte à côte, bras dessus bras dessous.

« Sûrement la mère et la fille, dit-elle en tendant la photo à Daniel. Elles ont les mêmes yeux et les mêmes cheveux. »

Toutes deux étaient vêtues à l'africaine, avec des *khanga*[1] identiques noués autour de leurs épaules et des bracelets en perles de verre sur leurs bras bronzés. C'était le genre de cliché qu'affectionnaient les touristes, une photo d'eux-mêmes déguisés en indigènes. La mère portait même des sandales confectionnées à partir de vieux pneus, comme on en vendait dans certains villages qu'Emma avait traversés avec Mosi. La fillette était pieds nus. Le regard d'Emma passa de la photo au tas de pierres, tandis que le malaise grandissait en elle. Elle fit un pas dans sa direction, puis se rappela qu'elle devait laisser Daniel la précéder.

Quand il fut arrivé à côté du gros rocher surplombant le monticule, il commença à retirer les pierres, les jetant de côté. Emma le rejoignit et se plaça en retrait pour éviter d'en recevoir. Elle entrevit un éclair de couleur sous l'un des cailloux et s'accroupit près de Daniel afin de l'aider. Des mouches bourdonnaient autour de son visage, mais c'est à peine si elle y prêtait attention. Bientôt, ils mirent au jour un pan de tissu, du coton africain aux coloris vifs, imprimé d'oiseaux. Ils poursuivirent leur tâche, avec des gestes rapides mais précautionneux. Petit à petit, le contour d'un visage humain apparut sous le linceul. D'abord la courbe du front. Puis le relief du nez. Le menton.

Daniel se tourna vers Emma. « Vous pouvez retourner au Land Rover, si vous préférez.

— Non. Ça ira. »

---

1. *Khanga* : Pièce d'étoffe rectangulaire en coton imprimé que les femmes portent traditionnellement pour se couvrir et qui leur sert aussi à transporter leurs bébés.

Quand l'extrémité du tissu eut été dégagée, elle regarda Daniel la rabaisser lentement, exposant une masse de cheveux blond-blanc recouvrant à demi un large front lisse. Puis elle aperçut des sourcils joliment arqués, des paupières closes bordées de longs cils reposant sur la peau – hâlée et cependant d'une pâleur livide. Le nez, les joues, le menton, les formes devinées à travers le coton, lui apparurent, sculptées dans la chair. Emma retint son souffle. Que cette femme était belle ! Le relâchement total des muscles du visage accentuait encore la délicatesse de la structure osseuse. Les lèvres fermées dans une expression paisible dessinaient un arc parfait.

Emma ferma les yeux un instant. C'était la femme de la photo, sans aucun doute possible. La mère...

Elle jeta à Daniel un regard oblique. Assis sur les talons, il contemplait le corps, les yeux plissés, la bouche crispée, comme s'il souffrait. Il semblait perdu dans ses pensées.

Elle se tourna de nouveau vers le corps. « Elle ne semble pas être là depuis longtemps. Il n'y a aucune odeur. »

Daniel la dévisagea d'un air hagard, puis reprit ses esprits. « L'air est très sec par ici, aussi est-il difficile d'en juger. Il faudrait voir si la rigidité s'est installée. » Il observa un silence. « Pourriez-vous examiner le corps ? »

Elle lui lança un regard interrogateur. Jusqu'à présent, c'était lui qui avait dirigé les opérations.

« Selon les traditions de mon peuple, expliqua-t-il, je ne dois pas toucher un cadavre du sexe opposé. C'est pourquoi il me serait difficile de procéder à l'examen. » Toute détresse avait disparu de ses yeux et il parlait d'une voix naturelle, comme s'il énonçait simplement un fait.

Emma acquiesça, dissimulant sa surprise. Comment un homme qui avait fait des études supérieures, un scientifique, pouvait-il se laisser encore gouverner par des tabous ancestraux ? Elle se sentait mal à l'aise dans le rôle qui lui était dévolu. Pour se donner de l'assurance, elle se rappela que, à l'institut, c'était elle qui dirigeait l'équipe et à qui les autres demandaient des instructions. Se penchant davantage, elle examina le corps et s'efforça de se remémorer ce qu'elle savait des symptômes post-mortem. Elle vérifia la nuque. La peau y prenait subitement une teinte violette, presque noire : le signe que le sang s'y était accumulé. Elle palpa les poches de son jean, cherchant la paire de gants jetables qu'elle avait sortie de son sac à dos. Elle les enfila, le latex se resserrant avec un bruit sec autour de ses poignets. Elle enfonça un doigt dans la chair violacée. Au bout de quelques secondes, elle le retira. Il n'y avait pas de trace livide, ce qui signifiait que le sang n'avait pas reflué sous la pression. La chair ne dégageait aucune chaleur, mais aucune odeur non plus. Prenant la tête de la morte entre ses deux mains, elle essaya de la tourner de côté ; elle la déplaça facilement, comme si la femme était profondément endormie.

« Je dirais qu'elle est morte depuis deux ou trois jours », déclara Emma sans lever les yeux.

Comme Daniel ne répondait pas, elle se retourna et le découvrit à quatre pattes, en train d'étudier le sol.

« L'enfant était ici, avec elle ! » annonça-t-il, les yeux agrandis par l'angoisse. Emma riva son regard au sien, tandis que le sens de ces mots pénétrait peu à peu son esprit.

« Regardez ! » Il indiqua une bande de sable gris sur lequel on distinguait nettement le contour d'un petit pied. L'empreinte était parfaitement moulée. Emma discerna même le creux plus profond laissé par l'avant-pied.

Daniel lui montra une autre trace, un peu plus loin. Il ouvrit la bouche, puis parut hésiter.

« Qu'y a-t-il ? s'enquit Emma.

— Il y avait un lion, également. Pas étonnant que les chameaux aient pris peur.

— Un lion !

— Cela n'a rien de surprenant. Cette région est le territoire des lions, pas celui des humains. »

Emma le dévisagea. « Le lion aurait-il pu tuer l'enfant ?

— Normalement, non, répondit-il, le visage creusé par un pli soucieux. Mais ce lion-là est blessé. Et un animal blessé peut être très dangereux. »

Il désigna une empreinte bien nette, sur une petite langue de sable. Pour Emma, elle ressemblait à celle d'un chat domestique, à cette différence près qu'elle était aussi large que sa main et que sa forme semblait présenter une anomalie.

« Un de ses coussinets est abîmé. C'est une très mauvaise blessure pour un animal sauvage, car elle ne peut pas bien cicatriser. Comme la chamelle, ce lion a besoin d'être soigné. » Il baissa de nouveau les yeux vers le sol. « Je crois qu'il y a d'autres empreintes ici, des petites, mais elles sont à peine visibles. »

Emma avala la boule qui lui obstruait la gorge. « Alors... où est l'enfant ? » Elle balaya du regard les mornes étendues de sable et de cailloux, tachetées çà et là par des amas de pierres ou de gros rochers déchiquetés. Elle se représenta un petit corps gisant quelque part dans ce désert. Ou peut-être rien qu'une flaque de sang séché, un lambeau de tissu...

Se tournant vers Daniel, elle lut la même inquiétude sur son visage de bronze. « Qu'allons-nous faire ? »

Daniel étrécit les yeux pour scruter le lointain. Puis il mit ses mains en porte-voix autour de sa bouche. « Hello ! Est-ce qu'il y a quelqu'un ? »

Les mots résonnèrent par-dessus la plaine. Ils attendirent, dans un silence tendu. Mais aucune réponse ne leur parvint.

Daniel regarda Emma. « Vous allez chercher de ce côté, moi de l'autre. Ne vous éloignez pas trop de la tombe. Vous devez veiller à ce qu'elle reste toujours à portée de vue. Et soyez extrêmement vigilante. Regardez bien où vous posez les pieds. »

Emma baissa les yeux vers le sol. Elle s'aperçut que ses chaussures de marche en toile, toutes neuves, étaient recouvertes de poussière, au point que les logos colorés brodés sur les côtés n'étaient plus visibles. Le bas de son pantalon était gris également et, sur l'une des jambes, il y avait une tache qui ressemblait à du cambouis. L'espace d'un instant, elle eut l'impression de contempler les pieds de quelqu'un d'autre.

Elle se mit en marche dans la direction opposée à celle qu'avait prise Daniel, en appelant à tue-tête : « Hello ! Y a-t-il quelqu'un ? »

Derrière elle, elle entendait la voix de Daniel crier les mêmes mots, comme un écho déformé de la sienne.

Parvenue dans une zone sableuse, elle se baissa pour chercher des empreintes, mais ne trouva qu'une série de traces en forme d'étoile, laissées par un gros oiseau. Elle essuya son visage en sueur avec sa manche, en pensant aux bouteilles d'eau dans le Land Rover. Il faisait tellement chaud ici, l'air était si sec... Deux ou trois jours sans nourriture n'avaient jamais tué personne, elle le savait. Mais il était sans doute impossible de survivre trois jours sans eau dans pareille fournaise. Même si les enfants étaient plus résistants que les adultes. Qu'ils mettaient plus de temps à mourir...

Elle reprit sa marche, appela, se remit à avancer, tout en fouillant des yeux le paysage environnant. Elle avait perdu toute notion du temps écoulé quand, soudain, elle entendit Daniel crier son nom et vit qu'il lui faisait signe de revenir vers la tombe.

« Avez-vous vu quelque chose ? demanda-t-elle d'un ton empli d'espoir, quand elle l'eut rejoint.

— Non, rien.

— Peut-être quelqu'un l'a-t-il secourue ?

— Il est rare que des gens passent par ce secteur. Il y a un village près de la montagne, où la terre est un peu moins sèche. Mais ici, il n'y a rien à brouter pour le bétail.

— Elle a pu parcourir une longue distance, en deux jours.

— Oui, reconnut Daniel. Il va falloir lancer des recherches. Nous devons avertir la police. Nous repartirons dès que nous aurons remis les pierres en place. »

Avant de l'ensevelir de nouveau, ils observèrent une minute de silence en contemplant le visage de la femme. Elle semblait si paisible, étendue à leurs pieds, comme si elle était simplement endormie...

« Je me demande ce qui lui est arrivé, dit Emma.

— Elle est morte de maladie, ou d'un accident, répondit Daniel. S'il y avait eu crime, on aurait dissimulé le corps, au lieu de chercher à le protéger.

— Qui l'a ensevelie ? demanda Emma, un pli intrigué entre les sourcils. Son mari, peut-être ? Ou un guide ?

— Non. Les seules traces que j'ai vues, ce sont celles d'une femme et d'un enfant. Celle du petit pied est d'une taille qui semble correspondre à celle de la fillette sur la photo.

— Je lui donnerais environ sept ans », acquiesça Emma. Elle se trompait rarement dans ce genre d'estimation, à ce stade de l'enfance ; elle gardait à jamais figée dans son esprit l'image d'elle-même à cet âge, lorsque sa vie avait changé du tout au tout. Chaque fois qu'elle était en présence de petits de sept ans – il y en avait deux, parmi les gosses de ses collègues de l'institut –, elle ne pouvait s'empêcher de chercher à établir une comparaison. Mais ils lui paraissaient toujours moins mûrs qu'elle ne l'avait été dans son souvenir, plus dépendants des adultes, plus émotifs.

Elle secoua la tête. « Je n'arrive pas à imaginer un enfant aussi jeune enterrant quelqu'un, et encore moins sa propre mère.

— Ce serait une chose terrible pour n'importe quel enfant. Et j'admets que peu de petits Européens en auraient la force. Ils mûrissent beaucoup plus lentement. Mais je ne vois pas d'autre explication.

— Si elle a été capable d'enterrer sa mère, peut-être est-elle également capable de veiller sur elle-même. Mais nous devons la retrouver le plus tôt possible. »

Elle se pencha pour remettre le linceul en place, recouvrant avec douceur le visage de la défunte. Puis ils empilèrent les pierres au-dessus du corps. Un à un, les oiseaux imprimés sur le tissu disparurent. Quand ils eurent terminé, Emma cueillit rapidement un petit bouquet de ces mêmes fleurs roses dépourvues de feuilles qu'elle avait vues dans le labo et le déposa au pied de la tombe. Pendant que Daniel rassemblait le contenu de la sacoche, elle demeura là, les yeux fixés sur les pétales recourbés couchés sur la roche dure et noire. Une brise légère caressa son visage. Une odeur de sève émanait des tiges brisées. Au loin, un oiseau poussa un cri strident.

Elle se représenta la femme cachée sous ces pierres. Il était difficile d'imaginer le tourment qu'elle avait dû endurer à l'approche de la mort. Quand Susan était morte, elle savait qu'Emma était en sécurité près de son père et de Mme McDonald. Mais mourir en laissant sa fille toute seule, exposée au danger… Emma se mordit violemment la lèvre, cherchant délibérément la douleur. Elle croisa les bras autour de son torse, sans pouvoir détacher son regard du tumulus. L'air immobile était chargé d'une sorte de tension, comme une respiration suspendue. Elle avait la sensation étrange que l'esprit de la morte hantait ce lieu et que l'inconnue comptait sur elle pour accomplir la mission qu'elle-même n'avait pu mener à bien – retrouver sa petite fille et la ramener en lieu sûr.

Désemparée, Emma se passa une main sur le visage. Sans doute était-elle en état de choc. N'importe qui l'aurait été, après une telle expérience. Mais, tandis qu'elle s'éloignait en direction du Land Rover, le sentiment qui l'avait envahie près de la tombe ne fit que s'intensifier. Il la talonnait, la forçant à accélérer le pas.

« Dans quelle direction se trouve le poste de police ? demanda-t-elle à Daniel en le rejoignant.

— Malangu est par là », répondit-il avec un geste du bras vers la droite. Par là, c'était encore le désert, le même sol caillouteux, la même roche, les mêmes étendues vides et grises.

« Donc, nous pouvons nous y rendre directement ? »

Daniel secoua la tête. « Nous devons repartir par le même chemin, afin de regagner la route. Mais, je croyais que vous vouliez rentrer à la station de recherche ? Je pourrais vous déposer là-bas. Mosi devrait être revenu du village, à l'heure qu'il est.

— Non, je viens avec vous. »

Daniel parut surpris, mais hocha la tête, comme s'il comprenait que ses priorités avaient changé. Elle eut l'impression que le regard qu'il posait sur elle était empli de respect. « Nous pouvons essayer de nous rendre directement à Malangu. Mais je ne l'ai encore jamais fait.

— Avez-vous une carte de la région à bord ?

— Je n'utilise jamais de carte, rétorqua-t-il, scrutant intensément le lointain. Il y a longtemps que je n'ai pas parcouru ce secteur à pied, mais je l'ai souvent fait dans mon enfance, quand je gardais le bétail. Il est possible qu'il ne soit pas franchissable en voiture. Mais ça vaut la peine d'essayer. Nous arriverions beaucoup plus vite à Malangu.

— Alors, partons tout de suite. »

Avant de s'installer au volant, Daniel prit un jerrican sur le siège arrière et versa de l'essence dans le réservoir. L'odeur se répandit dans l'air. Emma, impatiente, regardait sa montre.

Quand ils démarrèrent enfin, Emma jeta un dernier regard vers la tombe. La tache rose du bouquet était parfaitement visible sur ce fond gris sombre. Elle devint de plus en plus petite, puis disparut.

4

Emma appuya son coude contre la portière et posa sa tête au creux de sa main. Bercée par le cahotement régulier du Land Rover et le vrombissement continu du moteur, elle se serait peut-être endormie si les images des événements de la journée ne lui étaient constamment revenues à l'esprit, de manière fragmentaire, mais avec une netteté saisissante.

Ils durent faire des détours pour éviter de profondes ravines et, à un moment donné, ils furent même obligés de rebrousser chemin, mais en fin d'après-midi le paysage commença à changer, le désert plat et caillouteux cédant la place à une savane arbustive. Daniel se dirigea vers un village massaï, un ensemble de cases en terre grise disposées en cercle, entouré d'une épaisse ceinture de broussailles également grises et de groupes d'ânes de la même couleur. En approchant, Emma aperçut aussi des vaches et des chèvres, ainsi que des moutons à la laine rousse et à la large queue aplatie – versions adultes de l'agnelle de Daniel. Les bergers, drapés dans des étoffes à carreaux rouges, se découpaient sur ce fond presque incolore. Daniel les salua au passage et ils levèrent leurs lances ou leurs bâtons en réponse.

« Comment peut-on réussir à vivre ici ? » demanda Emma quand le village fut derrière eux. Il semblait n'y avoir ni herbe pour le bétail, ni cultures, ni eau.

« Nous savons nous adapter, répondit Daniel, une note de fierté dans la voix. Nous sommes capables de trouver l'eau cachée sous la terre et les endroits où l'herbe pousse, même dans le *nyika*. Nous l'avons appris de nos pères.

— Vous êtes massaï... » Elle tenta de se représenter son compagnon vêtu d'une couverture à carreaux, portant des colliers de perles et une lance, comme les hommes qu'ils venaient de croiser. C'était à la fois aisé et difficile. Il paraissait à l'aise dans ses vêtements occidentaux, avec le cordon de son iPod dépassant d'une de ses poches. Et, bien sûr, il possédait un diplôme universitaire et dirigeait un projet de recherches scientifiques. Mais il était grand, comme les pasteurs de son peuple, et avait le même maintien, très droit et cependant gracieux. Et puis, il y avait l'expertise avec laquelle il avait suivi les traces des animaux, la manière dont il posait les pieds sur le sol, délicatement, presque amoureusement...

Il se tourna vers elle, son sourire accentuant les plis autour de sa bouche. « Mon *manyata* se trouve tout près d'ici. Si nous y allions, vous y verriez mes frères, mes cousins, mes oncles et tantes, ce qui représente un grand nombre de gens. Vous feriez la connaissance de mon père et aussi de ma mère. » Quand il parlait de sa famille, sa voix et son regard se teintaient d'affection. « Mais ce n'est pas possible aujourd'hui. Quand on va dans un *manyata*, il faut avoir assez de temps devant soi pour savourer le festin de bienvenue. »

Emma lui rendit poliment son sourire. Elle n'avait rien mangé depuis le petit déjeuner et son estomac criait famine ; mais elle se réjouit en elle-même qu'il leur fût impossible de participer à pareil festin. Elle ne voulait pas être confrontée à ce dilemme : se montrer impolie en refusant de manger, ou risquer de contracter la brucellose en buvant du lait non bouilli. Elle repensa avec nostalgie au petit déjeuner qu'elle avait pris à l'hôtel où elle avait passé la nuit, en venant d'Arusha : des œufs à la coque, des toasts, des croissants chauds et du jus de papaye. Mais, comme les nappes blanches soigneusement amidonnées, l'air chargé d'une bonne odeur de café frais, les vases emplis de fleurs tropicales, ce repas lui semblait à présent appartenir à un monde entièrement différent.

« J'espère que nous trouverons de quoi manger à Malangu, dit-elle. Je suis affamée.

— Nous pourrons nous restaurer, déclara Daniel. Mais d'abord, nous irons au poste de police. La journée touchera à sa fin lorsque nous arriverons. Pour patienter, vous pouvez prendre un bonbon. » Plongeant la main dans le vide-poches de sa portière, il en sortit un paquet de caramels. « C'est ma réserve secrète, à utiliser seulement en cas d'urgence. Je suis obligé de les cacher, à cause de Ndugu. » Son expression était sérieuse, mais on décelait de l'espièglerie dans sa voix.

Emma en prit un et l'eau lui vint à la bouche tandis qu'elle ôtait le papier qui l'entourait. Dès qu'elle se mit à le mastiquer avec avidité, elle eut l'impression de sentir le sucre se répandre dans son sang, renouvelant son énergie.

« Nous ne devrions pas tarder à atteindre une route, reprit Daniel. En haut de cette colline. »

Quand ils parvinrent à l'endroit qu'il avait désigné, le ruban pâle d'un chemin de terre apparut entre les broussailles. Daniel dut accélérer pour faire franchir au Land Rover le petit talus qui le bordait. Après avoir tourné à gauche, sur la surface relativement lisse, il se renfonça dans son siège, manœuvrant le volant d'une seule main. Au bout de quelques kilomètres, ils arrivèrent à une rivière, un filet d'eau argentée serpentant entre des berges nues. Daniel ralentit à peine pour la traverser, faisant jaillir de petites vagues sous ses roues. Emma songea fugitivement que, si Simon avait été au volant, elle se serait cramponnée à son siège en s'arc-boutant des pieds au sol de toutes ses forces. Mais Daniel conduisait avec une assurance telle qu'elle en devenait communicative. Il traitait le véhicule comme un prolongement de son propre corps, aussi à l'aise sur ce terrain qu'il l'était lui-même.

Bientôt, ils passèrent devant des jardins poussiéreux où s'alignaient des plants de maïs. Elle aperçut aussi des bananiers chétifs, des papayers et des huttes carrées en terre avec des toits de tôle rouillée. Les gens levaient les yeux à leur passage. Chaque fois, Daniel leur adressait un petit geste de salutation.

« Vous les connaissez tous ? s'étonna Emma.

— Non, mais si mon regard croise celui d'un autre, je dois le saluer. »

L'espace entre les habitations se réduisit, la population se fit plus dense. Le long de la route se dressaient des rangées de minuscules échoppes aux façades bariolées, aux fenêtres sans vitres munies de barreaux. Il y avait quantité de gens, à présent, et une faible circulation composée essentiellement de vieilles voitures et de camions, avec, de temps à autre, un minibus hors d'âge. Emma s'attendait à voir apparaître des constructions plus élaborées – des bâtiments officiels à deux étages, des bureaux, des hôtels – mais l'étroite route se termina brusquement devant une place en terre battue autour de laquelle étaient disposées d'autres boutiques. Tout au fond, une petite église surmontée d'une croix et une mosquée couronnée d'un dôme vert. Entre les deux, une estrade décorée de bannières colorées. Sur un côté de la place s'érigeait un long bâtiment en brique d'argile devant lequel on avait délimité une petite cour au moyen de pierres peintes en blanc. Au milieu de cette cour, on avait planté un mât au sommet duquel un drapeau tanzanien pendait mollement dans l'air immobile.

Daniel engagea le Land Rover entre deux gros rochers marquant l'entrée de la cour et alla se garer devant la porte de l'édifice. Il coupa le moteur.

« Nous y sommes. »

Tendant le bras vers le siège arrière, il s'empara d'une paire de bottes en cuir. Quand il les eut enfilées, il descendit, en emportant la sacoche et la torche électrique.

Emma prit son sac à bandoulière et le rejoignit. En équilibre sur une jambe, Daniel essuya le bout d'une botte sur la jambe de son pantalon, puis fit de même avec l'autre. Il épousseta ensuite son T-shirt.

« J'aurais dû mettre une chemise, dit-il à Emma.

— Au moins, brossez la terre laissée par les sabots de l'agneau, conseilla Emma, pointant le doigt vers son torse en prenant garde de ne pas le toucher. Et enlevez les poils. »

Elle le regarda faire, avant de hocher la tête en signe d'approbation. « C'est mieux. »

Pendant cette conversation, un petit garçon était grimpé sur le capot du Land Rover et il était à présent assis sur le pneu de rechange qui y était arrimé.

« Il surveillera nos affaires, dit Daniel. Vous pouvez laisser ça dans la voiture, si vous voulez », ajouta-t-il en montrant le sac vert.

Elle refusa d'un geste et serra la courroie plus fort entre ses doigts. Au fond du sac se trouvait une pochette en plastique contenant son passeport, ses cartes de crédit, son billet d'avion, son carnet de vaccination et son itinéraire de voyage. Elle n'avait nullement l'intention de les confier à un gamin.

Daniel la précéda jusqu'à l'entrée du poste de police. « Je vous raconterai tout ce qui aura été dit, après la fin de l'entretien, l'informa-t-il par-dessus son épaule. Le policier comprendrait sûrement l'anglais, mais ce sera plus facile de tout lui expliquer en swahili. »

Emma eut envie de protester, de rétorquer qu'elle voulait pouvoir suivre la conversation, mais elle prit conscience que la situation était trop grave pour courir le risque d'un malentendu. Elle demeura derrière Daniel tandis qu'il poussait une porte percée de minuscules trous laissés par des punaises. Un lambeau d'affiche était encore accroché à l'une d'elles, les lettres décolorées par le soleil.

L'officier de police était assis derrière un bureau en bois, penché au-dessus d'un gros cahier à pages lignées. À côté de lui, un amas de documents dépareillés se déversait d'un épais classeur en carton. À l'entrée d'Emma et de Daniel, il posa son stylo et leva la tête, son regard passant alternativement de l'un à l'autre. Au bout d'un instant, il posa ses mains à plat sur le bureau et se hissa sur ses pieds. C'était un véritable colosse, grand et lourd. Sa peau presque noire se fondait avec le vert olive de son uniforme et le rouge foncé de son béret, lui conférant une aura d'autorité menaçante.

« Puis-je vous être utile ? » s'enquit-il, en regardant sa montre comme pour leur signifier qu'il était bien tard.

Daniel posa la sacoche et la lampe sur la table et se mit à parler d'un ton calme et mesuré. Emma écouta avec attention, poussée par la pensée irrationnelle que, si elle se concentrait suffisamment, elle comprendrait peut-être la conversation. Tout à coup, les deux hommes haussèrent le ton, échangeant une volée de reparties rapides. Emma fut traversée d'un frisson d'anxiété ; elle n'avait aucune peine à imaginer la réaction du policier devant ce récit. Daniel et elle avaient dérangé une sépulture. Ils avaient déplacé des indices qui pouvaient se révéler liés à un crime. Et le fait était qu'ils n'avaient pas la moindre idée de ce dans quoi ils s'étaient fourrés. Par-dessus l'épaule de l'officier, elle distinguait un couloir obscur bordé de cellules qui ressemblaient à des cages, avec des barreaux du sol au plafond. Ce spectacle lui rappela des images vues à la télévision – des touristes accusés de trafic de drogue et enfermés dans des geôles étrangères. Songeant au sac rempli de cachets de morphine, elle détourna vivement les yeux. Sur sa droite, il y avait une fenêtre donnant sur la place. Pour occuper son esprit, elle observa deux hommes qui détachaient les bannières de l'estrade pour les replier en petits paquets bien nets. Une cérémonie officielle avait dû avoir lieu dans la journée, se dit-elle, et tout était à présent terminé.

Quand le policier disparut dans une autre pièce, Daniel adressa à Emma un sourire rassurant. L'officier revint, tenant à la main une carte pliée ; il la déploya sur le bureau, la tournant vers Daniel.

Celui-ci l'étudia longuement, sourcils froncés, le doigt hésitant au-dessus du papier. Le policier avait l'air tout aussi perdu.

« Nous sommes tous les deux originaires de cette région, expliqua Daniel. Il connaît l'endroit dont je parle. Mais nous devons le situer sur la carte, afin qu'il puisse l'indiquer aux autres. »

Emma jeta elle aussi un coup d'œil. C'était une carte topographique, comportant une profusion de détails propres à déconcerter les non-initiés. Elle repéra les courbes de niveau du volcan, dessinées à traits épais, et l'étendue d'un beige uniforme représentant les plaines désertiques. Il ne lui fallut pas longtemps pour reconstituer l'itinéraire qu'ils avaient suivi et trouver l'emplacement de la tombe. « C'est ici, dit-elle en plantant son doigt sur la carte.

— Vous êtes une experte », déclara Daniel, visiblement impressionné. Fugitivement, Emma se demanda combien d'autres femmes blanches il avait rencontrées et à quoi elles ressemblaient.

« Je vis avec un géologue, répondit-elle. Nous avons accroché des cartes sur les murs de notre salon, à la place de tableaux. »

Daniel plaça une main sur le papier, sa paume couvrant le lieu où reposait la morte, puis il dit quelque chose au policier. Emma devina qu'il lui expliquait où il devait concentrer ses recherches.

« Comprend-il l'urgence de la situation ? » demanda-t-elle.

L'officier se tourna vers elle, le regard sévère. « Il s'agit en effet d'un cas d'extrême urgence. Je vais téléphoner tout de suite au commissariat d'Arusha. » Son anglais était parfait, quoique teinté d'un fort accent africain. « Des recherches aériennes et terrestres seront organisées dès qu'il fera jour. Ne vous inquiétez pas, je veillerai à ce qu'on fasse le maximum pour retrouver l'enfant. Dès que nous connaîtrons la nationalité de la défunte, son ambassade sera contactée et elle préviendra la famille : le mari de cette femme, le père de l'enfant. »

Emma le regarda, surprise. « Avez-vous déjà organisé des opérations de ce genre ?

— Nous avons eu un cas semblable, il y a quelques années. Un Américain s'était perdu. Il comptait traverser le continent à pied, expliqua le policier, secouant la tête d'un air désapprobateur. Il n'a pas été difficile à retrouver. » Il replia la carte et la remporta.

« Lui avez-vous parlé des chameaux ? glissa Emma à Daniel, baissant la voix.

— Oui. Il a dit qu'ils auront besoin de leur camion pour les recherches, mais qu'ensuite, ils viendraient chercher les bêtes. »

Emma éprouva un vif soulagement à cette annonce. Tout allait s'arranger. Le policier lui inspirait confiance et elle ne doutait pas qu'il allait entreprendre des recherches méthodiques. Vu d'un petit avion, le désert serait aussi lisible qu'un livre ouvert. Si la fillette était encore en vie, quelque part dans cette étendue, elle serait retrouvée. Elle se représenta la tombe, là-bas dans cette région désolée. À présent, elle avait le sentiment d'avoir accompli son devoir.

« Vous pouvez partir, déclara le policier en regagnant sa place. Mais vous devrez revenir tous les deux ici après-demain. Vendredi. »

Emma fronça les sourcils. « Je vous demande pardon ? Je ne comprends pas.

— L'inspecteur viendra d'Arusha demain. C'est lui qui dirigera les recherches et il sera donc très occupé. Mais le lendemain, il aura le temps de recueillir vos dépositions. Venez après le déjeuner. Vers trois heures. »

Emma ouvrit la bouche pour objecter que c'était impossible : elle était attendue au Seronera Lodge, dans le Serengeti, et si elle n'arrivait pas à temps, le groupe partirait sans elle. Mais un coup d'œil au visage renfrogné du policier l'en dissuada et elle se contenta d'acquiescer.

Elle suivit Daniel au-dehors et, sitôt à distance suffisante, elle s'exclama : « Devons-nous vraiment revenir ici ?

— Il le faut, répondit-il d'un ton ferme. On ne discute pas avec la police. S'ils jugent que vous leur manquez de respect, ils vous causeront encore plus de tracas. »

Comme ils se dirigeaient vers le Land Rover, il lui montra quelque chose à l'angle de la place. Emma leva les yeux. Au-dessus des immeubles se dressait une haute tour rouge et blanc – une antenne relais de téléphonie mobile. Elle avait été trop préoccupée pour la remarquer lors de leur arrivée. La construction paraissait bizarrement incongrue dans ce lieu.

« Vous devez capter parfaitement le signal, ici. Profitez-en pour téléphoner », dit Daniel.

Elle le regarda sans comprendre, l'espace d'une seconde, puis acquiesça. « Oui, il faut que je contacte l'agence de voyages.

— Et votre mari », suggéra-t-il.

Elle se demanda si c'était le moment de lui expliquer que Simon et elle n'étaient pas mariés, mais cela lui parut dénué d'importance. « Inutile de le déranger. Il est en voyage d'études, il ne saura même pas que j'ai dû modifier mes plans. »

Daniel hocha la tête, l'air quelque peu perplexe. Quand ils atteignirent le Land Rover, le garçonnet les salua de la main et demeura où il était, balançant nonchalamment ses jambes maigres. Tandis que Daniel fouillait ses poches en quête de monnaie, elle porta son regard vers la place. Le soleil était bas dans le ciel et des traits de lumière poussiéreux la traversaient obliquement. Des écoliers en uniforme bleu, pieds nus, jouaient avec un ballon confectionné au moyen de chiffons. Un homme à bicyclette, escorté d'un gros chien, se frayait en zigzaguant un chemin au milieu des enfants. Tout autour de la place, des femmes vêtues d'étoffes éclatantes, un bébé accroché dans leur dos, flânaient d'une échoppe à l'autre. Le bruit de leurs bavardages enjoués flottait dans l'air. Ici, personne ne se hâtait ; il régnait une atmosphère de paix et d'harmonie. Ce n'était pas le genre d'endroit, elle s'en rendait compte, où perdre un jour ou deux de son temps devait avoir beaucoup d'importance. Elle pensa à l'autocollant sur le pare-chocs du Land Cruiser de Mosi, portant l'inscription : *En Afrique, ne soyez pas pressé.* En le lisant pour la première fois, elle s'était demandé si c'était un avertissement à l'intention des clients, leur conseillant de ne pas s'attendre à une ponctualité rigoureuse. À présent, elle comprenait qu'il s'agissait sans doute d'un commentaire d'un ordre plus général sur la vie dans ce continent. Elle soupira en passant une main dans ses cheveux. Daniel avait été très clair : elle n'avait pas d'autre choix que de changer ses projets. Elle devrait s'accommoder au mieux de la situation. Au moins, elle aurait des informations de première main sur les résultats des opérations de recherche de demain. Elle s'imagina revenant au poste de police pour découvrir la fillette saine et sauve et attendant, sous la garde bienveillante du policier, l'arrivée de son père ou d'un autre membre de sa famille, qui saurait la consoler.

Daniel roula jusqu'à l'autre bout de la place et se gara de nouveau devant un bâtiment dont les murs n'arrivaient qu'à hauteur de taille, sans vitres pour les surmonter, seulement des ouvertures béantes. La porte était peinte en jaune et vert vif ; au-dessus d'elle était accrochée une enseigne sur laquelle on avait écrit à la main : *Salaam Café.*

« Nous allons manger ici, déclara Daniel. Ensuite, nous rentrerons à la station de recherche pour y passer la nuit. »

Emma le regarda en silence, effarée par l'idée de dormir là où Susan était morte. Elle promena son regard autour de la place, mais n'aperçut rien qui ressemblât de près ou de loin à un hôtel. Son seul espoir, c'était qu'il y eût dans cette ville un quartier plus moderne, qu'elle n'avait pas encore vu. Même la plus modeste des chambres d'hôte serait préférable au centre de recherche.

« N'existe-t-il aucun endroit où je pourrais dormir, à Malangu ?

— Aucun endroit susceptible de recevoir des étrangers. Je crains que vous n'ayez pas le choix. Vous devez revenir avec moi. » Il y avait une lueur de sympathie dans ses yeux, comme s'il comprenait combien cette perspective l'effrayait.

Emma serra les lèvres. La station n'était jamais qu'un bâtiment, se rappela-t-elle, une construction de brique et de bois. Elle pouvait y rester. Bien sûr qu'elle le pouvait. Il lui suffirait d'écouter sa raison plutôt que ses sentiments, comme elle le faisait dans son travail, à l'institut. Le directeur du laboratoire le lui avait maintes fois répété : les émotions devaient être mises de côté, car elles risquaient de nuire au jugement. Elle se força à sourire.

Daniel lui sourit en retour. « Je serais heureux que vous m'aidiez à m'occuper des chameaux. Il va falloir les nourrir, ce soir.

— Oui, bien entendu », répondit-elle, en s'efforçant de ne pas laisser paraître qu'elle avait oublié jusqu'à leur existence. Elle n'avait pas l'habitude de songer aux besoins des animaux. Après avoir perdu son petit chat, elle n'avait plus jamais voulu d'animal de compagnie. Et Simon et elle n'avaient jamais envisagé d'en avoir de nouveau. Ils voulaient être libres.

Daniel descendit du Land Rover et fit signe à Emma de le suivre. Comme elle refermait la portière, le petit garçon qui avait gardé le véhicule un peu plus tôt arriva, essoufflé d'avoir traversé la place à toute allure, et se percha de nouveau sur le capot.

Daniel poussa la porte jaune et vert et guida Emma vers l'un des hauts tabourets disposés devant le bar, fait de bois peint en blanc.

« S'il vous plaît, attendez-moi ici. Je reviens tout de suite. » Sur ces mots, il disparut derrière une autre porte, à gauche du bar.

Emma s'assit sur le tabouret, son sac posé à côté d'elle, la courroie passée autour de son bras pour plus de sécurité. Appuyant son coude sur le comptoir, elle cala son menton au creux de sa main et regarda autour d'elle. Il y avait une armoire frigorifique remplie de bouteilles de bière et de boissons gazeuses, mais les seules denrées comestibles paraissaient être des morceaux de poulet froid et des samosas, exposés sur le comptoir et qui paraissaient être là depuis un bon moment. Ils auraient aussi bien pu être placés dans un incubateur de bactéries. Elle tenta de trouver les excuses qu'elle fournirait à Daniel s'il lui proposait d'en manger.

Elle assena une claque à un moustique vrombissant près de son oreille gauche. Sortant son répulsif de son sac, elle s'en aspergea le visage et les cheveux en se protégeant les yeux de la main. Puis elle rabaissa les manches de son T-shirt sur ses bras et releva son col. Tournant son regard vers le poste de police, de l'autre côté de la place, elle se représenta l'officier à son bureau, déjà à l'œuvre, en train de passer des coups de fil et de dresser des listes dans son cahier.

Elle consulta son portable. Elle n'avait reçu aucun message – elle avait acheté une carte SIM auprès d'une compagnie locale, Vodacom, et n'avait transmis le numéro par SMS qu'à son assistante du labo. Elle avait l'impression d'être coupée du monde. L'espace d'un instant, elle envisagea de téléphoner à Simon – comme Daniel s'était attendu à ce qu'elle le fît – mais elle savait que c'était inutile. Simon était lui aussi loin de tout, dans un monde à part, l'Antarctique. Un lieu qui, dans son imagination, lui apparaissait comme une immensité blanche, froide et vide. Le bout du monde. Elle pouvait lui envoyer des e-mails et également lui téléphoner par satellite. Mais chaque fois qu'elle l'avait appelé, il lui avait semblé distrait, comme si elle l'avait dérangé en l'arrachant à sa tour d'ivoire. Elle comprenait ce que c'était d'être entièrement absorbé par son travail, aussi s'efforçait-elle d'écourter les conversations. Mais elle sentait néanmoins qu'il préférait qu'elle s'en tienne aux e-mails. Elle eut un petit sourire sarcastique en regardant son mobile. Elle imaginait fort bien comment Simon réagirait, si elle l'appelait pour lui raconter où elle était et comment elle était arrivée là. Il serait sidéré qu'elle se soit laissé entraîner dans une histoire comme celle-là. Son credo, c'était qu'il ne fallait jamais se mêler des affaires d'autrui. De la sorte, on évitait les complications, avait-il souvent déclaré à Emma. Si l'on commençait à brouiller les lignes de démarcation, c'était le chaos, au travail comme dans la vie.

Écartant ces pensées, Emma feuilleta le document détaillant son itinéraire, jusqu'à ce qu'elle ait trouvé le numéro de téléphone du Seronera Lodge. Quand on lui répondit, elle expliqua qu'elle avait été retardée pour des raisons indépendantes de sa volonté.

« Ne vous inquiétez pas, madame, la rassura son correspondant. Vous pourrez rejoindre le groupe à Ngorongoro. Je me charge de tout. »

Au moment où elle rangeait son téléphone dans son sac, Daniel reparut. Il était accompagné par un jeune garçon vêtu d'un maillot de corps déchiré, portant deux assiettes abondamment garnies de riz. Le fardeau semblait trop lourd pour ses bras grêles, mais ses mains étaient fermes.

Emma les suivit jusqu'à une table et s'assit. Le garçon posa une assiette devant elle et l'autre devant Daniel, puis, d'un pas nonchalant, se dirigea vers le bar.

Le riz était cuisiné à l'indienne, avec des épices entières, mélangé à de petits morceaux de viande et de légumes. Il semblait avoir été préparé à l'instant et dégageait une vapeur odorante. L'assiette et les couverts étaient d'une propreté immaculée. Emma sentit la faim monter en elle.

« Ce n'est pas la nourriture servie habituellement ici, déclara Daniel ; l'épouse du propriétaire l'a préparée pour sa propre famille. Je lui ai demandé si elle pouvait nous en donner un peu, en expliquant que vous devez faire très attention à ce que vous mangez.

— Merci. C'est très courtois de votre part », répondit Emma, sincèrement reconnaissante. Il y avait longtemps qu'un homme ne lui avait pas manifesté autant d'attention. Pas seulement parce que Simon était absent depuis des mois, mais surtout parce que leur relation était fondée sur une stricte égalité. Chacun d'eux était censé être capable de se débrouiller seul. Il en allait de même avec ses collègues masculins de l'institut.

« Qu'aimeriez-vous boire ? s'enquit Daniel. Du Coca ? Une bière ?

— Je prendrais volontiers une bière, répondit-elle. C'est moi qui réglerai l'addition. »

Daniel accepta cette offre d'un hochement de tête. « Quelle marque préférez-vous : Tusker, Kilimanjaro, Safari ?

— C'est vous l'expert, rétorqua-t-elle en souriant. Choisissez. »

Attirant l'attention du garçon, il commanda : « *Kilimanjaro mbili !* » Se tournant vers Emma, il poursuivit : « C'est une bière locale. Certains préfèrent la Tusker, mais elle est fabriquée au Kenya. »

Le gamin leur apporta deux bouteilles, les goulots glissés entre les doigts d'une main. Après les avoir déposées sur la table, il les ouvrit d'un geste habile, à l'aide du décapsuleur accroché à une ficelle autour de son cou. Il paraissait bien trop jeune pour faire preuve d'autant d'assurance et d'efficacité.

« Quel âge as-tu ? lui demanda Emma.

— *Una miaka mingapi ?* » traduisit Daniel.

Le garçon brandit six doigts en l'air.

« Tu fais du bon travail », approuva Emma.

Daniel transmit le compliment à son destinataire, tout en secouant la tête. « Il va s'attendre à un gros pourboire, maintenant. » Il parut sur le point de congédier le gamin, mais, au lieu de cela, entama une discussion avec lui. Le petit parlait d'un ton animé, tandis que Daniel se penchait pour regarder l'estrade à l'autre bout de la place.

Quand l'échange prit fin et que le gamin se fut éloigné, Daniel expliqua la teneur de sa conversation à Emma : « Je lui ai demandé quelle cérémonie officielle s'était tenue ici. Il m'a raconté qu'ils avaient reçu la visite d'un personnage très important, Joshua Lelendola, le ministre de l'Intérieur. »

Emma essaya de paraître impressionnée. La manière dont il avait prononcé ce nom suggérait qu'il éprouvait un profond respect à l'égard du politicien. Et l'on s'était donné beaucoup de mal pour décorer l'estrade. Sans doute la population accordait-elle davantage d'intérêt aux hommes politiques ici qu'en Australie.

« Joshua est un ancien condisciple, reprit Daniel. Il est également massaï. Nous étions les meilleurs amis du monde. » La déception s'insinua dans sa voix. « Malheureusement, il n'est plus ici. Il est reparti pour Dar es-Salaam. » Il parut alors se rappeler la nourriture placée devant eux et, du geste, invita Emma à manger.

Pendant qu'elle goûtait la première bouchée, il se pencha vers elle, guettant sa réaction. Elle vit l'amorce d'un sourire apparaître sur ses traits – elle avait remarqué qu'il avait une façon bien à lui de retenir son sourire, les lèvres fermées dans un premier temps, puis les ouvrant largement d'un seul coup. Et à ce moment-là, son visage se transformait.

« C'est délicieux ! » déclara-t-elle. Le sourire de Daniel s'épanouit, et elle prit une seconde bouchée, fermant les yeux pour mieux la savourer. Le *pilau* avait un goût de cardamome et de clou de girofle ; les petits morceaux de poulet qui l'agrémentaient étaient tendres à souhait.

Elle mangea avec voracité, ne s'interrompant que pour boire de longues gorgées de bière à même la bouteille. Elle ne s'arrêta que lorsque son assiette fut vide et la bière presque terminée.

En relevant les yeux, elle fut étonnée de voir combien le temps avait passé vite. La place était maintenant plongée dans l'ombre ; le soleil avait disparu derrière les bâtiments. Le jour touchait à sa fin.

Le jour de son trente-deuxième anniversaire...

« C'est mon anniversaire, ne put-elle s'empêcher de dire.

— Aujourd'hui ?

— Oui.

— Joyeux anniversaire », chantonna-t-il en levant sa bouteille. Il lui sourit, l'air détendu et insouciant. Elle lui rendit son sourire. En cet instant, elle n'avait aucun mal à se le représenter à l'époque où il était étudiant et profitait de la vie à Dar es-Salaam. Et, même s'il ne ressemblait en rien aux hommes qu'elle connaissait chez elle, il lui parut brusquement familier. Elle se sentait à l'aise en sa compagnie et elle avait l'impression que c'était réciproque. Les expériences qu'ils avaient vécues ensemble aujourd'hui – bien plus fortes que celles que des amis intimes pouvaient partager pendant toute une vie – les avaient rapprochés. Elle leva sa bière à son tour.

« Santé.

— Ce sera un anniversaire mémorable, ajouta Daniel. Un dîner au Salaam Café... Excusez-moi d'avoir oublié le gâteau !

— Ce n'est rien, répondit-elle en riant. Je n'en mange jamais, de toute façon. »

Il arqua les sourcils. « Je n'ai jamais rencontré quelqu'un qui n'aimait pas les gâteaux ! »

Elle voulut lui expliquer qu'elle les aimait, mais qu'elle préférait éviter d'habituer son organisme aux aliments sucrés. Elle se contenta d'avaler une grande goulée de bière. Et, subitement, elle éprouva le besoin d'en révéler davantage à Daniel sur les raisons de son voyage.

« Je m'étais toujours promis que j'irais en Tanzanie l'année de mon trente-deuxième anniversaire et que je visiterais la station de recherche. Voyez-vous, c'est l'âge qu'avait Susan au moment de sa mort. » Maintenant qu'elle était lancée, les mots sortaient tout seuls de sa bouche. « Je pensais que voir cet endroit m'aiderait en quelque sorte à oublier Susan. Tirer un trait sur tout ça. Que je pourrais enfin cesser de la regretter, de penser à elle. Je sais que je devrais en être capable. »

Elle s'interrompit pour observer l'expression de Daniel. Elle s'attendait à y voir de l'embarras ou de la pitié. Après tout, Susan était morte depuis si longtemps… Comment pouvait-elle encore la pleurer ?

Mais il se borna à secouer la tête. « C'était votre mère. Elle vous a donné le jour. Vous ne devriez jamais cesser de penser à elle. »

Emma baissa son regard vers la table, suivant des yeux le contour des taches laissées par les bouteilles et les verres sur la surface jadis vernie. Tout paraissait si simple, avec lui ! Elle ne devait même pas essayer d'oublier Susan. Ces mots lui procurèrent un sentiment de soulagement, comme s'il lui avait dit qu'elle avait le droit de renoncer à accomplir une tâche impossible. Mais le visage de Simon surgit soudain à son esprit. Il ne serait pas du même avis que Daniel, elle le savait. Il avait déconseillé à Emma de consulter un psychologue, car, selon lui, il ne servait à rien de revenir sur le passé. Il l'avait même incitée à se débarrasser du sac renfermant les objets qui avaient appartenu à Susan – un bien qu'elle chérissait entre tous. Un jour, la surprenant en train d'essayer la robe de mariée de sa mère, il s'était presque mis en colère. Face à son propre passé malheureux

– une enfance déchirée entre des parents qui se livraient une guerre ouverte et aussi amers l'un que l'autre –, il avait réagi en coupant les ponts. Il n'avait pratiquement plus rien à voir avec sa famille et se prétendait définitivement libéré de ces liens. Il voulait qu'Emma s'en délivre de la même façon et croyait qu'elle avait entrepris ce voyage dans cette intention. À cette pensée, Emma éprouva une vague culpabilité, comme si elle avait manqué à une promesse. Et d'ailleurs, elle n'était pas encore sûre que Simon eût tort. Tant qu'elle ne pourrait pas oublier sa mère, elle continuerait à porter en elle ce douloureux sentiment de perte, comme un fardeau. Elle demeurerait partagée entre le besoin de se souvenir et le désir d'oublier.

« Vous admirez votre mère. » Elle releva la tête quand Daniel reprit la parole, d'un ton neutre, comme s'il énonçait une évidence. « Vous avez consacré votre vie à suivre son exemple. Vous êtes chercheuse en médecine, comme elle.

— C'est vrai, mais je suis très différente d'elle. Je ne pourrais jamais partir sur le terrain à l'improviste, ni travailler dans des endroits si reculés. Elle était extrêmement courageuse. » Elle le dévisagea avec attention avant de poursuivre : « Vous aussi, vous devez être très courageux, pour effectuer ce travail à la station. À l'institut, nous n'étudions les virus de niveau 4 que dans les conditions de confinement les plus rigoureuses. Nous avons une chambre d'isolement équipée d'un sas à pression négative ; je porte une combinaison étanche munie d'un réservoir d'air. Avant de quitter la chambre, je me récure sous une douche brûlante. »

Daniel esquissa un petit sourire triste. « Notre problème majeur, ce n'est pas d'éviter d'être contaminés par le virus Olambo. En fait, nous serions contents de le rencontrer.

— Que voulez-vous dire ?

— Notre but est de trouver où il se cache, entre les épidémies. Il doit avoir un hôte, un animal ou un insecte qui lui sert de réservoir, sans être affecté lui-même par le virus. Nous capturons des animaux sauvages et prélevons des échantillons de leur sang. Nous effectuons également des tests sur les animaux domestiques. Et sur les rats, les puces, absolument tout. » Il ouvrit les mains, dans un geste d'impuissance. « Mais nous ne l'avons toujours pas débusqué.

— Et tant que vous ne l'aurez pas trouvé, il n'existera aucun moyen de prévenir les épidémies.

— Exactement. La dernière s'est produite en 2007, l'année où Ol Doinyo Lengaï est entré en éruption. La fièvre a fait de nombreuses victimes. » La voix de Daniel s'éteignit un instant, et Emma reconnut sur son visage cet air de détresse qu'elle lui avait déjà vu près de la tombe. « Des enfants et des personnes âgées, principalement, mais aussi des adultes robustes et en bonne santé. Personne n'était épargné. » Il regarda Emma droit dans les yeux avant de poursuivre : « Je ne sais pas si vous connaissez les effets de ce virus, mais je peux vous dire que c'est une mort très douloureuse.

— Ma foi, j'ai étudié tous les cas enregistrés par le Centre de contrôle des maladies. Je sais que les premiers symptômes consistent en une irritation de la gorge et des yeux, de la fièvre, des crampes musculaires et des maux de tête, bientôt suivis d'une éruption cutanée. La gorge devient tellement irritée qu'elle ressemble à une blessure à vif. Puis vient l'hémorragie. » Emma avait lu le rapport du CDC tant de fois qu'elle pouvait presque le réciter mot à mot. « Le sang suinte des gencives du malade, ou des points d'injection ; les femmes peuvent présenter une forte hémorragie utérine. Le patient finit par entrer dans le coma tandis que ses organes défaillent l'un après l'autre. La mortalité est d'environ quatre-vingts pour cent. En gros, le malade meurt d'hémorragie interne. Comme vous l'avez dit, la source originelle du virus est encore inconnue, mais il peut se transmettre par le sang, la salive, les vomissures, *et cætera.* »

Daniel garda le silence pendant quelques secondes, puis acquiesça. « C'est tout à fait exact. Quand une épidémie se déclare, tout le monde a peur d'attraper la fièvre. Olambo doit être un virus intelligent, pour créer de telles hémorragies. Parfois, lorsqu'un membre d'une famille tombe malade, les autres s'enfuient en l'abandonnant, le laissant mourir dans la solitude. C'est terrible. »

Emma baissa les yeux. « C'est ce qui est arrivé à ma mère. Je me suis procuré les rapports conservés dans les archives du CDC. Sa collègue a quitté les lieux pour tenter d'organiser une évacuation médicale. L'assistant local s'est enfui. Elle n'avait personne pour lui administrer des analgésiques ou même lui donner à boire. Elle était toute seule au moment de sa mort. » Elle releva la tête. « On a retrouvé son corps dans la chambre de la station de recherche.

— On m'a raconté les faits, dit Daniel d'un ton attristé, en lui lançant un regard empreint de sympathie. Mais je puis vous dire une chose : elle n'était pas complètement seule.

— Qu'entendez-vous par là ? demanda Emma, d'un air étonné.

— Quand je suis arrivé à la station pour entamer mon travail, j'ai trouvé une photo sur le mur de la chambre. Elle était accrochée à côté du lit, de façon qu'on puisse la voir sans lever la tête de l'oreiller. La photo d'une petite fille. Je crois bien qu'il s'agissait de vous », termina-t-il d'une voix douce.

Emma déglutit, la gorge serrée. À chacun de ses voyages, sa mère emportait une photo d'elle dans un cadre.

« Qu'avez-vous fait de cette photo ? murmura-t-elle d'une voix étranglée.

— Les gens qui ont occupé le bâtiment avant moi ne l'ont pas décrochée, et moi non plus. Elle semble être parfaitement à sa place dans cette chambre. Je vous la montrerai quand nous serons rentrés à la station. »

Emma hocha la tête, trop émue pour parler. Elle avait l'impression d'avoir reçu un cadeau inespéré. Elle allait pouvoir regarder la photo, la toucher, comme une preuve palpable que, d'une certaine façon, elle avait été présente au côté de Susan à ses derniers moments. Ne serait-ce que pour cela, son voyage en Tanzanie n'aurait pas été inutile.

« La chambre où se trouve la photo est celle de Ndugu, enchaîna Daniel. La mienne est à l'extérieur du bâtiment. C'est plutôt une remise, à vrai dire. »

Emma le considéra d'un air surpris. D'après son souvenir, la station ne comportait que deux pièces principales, le laboratoire et celle qui était située juste en face, le reste se composant de dépendances rudimentaires. Elle avait présumé que l'unique chambre digne de ce nom était utilisée par le directeur de recherche et non par son assistant. Les scientifiques étaient habituellement très pointilleux sur leur statut hiérarchique.

« Je préfère dormir dans une petite pièce, ajouta Daniel, comme s'il avait lu dans ses pensées. Je m'y sens davantage chez moi. » Il lui lança un regard pénétrant. « La chambre de Ndugu a été nettoyée et la literie a été changée, en prévision de son retour d'Arusha. C'est l'endroit qui vous conviendrait le mieux pour la nuit. Mais si vous préférez, nous pouvons faire un échange. »

Emma entrouvrit la bouche, quand la raison de cette proposition lui apparut. Elle tenta d'imaginer ce qu'elle ressentirait en couchant dans la pièce même où Susan était morte. En essayant d'y dormir. L'idée lui répugnait, elle lui semblait presque macabre. Elle était sur le point de demander à Daniel de lui laisser sa chambre – le manque de confort lui importait peu. Mais soudain, quelque chose en elle se révolta contre un tel choix. Quel effet cela ferait-il vraiment, se demanda-t-elle, de s'étendre à l'endroit même que Susan avait jadis occupé ? De lever les yeux vers le plafond et de voir ce qu'elle avait contemplé. D'entendre les mêmes bruits nocturnes, de respirer les mêmes odeurs...

Elle n'arrivait pas à prendre une décision. Elle scruta le visage de Daniel, ses traits calmes, son attitude patiente. Elle se rappela le respect qui était apparu dans son regard quand elle lui avait dit de se rendre directement à Malangu. Elle voulait revoir cette expression. Elle savait que cela l'aiderait à se sentir plus forte.

« J'aimerais dormir dans la chambre de ma mère », déclara-t-elle.

Daniel hocha lentement la tête, comme s'il comprenait quelle bataille intérieure elle venait de livrer. Puis il se leva et demanda au garçon de débarrasser la table.

La route principale, à la sortie de Malangu, était large et plane, comparée au terrain qu'ils avaient traversé plus tôt dans la journée. L'obscurité semblait envelopper le Land Rover comme un drap, s'entrouvrant avec réticence pour laisser passer la lumière des phares. Emma et Daniel restaient silencieux, le corps secoué de temps à autre par les cahots du véhicule sur le sol ondulé. Le mouvement des faisceaux lumineux devant eux avait un effet quasi hypnotique et Emma commençait à somnoler quand elle entendit la voix de Daniel.

« Cela ne vous dérange pas si j'écoute de la musique ? Ça m'aidera à rester éveillé. »

Emma se souvint du cordon de l'iPod dépassant de sa poche. « Allez-y. Mais je pourrai aussi vous relayer, si vous le souhaitez. » Elle prit conscience qu'il devait être épuisé, après avoir conduit si longtemps. Mais, tout en formulant cette proposition, elle jeta un regard dubitatif au tableau de bord non éclairé et au levier de vitesse dont le diagramme était effacé par l'usure.

« Ce serait trop dangereux de conduire cet engin de nuit, quand on n'en a pas l'habitude. Je vais écouter de la musique et vous pourrez dormir. » Daniel sortit un iPod argenté. Après avoir secoué les cordons pour les démêler, il plaça les écouteurs sur ses oreilles. Immédiatement, son corps parut habité par une énergie nouvelle et il agita légèrement la tête au rythme d'un air qu'Emma ne pouvait pas entendre.

Au bout de quelques minutes, elle se pencha vers lui. « Qu'est-ce que c'est, comme musique ? » Elle ne savait pas très bien à quelle réponse s'attendre – de la pop swahili, comme celle qu'elle avait écoutée dans le taxi entre l'aéroport et Arusha, ou de la musique classique, peut-être, que Daniel aurait pu découvrir à l'université.

Ôtant un de ses écouteurs, il le tendit à Emma. Comme le cordon n'était pas assez long, elle se glissa sur le siège qui les séparait. Leurs épaules se touchaient presque. Approchant l'écouteur de son oreille, elle écouta avec attention. La musique ne ressemblait à rien de ce qu'elle connaissait – un mélange de rap américain et de reggae, combiné à ce qui paraissait être des chants tribaux. Il y avait un soliste, parlant plus qu'il ne chantait, dans ce qu'elle supposa être du swahili.

« Du hip-hop tanzanien », expliqua Daniel. Il sourit et ses dents blanches luisirent dans l'obscurité.

« Vraiment ? répondit-elle en arquant les sourcils.

— La Tanzanie est le berceau du hip-hop africain. À Dar es-Salaam, j'allais souvent en écouter dans les clubs. Cet artiste – il s'appelle Nasango – est originaire de la région. Les chanteurs qui l'accompagnent sont des Massaï.

— Que dit-il dans cette chanson ?

— Il parle des problèmes des pauvres, des errants, qui comptent sur le pouvoir d'Ol Doinyo Lengaï, la montagne de Dieu, pour leur venir en aide. »

La montagne de Dieu.

Elle ne pouvait plus apercevoir le volcan, mais elle se rappelait sa silhouette imposante dressée sur l'horizon. Il en émanait effectivement une sorte de majesté, presque surnaturelle, que toute la science d'un géologue comme Simon ne pourrait jamais admettre et encore moins expliquer.

Elle ferma les yeux et laissa la musique pénétrer en elle, ses pulsations couvrant les tressautements erratiques du véhicule. Tout près d'elle, elle sentait les mêmes vibrations parcourir le corps de Daniel.

Au bout d'un moment, le chanteur se tut et les chœurs lui succédèrent. Elle imagina ces voix mêlées, puissantes et déterminées, se répandre loin sur la plaine à travers les ténèbres.

Manœuvrant le volant d'une main sûre, Daniel s'engagea sur la piste menant à la station de recherche. Quand il éteignit les phares, les yeux d'Emma mirent quelque temps à s'adapter à l'obscurité. Dans la faible lumière de la lune à son premier quartier, elle devina la forme sombre du Land Cruiser.

« Mosi est probablement retourné au village pour dormir, dit Daniel. Nous le verrons demain matin. »

Il prit une torche électrique dans le vide-poches de la portière et l'alluma. Guidée par l'étroit pinceau lumineux, Emma le suivit jusqu'à l'arrière du Land Rover et chacun d'eux prit une brassée d'herbes coupées et de plantes sauvages. Ils avaient acheté le fourrage à un fermier qui le rapportait chez lui dans une carriole et qu'ils avaient croisé en chemin. Emma avait tenu à payer la totalité du chargement, qui permettrait de nourrir les chameaux pendant au moins trois jours.

Trébuchant dans le noir, elle emprunta le sentier à la suite de Daniel, son sac se balançant à son épaule, les mains enfouies dans l'herbe sèche qui lui picotait les poignets. Quand ils s'approchèrent de l'enclos, les chameaux se mirent à blatérer bruyamment – de détresse, de frayeur ou de faim, Emma n'aurait su le dire.

Daniel ouvrit la porte et, dès qu'ils furent entrés dans la cour, commença à parler aux animaux d'une voix rassurante. Emma perçut un bruissement quand il se délesta de son ballot de foin. Puis le grincement d'une porte qui s'ouvrait, avant de se refermer en claquant. Quelques secondes après, elle entendit le frémissement d'un générateur diesel se mettant en marche et une lampe s'alluma au-dessus de la porte à l'arrière du bâtiment. L'ampoule nue était accrochée haut sur l'auvent, de sorte qu'elle éclairait une vaste zone circulaire.

Emma s'avança vers les chameaux. Elle vit que Daniel avait déposé sa brassée de fourrage dans une brouette.

« Donnez-leur votre herbe, lui dit-il. Nous garderons le reste pour plus tard. »

Emma répandit le foin sur le sol, puis recula quand la mère se précipita, enfouissant son museau d'un air presque désespéré dans le monceau de feuilles et de tiges, en évitant de poser par terre sa patte blessée. Le chamelon, joueur, s'amusa à disperser l'herbe avec son nez.

Daniel vint se poster à côté d'Emma. Quelques minutes après, la mère s'arrêta de manger et se dirigea vers eux en boitillant. Ignorant Daniel, elle tourna la tête vers Emma, lui renifla les cheveux, puis lui effleura la joue de ses lèvres charnues et veloutées.

« Vous lui plaisez, déclara Daniel. Comme vous êtes une femme blanche, elle vous prend pour sa propriétaire. »

Emma sourit, flattée de l'admiration que lui témoignait l'énorme animal. « Que deviendront-ils, quand nous les aurons remis aux policiers ?

— En principe, ils devraient les garder jusqu'à ce que leurs propriétaires viennent les récupérer. Toutefois, cela risque de prendre du temps et il faudra bien que quelqu'un s'en occupe en attendant. Aussi, je pense qu'ils vont les vendre immédiatement. Le jeune est assez grand pour être séparé de sa mère. Ils le donneront à un négociant en bétail. La femelle blessée ira chez l'homme aux lions.

— L'homme aux lions ? »

Daniel hésita. Quand il reprit la parole, son ton était plus circonspect. « C'est un vieil homme qui vit dans un campement non loin d'ici. Il recueille les lionceaux orphelins. Lorsqu'ils sont grands, il les relâche dans la brousse.

— Mais... que ferait-il de la chamelle ?

— Il doit nourrir ses lionceaux. Et puis, les lions adultes reviennent parfois lui rendre visite et il aime bien leur offrir de la viande. Il achète tous les chameaux blessés ou trop vieux. »

Emma tressaillit, horrifiée. « Vous voulez dire... qu'elle sera abattue ?

— Je le crains. C'est l'Afrique. Seuls les plus forts survivent. »

Emma regarda la chamelle. La tête haute, celle-ci mastiquait une touffe d'herbe, les yeux fermés de contentement. De la salive verte dégoulinait sur son menton. « Ne pourrions-nous pas soigner son pied ? »

Daniel acquiesça. « Je vais lui appliquer un antiseptique tout de suite. Demain, je l'examinerai plus à fond. »

Il poussa la brouette de foin dans un petit enclos, hors de portée des animaux, avant de se diriger vers un appentis où Emma le vit chercher quelque chose. Elle alla remplir les seaux au robinet, en prenant soin de ne pas gaspiller d'eau, et les apporta aux chameaux. Pendant que la femelle se désaltérait, Daniel souleva le pied blessé et passa de la pommade sur l'entaille, en la faisant pénétrer avec son pouce.

« Cela la soulagera un peu, provisoirement. » Il bâilla, en se couvrant la bouche de son bras. « Je suis épuisé. Vous aussi, certainement.

— C'est vrai », répondit-elle, en repensant aux kilomètres parcourus au cours de cette journée riche en événements.

Il la précéda jusqu'à la porte de derrière. De dessous son T-shirt, il sortit une clé pendue à un cordon de cuir. Après quelques secondes de tâtonnements, il réussit à la faire tourner dans la serrure. Emma le suivit dans le couloir, reconnaissant l'odeur de kérosène et de feu de bois, mêlée à celle du répulsif qui adhérait encore à ses cheveux. Daniel alluma l'unique éclairage, une ampoule nue accrochée au plafond. Puis il se dirigea vers les deux portes qui se faisaient face. Ouvrant celle de la chambre, il appuya sur l'interrupteur et entra.

D'un pas mal assuré, Emma le rejoignit. Elle découvrit une vaste pièce, de taille et de forme identiques à celles du laboratoire. Elle marcha droit vers le lit étroit. Près de l'oreiller, le mur était à moitié dissimulé par la moustiquaire accrochée au-dessus du lit, mais elle discernait le bord d'un cadre. S'agenouillant sur le matelas, elle écarta le rideau de gaze et retint son souffle.

Le cliché avait pâli, ses couleurs s'étaient estompées, mais elle le connaissait bien. Il y avait le même dans l'album de son père. Il avait été pris quelques jours seulement avant son septième anniversaire, juste avant le départ de Susan pour la Tanzanie. Elle sonda du regard les yeux de l'enfant qu'elle avait été. Ils renfermaient tant de lumière, de franchise et de chaleur…

« C'est vous ? » demanda Daniel à voix basse.

Elle hocha la tête, la gorge serrée par l'émotion. Elle songea à sa mère, étendue ici, contemplant le petit visage. Il lui avait sans doute apporté un peu de réconfort, mais qu'était-ce, comparé à la douleur et aux regrets qu'elle avait dû éprouver ? Emma eut brusquement l'impression qu'une vague d'obscurité s'abattait sur elle, menaçant de l'engloutir.

« Il y a de l'eau, ici. » La voix de Daniel lui parvint, douce mais ferme, détournant son attention de la photo. Il lui montra la table de chevet drapée d'un tissu imprimé, où étaient posés une bouteille d'eau et un verre couvert d'un cercle de mousseline bordé de perles colorées. « Vous pouvez la boire en toute sécurité, précisa-t-il d'une voix calme, qui produisit sur elle un effet apaisant. Lorsque Mosi reviendra, demain matin, il ouvrira le Land Cruiser et vous pourrez récupérer votre valise. » Il lui désigna une vieille paillasse de laboratoire. « Mettez-la ici. Les termites dévoreraient tout ce que vous poseriez à même le sol. » S'approchant d'une rangée de patères en bois fixées dans un mur, il en ôta plusieurs vêtements pour les accrocher les uns par-dessus les autres et libérer deux d'entre elles. « Pour suspendre vos habits. » Ensuite, il lui indiqua une bassine en émail juchée sur une caisse en bois. À côté, sur le sol, il y avait un vieux bidon d'essence dont on avait découpé le haut et qu'on avait rempli d'eau. « Voici de quoi faire vos ablutions. N'utilisez pas les toilettes extérieures la nuit. Il y a un pot de chambre sous le lit. » Emma hocha la tête, consciente que toutes ces informations pratiques visaient à la rassurer. « Dans un petit moment, j'éteindrai le générateur. Les lumières seront coupées. » Tout en lui tendant la torche électrique, il lui lança un regard scrutateur. « Vous êtes sûre que ça ira ? »

Elle parvint à sourire. « Oui, merci.

— Dans ce cas, je vous souhaite une bonne nuit. »

Quand il eut quitté la pièce, en fermant la porte derrière lui, elle demeura quelques secondes figée sur place, la main crispée sur la torche. Puis, non sans effort, elle se mit en mouvement. Elle accrocha son sac, se lava les mains et le visage avec l'eau couleur de rouille. Après avoir retiré sa chemise et son pantalon, elle hésita. C'est alors qu'elle aperçut un T-shirt bleu sur l'une des patères. En temps normal, l'idée ne lui serait jamais venue de porter un vêtement appartenant à un inconnu ; elle ne savait même pas s'il était propre. Mais elle n'avait pas envie de dormir nue – pas ici. Elle se sentait déjà trop vulnérable. Elle enfila le T-shirt ; il exhalait une odeur de lessive, avec de légers effluves de fumée de bois. Le vêtement en coton doux flottait autour de son corps, lui donnant l'impression d'être toute petite, comme une enfant qui aurait enfilé les habits d'une grande personne.

Elle regarda le lit à l'autre bout de la pièce, en se disant qu'elle ferait mieux d'aller s'y étendre tout de suite, avant que l'électricité ne soit coupée. Mais ses pieds refusèrent d'avancer. Ses bras se raidirent le long de ses flancs, ses poings se serrèrent. Sa respiration se bloqua. Pivotant sur elle-même, elle empoigna la torche qu'elle avait laissée à côté de la bassine et l'alluma. Elle ne voulait pas se retrouver dans le noir, ne fût-ce qu'un instant, quand la lumière s'éteindrait. Elle fit deux pas en direction du lit et s'immobilisa de nouveau. Elle s'obligea alors à respirer lentement, en fixant son attention sur le rayon jaune de la lampe de poche.

À cet instant, la lueur de l'ampoule au plafond vacilla puis mourut. Le bourdonnement lointain du générateur s'arrêta. Du silence montèrent les bruits de l'extérieur – deux oiseaux s'appelant ; le battement d'ailes d'un papillon de nuit contre la vitre ; le trottinement d'un petit animal sur le toit.

Elle balaya le mur du faisceau de sa torche, jusqu'à ce qu'elle ait trouvé la photo. La lumière se reflétait sur le verre, mais il était cependant possible de discerner l'ovale pâle du visage. Les yeux rivés sur lui, elle se remit à avancer, pas à pas, vers le lit. D'un mouvement résolu, elle s'y hissa. Puis elle dénoua la moustiquaire et en rentra soigneusement les bords sous le matelas tout autour.

Elle s'allongea, la torche à côté d'elle. À travers la gaze, sa lumière éclairait la photo, tel un minuscule soleil jaune. Elle promena son regard sur l'image, enregistrant chaque trait du visage, les cheveux, les joues rondes. Elle se concentra une fois de plus sur sa respiration, sentit l'air entrer dans ses poumons, le rythme ralentir peu à peu. Elle gardait la main posée sur la lampe de poche. Elle décida qu'elle ne l'éteindrait pas. La torche resterait allumée jusqu'à ce que les piles soient usées – elle en avait d'autres dans son sac. Elle resterait étendue ainsi, les yeux ouverts, attendant que le cercle lumineux tremblote et finalement disparaisse.

Elle plongea ses yeux dans ceux de la petite fille – ses propres yeux, dans un visage plus jeune. Ils exprimaient une telle innocence, un tel bonheur... Elle chercha à y déceler une ombre de tristesse, un pressentiment du malheur à venir. Mais en vain. Sous le regard clair de l'enfant, sa panique se dissipa peu à peu. À mesure que la peur quittait son corps, l'épuisement prit le dessus et elle sombra bientôt dans le sommeil.

5

La lueur de l'aube s'insinua à l'intérieur de la grotte par des interstices entre les rochers, coloriant le sol d'un rose mordoré flamboyant. Quand la lumière effleura son visage, Angel s'agita en bâillant et ouvrit les yeux. Une araignée était suspendue par un fil d'argent à la voûte de pierre juste au-dessus d'elle. La fillette la regarda tournoyer lentement sur elle-même, ses yeux multiples scintillant tels de minuscules joyaux. Avec précaution, elle se redressa, prenant garde à ne pas réveiller les lionceaux endormis près d'elle. La chaleur qui se dégageait de leurs corps était telle que sa peau, poisseuse de transpiration, était collée à leur pelage. La lionne n'était pas encore revenue de sa chasse nocturne ; l'endroit où elle était étendue tout à l'heure était inoccupé et Angel y étendit ses jambes engourdies.

Fermant les paupières, elle rassembla ses forces afin d'affronter la vague de chagrin qu'elle sentait déjà monter en elle. Elle savait ce qui viendrait ensuite – les visions cauchemardesques du visage sans vie de Laura. Du corps à moitié recouvert de pierres. Des vautours planant au-dessus d'elles, le regard empli de convoitise... C'était la même chose à chaque réveil. Un bref intermède de tranquillité, avant que la douloureuse réalité de la mort de Laura ne lui revienne brutalement à l'esprit. Angel avait survécu jusqu'à présent à trois de ces petits matins atroces – ou peut-être quatre, elle avait perdu la notion du temps – mais la répétition n'en atténuait en rien l'horreur. Au contraire, les images obsédantes prenaient davantage d'intensité chaque jour. Angel s'efforça de les chasser. Elle ne pouvait pas prendre le risque de penser à ce qui était arrivé, sinon elle se mettrait à pleurer et, une fois qu'elle aurait commencé, elle savait qu'elle ne pourrait plus s'arrêter. Les sanglots la briseraient en mille morceaux, de petits éclats pointus comme des tessons de poterie.

Elle concentra son attention sur les bruits de l'aube. Dehors, les oiseaux étaient en train de se réveiller. Elle reconnut le gazouillis des souïmangas et se les représenta, enfonçant leurs minuscules becs recourbés dans le calice des roses du désert afin d'en puiser le nectar. Il y avait aussi des tisserins, babillant avec animation. Puis elle entendit l'appel du moineau swahili et le faible cri d'un autour. Le chœur s'amplifia à mesure que de nouveaux oiseaux s'y joignaient, superposant leurs voix en contrepoint.

Mais elle perçut également un autre bruit – un bourdonnement sourd, comme celui d'un essaim d'abeilles au loin. Elle se redressa et sa tête effleura la voûte, faisant fuir l'araignée. Le son devint de plus en plus fort. Elle scruta l'obscurité au fond de la caverne et son corps se raidit sous l'effet de la surprise quand elle comprit de quoi il s'agissait. Un avion approchait. D'après le bruit, c'était un petit appareil, du type utilisé par le Service des médecins volants. Les médecins ne venaient jamais dans les villages pour y soigner des gens comme Walaita, mais Angel avait vu des avions atterrir sur la piste à côté de l'hôpital des Sœurs de la Charité, et leurs pilotes en descendre, dans d'élégants uniformes blancs immaculés montrant qu'ils avaient entamé leur journée loin de la brousse. Les touristes et les scientifiques qui étudiaient la faune empruntaient également ces petits appareils ; parfois, leur fuselage était peint de rayures noires et blanches imitant la robe d'un zèbre.

Angel rampa jusqu'au-dehors et leva les yeux. C'était bien un avion, planant au-dessus de l'horizon tel un oiseau de proie.

Elle tressaillit, prise de frayeur. Subitement, elle venait de comprendre que c'était elle qu'il cherchait. En esprit, elle le vit fondre sur elle pour la saisir dans ses énormes serres et l'emporter au loin, comme un bébé gazelle enlevé par un aigle.

Elle recula vers l'entrée de la tanière pour chercher refuge dans l'obscurité. Les lionceaux étaient réveillés. Ils semblaient avoir perçu sa peur et poussaient des miaulements angoissés, les oreilles pointées en direction du bruit. Angel les rassembla contre elle et passa un bras autour de Petite Fille pour l'empêcher de bouger – c'était la plus curieuse des trois, la première à goûter la proie rapportée par sa mère ou à plonger son museau dans un ruisseau.

« Non, dit-elle d'un ton ferme à l'animal qui se débattait et crachait. Tu ne peux pas sortir. » Puis elle reporta son attention sur celui qu'elle avait baptisé Mdogo, « Petit Frère », le plus chétif de la portée, le moins courageux. Posant sa joue sur la tête du lionceau, elle murmura : « Ce n'est rien. Nous sommes en sécurité ici. »

Sa voix paraissait calme, mais la peur lui nouait l'estomac. Il serait facile au pilote de poser son appareil dans ce désert semblable à un gigantesque terrain d'atterrissage. Et si on examinait les alentours de la grotte, on aurait vite fait de repérer les empreintes d'une petite fille.

Angel ferma les yeux. Était-il possible que quelqu'un ait découvert Laura et conclu qu'elle-même avait disparu ? Elle revit le rectangle rouge sombre du passeport voler dans les airs et retomber derrière un buisson. Quelqu'un l'avait-il ramassé ? Si on le retrouvait, elle le savait, on l'enverrait chez son oncle, en Angleterre. Elle ne pourrait jamais revoir Mama Kitu et Matata.

« Vous ne m'attraperez pas », proclama-t-elle à voix haute.

Quand l'avion passa à basse altitude au-dessus de leurs têtes, les lionceaux s'agrippèrent à Angel avec leurs pattes antérieures et se bousculèrent pour enfouir leurs têtes sous ses bras. Petite Fille elle-même était tétanisée de terreur.

Angel demeura immobile, écoutant avec attention le bruit du moteur, tentant de déterminer s'il ralentissait en vue de l'atterrissage. Et puis, submergée par le soulagement, elle se rendit compte que le vrombissement était en train de décroître : l'appareil s'éloignait.

Elle sourit de ses craintes injustifiées. L'avion n'avait rien à voir avec elle. Nul ne pouvait savoir qu'elle s'était égarée. Pour se redonner confiance, elle récapitula les faits en elle-même. Les chances qu'un pasteur nomade passe par l'endroit précis où était ensevelie Laura étaient infimes. Celles que d'autres voyageurs s'aventurent par là l'étaient encore plus. Les seules personnes qui s'inquiéteraient peut-être du sort de la dame aux chameaux et de sa fille, c'étaient les Sœurs de la Charité, ou les villageois comme Zuri, qui vivaient à proximité, dans le *manyata* du figuier. Mais Laura et Angel n'étaient parties que depuis quelques jours et tout le monde savait qu'elles comptaient se rendre en ville. Angel relâcha calmement son souffle. Et, tout à coup, elle pensa aux chameaux. Si quelqu'un les avait trouvés, on se poserait des questions. Elle était partagée entre l'espoir qu'ils avaient rencontré quelqu'un pour s'occuper d'eux et celui qu'ils parviendraient à se débrouiller tout seuls.

Elle s'apprêtait à libérer les lionceaux quand le bruit du moteur grossit de nouveau. L'avion revenait.

Elle se figea un instant, totalement désemparée. Puis elle promena frénétiquement les yeux autour d'elle, pour essayer de déterminer si elle était capable de déplacer quelques-unes des pierres afin d'obstruer l'entrée de la grotte. Mais elles paraissaient trop lourdes et cela lui demanderait trop de temps. Elle entendit l'avion décrire un cercle, descendre en piqué, puis soudain, dans un rugissement, accélérer et reprendre de l'altitude.

Graduellement, elle se détendit et se représenta l'avion virant sur l'aile avant de s'éloigner et de devenir de plus en plus petit, jusqu'à n'être plus qu'un point dans le ciel matinal. Elle se pencha pour embrasser les trois têtes pelucheuses.

« Il est parti pour de bon, cette fois, dit-elle d'une voix apaisante. Il n'y a plus rien à craindre. »

Les lionceaux levèrent vers elle leurs grands yeux confiants. Elle leur sourit, imaginant la lionne en train de l'observer d'un air approbateur. Son cœur se gonfla de fierté. Elle avait bien rempli son rôle, elle avait su les protéger, comme un membre de la famille à part entière. Il lui était difficile de se rappeler, à présent, combien elle avait eu peur des lions au début – de la mère surtout, mais également des petits. Tandis qu'elle se blottissait contre eux, respirant l'odeur de leur fourrure encore chaude de sommeil, le souvenir lui revint avec force. Elle se revit, tremblante sur ses jambes, tandis qu'elle s'éloignait du tombeau de Laura. Enserrée entre le corps puissant de la lionne et le trio gambadant autour d'elle, elle s'était efforcée de regarder où elle posait les pieds, tant elle redoutait de marcher sur l'un des lionceaux ou de s'attirer la colère de leur mère d'une manière ou d'une autre. Elle avait conscience que la lionne pouvait la terrasser d'un seul coup de patte.

Et enfin, alors qu'Angel n'arrivait presque plus à marcher tant elle était épuisée, la lionne s'était arrêtée sous un acacia. Après avoir tourné en rond en reniflant le sol, elle s'était affalée dans l'herbe. Les petits avaient couru vers elle et s'étaient mis à téter, pressant leurs museaux contre son flanc pâle. Angel s'était accroupie un peu à l'écart, recroquevillée sur elle-même, le ventre tordu par la faim. Elle se sentait toute faible et malade. Sa gorge était enflée, l'intérieur de sa bouche et ses lèvres sèches. Elle avait contemplé les lionceaux, en souhaitant ardemment être l'un d'eux. Des mouches se collaient autour de ses narines et de ses yeux, mais c'était à peine si elle leur prêtait attention. Pas plus qu'elle n'en accordait à son mal de tête. La seule partie de son corps qui semblait réelle, c'était son ventre, contracté par des spasmes douloureux. Il lui donnait l'impression de receler en elle un feu que rien ne parviendrait à éteindre.

Quand la lionne s'était relevée, entraînant ses petits à sa suite, Angel avait dû faire un immense effort pour se remettre debout. Elle s'était cramponnée à l'acacia, dont les épines lui avaient transpercé les doigts.

« Je ne peux pas. »

Elle avait contemplé le sol en prononçant ces mots. Elle resterait étendue ici, avait-elle pensé, elle se contenterait d'attendre que les hyènes la retrouvent. Déjà, elle sentait des fourmis courir sur ses pieds. Ce serait facile d'abandonner, de lâcher prise. Tellement facile…

C'est alors que la lionne était revenue se placer derrière elle, la poussant du museau, refusant de la laisser en paix.

Angel s'était remise à marcher, d'un pas trébuchant. Confusément, elle s'était demandé pourquoi la lionne ne se contentait pas de l'abandonner là. Et l'idée lui était alors venue que l'animal devait avoir ses propres raisons. Elle emmenait sa proie jusqu'à l'endroit qu'elle avait choisi pour son repas. Un lieu bien particulier, pour une nourriture qui ne l'était pas moins.

La fillette avait éclaté de rire, un son étrange et aigu qu'elle n'avait pas reconnu. C'était un soulagement de penser que tout serait bientôt fini. Tout ce qu'elle avait à faire, c'était de mettre un pied devant l'autre et elle arriverait enfin au bout de ce supplice.

Ses lèvres parcheminées étaient collées l'une à l'autre, comme soudées. Non sans mal, elle était parvenue à les entrouvrir et avait aspiré goulûment l'air brûlant. Elle avait senti de l'humidité sur ses lèvres et le goût salé du sang sur sa langue. Quand elle avait regardé devant elle, elle n'avait vu qu'une brume de chaleur ondulante.

Puis elle avait aperçu le miroitement de l'eau. Et un amas de pierres noires pareil à une ville miniature, un jeu de construction comme elle aurait pu en assembler elle-même, si elle n'avait pas été trop grande pour ces amusements puérils.

Elle avait poursuivi son chemin en vacillant, fermant à demi les yeux pour chasser ce mirage. Et soudain, elle avait entendu le bruit de l'eau courant sur les rochers. La lionne s'était immobilisée, sa tête au poil fauve courbée vers le sol. Là, sous une corniche rocheuse, s'écoulait un ruisseau.

Il avait l'air de jaillir de nulle part, courant entre des berges arides de sable gris. Angel s'était agenouillée à côté de la lionne pour avaler l'eau à grandes goulées, chacune résonnant bruyamment à l'intérieur de son crâne, les lapements de l'animal, tout près de son oreille, l'accompagnant comme un écho. Elle avait projeté de l'eau sur son visage et ses cheveux, y avait plongé ses mains jusqu'aux poignets.

Quand elle s'était finalement relevée, son estomac était tellement plein qu'elle entendait l'eau clapoter au-dedans tandis qu'elle marchait.

La lionne était allée se coucher sous un acacia et les lionceaux l'avaient tétée une fois de plus avec voracité. Angel s'était assise à l'ombre d'un arbre voisin et avait observé les petits, satisfaite d'avoir étanché sa soif. Mais sa satisfaction avait été de courte durée. La faim était revenue la harceler, tel un cauchemar implacable. Quelque part dans le tréfonds de son esprit, une pensée avait surgi. Elle s'était tournée vers le tronc de l'arbre derrière elle. Arrachant un lambeau d'écorce, elle en avait détaché la partie interne, plus claire, et l'avait mastiquée lentement, comme Zuri le lui avait appris.

« C'est ce que mangent les chasseurs pour calmer leur faim », avait-il expliqué. Ensuite, il s'était tu. Angel avait compris qu'il pensait à son père et à son frère aîné. C'étaient tous les deux des chasseurs réputés, admirés de tous pour leur adresse. Mais ils étaient morts de la fièvre qui fait saigner, en même temps que la mère de Zuri. S'il ne s'était pas trouvé loin de là, dans les pâturages où il surveillait le bétail, au moment où l'épidémie avait éclaté, il serait sans doute mort lui aussi.

Tout en mâchant, elle avait pris conscience que la lionne l'observait, la tête penchée, comme si elle essayait de comprendre ce qu'elle voyait. Angel avait aspiré les dernières gouttes de sève et recraché les fibres. La faim était toujours là, mais l'écorce sucrée l'avait légèrement atténuée. Un des lionceaux s'était approché d'elle, le museau éclaboussé de lait. Il l'avait frotté contre sa main, laissant une trace d'humidité. Une goutte avait coulé le long de ses doigts et elle les avait machinalement portés à ses lèvres.

En goûtant le lait, même en si faible quantité, elle avait constaté combien il était riche et sucré. Il lui rappelait celui de Mama Kitu.

En songeant à la chamelle, une autre sorte de faim s'était emparée d'elle. En même temps que le besoin désespéré de manger, elle avait ressenti le désir de sentir le poil du chameau contre sa peau, ses lèvres veloutées lui mordiller doucement l'épaule. Elle aurait voulu retrouver cette sensation de sécurité qu'elle éprouvait au côté d'un animal grand et fort. Avant qu'elle ait pu le repousser, un autre souvenir lui avait traversé l'esprit – le corps de Laura sur la selle derrière elle, et le sien tendrement blotti contre la poitrine de sa mère, en sécurité. Elle s'était empressée de chasser cette image. Elle devait penser uniquement aux chameaux. Et à Zuri.

Elle avait fermé étroitement les paupières et chuchoté leurs noms. « Mama Kitu. Matata. » Un jour, elle les retrouverait, se promit-elle. Ou bien, ce seraient eux qui la retrouveraient. Elle retournerait avec eux au village du figuier et Zuri serait là. Il l'accueillerait dans sa hutte – une maison où il n'y avait aucun adulte. Ils vivraient ensemble, deux orphelins seuls au monde…

Mais, pour cela, elle devait survivre. Elle devait manger.

Au même moment, comme si elle avait pu lire les pensées d'Angel, la lionne avait émis un doux appel. La fillette avait rampé jusqu'à elle, en détournant les yeux. Elle s'était approchée petit à petit, lentement, pour laisser à l'animal le temps de lui lancer un avertissement. Mais la lionne avait tourné la tête et effleuré du museau le visage d'Angel, d'un geste empli de douceur. Les trois petits tétaient toujours, côte à côte. Elle s'était glissée entre deux d'entre eux pour s'emparer d'une mamelle libre. Enfouissant son visage dans la fourrure rêche, elle avait commencé à boire, se servant de sa main en même temps que de ses lèvres, du même geste que pour traire Mama Kitu. Un flot de liquide chaud et sucré lui avait empli la bouche et coulé dans la gorge. Tandis qu'elle buvait insatiablement, elle avait senti peu à peu ses forces se ranimer.

Quand elle avait enfin relevé la tête, elle s'était retrouvée face à face avec la mère. Les yeux dorés avaient clignoté, une seule fois, puis la lionne avait poussé un profond soupir et s'était recouchée de tout son long.

6

Emma regarda la première lueur du jour s'infiltrer dans la pièce. Elle se sentait étrangement calme et reposée après un long sommeil ininterrompu. Elle attendit que les contours des meubles, la table de toilette et son sac accroché à la patère, soient devenus distincts et que les ombres dans les coins se soient enfuies, chassées par le soleil levant. Ce fut seulement alors qu'elle s'autorisa à imaginer Susan étendue ici, à la même place qu'elle. Elle tenta de susciter des images et des émotions. Mais elle était incapable de se concentrer. Susan demeurait floue et lointaine. C'était à cause de la photo, comprit soudain Emma. L'enfant était constamment présente à son esprit, détournant son attention.

Emma essaya de l'ignorer. Elle se détourna résolument et fit du regard le tour de la chambre, pour s'arrêter sur la forme irrégulière d'une pile de cartons poussiéreux portant des noms de firmes pharmaceutiques imprimés sur leurs flancs. Ses yeux se posèrent ensuite brièvement sur une bibliothèque rudimentaire contenant une liasse de journaux jaunis et une série de flacons vides. Ndugu n'avait laissé en évidence aucun objet personnel, remarqua-t-elle. Peut-être ne possédait-il que très peu de vêtements et de bibelots et les avait-il tous emportés avec lui. Cette chambre offrait un contraste saisissant avec celle que Simon et elle partageaient. Leur garde-robe était tellement fournie que, même s'ils avaient tous deux rempli leurs valises avant de partir en voyage, il n'y avait aucun vide apparent dans leur vaste dressing.

Reportant son regard sur la photo, Emma se sentit une nouvelle fois instantanément captivée. Le visage de la fillette avait une expression tellement enjouée et amicale, comme si elle encourageait Emma à ne pas gaspiller la journée qui s'annonçait… Une énergie fébrile s'empara brusquement d'elle. Descendant du lit, elle ôta prestement le T-shirt bleu pour remettre ses vêtements de la veille et fronça le nez en respirant l'odeur de transpiration et de poussière qui les imprégnait. Elle se demanda si Mosi était revenu du village ; elle avait hâte de récupérer sa valise dans le Land Cruiser et d'en retirer des vêtements propres avant de faire une toilette convenable. Elle enfila ses chaussures – après les avoir retournées et secouées pour en déloger d'éventuels scorpions, ainsi que le préconisait son manuel de conseils sanitaires à l'intention des voyageurs. Puis elle sortit de la chambre.

Dans le couloir, elle s'arrêta pour rentrer sa chemise à l'intérieur de son jean et jeta un regard en direction de la porte de derrière. Celle-ci était close, mais la lumière matinale filtrait par les fissures des planches et l'interstice entre le chambranle et le battant. Elle entendait Daniel converser avec quelqu'un dans la cour, et supposa qu'il s'agissait de Mosi. Néanmoins, elle ne se précipita pas pour s'en assurer. Subitement, elle était intimidée à l'idée de revoir Daniel. Elle s'attendait à ce que leur intimité de la veille ait disparu pour laisser place à un sentiment de gêne, comme s'ils étaient redevenus des étrangers l'un pour l'autre. Un sourire s'ébaucha sur ses lèvres. Cela lui rappelait ses aventures d'une nuit, ces matins où elle s'était retrouvée face à un inconnu et que, dans la lumière froide du jour, elle ne pouvait même pas envisager de se rhabiller devant cet homme avec qui elle avait fait l'amour. Puis elle se dit que temporiser ne servirait à rien et que, de toute façon, elle ne serait pas seule avec lui. Elle se contraignit à avancer vers la porte, mais, à mi-chemin, elle ralentit le pas. La voix de Daniel avait pris une inflexion tranchante qu'elle ne lui avait pas encore entendue. On aurait dit qu'il rabrouait quelqu'un, et sans aucun ménagement. La source de ces éclats de voix paraissait se déplacer sans cesse, comme s'il marchait de long en large dans la cour.

À contrecœur, Emma poussa la porte de manière délibérément bruyante, pour signaler sa présence. En émergeant sur le perron, elle écarquilla les yeux de surprise. Cette partie de la cour était jonchée de vêtements. Elle aperçut également des livres et un sac de couchage à demi sorti de sa housse. Des bandages déroulés gisaient dans la poussière tels des serpents blancs. Emma reconnut la chemise à impression tie and dye parmi ce chaos. Puis elle vit les deux sacs de selle, plats et vides sur le sol. Le chamelon se tenait près d'eux. Sous son regard, il glissa son museau sous un pantalon en coton et le lança en l'air.

Daniel se déplaçait d'un endroit à l'autre, se baissant pour ramasser les objets épars. Il leva vers Emma un visage renfrogné. « C'est le jeune chameau qui a fait ça ! Il est très méchant. »

Emma plaqua une main sur sa bouche, consternée par la vue des effets de la morte répandus dans la poussière. Elle regarda la chamelle qui, à l'autre bout de la cour, observait le spectacle en ruminant paisiblement. Puis elle se tourna de nouveau vers Daniel, qui criait sur le chamelon en essayant de le chasser. Pour toute réponse, l'animal s'empara d'un livre et se mit à en mordiller la couverture. Daniel prit un air si outré qu'Emma ne put s'empêcher de sourire. Elle tenta de garder son sérieux, mais un gloussement lui échappa. Daniel parut d'abord scandalisé. Mais, au bout de quelques secondes, un large sourire apparut sur son visage et tous deux se mirent à rire. Le chamelon lâcha le livre et fit une espèce de grimace – les lèvres tordues de côté, une narine fermée –, l'air déconcerté et passablement contrarié. Leurs rires redoublèrent et il s'écoula un bon moment avant qu'Emma parvienne à se maîtriser suffisamment pour aider Daniel dans sa tâche. Elle n'essaya pas de remettre les vêtements dans les sacoches. Ils n'avaient pas été abîmés, mais il faudrait les secouer ou les brosser avant de les ranger.

« Je vais entreposer tout ça dans le couloir », déclara Daniel tout en ajoutant des livres à la pile grandissante.

Emma ramassa un objet rond et plat enveloppé dans du tissu. Elle le palpa, curieuse de savoir ce qu'il contenait. Ignorant la petite voix qui lui disait qu'elle n'avait pas le droit de fouiller dans les affaires d'autrui, elle dénoua l'étoffe et découvrit l'un de ces larges colliers de perles en forme de disque que portaient les femmes massaï. C'était un ornement très complexe, orné d'un motif remarquable. Elle le montra à Daniel. Il s'approcha pour l'examiner de plus près. Il le prit et le retourna en tous sens, en le tenant délicatement au creux de sa paume.

« C'est un bijou très ancien et très précieux, dit-il. Il se transmet de mère en fille pendant de nombreuses générations.

— Je me demande comment il a abouti entre les mains d'une étrangère, murmura Emma.

— Je l'ignore. Un objet comme celui-ci ne peut pas être vendu. Il doit rester dans la famille. »

Emma remballa le collier et renoua le linge, avant de le déposer soigneusement sur le sommet de la pile, au-dessus des vêtements bien pliés.

« Devrions-nous apporter ces sacoches au poste de police, demain ? » demanda-t-elle.

Daniel hésita, les sourcils froncés. « J'ai oublié d'en parler au policier. C'est une erreur de ma part, mais je crains qu'il ne pense que je l'ai fait exprès. Et s'il examine ces objets, il verra qu'ils ont été sortis des sacs. Il va croire que j'en ai volé une partie. Aussi, je préfère ne rien dire pour l'instant. Quand son supérieur, l'inspecteur, sera reparti pour Arusha et que tout sera rentré dans l'ordre, je les lui apporterai.

— Cela me paraît plus sage, en effet », répondit Emma, qui tenait elle aussi à éviter les ennuis.

Il ne restait plus que quelques effets à rassembler lorsque Emma remarqua un livre à demi caché sous une plante épineuse. Glissant précautionneusement sa main entre les feuilles empoussiérées aux bords effilés, elle repêcha un cahier d'écolier. Sur la couverture, dans la case portant la mention « Nom », on avait tracé le mot *Angel*, d'une écriture ronde, enfantine. Emma le contempla longuement. C'était le prénom de la petite fille. Il seyait parfaitement à cette enfant aux cheveux blonds et aux yeux bleus. Elle le montra à Daniel.

« C'est un nom très répandu en Afrique, déclara-t-il. En swahili, il se dit *Malaika.* »

En ouvrant le cahier, Emma découvrit une page entièrement remplie de dessins au crayon de couleur. Ils représentaient une femme et une fillette aux longues chevelures blondes et identiques, se tenant par la main. De chaque côté de ce couple figuraient deux chameaux, l'un grand, l'autre petit. Sous chacun des personnages, on avait écrit un nom. *Mama Kitu. Maman. Moi. Matata.* L'œuvre avait été réalisée d'une main habile, avec l'assurance naturelle des enfants et leur sens aigu du détail : Emma reconnut immédiatement l'expression malicieuse du chamelon, Matata, et la manière affectueusement réprobatrice dont Mama Kitu l'observait. La mère de l'enfant la dominait de toute sa taille et il émanait d'elle une impression de force et de confiance. La fillette, au centre de l'image, arborait un sourire empli de fierté. La page portait un titre en lettres d'imprimerie : MA FAMILLE.

Emma regarda tour à tour Matata et Mama Kitu. Ces noms allaient aussi bien aux animaux que le prénom Angel à leur maîtresse. Son regard descendit ensuite jusqu'à la patte blessée de la chamelle. Elle se mordit anxieusement la lèvre, se rappelant ce qu'avait dit Daniel, en parlant de l'homme aux lions. Quand elle se tourna vers lui, elle constata que lui aussi considérait pensivement Mama Kitu.

« J'ai examiné son pied ce matin, l'informa-t-il. Il va falloir ouvrir la blessure pour la désinfecter à fond. Elle aura également besoin d'une série de piqûres d'antibiotiques. Ensuite, elle guérira rapidement. Si j'avais assez de temps devant moi, en deux ou trois semaines, je la remettrais d'aplomb. »

Mais la police viendra sûrement la chercher bien avant cela, Emma le savait. Elle étudia une nouvelle fois le dessin. « Il semble qu'il n'y ait pas de père ou de mari dans cette famille, dit-elle. Ni frères ni sœurs non plus. Si l'on parvient à sauver Angel, elle n'aura que les chameaux pour la consoler. »

Daniel hocha la tête. « Si elle est encore en vie, on devrait la retrouver aujourd'hui ou demain.

— Je me demande ce qui va se passer… qui prendra soin d'elle ? »

Daniel écarta les mains en un geste d'ignorance. « Peut-être a-t-elle un père, qui ne vit plus avec elle mais reste néanmoins présent dans sa vie. Et elle doit bien avoir des tantes ou une grand-mère.

— J'espère qu'elles vivent ici, ou dans un endroit où Angel pourrait emmener ses chameaux.

— Oui, acquiesça Daniel. Mais, même dans le cas contraire – si Angel doit quitter l'Afrique –, elle les reverra avant son départ, et elle saura qu'ils sont en sécurité.

— Accepteriez-vous de les garder, si elle devait partir ? » Emma avait conscience que c'était un immense service à lui demander. Elle avait déjà pu constater que s'occuper de ces animaux demandait beaucoup de travail. Mais elle éprouvait, une fois de plus, le sentiment d'être responsable d'Angel, comme si la morte lui avait transmis ce rôle quand elle s'était recueillie au pied de sa tombe.

« Je n'ai pas besoin de deux chameaux, rétorqua Daniel. Mais je pourrais demander à mon frère cadet de les prendre. C'est un homme bon et ils lui seraient utiles. Ils seraient bien traités, je peux vous l'assurer.

— Merci », répondit Emma en souriant, profondément soulagée. Elle était sûre que Daniel tiendrait parole, quel qu'en soit le prix. Lui aussi était ému par la situation tragique d'Angel.

Tournant les yeux vers le chamelon, qui était en train de pousser un seau vide avec son museau, il eut un rire amusé. « Ce petit chenapan porte bien son nom. *Matata* signifie "problème", en swahili. »

Tandis qu'il se penchait pour ramasser le dernier vêtement, Emma referma le cahier et, s'asseyant sur le perron, le posa sur ses genoux. Elle regarda le nom écrit sur la couverture, suivant des yeux le tracé des lettres rondes.

« Angel », dit-elle à voix haute. Une poule orange qui passait devant elle leva la tête au son de sa voix, puis détala. Elle fut suivie par un volatile au plumage gris moucheté de blanc, dont le cou dénudé semblait avoir été badigeonné de peinture bleue, et qu'Emma finit par identifier comme une pintade. À sa connaissance, on les rencontrait uniquement à l'état sauvage, mais celle-ci paraissait aussi apprivoisée que les poulets. Une bizarrerie de plus, qui ne détonnait pas en un tel lieu : cette station de recherche qui avait l'air abandonnée, mais ne l'était pas, ces fleurs roses poussant sur des buissons dépourvus de feuilles, le sable gris et fin des plaines, et la montagne, triangle parfait tout droit sorti d'un dessin d'enfant.

Emma appuya son front sur ses bras croisés. En sentant sur sa nuque la chaude caresse du soleil matinal, elle ferma les yeux.

Elle ne prêta pas attention au bruit, tout d'abord – un bourdonnement lointain, aussi faible que celui d'une abeille dans un jardin. Mais quand il s'amplifia, elle releva la tête. Au bout de quelques minutes, une forme sombre apparut dans le ciel. Un petit avion.

« Les voilà ! » cria-t-elle à Daniel. L'appareil se dirigeait vers le désert, volant à basse altitude, en quête de la disparue.

Daniel la rejoignit et elle se tourna vers lui, l'air préoccupé. « J'ai le sentiment que nous devrions participer aux recherches, au lieu de nous contenter d'attendre ici.

— Chercher quelqu'un dans une région comme le *nyika* est inutile, quand on a perdu ses traces, répondit Daniel. Il y a trop de crevasses et de rochers qui pourraient la dissimuler aux regards. Elle est peut-être trop faible pour crier, même si quelqu'un passe à proximité. La seule chance de la retrouver, c'est de la repérer d'un avion. »

Emma hocha la tête. Elle se serait sentie mieux si elle avait pu faire quelque chose, mais elle savait que Daniel avait raison.

Ils restèrent là à contempler le ciel, plissant les yeux sous l'éclat de l'azur cristallin, jusqu'à ce que l'appareil ne soit plus qu'un petit point noir dans le lointain.

Une petite cabane en tôle rouillée se dressait à quelque distance du perron. À l'intérieur, assis sur un tabouret à trois pieds, Daniel préparait le petit déjeuner sur un réchaud à bois. Emma l'observait depuis le seuil, en s'efforçant de ne pas trahir sa réaction devant le sol de terre battue constellé de fientes d'oiseaux, ou ce fourneau primitif dégageant une épaisse fumée qui s'évacuait par un trou dans le toit. Il n'y avait ni évier ni robinet – le seul point d'eau semblait être un grand pot en terre rempli à ras bord. Emma promena son regard autour de la pièce, cherchant à détecter la saleté accumulée. Il y avait bien des traces de suie, une forte odeur de feu de bois, des toiles d'araignées dans les angles. Mais en regardant plus attentivement, elle s'aperçut que les surfaces de travail – un plateau de bois monté sur des pieds courts, une planche à découper, une petite table – étaient parfaitement propres. L'intérieur des marmites émaillées servant à la cuisson jetait des lueurs argentées dans la lumière du feu, et elles étaient placées à distance des pieds de Daniel. Et la fumée avait l'avantage d'éloigner les mouches.

L'air parfaitement détendu, méthodique, Daniel était penché sur le feu, remuant les braises à l'aide d'un bâton. Tendant la main derrière lui, il ramassa un bol de ce qui ressemblait à de la pâte à pain et le déposa sur le feu. Il avait dû confectionner cette pâte pendant qu'elle donnait à manger aux chameaux et remplissait leurs seaux. L'aisance avec laquelle elle avait accompli sa tâche, comme s'il s'agissait pour elle d'une routine quotidienne, lui avait procuré une certaine fierté.

Elle se surprit à admirer les mouvements de Daniel, si fluides et assurés qu'ils faisaient songer à une chorégraphie. Elle n'avait pas l'habitude de voir un homme cuisiner, à part les chefs à la télévision, ou ceux qu'on entrevoyait parfois dans les restaurants. Elle avait de vagues souvenirs de son père s'affairant devant le fourneau, lorsqu'ils s'étaient installés à Melbourne – tout au début, quand il n'y avait plus de Mme McDonald – mais il avait cessé après son remariage. Quant à Simon, tout ce qu'il savait préparer, c'était des grillades sur le barbecue du balcon. Il disposait toute une panoplie d'ustensiles à portée de sa main, sur une table pliante réservée à cet usage, ainsi que les ingrédients, rangés séparément dans des récipients en plastique. Il n'aurait jamais envisagé de cuisiner sur un feu de bois. Le barbecue était en acier inoxydable et fonctionnait au gaz. Après l'avoir utilisé, il passait près d'une heure à le récurer. La nourriture avait un aspect et un goût aussi aseptisés que le matériel qui avait servi à sa préparation. Quand Emma se chargeait des repas, elle tentait de veiller à ce que ses plats répondent aux mêmes critères. Elle suivait toujours les recettes à la lettre et ne se livrait à aucune sorte d'expérimentation. Comme elle était généralement pressée, elle recourait le plus souvent à des produits conditionnés, en s'assurant toutefois qu'ils présentaient une faible teneur en sucre, en sel et en graisses.

En entendant le portail grincer, elle se retourna. Reconnaissant Mosi, elle courut vers lui.

« Vous n'êtes pas rentrée hier soir ! s'écria-t-il, l'air à la fois soulagé et anxieux. J'étais très inquiet ! »

Elle lui relata brièvement les événements de la veille. Quand elle acheva son récit, il se détourna et scruta le désert en plissant le front.

« Si Dieu le veut, ils la retrouveront aujourd'hui », dit-il.

Il brandit ensuite un tuyau en caoutchouc noir, recourbé à chaque extrémité et ressemblant au corps d'un serpent. « Je peux réparer le radiateur, maintenant. » Inspectant la cour du regard, il ajouta : « Où est Daniel ?

— En train de préparer le petit déjeuner.

— Parfait ! Je suis affamé », répondit Mosi en souriant.

Il la suivit jusqu'à la hutte. Après avoir échangé des salutations avec Daniel, il s'assit près du feu, sur un bidon retourné. Les deux hommes se lancèrent dans une discussion en swahili. Mosi avait l'air de poser beaucoup de questions. Emma devina, à son ton choqué, que Daniel lui racontait en détail leurs aventures dans le désert. Tout en écoutant le bruit de leurs voix, elle repassa les événements dans son esprit. Tant de choses s'étaient produites en l'espace d'une seule journée qu'elle avait l'impression qu'il s'était écoulé beaucoup plus de temps.

Finalement, ses deux compagnons se turent, comme si le récit était terminé. Daniel cassa des œufs dans la poêle à frire où il avait préalablement fait fondre du beurre. Tandis que les blancs commençaient à prendre, il arrosa les jaunes avec la graisse jusqu'à ce qu'ils soient uniformément cuits, puis il retira la poêle du feu.

« C'est prêt ! » annonça-t-il. Il donna à Emma deux assiettes en émail et lui fit signe de les lui avancer. Sur l'une d'elles, il empila les œufs au plat ; sur l'autre, il déposa une galette de pain à la croûte grise de cendre. Le blanc des œufs et le pain pâle ressortaient nettement dans la faible lumière. Mosi tendit un saladier de bois dont l'intérieur était bruni par l'usage. Daniel le remplit de patates douces rôties, puis s'empara d'une théière en métal qu'il avait gardée au chaud sur le bord du fourneau.

Il les conduisit dans une autre pièce à l'extérieur de la cabane. Comme ceux du Salaam Café, ses murs ne montaient qu'à hauteur de taille, mais ils étaient surmontés d'écrans moustiquaires. Mosi tint la porte tandis que Daniel et Emma entraient en toute hâte pour éviter que les mouches ne s'introduisent à leur suite. Le mobilier se composait en tout et pour tout d'une table en bois et de deux longs bancs. Un carré de toile cirée à carreaux rouges et blancs était jeté sur la table ; en son milieu étaient disposés une bouteille de Tabasco, un pot de miel, une salière et une poivrière en plastique décoloré. Elle avait été dressée pour trois personnes, avec des assiettes, des tasses et des couverts.

Les deux hommes prirent place d'un côté et Emma s'assit en face d'eux. Daniel commença à remplir les assiettes.

« Ne m'en donnez pas tant », protesta Emma. La portion qu'il lui avait servie devait contenir deux fois plus de calories qu'elle n'en consommait habituellement en une journée.

Il lui lança un regard étonné et la cuillère chargée de patates douces qu'il tenait à la main demeura suspendue dans l'air. « Je suis désolé, dit-il au bout d'un instant. Nous n'avons pas l'habitude de recevoir des dames. »

Il servit le thé. Emma regarda les deux hommes déverser dans leurs tasses de généreuses cuillerées de miel. Pendant que Mosi remuait le mélange, quelque chose vint flotter à la surface. Il le repêcha et le fit tomber sur la table.

« Une abeille morte ! » s'exclama Emma. Puis elle sourit, ne voulant pas se montrer impolie.

« Parfois, on trouve aussi des morceaux d'écorce ou de brindilles, déclara Daniel. C'est du miel sauvage récolté dans le désert. Voyez comme il est foncé.

— C'est le meilleur miel qui existe », ajouta Mosi.

Daniel approuva d'un signe de tête. « C'est un cadeau de ma mère. »

Emma but une gorgée de thé et faillit se brûler les lèvres sur le rebord du mug émaillé. Le breuvage fort au goût de fumée excita son appétit. Elle oublia l'aspect rudimentaire de la cuisine et commença à manger. Les œufs étaient cuits à la perfection, croustillants sur les bords, les jaunes bien coulants et d'une belle couleur. La galette était moelleuse et légère, la chair blanche de la patate douce, tendre et gorgée de beurre.

« C'est très bon, dit-elle à Daniel. Merci. »

Tout en mangeant, elle regarda, par-dessus l'épaule de Mosi, une autre pièce adossée aux murs de terre. Par la porte ouverte, elle aperçut un lit étroit garni d'une simple couverture blanche, une rangée de crochets portant un assortiment de vêtements kaki, un panier en sisal naturel et un cabas en plastique vert. La chambre de Daniel.

Devant la porte, une corde avait été tendue entre un poteau et un arbre frêle. Un pantalon et un maillot de corps blancs y étaient accrochés par des pinces à linge ; à côté, il y avait une de ces couvertures à carreaux que portent les hommes massaï. Celle de Daniel était dans des tons violets et rouges et flottait dans la brise légère.

« On appelle cela un *shuka* », dit Daniel.

Elle s'arracha à sa contemplation, avec le sentiment d'avoir commis une indiscrétion.

« Vous venez d'apprendre votre premier mot de maa », reprit Daniel. Il se mit à débarrasser les assiettes. En ramassant celle d'Emma, il sourit. « Vous n'avez rien laissé ! » Puis il se leva et déclara : « Maintenant, je dois opérer le pied de Mama Kitu. Il va falloir la coucher sur le sol et l'attacher. Je vais avoir besoin de votre aide à tous les deux. »

Avant d'attaquer la besogne, Daniel et Mosi ôtèrent leurs chemises et les suspendirent à la corde à linge. Emma, tout d'abord, n'en comprit pas la raison, puis elle supposa qu'ils ne voulaient pas les salir – il était plus facile de laver la peau que les vêtements. Pour sa part, elle avait des tenues de rechange en quantité plus que suffisante et, dès qu'elle arriverait à Ngorongoro, elle donnerait tout son linge sale au service de blanchisserie de l'hôtel. Debout à côté des deux hommes, ses manches retroussées sur ses bras blancs, elle se sentait pareille à une ombre pâle auprès de leurs immenses silhouettes sombres. Mosi lança à Mama Kitu un coup d'œil empli d'appréhension. De toute évidence, il était plus habitué à conduire son Land Cruiser qu'à manipuler un chameau. Il ne semblait pas en très bonne condition physique, à force de passer son temps assis au volant. Emma évita de lorgner ouvertement Daniel, mais quand elle le regardait à la dérobée, elle avait l'impression qu'elle pouvait voir chacun des muscles de son corps jouer sous sa peau.

Mama Kitu recula lorsque Daniel s'approcha, comme si elle pressentait qu'il allait la faire souffrir. Emma et Mosi restèrent à distance prudente, jusqu'à ce que le vétérinaire ait convaincu la chamelle de s'agenouiller. Après une courte hésitation, elle fléchit également ses pattes postérieures. Daniel demanda à Emma de tenir la corde attachée au licou de la bête, tandis que lui et Mosi lui entravaient les pattes, de manière qu'elle ne puisse essayer de se relever. Quand ce fut fait, les deux hommes poussèrent et tirèrent le corps massif, en se couvrant copieusement de poussière, et réussirent finalement à le faire basculer sur le côté. Le ventre de la chamelle était pareil à un énorme mont couvert d'un pelage lisse et fin d'un blanc crémeux.

La tête de Mama Kitu reposait sur le sol. Elle protesta brièvement puis se résigna et adopta la même attitude patiente que face aux espiègleries de Matata. Emma s'agenouilla près d'elle.

« Parlez-lui, lui demanda Daniel, en sortant un couteau à lame courte. Cela la calmera. »

Emma le regarda caresser le cou de la chamelle, faire courir ses doigts dans la crinière éparse constituée de petites touffes de poils bouclés. « Que dois-je lui dire ?

— Prenez une voix douce et ferme à la fois. Parlez-lui comme si vous étiez sa mère. »

Daniel incisa le pied blessé. Mama Kitu frémit et regarda Emma en roulant des yeux.

« Ce n'est rien. Tout va bien, dit-elle à l'animal. Tiens-toi tranquille. Tu es une bonne fille. » Elle constata que la chamelle réagissait à sa voix : ses paupières s'abaissèrent, son cou se détendit. « Tu es une gentille fille. »

Emma continua à parler, roucoulant des absurdités qui l'auraient fait rougir de honte si l'animal n'avait pas paru les écouter avec délectation. Elle caressait constamment l'encolure rêche et Mama Kitu levait vers elle des yeux brillants de gratitude. Lorsqu'elle se tut, la chamelle tourna vers elle une oreille velue, comme si elle attendait la suite.

Par-dessus l'épaule de l'animal, Emma observa Daniel, accroupi, la tête penchée vers la patte endommagée. Le front plissé par la concentration, il fouaillait la plante du pied. Son visage et son torse étaient couverts d'une pellicule de sueur. Sur un plateau de bois à côté de lui, elle vit un flacon de désinfectant, un autre portant l'étiquette « Goudron de Norvège » et des tampons de gaze. Près de là se trouvait un haricot métallique contenant une énorme aiguille hypodermique et deux ou trois seringues tout aussi gigantesques.

« Là, murmura Daniel. J'ai ouvert la plaie. » Il tamponna le pied au moyen d'un pansement. Quand il le retira, Emma vit que la gaze était jaune de pus. Daniel versa une généreuse quantité de désinfectant sur la blessure et reprit sa tâche, raclant la plaie, puis la nettoyant de nouveau. Ensuite, il ouvrit le flacon de goudron et en badigeonna la chair à vif.

Enfin, il redressa la tête et s'essuya le front avec son bras. « Elle se sent probablement déjà mieux. La sensation de pression dans le pied a disparu. » Il fit signe à Mosi de lui donner l'aiguille. D'un mouvement énergique, il l'enfonça dans l'épaule de la chamelle. Puis il y fixa une seringue et appuya sur le piston. Dès qu'elle fut vide, il la remplaça par une seconde. Une bosse de la taille d'un œuf était apparue sous la peau épaisse de l'animal. « Sérum antitétanique et Terramycine. » Il se rassit sur ses talons, l'air satisfait. « J'ai terminé. »

Emma scruta les yeux bruns et luisants de Mama Kitu. Les paupières semblaient fardées de khôl, les cils étaient longs et fournis.

« Tu es belle. Tu as été bien sage. Très, très sage... »

Daniel se mit à rire. « Vous parlez tout à fait comme une mère. »

Emma alla se changer, car ses vêtements étaient tachés de goudron et sentaient le désinfectant. En sortant de sa chambre, elle s'arrêta dans le couloir où Daniel avait entreposé les sacoches et leur contenu contre le mur en quatre piles irrégulières. Parmi les articles vestimentaires, elle aperçut une épaisse touffe de crin montée sur une poignée ornée de perles de verre coloré. Cela ressemblait à l'un de ces objets artisanaux confectionnés par les Massaï. Emma s'apprêtait à l'examiner, quand son regard fut attiré par une tache rouge – le tricot, roulé en boule et posé sur un tas de vêtements. Malgré la pénombre, elle vit qu'il était piqué de petits morceaux de foin. Elle s'en saisit et l'emporta sur le perron, où elle s'assit, le haut du corps à l'ombre, les jambes étendues au soleil. Après avoir déroulé l'écharpe, elle entreprit d'en extraire un à un les débris – graines, fragments de balles et de tiges. Elle entendait les voix distantes de Mosi et Daniel s'affairant autour du Land Cruiser. Ils conversaient d'un ton amical, comme des relations de longue date. Daniel faisait probablement partie de ces personnes qui s'entendent instantanément avec tout le monde, songea-t-elle. Simon était l'antithèse. Il pouvait se montrer très brusque vis-à-vis des gens qu'ils ne connaissaient pas bien et il choisissait soigneusement ses amis. Presque tous étaient des scientifiques avec lesquels il pouvait discuter des sujets qui l'intéressaient.

Tout en ôtant les dernières graines, Emma contempla le tricot. C'était sans aucun doute l'œuvre d'Angel, se dit-elle : les points étaient réguliers, mais la laine épaisse et les aiguilles très grosses. Celles-ci avaient été enfoncées profondément dans la pelote, pour éviter de les perdre. Emma les retira et déroula un peu de laine. D'un geste hésitant, elle s'empara des aiguilles, puis glissa la pointe de celle de droite dans la première maille de celle de gauche, enroula le fil autour et fit une boucle. Après l'avoir fait glisser sur l'aiguille de gauche, elle lâcha la maille précédente. Tandis que la technique lui revenait peu à peu, elle se rappela la sensation des mains de Susan sur les siennes, guidant ses doigts par une douce pression, le contact de cette peau plus dure, plus sèche, sur sa peau d'enfant. Elle réentendit le paisible cliquetis des aiguilles, respira de nouveau le parfum poudré de Susan. Mais, alors qu'elle savourait ces souvenirs, un autre surgit brusquement et les balaya. À la place de Susan, c'était Rebecca, sa belle-mère, qui lui apparaissait à présent, assise dans son fauteuil en rotin préféré, près de la fenêtre, absorbée dans son propre ouvrage. Ses mains reposaient sur son énorme ventre. Elle tricotait tout en double exemplaire, les petites brassières et les couvertures, pour les jumeaux qui naîtraient bientôt.

« Pourquoi ne tricoterais-tu pas, toi aussi ? » avait-elle demandé à Emma.

Elle avait secoué la tête sans répondre.

« Allez, je vais te montrer, avait insisté Rebecca.

— Non, merci. » Emma s'était rendu compte qu'elle parlait d'un ton trop brusque, presque impoli. « Tu ne fais pas pareil que ma maman. Tu ne tiens pas les aiguilles comme il faut. »

Rebecca l'avait longuement contemplée, les lèvres pincées. « Je comprends », avait-elle fini par répondre, d'une voix douce et triste.

Emma avait regagné sa chambre, consciente d'avoir fait de la peine à sa belle-mère, une fois de plus. Elle en avait retiré à la fois de la satisfaction et de la culpabilité. Ce n'était pas la première fois qu'elle repoussait une telle tentative de rapprochement – Rebecca avait tour à tour proposé de lui apprendre à cuisiner, à réaliser divers travaux manuels ou à jardiner. Mais cette offre s'était révélée être la dernière qu'Emma eût l'occasion de refuser. Peu de temps après, les jumeaux étaient nés prématurément et Rebecca s'était consacrée entièrement à eux. Nick et Stevie accaparaient l'attention de tous et Emma avait été abandonnée à elle-même. Elle en avait éprouvé un certain contentement, comme si elle avait remporté une bataille. Mais, tout au fond d'elle, elle se sentait glacée de solitude, et le fait de savoir que Rebecca avait essayé de devenir une nouvelle mère pour elle aggravait encore ce sentiment. Emma l'avait rejetée et, désormais, cette possibilité ne se représenterait plus.

Les mains d'Emma se crispèrent sur le tricot. Une pensée nouvelle et inattendue lui traversa l'esprit : la souffrance causée par la perte de Susan n'était pas inévitable. Il n'était pas nécessaire qu'elle dure aussi longtemps, qu'elle soit si profonde. Peut-être, s'il y avait eu un seul bébé au lieu de deux… S'ils n'avaient pas été prématurés… Si on lui avait présenté sa future belle-mère un peu plus tôt, et pas quand elle était déjà enceinte… Si le père d'Emma avait été moins pris par son travail… Tant de si.

Elle enroula l'ouvrage et le posa sur la marche. Elle regarda au loin, mais elle voyait toujours la tache rouge à la périphérie de son champ de vision. Elle ferma les yeux pour l'occulter. Le souvenir de cette scène avec Rebecca l'avait assaillie par surprise. Il semblait qu'en venant ici, elle avait ouvert une sorte de boîte de Pandore et que, à présent, elle ne pouvait plus contrôler ce qui en sortait, ni ses propres réactions. Un nœud d'anxiété se forma dans son estomac.

Peut-être Simon avait-il raison et valait-il mieux ne jamais revenir sur le passé.

Rouvrant les yeux, elle regarda les deux chameaux plantés sous le soleil, l'air apathique, pratiquement immobiles, à part quelques mouvements d'oreilles pour chasser les mouches et leur rumination incessante. C'était là son problème, comprit-elle. Tout comme ces animaux, elle était désœuvrée. Simon et elle ne se déplaçaient jamais sans leurs ordinateurs portables, de manière à pouvoir corriger un article en cours de rédaction ou lire une revue scientifique en ligne s'ils ne savaient pas comment occuper leur temps libre. Elle songea tout à coup au laboratoire de Daniel. Avec tout ce qui s'était passé, elle n'avait même pas pris le temps de le visiter attentivement. Et c'était à peine si elle avait interrogé Daniel sur ses recherches. Peut-être était-elle en mesure de l'aider d'une façon ou d'une autre ? Après tout, il travaillait pour ainsi dire seul et avait clairement laissé entendre qu'il n'aboutissait à rien. Elle se leva. Déjà, elle sentait son esprit s'apaiser, se concentrer. Ce serait une bonne manière d'utiliser son temps. Et aussi, s'avoua-t-elle, une occasion d'impressionner Daniel par ses connaissances professionnelles et sa perspicacité. Elle voulait revoir dans ses yeux cette petite lueur de respect.

Campée au milieu du laboratoire, elle tourna lentement sur elle-même, passant en revue le contenu de la pièce. Il y avait toutes sortes de choses qu'elle n'avait pas remarquées lors de sa première visite. Elle attendait que Daniel ait fini d'aider Mosi à remplacer le tuyau du radiateur pour lui poser des questions. Elle jeta un nouveau regard à la petite paillasse et à l'isolateur rudimentaire. Puis elle se dirigea vers l'étrange structure qui se dressait dans l'angle opposé. Cela ressemblait à la baraque d'une cartomancienne, fermée par des rideaux confectionnés dans des draps d'enfant imprimés de petits trains bleus et rouges. Les écartant, elle scruta l'intérieur ténébreux et distingua la forme noir mat d'un microscope à fluorescence. C'était un modèle obsolète qui, en Australie, n'était plus utilisé que par les étudiants. Elle se représenta Daniel assis là, jour après jour, étudiant les échantillons prélevés dans l'espoir d'y découvrir des traces du virus, en vain. Susan s'était peut-être assise à la même place, mais elle avait dû obtenir des résultats positifs à profusion, car on était alors en pleine épidémie. Cela avait dû être une expérience éprouvante de lire les noms des patients sur les fioles, les uns après les autres, et de s'apercevoir qu'ils allaient certainement mourir. Elle fut de nouveau frappée par le courage qu'il avait fallu à sa mère pour s'exposer de façon répétée à un tel traumatisme. Il n'était pas étonnant que son université ait créé une bourse en son honneur, le prix Lindberg, récompensant le plus brillant des étudiants de dernière année. Susan était aussi dévouée à son métier qu'intrépide. Quand on lui demandait d'aller sur le terrain, elle ne disait jamais non.

Emma était en train de regarder la télévision quand le téléphone avait sonné pour informer sa mère qu'on venait de lui confier ce qui allait être son ultime mission. Parfois les appels du Centre de contrôle des maladies arrivaient en pleine nuit, mais cette fois, Susan venait juste de rentrer du laboratoire. Bientôt, le père d'Emma serait là aussi et ils s'assiéraient tous devant le repas que Mme McDonald leur avait préparé. Emma avait compris tout de suite d'où venait l'appel. Elle avait reconnu l'expression sur le visage de sa mère – comme si rien autour d'elle n'avait plus d'importance à ses yeux. Il y avait eu, comme d'habitude, les questions posées d'une voix pressante. Puis le bref silence après qu'elle eut raccroché, immédiatement suivi par une activité fébrile. Emma l'avait accompagnée dans sa chambre, l'avait regardée prendre la valise usée sur le dessus de l'armoire. Sortir des tiroirs ses tenues de travail. Remplir sa trousse de toilette. Poser son passeport sur le lit.

« Et ma fête d'anniversaire ? avait-elle demandé.

— Je serai de retour dans trois ou quatre semaines, peut-être moins. Nous fêterons ton anniversaire à ce moment-là.

— Mais nous avons déjà envoyé les invitations ! » Emma les avait fabriquées elle-même, décorant chacune d'elles d'un énorme sept découpé dans du papier cadeau.

« Je suis désolée, ma chérie, avait répondu Susan. Tu sais bien que je dois partir. Mme McDonald aidera papa à organiser la fête. Cela lui fera plaisir. Et je te rapporterai un cadeau spécial.

— Non, avait protesté Emma. Je veux que tu sois là pour mon anniversaire. Dis-leur que tu ne peux pas y aller, rien que pour cette fois. S'il te plaît. »

Elle avait espéré de tout son cœur que sa mère allait céder à sa supplique. Mais Susan avait continué à faire sa valise. Elle n'avait pas besoin de répéter ce qu'elle lui avait déjà expliqué cent fois : que le travail d'un chercheur sur le terrain consistait à répondre aux situations d'urgence. Que les épidémies survenaient toujours sans prévenir.

Quand la voiture était arrivée, Emma était assise dans l'allée, ramassant le gravier pour en faire des petits tas. Le break s'était arrêté devant elle. Sur son flanc, à moins d'un mètre de son visage, était peinte une inscription en grosses lettres. Centre américain de contrôle des maladies. Quand le chauffeur était entré dans la maison pour aider Susan à porter ses bagages, Emma s'était relevée, une poignée de gravier dans chaque main, et les avait lancées sur la voiture, l'une après l'autre, puis s'était penchée pour ramasser d'autres projectiles.

C'était ce dont elle se souvenait le plus précisément. Pas des adieux qui avaient suivi, quand elle avait enfoui son visage dans les cheveux de sa mère et respiré l'odeur chimique qu'elle rapportait toujours du labo. Pas du dernier baiser, ni des dernières promesses. Seulement du bruit des petits cailloux heurtant la carrosserie luisante avant de retomber sur le sol.

Emma contempla l'intérieur de la cabine, serrant toujours les rideaux entre ses mains. Quand elle avait appris que Susan était morte, elle avait soigneusement conservé ces dernières images dans sa mémoire. Mais tous ses autres souvenirs de sa mère étaient fragmentaires – des bribes de chansons, la sensation d'un baiser sur son front, une main tenant la sienne pendant qu'elle se promenait dans le parc. Elle savait que Susan partait régulièrement en mission depuis qu'elle n'était encore qu'un bébé, mais elle ne gardait que de vagues impressions de l'absence et de la présence de sa mère au fil des années. Et maintenant, dans cette pièce silencieuse, elle tentait d'évoquer d'autres images, d'autres détails de toutes ces fois où elles s'étaient dit au revoir, mais tout ce qui lui venait à l'esprit, c'était la vision du dos de Simon en train de s'éloigner, un sac marin à l'épaule. Simon traversant le tarmac pour monter dans un petit avion. Simon sur le pont d'un bateau, agitant la main. Avant lui, il y avait eu Jason, le pilote, qui la laissait toujours seule. Et avant Jason, l'acteur qui ne voulait pas laisser passer une seule chance de faire évoluer sa carrière.

Elle resta là, le regard perdu dans l'obscurité, tandis que les pensées familières défilaient dans sa tête. Ce devait être sa faute, se dit-elle. Elle n'était pas assez intéressante, ou pas assez attirante, pour qu'un homme ait envie de rester près d'elle. Peut-être devrait-elle essayer de changer. Puis ses pensées prirent une tout autre direction. Et si cela n'avait rien à voir avec son apparence ou son caractère ? Si c'était plutôt elle qui avait toujours choisi de vivre avec des gens qui l'abandonnaient constamment ? Si elle avait inconsciemment cherché à reproduire la relation qu'elle avait eue avec sa mère, traînant ce schéma derrière elle depuis des années, comme une malédiction ?

Elle laissa retomber le rideau et repoussa cette idée, choquée d'envisager une hypothèse aussi sacrilège dans le lieu même où Susan était morte. Elle traversa la pièce pour examiner des affiches décolorées épinglées sur le mur à côté de la porte. L'une d'elles représentait un tableau de posologie pour un médicament vétérinaire. L'autre était destinée à promouvoir une campagne de vaccination : on y voyait un petit enfant s'abritant d'un faisceau de sagaies menaçantes derrière un bouclier massaï traditionnel. Les sagaies portaient des étiquettes en anglais et en swahili : « polio », « tétanos » et « typhoïde ».

« C'est notre rêve de voir un jour la fièvre d'Olambo s'ajouter à la liste. »

Au son de la voix de Daniel, Emma sursauta ; elle ne l'avait pas entendu approcher car il était pieds nus. Il vint se placer à côté d'elle et elle perçut une odeur d'huile de moteur mélangée à quelque chose qui faisait penser à du miel.

Elle hocha la tête. Le vaccin était la solution rêvée à un virus. Les antiviraux étaient rarement efficaces, même quand on arrivait à trouver un financement pour leur mise au point.

« Mais cela coûte bien trop cher », poursuivit Daniel.

Elle acquiesça de nouveau, d'un simple mouvement de tête. Elle n'avait pas envie d'énoncer à voix haute qu'obtenir les fonds nécessaires à l'élaboration par génie génétique d'un vaccin contre une maladie circonscrite jusqu'à présent à quelques régions d'Afrique de l'Est relevait de l'impossible. Si un virus mortel avait menacé la population de New York ou de Sydney, la situation aurait été complètement différente… « Tout ce que vous pouvez faire, constata-t-elle, c'est vous efforcer de limiter la transmission et de réduire les épidémies.

— C'est effectivement notre plan, répondit-il. Mais, comme je l'ai déjà dit, nous ne savons toujours pas où le virus se cache. Nous avons beau chercher, nous n'en trouvons pas la moindre trace », ajouta-t-il, comme s'il parlait de quelque animal exotique difficile à débusquer.

« Comment vous y prenez-vous pour prélever et analyser les échantillons ? s'enquit-elle.

— Je vais vous expliquer. » Il fit avec elle le tour du laboratoire, lui montrant les pièges qu'ils utilisaient, Ndugu et lui, décrivant comment ils prélevaient le sang des animaux capturés puis soumettaient les échantillons à des tests de recherche d'anticorps. Il lui fit voir l'antique séparateur de cellules à manivelle dont ils s'étaient servis, son assistant et lui, jusqu'à ce qu'ils aient les moyens d'acheter un réfrigérateur au kérosène. « Maintenant, nous nous contentons de placer les fioles dans le frigo pendant une nuit, dit-il à Emma. Les cellules sanguines coagulent et tombent au fond. Au matin, nous n'avons plus qu'à recueillir le sérum. »

Emma fut saisie d'un profond sentiment d'humilité devant sa joie d'avoir pu acquérir un appareil aussi élémentaire qu'un réfrigérateur. Elle ne put s'empêcher de penser aux installations de l'institut. Sans un équipement ultrasophistiqué et un personnel suffisant, les chercheurs comme elle ne pourraient même pas concevoir de commencer leur travail.

« Voyez-vous un défaut dans notre méthode ? reprit Daniel. Devrions-nous procéder différemment ? »

Elle secoua la tête. « Non, je n'ai aucune critique à formuler. »

Il prit un air abattu, comme s'il avait préféré s'entendre dire qu'il s'y prenait mal plutôt que de devoir accepter l'échec.

Emma tenta de le réconforter. « On n'a jamais trouvé le réservoir du virus de la fièvre de Lassa. Et des équipes entières y ont pourtant consacré tous leurs efforts. Il n'est donc pas surprenant que vous n'arriviez pas à identifier celui du virus Olambo.

— Mais je n'ai pas l'intention de renoncer, déclara Daniel d'une voix ferme. Il me reste une dernière possibilité. Nous n'avons pas encore fait de tests sur les grands mammifères, les buffles, les lycaons, les lions, les éléphants. La seule façon de leur prélever du sang, c'est de les endormir au moyen de fusils anesthésiants ou de les abattre. Nous ne possédons pas l'équipement nécessaire. Et puis, les animaux sauvages réagissent de manière imprévisible aux tranquillisants, qui peuvent avoir sur eux des effets dangereux. Je n'aimerais pas tuer des animaux rien que pour leur prendre un peu de sang. J'en serais incapable. Alors, j'essaie de trouver un autre moyen d'y arriver. En attendant, nous continuerons nos recherches sur les rongeurs. »

Emma fut prise d'un vif élan de sympathie envers lui. Il était tellement dévoué à sa mission qu'il ne songeait même pas à se plaindre du manque de moyens. Elle aurait voulu pouvoir faire quelque chose pour l'aider. « Quand je rentrerai à Melbourne, dans dix jours, dit-elle, je verrai si je peux trouver une organisation susceptible de vous aider.

— Merci, répondit-il. Je vous en serais très reconnaissant.

— Je ne vous promets rien, poursuivit-elle. Mais je ferai de mon mieux. » Elle détourna les yeux, gênée par la gratitude qu'il lui manifestait alors qu'elle lui offrait en fait si peu de chose.

Une tache rose attira son regard – les fleurs dans le vase, qu'elle avait remarquées lors de sa première visite. C'étaient les mêmes que celles qu'elle avait cueillies dans le désert et déposées sur la tombe. Elle effleura les pétales du bout des doigts, en se demandant qui les avait mises ici : elles apportaient à ce décor austère une touche indéniablement féminine. Elle fut stupéfaite de ressentir un petit pincement de jalousie à la pensée de cette femme inconnue. C'était comme si, après les expériences intenses que Daniel et elle avaient partagées, elle avait le sentiment qu'il lui appartenait un peu, ce qui était évidemment absurde. Cependant, elle ne put s'empêcher de songer à ce qu'il avait dit pendant le petit déjeuner.

Nous n'avons pas l'habitude de recevoir des dames.

« D'où viennent ces fleurs ? s'enquit-elle, presque malgré elle.

— C'est moi qui les ai cueillies, répondit-il. J'aime bien en avoir dans cette pièce. Elles me rappellent combien le monde est beau, en dépit de toutes ses horreurs. »

Fugitivement, une tristesse profonde passa sur ses traits, avant qu'un sourire ne vienne l'effacer.

« Ce doit être l'heure du thé, annonça-t-il. Allons chercher Mosi. »

À genoux sur la terre grise, tête penchée, Emma arrachait des touffes de plantes maigres et jaunies. À côté d'elle, Daniel retournait le sol au moyen d'une petite houe.

« J'avais prévu de faire ça durant l'absence de Ndugu, dit-il. Comme je ne peux pas travailler sur le terrain sans lui, j'avais pensé que c'était l'occasion ou jamais. Mais je ne m'attendais pas à recevoir de l'aide.

— De mon côté, ce n'est pas tout à fait ainsi que je comptais passer mes vacances, répondit Emma en souriant. Mais cela ne me dérange pas, s'empressa-t-elle d'ajouter.

C'est quelque chose d'entièrement nouveau pour moi. J'habite un appartement au troisième étage. » Elle tendit la main vers une autre plante morte et sentit avec satisfaction les racines s'extraire de la terre. Quand Daniel lui avait proposé de l'aider à désherber le petit jardin abandonné, elle avait été passablement déconcertée, mais à présent, elle prenait un réel plaisir à cette tâche. Au début, elle avait enfilé des gants en silicone, sachant que la tuberculose était sans doute endémique dans la région, mais ils n'avaient pas tardé à se déchirer. Après qu'elle les eut ôtés, ses mains s'étaient rapidement recouvertes de terre grise. Une fois qu'elle eut renoncé à se préoccuper des piqûres d'insecte ou des maladies, elle avait fini par apprécier le doux contact de la terre sablonneuse sur sa peau, la sensation de liberté que lui donnait le fait de travailler à mains nues. Tout en continuant à extirper les mauvaises herbes, elle regarda les mains de Daniel. Elles offraient un contraste saisissant avec les siennes. Alors que la terre colorait de gris son épiderme pâle, elle paraissait blanche sur la peau noire.

« Comment quoi que ce soit peut-il pousser ici ? » Même en profondeur, le sol avait l'air complètement desséché.

« La terre est irriguée à la saison des pluies, répondit Daniel. Autrefois, j'arrosais les plantes avec les eaux usées, le reste de l'année. Et puis, j'ai eu trop à faire pour y penser et je les ai laissées dépérir, expliqua-t-il, d'un ton empreint de remords.

— Eh bien, j'espère que vous ne recommencerez pas, plaisanta-t-elle. Après tout le mal que je me suis donné ! »

Il sourit. « Si je m'aperçois que les plantes ont l'air d'avoir soif, je repenserai à vous en train de vous échiner à mon côté et je me hâterai de les arroser. »

Les mains d'Emma s'immobilisèrent au-dessus d'une touffe d'herbe. Elle baissa les yeux, pour ne pas laisser voir à Daniel le bonheur qu'elle ressentait à l'idée qu'il avait l'intention de se souvenir d'elle. Elle passait trop de temps seule, se dit-elle. Elle commençait à avoir désespérément besoin d'attention.

Ils reprirent leur travail, chacun à son rythme, arrachant les plantes mortes pour les jeter dans la brouette. De temps à autre, ils relevaient la tête et leurs regards se croisaient. Emma entrevit sur le visage de Daniel une légère expression de surprise, comme s'il n'arrivait pas à s'habituer à la présence d'une femme blanche dans sa cour. Mais cela semblait lui faire plaisir, manifestement.

« Mon père ne serait pas content, s'il me voyait, reprit Daniel. Il est très attaché aux traditions. Or les Massaï croient qu'ils sont le peuple élu par Dieu et qu'Engaï leur a donné les vaches pour pourvoir à tous leurs besoins – la viande, le sang, le lait, le cuir. Un Massaï fidèle aux traditions ne tue pas d'animaux sauvages pour les manger et méprise ceux qui cultivent le sol.

— Mais ce n'est pas votre cas.

— Je suis un Massaï moderne, répondit-il en souriant.

— Votre père accepte-t-il que vous n'ayez pas les mêmes vues que lui ?

— Oh oui ! Il est très fier de moi.

— Et votre mère ? » En posant ces questions, Emma continuait à désherber et s'efforçait de prendre un ton léger, afin de dissimuler sa curiosité. Mais il l'intriguait bel et bien, cet homme issu d'un monde tellement différent du sien…

« Bien sûr. Elle m'aime de tout son cœur. Je suis son premier-né. Quand elle me voit, elle repense au temps où j'étais encore un petit garçon, où je vivais avec elle et dormais dans son lit, avant que je devienne un *moran*, un guerrier. »

Emma ressentit une pointe d'envie. Il parlait avec tant d'assurance de l'amour de sa mère – comme s'il en ressentait la chaleur chaque jour, même à distance, tel le soleil sur son visage. Elle fut également frappée par sa manière désinvolte de se désigner lui-même comme un guerrier – sans forfanterie, d'un ton parfaitement naturel. Elle tenta de se le représenter avec le visage et les cheveux enduits de boue rouge, comme ces jeunes Massaï qu'elle avait vus à la télévision, se préparant en vue de leur initiation. Quelque chose lui revint alors à l'esprit, le fait qu'on mentionnait le plus fréquemment quand on parlait des Massaï.

« Avez-vous dû tuer un lion à la lance, pour devenir un guerrier ? » Elle se mordit aussitôt la lèvre. Formulée aussi brutalement, l'idée de cette mise à mort rituelle paraissait si primitive et cruelle qu'elle craignit d'avoir offensé Daniel.

Mais il ne sembla pas s'en émouvoir. « Aujourd'hui, il n'y a plus assez de lions, donc nos anciens n'encouragent pas cette pratique. Dans mon groupe d'âge, je suis heureux de le dire, nous n'avons pas tué de fauves. Mais mon père l'a fait. Et mon grand-père était surnommé "Deux Lions", parce qu'il en avait abattu deux. »

Emma continua à s'activer. Elle avait l'impression qu'elle aurait pu rester ici tout le jour, à lui poser des questions. Elle aimait son accent, si expressif, sa façon de ne jamais abréger les mots, mais de donner au contraire à chacun toute sa place dans la phrase. Tout ce qu'il disait lui paraissait nouveau et original. Elle lui jeta un regard subreptice. Avec son corps idéalement proportionné, sa peau luisant sous le soleil, il ressemblait à un dieu d'ébène. Les traits de son visage étaient d'une symétrie parfaite. Elle brûla soudain de l'envie de poser ses mains sur ces épaules robustes et baissa les yeux, troublée par sa propre réaction. Mais c'était tout à fait naturel, se dit-elle pour se rassurer. Il l'attirait parce qu'il était, physiquement, son contraire exact. Et, comme tout étudiant en génétique le savait, la symétrie des traits du visage constituait un facteur d'attirance entre les sexes. Au sens darwinien du terme, il représentait un partenaire désirable.

Quand elle releva la tête, elle découvrit que Daniel l'observait et sentit ses joues s'enflammer.

« Dois-je également retirer les pierres ? » demanda-t-elle, prenant aussitôt conscience de la stupidité de sa question. Qui voulait des pierres dans son potager ?

« Oui, ce serait préférable, répondit-il. Ce sera ainsi plus facile de replanter. »

Elle essaya de trouver quelque chose de plus sensé à dire, une façon de reprendre leur conversation détendue. Elle songea à lui demander comment il s'était fait cette cicatrice au front. Mais ce qu'elle avait vraiment envie de savoir, c'était s'il était marié, ou s'il avait une petite amie. Il avait parlé de sa vaste famille, sans faire aucune allusion à une épouse ou à des enfants. Et il était clair qu'il vivait seul ici avec Ndugu. Elle savait qu'il était fréquent que les hommes laissent leur famille derrière eux quand ils allaient travailler en ville. Mais quelqu'un comme Daniel n'aurait-il pas plutôt installé sa femme et ses enfants dans le village le plus proche, de manière à les voir plus souvent ? Elle envisagea de lui poser la question sans détour. Après tout, il lui avait bien demandé si elle était mariée, alors qu'ils venaient juste de faire connaissance. Mais elle ne savait pas très bien comment il interpréterait cette marque d'intérêt. Et elle craignait de rougir encore plus. Elle courba la tête sur le parterre et, d'un air concentré, entreprit de ramasser les petites pierres pour les rassembler en tas.

En fin d'après-midi, Daniel et Emma prirent le thé en compagnie de Mosi, les hommes assis sur les marches du perron et elle sur un tabouret bas à trois pieds, taillé d'une main habile dans un seul morceau de bois ; la surface concave du siège était polie par l'usage. Emma dégustait son thé à petites gorgées tout en contemplant distraitement le volcan dans le lointain. Cette fois, elle avait suivi l'exemple de ses compagnons et versé une cuillerée de miel dans sa tasse : elle avait besoin de reprendre des forces, après ce labeur en plein soleil. La saveur sucrée à l'arrière-goût de fumée l'avait d'abord déroutée, mais elle commençait à l'apprécier. Elle promena les yeux autour d'elle, cherchant les chameaux. Ils se tenaient côte à côte, le regard morose, dans l'enclos provisoire que Daniel et Mosi leur avaient construit au fond de la cour. Un peu plus tôt, Mama Kitu et Matata avaient semblé vexés d'être attachés ; à présent, ils semblaient tout aussi contrariés d'être mis à l'écart. Emma avait l'impression qu'ils étaient davantage habitués à côtoyer les humains, à vivre constamment en leur compagnie. Puis son regard se porta sur le jardin. Elle avait continué à le nettoyer pendant que les hommes bricolaient et il était maintenant entièrement déblayé.

« Qu'allez-vous planter ? demanda-t-elle à Daniel.

— Du maïs, des tomates et des haricots, pour commencer. »

Elle tenta d'imaginer la verdure se substituant à cette grisaille. Il y aurait un fossé, lui avait expliqué Daniel, qui recueillerait l'eau s'écoulant des carrés de légumes. Il ne fallait pas laisser perdre une seule goutte. Tandis qu'elle examinait le futur potager, elle prit conscience d'une brusque tension dans l'air. Se tournant vers Daniel, elle le vit en train d'échanger un regard avec Mosi, comme une question muette. Elle eut l'impression que chacun d'eux attendait que l'autre se décide à parler.

Finalement, Daniel reposa sa tasse. « Mosi a proposé de rester ici cette nuit, au lieu de retourner au village. Nous pourrons lui installer un lit dans le labo. »

Emma ne comprit pas pourquoi ils éprouvaient le besoin de la consulter. « S'il préfère dormir ici...

— Il préférerait retourner au village. Il s'y est fait des amis. Mais nous nous soucions de votre réputation. »

Emma ouvrit des yeux effarés, se demandant si elle avait bien entendu.

« La nuit dernière, il s'agissait d'un cas d'urgence, expliqua Daniel. Personne ne nous blâmerait d'être restés seuls ici tous les deux. Mais cette nuit, cela pourrait paraître intentionnel.

— Daniel a raison, approuva Mosi.

— Ce n'est pas pour moi que je m'inquiète. C'est à vous que je pense. »

Emma avala une gorgée de thé pour cacher sa surprise. Se préoccuper de ce genre de chose paraissait tellement démodé, pour ne pas dire rétrograde ! Elle se demanda ce que Daniel et Mosi penseraient en apprenant que Simon et elle se rendaient souvent à des colloques ou à des séminaires avec des collègues du sexe opposé, parfois en groupe, parfois à deux. Beaucoup de délégués ne partageaient pas seulement la même chambre, mais aussi le même lit, sans que personne ne sourcille. Emma n'avait jamais couché avec un de ses collègues et elle ne pensait pas que Simon l'ait fait, mais elle n'en était pas entièrement persuadée. C'était quelqu'un de très secret et il n'aurait pas supporté de devoir répondre à des questions indiscrètes. Elle fut prise d'un soudain accès de jalousie en songeant à celle qui, en ce moment même, vivait et travaillait à côté de lui – le Dr Frida Erikssen, la glaciologue finlandaise. Simon avait mentionné qu'une femme participait à l'expédition, mais Emma ne l'avait rencontrée que lors du cocktail précédant le départ. C'était une typique beauté scandinave d'une trentaine d'années, blonde, avec une peau parfaite couleur de miel. Tous les hommes présents, Simon inclus, n'avaient eu d'yeux que pour elle.

Emma se força à afficher un sourire décontracté. « Merci, mais je ne me soucie vraiment pas de ce que pourront penser les gens. Après tout, je ne connais personne ici. Et de toute façon, je pars demain.

— Dans ce cas, il n'y a pas de problème, déclara Mosi d'un air ravi. Je vais retourner au village. Je suis invité à un mariage. »

Emma regarda Daniel à la dérobée. Il paraissait satisfait, lui aussi. Peut-être avait-il comme elle le sentiment qu'après les expériences qu'ils avaient vécues au cours des deux jours précédents, il était parfaitement normal qu'ils passent ce dernier soir en tête-à-tête.

L'avion resurgit dans le ciel alors que le jour commençait à décliner. Dans la cuisine, Daniel s'affairait déjà à préparer le dîner et Emma, assise à côté de lui sur le trépied, décortiquait des cacahuètes. Dès qu'elle entendit le vrombissement au loin, elle se releva vivement et scruta les airs pour apercevoir la forme sombre de l'appareil. Daniel la rejoignit et leva la tête dans la même direction. L'avion repartait vers Malangu. Emma le contempla longuement, imaginant Angel saine et sauve, assise dans la cabine, son calvaire enfin terminé. Daniel avait dit que le pilote n'aurait aucun mal à se poser dans le désert. Si un des sauveteurs repérait l'enfant, il leur suffirait d'atterrir et de la ramener à bord.

L'appareil survola le bâtiment à basse altitude, effrayant les chameaux. Emma se tourna vers Daniel et leurs regards se croisèrent. Ils n'eurent pas besoin d'échanger un mot. Elle savait qu'ils pensaient tous les deux à la même chose, espéraient le même miracle. Ils suivirent des yeux l'avion qui s'éloignait, son ventre argenté miroitant dans le soleil couchant.

7

Quand les ombres s'allongèrent sur le sable, Angel se mit à observer la lionne, guettant un signe que l'animal était en quête d'un refuge. Le soleil touchait presque l'horizon ; bientôt, il ferait nuit.

Elle jeta un regard anxieux sur sa gauche, où la montagne de Dieu se discernait dans le lointain. Jusqu'au milieu de l'après-midi, le volcan s'était trouvé droit derrière elle, comme toujours depuis le début de son voyage en compagnie de la lionne. Elle se demandait pourquoi ils avaient dévié de cette trajectoire. Elle avait d'abord pensé que la lionne avait un lieu précis en tête, une tanière où ils dormiraient. Mais le détour n'en finissait plus et la lionne paraissait mal à l'aise. Elle marchait tête basse, en agitant la queue. Les lionceaux, percevant sa nervosité, la suivaient de très près. Angel veillait elle aussi à ne pas se laisser distancer.

Le seul point de repère, dans la plaine s'étendant en face d'eux, c'était un arbre d'une taille inhabituelle, dont la large ramure dénotait des racines bien irriguées. C'était vers lui que la lionne se dirigeait. Angel fronça les sourcils. L'endroit ne semblait pas très indiqué pour y passer la nuit : il était entièrement à découvert. Il y avait bien quelques rochers dominant l'herbe jaune, mais ils étaient trop disséminés pour constituer un abri.

À quelque distance de l'arbre, la lionne s'immobilisa. Levant la tête, elle poussa un long appel. Cela ressemblait au roucoulement qu'Angel avait déjà entendu, mais d'une tonalité plus plaintive, presque lugubre.

La lionne appela de nouveau, tournant la tête comme si elle espérait recevoir une réponse. Mais l'air était lourd de silence. Pas le moindre pépiement d'oiseau dans les branches, le moindre bourdonnement d'insecte. La lionne se mit à trembler, le corps parcouru de longs frissons rythmiques. L'estomac serré, Angel croisa les bras autour de son torse, en cherchant du regard la cause de cette tension. Mais tout avait l'air normal.

La lionne se remit en marche vers l'arbre et les rochers. Elle reniflait le sol tout en avançant, un grondement sourd émanant de sa gorge.

Angel la suivit, se frayant précautionneusement un passage dans l'herbe haute, sèche et cassante, qui bruissait contre ses mollets. En s'approchant d'un des rochers, elle ralentit le pas, puis s'arrêta. Ce n'était pas de la roche compacte. Elle distinguait des arceaux pâles sur le fond sombre. Des côtes. Elle plaqua une main sur ses lèvres.

Aucune odeur ne se dégageait de la carcasse. Les os avaient été entièrement nettoyés, à l'exception de quelques lambeaux de chair, noirs et desséchés. À côté de la cage thoracique, presque intacte, gisaient des os épars, de gros os robustes qui avaient autrefois soutenu des muscles puissants. La peau, constata Angel, avait entièrement disparu ; il ne restait plus un seul vestige de cuir ou de poil. Elle examina les ossements. Elle ne vit pas de crâne.

D'autres carcasses jonchaient l'herbe. La lionne allait d'un tas d'ossements à l'autre, les petits sur ses talons. Le grondement sourd fit place à une plainte funèbre, tandis qu'elle s'immobilisait devant chacun d'eux et le contemplait un instant avant de reprendre sa marche.

Il y avait quatre corps autour de l'arbre. Chacun d'eux avait été dépouillé de sa peau et privé de son crâne. Aucun animal n'aurait laissé sa proie dans un tel état, Angel le savait. Quelqu'un avait écorché ces bêtes en prenant soin d'emporter les têtes.

Elle se rappela un ranch où Laura et elle s'étaient un jour rendues afin de demander de l'eau pour leurs chameaux. La femme du propriétaire les avait invitées à entrer et leur avait offert un rafraîchissement. En guise de tapis, on avait étendu sur le sol du séjour une peau de lion, encore munie de sa tête qu'on avait empaillée pour lui conserver sa forme. La gueule, grande ouverte, révélait des crocs menaçants d'un jaune d'ivoire et le bout d'une langue rose foncé. Les yeux de verre contemplaient la pièce d'un regard aveugle. Angel revoyait la femme chargée d'un plateau de verres tintinnabulant aller et venir devant elles, ses talons hauts laissant des marques sur la fourrure rousse.

Chacun des squelettes était à peu près de la même taille, la largeur de la cage thoracique équivalente à celle de la lionne. Le cinquième était nettement plus petit. Le thorax avait été brisé, les côtes réduites en un petit tas d'os enchevêtrés. Le crâne était toujours là, au sommet de la colonne vertébrale. Il reposait sur le côté, dévoilant la moitié de sa dentition – les mêmes parfaites petites incisives pointues, les mêmes longues canines qu'Angel entrevoyait chaque fois que les lionceaux bâillaient. Elle sentit la colère monter en elle. Personne n'aurait voulu accrocher à son mur la peau d'un lionceau et pourtant ce petit avait été tué lui aussi. Puis elle ressentit un certain soulagement à l'idée qu'on ne l'avait pas abandonné sur place, pour mourir de faim ou sous les crocs d'un autre animal.

Quand la lionne eut inspecté chaque monceau d'ossements et que sa ronde funèbre fut terminée, elle demeura immobile dans le soleil couchant. Levant la tête, elle ouvrit la gueule et sa plainte se transforma en un rugissement. Ses lèvres noires se retroussèrent, exposant ses dents et la caverne obscure de sa gorge.

Le son parut jaillir du fond de son être pour exploser dans l'air. La lionne décrivit un lent mouvement circulaire avec son énorme tête. Quand le rugissement s'éteignit, elle s'ébroua. Puis elle emplit ses poumons – sa cage thoracique se dessinant sous la peau – et rugit de nouveau. Cette fois, le bruit fut plus impressionnant encore. Les lionceaux reculèrent en aplatissant les oreilles. Mdogo s'assit sur les pieds d'Angel, pressant son corps tiède contre ses jambes. Elle sentit le cœur de l'animal battre à coups précipités.

La lionne semblait avoir oublié la présence des petits et d'Angel. Elle rugit encore et encore, d'une voix où la fureur se mêlait au désespoir. Angel crut entendre le mot, la supplication contenue dans ce cri.

Non ! Non ! Non !...

Elle eut envie de s'approcher de la bête et de la toucher, pour l'arracher à sa douleur. Mais elle n'osa pas. Ceux qui avaient commis ce massacre – braconniers ou chasseurs professionnels, européens ou africains – étaient des humains, comme elle. Elle n'aurait pu reprocher à la lionne de lui en vouloir pour cette seule raison. Mais, se rappela-t-elle, quand la lionne avait choisi de lui venir en aide, elle avait déjà contemplé cette scène macabre. Elle s'était dirigée vers l'arbre comme on se rend sur une tombe. Elle avait paru, un court instant, nourrir l'espoir qu'il s'agisse seulement d'un cauchemar, que ce ne soit pas vrai, mais ensuite, elle n'avait manifesté aucune surprise, seulement du chagrin, de la souffrance et de la colère.

Angel s'accroupit sur le sol avec les lionceaux. Étaient-ils déjà venus ici ? se demanda-t-elle. Elle n'aurait pas su dire à quand remontait la tuerie, si elle s'était produite avant leur naissance, ou après. Dans un cas comme dans l'autre, elle aurait voulu cacher leurs petits yeux de ses mains, couvrir leurs oreilles. Elle pouvait seulement espérer qu'ils ne comprenaient pas ce qui se passait.

Quand le soleil atteignit l'horizon, il se répandit sur la plaine. Angel retint son souffle. Majestueuse et immobile, la lionne se découpait sur le ciel, nimbée d'une lumière dorée, telle une créature de feu.

8

L'aube jetait sur le paysage une lumière blafarde. Dans la cour, deux coqs se pavanaient en s'égosillant à qui mieux mieux. Debout sur le perron, Emma s'efforçait de natter ses cheveux dans son dos. Elle voulait se donner une apparence aussi soignée que possible pour son entrevue avec l'inspecteur d'Arusha. Elle s'apprêtait à rejoindre Daniel à la table du petit déjeuner quand Mosi apparut à la grille, et elle l'attendit pour le saluer.

Tandis qu'il s'avançait vers elle, il parut l'étudier, comme pour essayer de deviner si des faits scandaleux s'étaient produits en son absence.

Elle lui adressa un grand signe de la main, en disant d'un ton enjoué : « Bonjour, Mosi.

— Bonjour », répondit-il, l'air vaguement gêné.

Il se dirigea vers la cuisine et Emma sourit pour elle-même en repensant à sa soirée en compagnie de Daniel. Au début, après le départ de Mosi, ils s'étaient sentis un peu mal à l'aise. Chacun de leurs regards, de leurs gestes, paraissait soudain lourd de signification. Mais après s'être assis devant leur repas et avoir partagé une grande bouteille de bière Kilimanjaro, ils n'avaient pas tardé à se détendre. Daniel avait coupé le générateur pour économiser le fioul et, également, pour qu'ils ne soient pas dérangés par le bruit. La table était éclairée par une lanterne à kérosène suspendue au plafond. Sa lueur mouvante faisait danser les ombres autour d'eux. Daniel avait servi un ragoût d'épinards et de cacahuètes et Emma l'avait laissé lui remplir son bol à ras bord. Ils n'avaient mangé que des bananes en guise de déjeuner et elle avait travaillé dehors toute la journée, aussi éprouvait-elle un vif appétit.

Ils avaient bavardé avec décontraction tout en mangeant. Emma n'avait plus envie d'interroger Daniel sur sa vie privée, et pas davantage de parler de la sienne. Elle voyait bien que Daniel partageait ce sentiment. Ils avaient d'abord discuté politique, comparant leurs deux pays. Emma avait été frappée de constater à quel point ses connaissances sur la Tanzanie étaient limitées, par rapport à Daniel qui savait quel parti était au pouvoir en Australie. Elle lui avait demandé d'où lui venait sa parfaite maîtrise de l'anglais. Il avait expliqué qu'au lycée et à l'université, tous les cours étaient donnés dans cette langue et que, lorsqu'il vivait à Dar es-Salaam et à Arusha, il passait beaucoup de temps à suivre les informations et les magazines d'actualités à la télévision. Ensuite, ils étaient passés à la littérature. Emma avait été surprise d'apprendre que les goûts de Daniel dans ce domaine allaient d'Agatha Christie à Salman Rushdie. Il n'avait pas un grand choix de lectures à sa disposition, avait-il ajouté. Ses livres provenaient d'une boutique d'Arusha revendant les bouquins que les touristes abandonnaient derrière eux. Emma songea à ses longues flâneries dans la librairie de son quartier, où, lorsque Simon était en voyage et qu'elle s'autorisait à délaisser ses lectures professionnelles en faveur d'un roman, elle errait d'un rayon à l'autre, hésitant entre les milliers de titres proposés. Le monde de Daniel était tellement plus simple ! La vie n'y était pas plus facile – infiniment plus rude, au contraire – mais le temps et l'espace n'y étaient pas comptés.

À mesure que le soir s'étirait, ils étaient devenus moins bavards. Tranquillement installés dans la salle à manger, ils avaient écouté les pas traînants des chameaux dans leur enclos, le battement des ailes des papillons de nuit contre les moustiquaires, le grésillement de la lampe à kérosène. Quand il avait été temps de débarrasser la table et de remporter la vaisselle dans la cuisine, Daniel avait remis le générateur en marche et la lumière électrique avait éclipsé la douce clarté de la lune et de la lanterne. Il avait lavé les bols et les verres dans une bassine et Emma les avait essuyés. Puis, comme la veille, il l'avait accompagnée jusqu'à la chambre de Ndugu. Cette fois, Emma n'avait ressenti aucune appréhension. Ses pensées n'étaient tournées ni vers Susan, ni vers l'enfant sur la photo. Tous ses sens étaient tendus vers Daniel, qui marchait à un pas devant elle.

Il s'était arrêté devant la porte et lui avait tendu la torche électrique.

« Bonne nuit, Emma », avait-il dit.

Elle avait ressenti un petit frisson de plaisir à l'entendre prononcer son prénom en détachant les deux syllabes. Em-mah. Le mot revêtait ainsi une sonorité nouvelle, entièrement différente, comme si Daniel utilisait, pour s'adresser à elle, un nom de son invention.

« En swahili, nous disons : “*Lala salama*”, reprit-il, ce qui signifie : “Puisses-tu dormir d'un sommeil serein”.

— *Lala salama* », avait répété Emma. Avec sa cadence mélodique, la formule ressemblait à une berceuse, ou à une bénédiction.

Elle avait levé les yeux vers Daniel et soutenu son regard. L'instant avait paru s'éterniser, l'air entre eux se charger de tension. Puis, presque simultanément, ils s'étaient détournés.

Emma était entrée dans la chambre et avait allumé la lumière. Immobile au milieu de la pièce, elle avait contemplé sans les voir les caisses empilées et avait écouté les pas de Daniel décroître dans le couloir.

Emma prit place à la table, à côté de Mosi, face à Daniel, et abaissa son regard sur le petit déjeuner disposé devant elle. Il était encore plus copieux que la veille. Elle prit un œuf, crevant le jaune qui coula sur un morceau de patate douce. Cela paraissait bon, mais elle n'avait pas faim. Son estomac était noué par l'appréhension. Elle songeait constamment que, d'ici peu, elle saurait si Angel avait été retrouvée, si elle était vivante ou morte, ou toujours introuvable. Et aussi que, très bientôt, elle partirait pour Malangu avec Mosi. Daniel les suivrait au volant de son Land Rover.

Ils se retrouveraient au poste de police et déposeraient leur témoignage devant l'inspecteur. Et ensuite, ils repartiraient, chacun de son côté.

« Aujourd'hui, vous devez prendre un petit déjeuner copieux, déclara Daniel. Comme vous le savez, le Salaam Café n'a pas grand-chose à offrir et la route est longue jusqu'au Serengeti. »

Emma se força à avaler une bouchée. Il avait pris, pour lui donner ce conseil, un ton léger qui manquait de naturel, et elle présuma qu'il partageait son anxiété. Tout en mâchant lentement, elle porta son regard vers l'enclos des chameaux, par-delà le muret. Matata reniflait un couple de pintades apprivoisées qui picoraient les restes du fourrage qu'elle leur avait distribué ce matin. Mama Kitu était couchée, ses pattes repliées sous elle. Son cou était étendu sur le sol, son menton posé sur le sable. Elle regardait droit vers eux et Emma ne put s'empêcher de sourire. Toute l'attitude de la chamelle exprimait un profond reproche.

« Mama Kitu ne nous a pas pardonné ce que nous lui avons fait hier », dit-elle en se tournant vers Daniel.

Il secoua la tête. « Non, ce n'est pas à cause de ça. Elle est triste parce qu'elle sait que vous allez partir. »

Emma contempla l'animal. « Mais elle ne sait pas que je pars aujourd'hui. Comment le pourrait-elle ?

— Le chameau est un animal itinérant. Il a l'habitude de voir les gens se préparer en vue du voyage. Mama Kitu a vu votre valise près de la porte. Elle a noté de petits changements dans vos gestes, le ton de votre voix, votre tenue vestimentaire. Peut-être même peut-elle percevoir vos émotions. Certains chameliers pensent que leurs montures ressentent exactement les mêmes choses qu'eux. Les chameaux savent si vous êtes content à l'idée de vous en aller, ou si cela vous attriste. »

Emma se mordit la lèvre. Elle faillit répondre que la perspective de faire un safari ne la réjouissait pas du tout, qu'elle était malheureuse de quitter cet endroit, de dire adieu à Daniel. Elle aurait voulu promettre qu'elle reviendrait un jour, mais elle savait bien que cela n'arriverait jamais.

Ils mangèrent en silence pendant un moment. Le cliquetis des couverts contre les assiettes en émail et même le bruit du pain qu'ils brisaient entre leurs doigts résonnaient avec force. Mosi leur resservit du thé et délaya du miel dans chaque tasse, la cuillère tintant contre le métal.

« Emma, j'ai une question à vous poser, annonça tout à coup Daniel. Souhaitez-vous emporter la photo ? Elle devrait normalement vous revenir. »

Emma demeura silencieuse pendant quelques secondes, avant de répondre : « Non, je crois que sa place est ici. Elle se trouve dans cette chambre depuis si longtemps... Ce ne serait pas bien de la décrocher à présent. » Alors même qu'elle prononçait ces mots, elle prit conscience que sa réaction avait moins à voir avec Susan qu'avec Daniel. Elle voulait pouvoir se dire que, lorsqu'elle serait rentrée à Melbourne, une petite partie d'elle serait restée ici, près de lui.

Leurs regards se croisèrent et il hocha la tête. « Je la laisserai où elle est. »

Emma caressa le poil rêche sur le cou de Mama Kitu. Elle sentait la chaleur du corps de l'animal, respirait son odeur de laine humide. La chamelle baissa vers elle ses yeux noirs et liquides.

« Tu es une belle fille », murmura Emma. Elle sourit pour elle-même en se rendant compte qu'elle avait repris une voix maternelle.

Matata surgit à côté d'elle et pressa son museau contre son visage, réclamant sa part d'attention. Mama Kitu poussa un grognement et le chassa d'un coup de tête. Puis, se tournant de nouveau vers Emma, elle posa son menton sur l'épaule de la jeune femme et émit un long soupir. Son souffle avait une fraîche odeur d'herbe mastiquée. Emma resta immobile, regardant la salive dégouliner sur sa chemise propre. Il n'y avait pas si longtemps, elle avait été paralysée de frayeur devant cette démonstration d'affection ; aujourd'hui, elle regrettait de devoir y mettre fin.

« Au revoir, Mama Kitu », dit-elle en frottant sa joue contre le museau velouté. Portant son regard sur la patte blessée, elle ajouta : « Guéris vite. Il faut que tu te rétablisses au plus tôt.

— Il est temps de partir ! » appela Mosi depuis la grille. Il avait garé le Land Cruiser à l'arrière du bâtiment et attendait à l'entrée de la cour. Emma pouvait apercevoir sa valise sur le siège arrière. Le Land Rover était rangé à côté, Daniel assis à son volant, vêtu d'une chemise fraîchement repassée.

Emma contempla une dernière fois la station de recherche – le bâtiment principal, les annexes construites de bric et de broc, la cour négligée. Tout lui paraissait si familier qu'elle avait du mal à croire qu'elle n'avait passé que deux jours ici. En se dirigeant vers la grille, elle évita de regarder les chameaux, mais, du coin de l'œil, elle entrevit leurs deux têtes se tourner vers elle pour l'observer.

Bientôt, ils furent sur la route de Malangu, la station toujours plus loin derrière eux. Assise à l'avant du Land Cruiser, Emma fut frappée de constater à quel point le véhicule de Mosi lui semblait à présent propre et moderne. Dans le rétroviseur, elle voyait le vieux Land Rover au toit de toile déchirée cahotant sur la piste. Ils l'avaient déjà nettement distancé, mais elle distinguait encore le visage de Daniel. Elle tenta de discerner s'il agitait la tête au rythme de la musique de son iPod, mais le pare-brise boueux obscurcissait sa vision.

Dans une petite pièce derrière le bar du Salaam Café, Emma était installée devant un vieil ordinateur de bureau. Les lettres sur le clavier étaient pratiquement illisibles sous la couche de crasse qui les recouvrait, et l'écran incrusté de poussière. L'adolescent qui avait encaissé son paiement avant de la conduire ici s'attardait près d'elle.

« Le chargement est long, dit-il. Mais ça va venir. Voulez-vous que je vous apporte à manger ?

— Rien qu'une tasse de thé, merci », répondit-elle. Pendant qu'elle attendait de pouvoir accéder à sa messagerie, elle jeta un coup d'œil par la porte ouverte. Mosi, assis au bar, mangeait un samosa accompagné d'un Coca, tout en surveillant le poste de police de l'autre côté de la place, pour guetter l'arrivée de Daniel. Il y avait un gros camion sur le parking et Emma se demanda si c'était celui qu'on enverrait pour prendre les chameaux.

Elle tapa son identifiant et son mot de passe. Quand la boîte de réception s'afficha enfin, elle parcourut rapidement la longue liste des messages non lus et s'arrêta sur le nom de Simon. En attendant que le mail s'ouvre, elle mâchonna nerveusement le bout de son index. Lorsque le message apparut, elle se pencha vers l'écran avec fébrilité. C'était un long texte d'une page. Pas de salutation ni de préambule ; selon sa manière typique, Simon allait droit à l'essentiel. À mesure qu'elle lisait, le visage d'Emma se crispait. Au bout d'un instant, elle sauta des lignes, ne retenant que quelques expressions au passage : « carottes de glace », « voyage d'une semaine à travers la banquise », « la chance de disposer de l'hélicoptère pendant une demi-journée », « échantillons prometteurs », « adorables manchots ». Simon lui donnait un long compte rendu d'une visite de la base russe et se plaignait aussi de mal dormir parce qu'il faisait nuit vingt-trois heures par jour.

Quand elle arriva au bout du message, elle contempla fixement l'écran. En guise de conclusion, Simon lui envoyait des baisers et un « smiley », mais il ne lui demandait pas comment se déroulait son voyage, ne faisait aucune allusion à la station de recherche ni à son anniversaire. Sans doute ne savait-il même plus quel jour on était. Il était pareil à un toxicomane en plein trip – comme il aimait à le dire, il avait l'Antarctique dans le sang. C'était son premier amour. Depuis le début de leur liaison, il ne s'était rendu là-bas que pour de courtes périodes, en été, et à présent il avait la chance d'y passer tout un hiver. Huit mois pleins. Emma se remémora le jour où il lui avait annoncé qu'il était parvenu à décrocher une place au sein de l'expédition. Ils étaient allés dans un bar à vin, après le travail. Simon sortait d'une réunion et était vêtu avec élégance. Il avait déboutonné le col de sa chemise et desserré sa cravate. Le contraste entre son beau visage buriné et son costume d'homme d'affaires, porté avec décontraction, était infiniment séduisant. Quand il s'était dirigé vers le comptoir pour commander les boissons, Emma avait vu un groupe de jeunes femmes le suivre des yeux.

« Il se peut que ça ne colle pas avec le safari en Tanzanie », avait-il ajouté. Il avait proféré cette remarque d'un ton désinvolte, mais son attitude trahissait son embarras.

« Que veux-tu dire ?

— J'ai la possibilité de passer tout l'hiver à la station McMurdo, cette année. »

Emma avait été trop surprise pour répondre immédiatement. Simon avait laissé passer un silence avant de lui exposer en détail les recherches qu'il effectuerait. C'était un projet au niveau international, basé dans les vallées sèches. Il espérait obtenir des résultats intéressants, maintenant qu'il allait disposer de tout le temps nécessaire.

Il était évident qu'il avait longuement mûri ce plan et que celui-ci venait d'être finalisé. Emma avait baissé les yeux vers son verre et contemplé la surface chatoyante de son vin rouge. Elle savait qu'il serait inutile de tenter de le faire changer d'avis.

« De toute façon, il est préférable que tu fasses ce voyage seule, avait repris Simon. Après tout, cela concerne ta mère. Ton passé. »

Emma avait acquiescé sans rien dire. Il avait raison. Elle savait qu'il ne s'intéressait absolument pas à sa mère, ni à l'endroit où elle avait travaillé. Pour lui, elle n'accomplissait ce voyage que dans un seul but : dire définitivement adieu à sa mère et aller de l'avant. Peut-être valait-il mieux qu'elle parte seule, effectivement ; ainsi, elle ne serait pas obligée de contrôler ses réactions, elle pourrait donner libre cours à ses émotions. D'un autre côté, elle aurait aimé partager avec lui cette expérience capitale. Et elle s'était fait une joie de ces deux semaines de vacances en tête à tête, hors de toute contrainte professionnelle…

« Tu as sans doute raison, avait-elle fini par déclarer.

— J'étais sûr de pouvoir compter sur ton soutien », avait-il répondu en souriant. Il lui avait passé un bras autour de la taille et l'avait embrassée sur la joue. Elle avait senti sur son haleine l'odeur de la bière qu'il était en train de boire, mêlée à une trace de son gel de douche au citron. Les lèvres de Simon avaient ensuite glissé jusqu'à son oreille, déposant sur sa peau un semis de baisers. « Je t'aime, Em, tu le sais », avait-il chuchoté.

Elle avait résisté un instant, puis avait cédé à son étreinte, en songeant qu'elle n'aurait pas dû être surprise. Elle avait toujours su qu'elle ne pouvait pas considérer Simon comme sa propriété. Si elle essayait de le retenir, il s'enfuirait et elle resterait seule. Un frisson l'avait parcourue quand elle s'était représenté la vie sans lui. L'unique brosse à dents dans la salle de bains, les draps froissés d'un seul côté du lit, plus rien d'autre que ses vêtements à elle dans le panier à linge. Et dans son agenda, mois après mois, plus aucune date entourée de rouge avec la mention : « Retour de Simon. »

Elle continua à fixer l'écran de l'ordinateur pendant un moment, puis tapa une brève réponse pour dire qu'elle était en bonne santé et qu'elle s'amusait bien. Quand elle cliqua sur « envoyer », un morne désespoir l'envahit. Elle repoussa vivement ce sentiment et reporta son attention sur le seul autre message qui lui semblait digne d'intérêt. Il émanait de son assistante du labo, Moira. Le seul fait d'être de nouveau connectée au monde impeccablement organisé de l'institut lui procura immédiatement une sensation de soulagement : c'était le seul lieu où elle savait toujours exactement qui elle était, ce qu'elle faisait et pourquoi.

L'e-mail de Moira était une brève note l'informant que les souris MS4 étaient nées par césarienne et avaient été confiées avec succès à une mère adoptive.

« Parfait », murmura Emma pour elle-même. Les souris avaient été génétiquement modifiées pour les besoins de son travail en cours. Les femelles transgéniques étant incapables d'élever leurs petits, il était important de transférer ceux-ci dès leur naissance auprès d'une mère de substitution. Mais le procédé comportait des risques et elle était heureuse d'apprendre que tout s'était bien passé. Cela voulait dire qu'elle pourrait commencer ses recherches dès son retour.

Après avoir fermé la session, elle rejoignit Mosi.

« Vous n'avez pas mis longtemps, remarqua-t-il. D'habitude, les touristes passent des heures sur Internet.

— Je voulais seulement lire mes mails professionnels, expliqua-t-elle en souriant. Vous savez ce que c'est : on ne peut jamais se libérer tout à fait du travail ! »

Un autre véhicule apparut sur la place, se dirigeant vers le poste de police – un 4 × 4 couvert d'une poussière grise indiquant qu'il revenait du désert. Emma le regarda se garer dans la zone délimitée par des pierres blanches.

« Ce doit être un des véhicules qui participaient aux recherches », déclara-t-elle en le montrant à Mosi. D'un seul coup, son inquiétude au sujet d'Angel se raviva.

« Dieu fasse qu'ils l'aient retrouvée », dit le chauffeur.

Emma prit une profonde inspiration pour essayer de retrouver son calme et tourna son attention vers un gros matou tigré assis sur un banc non loin de là. Il avait un air à demi sauvage, avec son museau balafré, son poil pelé par endroits et son oreille déchirée. Sous son regard, il leva une de ses pattes postérieures musclées et entreprit de se lécher. Soudain, une sandale de caoutchouc fendit l'air, le frappant à la tête. En un éclair, le chat sauta à bas du banc et disparut. En se penchant, Emma aperçut le jeune garçon qui se trouvait dans le restaurant l'autre jour. Arborant un sourire satisfait, il alla récupérer sa chaussure.

Mosi se leva. « Je vois le Land Rover de Daniel. »

Daniel les attendait sur les marches du poste de police. Il paraissait nerveux. Il rentra sa chemise à l'intérieur de son pantalon et rajusta son col. Mosi était resté dans son Land Cruiser, visiblement content de ne pas être impliqué dans cette histoire.

À l'intérieur, rien ne semblait avoir changé depuis leur visite précédente. Il y avait un peu plus de dossiers et de papiers étalés sur le bureau et des caisses de Pepsi empilées contre le mur, mais c'était tout. L'officier de police était à sa place, derrière la table.

Il salua brièvement Emma en anglais avant de passer au swahili pour entamer un long dialogue avec Daniel. Emma attendit impatiemment et, quand elle eut l'impression que l'échange rituel de politesses était terminé, interrompit la conversation.

« Avez-vous retrouvé la petite fille ?

— Malheureusement, nos recherches n'ont rien donné », répondit le policier en secouant la tête.

Emma ouvrit la bouche, hésitant à comprendre, et s'appuya des deux mains contre le bureau pour se soutenir. « Vous n'avez vu aucune trace d'elle ?

— Si, nous avons trouvé des traces. Le traqueur a pu suivre les empreintes de ses pas sur une longue distance, à partir de la tombe. Mais il ne l'a pas vue. » Il secoua de nouveau la tête. « Les nouvelles ne sont pas bonnes. Les traces indiquent qu'il y avait une lionne avec elle. Et des petits.

— C'est ce que je pensais, intervint Daniel. Mais les empreintes des lionceaux n'étaient pas vraiment distinctes.

— Le traqueur est formel, déclara l'officier. Il a découvert des empreintes très nettes. » S'adressant à Emma, il poursuivit : « Une lionne accompagnée de ses petits est toujours dangereuse. Elle doit les protéger. Et elle préfère s'attaquer à des proies faibles, pour ne pas laisser les lionceaux seuls trop longtemps.

— Mais il n'y avait aucun signe indiquant que les lions avaient attaqué la fillette ? »

Le policier ne répondit pas tout de suite. « Je suis désolé de devoir le dire, mais ce n'est qu'une petite enfant. Si la lionne l'a dévorée, il ne devait pas en rester grand-chose. Et encore moins après que les hyènes et les vautours sont passés. »

Les mots parurent s'attarder dans l'air pesant.

« Mais nous avons quand même trouvé quelque chose », reprit le policier. Ouvrant un tiroir, il en sortit un livret rouge foncé à la couverture imprimée de lettres d'or. Emma déchiffra les mots *Union européenne... Royaume-Uni...*

L'officier ouvrit le passeport à la page portant la photo et le nom. Emma examina la photographie. Elle reconnut immédiatement le visage de la morte ; mais ici, ses cheveux blonds étaient coupés court et elle était maquillée. Avec son chemisier blanc et son collier en argent, elle ressemblait à une touriste anglaise ordinaire. On distinguait toutefois dans ses yeux une lueur intrépide et sur ses lèvres l'ombre d'un sourire, qui révélaient une personnalité anticonformiste.

« Elle s'appelait Laura Jane Kelly, dit le policier. De nationalité britannique. Elle est entrée en Tanzanie avec un visa de tourisme, mais cela remonte à près de dix ans. On ne lui a jamais délivré de permis de travail. Il semble bien qu'elle vivait ici dans la plus complète illégalité. »

Il eut une moue désapprobatrice. Ses derniers mots résonnèrent dans l'esprit d'Emma. Elle imagina l'existence d'un hors-la-loi, faite de liberté et de danger, de bravoure et de témérité – une vie qu'elle-même n'aurait jamais eu le courage de choisir.

« Nous avons prévenu le haut-commissariat britannique, et celui-ci a réussi à contacter le plus proche parent. »

Les pensées d'Emma se tournèrent vers Angel. Si on la retrouvait – et il subsistait encore un espoir d'y parvenir –, on la confierait probablement à la garde de cette personne. « Qui est-ce ? demanda-t-elle. Vit-il en Afrique ?

— Je ne suis pas en mesure de vous renseigner sur ce point, répondit le policier. Mais, en revanche, je peux vous dire comment Laura Kelly est morte. »

Emma haussa les sourcils, étonnée. Il était trop tôt pour qu'une autopsie ait déjà été effectuée.

« Le corps a été exhumé et examiné. Il ne fait aucun doute qu'elle est morte d'une morsure de serpent.

— Une morsure de serpent », répéta Emma. Un frisson la parcourut. Il paraissait inconcevable qu'une Anglaise périsse d'une façon si bizarre, si primitive... Toutefois, on était en Afrique. Un continent magnifique, mais aussi un endroit où la mort frappait sans prévenir, que ce soit sous la forme d'un virus comme la fièvre d'Olambo, des crocs d'une bête sauvage ou du venin d'un serpent.

« Donc, il n'y a rien de suspect dans les circonstances du décès », ajouta le policier.

Comme il prononçait ces mots, la porte s'ouvrit, livrant passage à un homme aussi grand que l'officier, mais svelte, comme Daniel. Il portait un béret vert, une chemise vert foncé et un pantalon assorti. Il jeta un bref regard à Emma et Daniel, sans paraître leur accorder d'intérêt. Il avait de larges pommettes soulignées de scarifications violacées – des entailles profondes et rectilignes, régulièrement espacées.

« Voici M. Magoma, garde en chef des parcs nationaux de Tanzanie pour la région nord. » Agitant la main en direction d'Emma et de Daniel, le policier expliqua : « Ce sont eux qui ont trouvé la morte. »

Magoma les regarda comme s'il venait seulement de s'apercevoir de leur existence. « C'est terrible que l'enfant ait été tuée.

— Mais rien ne permet d'affirmer qu'elle est morte, objecta Emma.

— Je crains bien que si, rétorqua Magoma. La lionne l'a dévorée, c'est la seule hypothèse plausible. Le traqueur a constaté que la lionne était blessée et qu'elle avait des petits. Ces deux faits additionnés la rendent extrêmement dangereuse. Mais ce n'est pas le point principal. » Le garde s'interrompit.

« Et quel est-il ? » Emma se mordit la lèvre. Une partie d'elle-même n'avait aucune envie d'entendre la réponse. La voix de Magoma se durcit.

« C'est la région où l'homme aux lions emmène ses bêtes. La lionne qui a mangé l'enfant en fait probablement partie. » Il plissa les lèvres en une grimace de dégoût. « Ce ne sont pas des lions normaux. Leurs réactions sont imprévisibles. Nous avons déjà eu des problèmes avec eux. J'ai moi-même essayé de faire fermer son campement. Peut-être cette fois-ci le gouvernement m'écoutera-t-il. »

Emma lança un regard à Daniel. Il avait étréci les yeux, mais il ne trahit pas d'autre réaction à ce discours.

« Eh bien…, reprit le policier en posant ses mains sur le bureau. Comme nous avons établi qu'il ne s'agit pas d'un crime, nous n'avons plus besoin de vos dépositions. L'inspecteur est rentré à Arusha. Cette affaire ne vous concerne plus. » Il parut sur le point de les congédier, puis s'interrompit, comme frappé par une pensée soudaine, et dit quelque chose à Magoma en swahili.

Emma vit Daniel relever la tête, l'expression alarmée. Elle se tourna vers l'officier.

« De quoi parlez-vous ? l'interrompit-elle, en souriant pour atténuer son impolitesse.

— Je demande à M. Magoma s'il peut nous aider à transporter les chameaux, demain. Notre camion est tombé en panne. C'est celui qui est dehors, sur le parking. »

Emma tressaillit. « Les chameaux ? » Elle glissa un regard oblique à Daniel. « Euh… Il y a un problème. Je suis désolée. C'est entièrement ma faute. Personne d'autre n'est à blâmer.

— Que voulez-vous dire ? Il leur est arrivé quelque chose ? s'exclama le policier, déconcerté.

— Ils se sont enfuis. » Elle prit conscience que Daniel s'était figé et éprouva un bref accès de panique. Mais elle ne pouvait plus se rétracter et se contraignit de nouveau à sourire. « Je ne suis pas habituée à vivre au grand air. J'ai laissé la porte de l'enclos ouverte. »

Le policier se tourna vers Daniel, les yeux arrondis d'incrédulité. Celui-ci répondit quelque chose en swahili et poussa un soupir exagéré, en écartant les mains. Les trois hommes échangèrent des sourires entendus. « Si les chameaux reviennent, conclut Daniel à l'adresse de l'officier, revenant à l'anglais, je vous préviendrai immédiatement. »

À la surprise d'Emma, cette affirmation parut rassurer le garde et le policier.

« Bien, vous pouvez partir, déclara ce dernier.

— Mais… et les recherches ? s'enquit Emma. Il est trop tôt pour les abandonner. Beaucoup trop tôt.

— La région a été entièrement scrutée par la voie des airs. Cet après-midi, on fouillera de nouveau certains secteurs. Mais demain, nous devrons les arrêter. Il n'y a plus d'espoir. À présent, si vous voulez bien m'excuser, ajouta le policier avec un signe de tête en direction de Magoma, nous devons assister à une réunion. »

Il lança quelques phrases en rafale à l'adresse du garde, parmi lesquels Emma reconnut les mots « Salaam Café ».

Daniel prit poliment congé et l'entraîna vers la porte.

Dehors, il demeura immobile un instant, l'air indécis. Puis il se dirigea vers le Land Cruiser. Mosi était toujours assis au volant, la portière ouverte, la tête penchée sur un journal.

Emma attendit qu'ils soient suffisamment loin du poste de police et s'arrêta. « Daniel, je suis désolée d'avoir raconté que les chameaux s'étaient enfuis. Mais il le fallait. Nous ne pouvons pas les laisser partir avant d'avoir une certitude sur le sort d'Angel. Et je ne supporte pas l'idée que Mama Kitu finisse chez l'homme aux lions…

— Non, vous avez bien fait, l'interrompit-il. À présent, elle va pouvoir guérir en paix.

— Mais s'ils viennent à la station de recherche et voient les chameaux ? Vous pourriez être jeté en prison.

— Ils ne viendront pas, répondit-il d'un ton assuré. Personne n'aime se rendre à la station de recherche sur la fièvre d'Olambo. Le nom seul suffit à effrayer les gens. Pour une fois, c'est une bonne chose. Vous êtes très douée pour le mensonge ! » ajouta-t-il avec un sourire.

Elle faillit protester, affirmer qu'elle ne mentait pratiquement jamais. Mais elle se contenta de lui retourner son sourire, submergée par un immense soulagement. « Donc, les chameaux ne risquent rien ?

— Non. Je prendrai soin d'eux. Ne vous inquiétez pas. »

Ils avancèrent de quelques pas, puis elle s'immobilisa de nouveau. « Au fait, qu'avez-vous dit à mon propos, pour les faire sourire ainsi ?

— J'ai dit que vous m'aviez causé beaucoup de tracas. Que vous étiez une épine dans mon pied. Que j'avais hâte de vous voir partir. »

Emma le dévisagea une seconde et éclata de rire. Daniel l'imita. Mais très vite, ils reprirent leur sérieux.

« Que pouvons-nous faire pour les inciter à poursuivre les recherches ? » demanda Emma.

Daniel se rembrunit. « L'attitude du policier me paraît suspecte. Je pense qu'il s'est laissé influencer par Magoma. On dirait que ce type nourrit une rancune personnelle contre l'homme aux lions.

— Il doit bien y avoir un moyen d'agir », insista Emma. Au même moment, une idée lui vint. « Peut-être l'homme aux lions pourrait-il nous aider ? Il doit savoir quelque chose sur cette lionne à la patte blessée.

— C'est également ce que j'étais en train de penser. On prétend qu'il connaît chacune de ses bêtes comme si c'étaient ses propres enfants. Les troupes de lions viennent lui rendre visite au campement et lui va les voir dans le *nyika*. Si c'est exact, il saura où la lionne peut se trouver. Et il pourra nous dire s'il la croit capable d'avoir tué la fillette. Il est vrai qu'une lionne avec des petits peut être dangereuse, mais les humains ne constituent pas une proie naturelle pour ces animaux. » Il s'interrompit, l'air pensif, puis parut prendre une décision. « Je vais aller là-bas. »

Emma baissa les yeux vers le sol. De la pointe de sa chaussure, elle remua la poussière. Des mots se formèrent dans sa tête, se frayèrent un passage vers ses lèvres. Ils lui semblaient justes et évidents et, en même temps, tout à fait insensés. Elle garda le silence un long moment ; quand elle parla enfin, ce fut d'une voix calme mais résolue. « Je veux vous accompagner. »

La surprise et la perplexité se peignirent fugitivement sur le visage de Daniel. Il la regarda droit dans les yeux. « J'aimerais que vous le fassiez, Emma. Je ne saurais dire à quel point je souhaiterais vous garder à mes côtés. »

Elle le dévisagea. Elle savait qu'il n'avait pas besoin de son aide pour se rendre chez l'homme aux lions – elle ne pourrait lui être d'aucune utilité. Mais il le désirait. Il *la* désirait. Son attitude était si sincère, son ton si doux qu'elle en eut les larmes aux yeux.

« Mais vous ne comprenez pas ce que cela impliquerait, poursuivit-il. Le campement est très éloigné de la station. Il faudra passer la nuit là-bas et peut-être davantage. C'est une installation rudimentaire, il n'y a pas de constructions en dur.

— Ça m'est égal. Ça n'a aucune espèce d'importance. »

À l'instant précis où elle réfutait ses objections, elle sentit la panique la gagner. Si Mosi partait pour le Serengeti sans elle, elle ne pourrait plus changer d'avis. L'image de Simon apparut à son esprit. Il aurait été choqué par un tel choix. Pas jaloux, non – il ne s'abaissait pas à ce genre d'émotion –, mais furieux qu'elle renonce à ce safari qu'il lui avait offert. Ces pensées voletèrent dans sa tête, tels des papillons de nuit, mais elle les chassa, et sa détermination s'accrut. Elle devait faire une ultime tentative pour retrouver Angel et elle voulait entreprendre ce voyage en compagnie de Daniel.

« De plus, je n'ai jamais rencontré l'homme aux lions, reprit celui-ci. Qui sait comment il nous recevra... »

Quand il se tut, Emma releva la tête et redressa les épaules pour le contempler calmement.

« Je tiens quand même à vous accompagner. »

Daniel hocha lentement la tête et un sourire illumina ses traits.

9

Assise en tailleur à l'entrée de la caverne, Angel contemplait entre les gros rochers un pan de paysage éclairé par la lune – un coin de ciel gris-noir parsemé de quelques étoiles et une bande plus large de sol argenté. Tout près d'elle, des brins d'herbe jetaient sur le sable des ombres graciles ; un peu plus loin, les feuilles d'un palmier y dessinaient leur contour en éventail. Derrière elle, tout au fond de l'antre, elle entendait la lente respiration de la lionne et le doux ronflement des petits. Ils étaient tous endormis. Cette nuit, la lionne n'était pas partie chasser, contrairement à son habitude ; elle avait attrapé une proie plus tôt dans la journée. Au crépuscule, ils avaient surpris une gazelle s'abreuvant à un ruisseau. Quand la lionne s'était mise à l'affût, s'aplatissant dans les herbes hautes, Angel et les lionceaux étaient prudemment restés à bonne distance. La gazelle avait à peine eu le temps de relever la tête que le félin bondissait sur elle. Angel et les petits avaient regardé la mère éventrer l'animal, en commençant par déchirer la peau tendre à l'intérieur des pattes postérieures. Elle avait extrait les viscères, sucé les intestins. Puis elle s'était interrompue pour enfouir sous le sable les parties des entrailles non comestibles – ainsi qu'on le faisait dans les villages ou même les campements temporaires, pour éviter d'attirer les charognards, avait supposé Angel. Quand la lionne s'était recouchée pour dévorer la chair mise à nu, Angel et les lionceaux l'avaient rejointe. Les petits ne savaient pas vraiment comment s'y prendre, mais ils avaient suivi l'exemple de leur mère et léché la viande de leurs langues râpeuses.

Sortant son couteau de poche du petit sac accroché à sa ceinture, Angel avait déplié la lame en prenant soin de mettre le cran d'arrêt. Puis, en évitant le cuir velu, elle avait tranché un morceau de viande rouge sombre, tout près des os blancs des cuisses. Tandis qu'elle ôtait quelques poils épars et portait le lambeau sanglant à ses lèvres, elle entendit dans sa tête la voix de Laura.

« Ne mange pas de viande crue dans le village. Tu attraperais le ténia. Et tu détestes le goût des comprimés, tu te rappelles ? »

Assise à l'entrée de la caverne, Angel chassa ce souvenir, sous l'emprise d'un soudain accès de colère. De quel droit Laura lui donnait-elle des conseils, alors qu'elle n'était plus là ? Alors qu'elle avait laissé sa fille se débrouiller toute seule ?

Elle appuya sa tête sur la paroi rocheuse fraîche, tout en remuant du bout de la langue sa dent branlante qui paraissait prête à se détacher. Elle se souvint que Laura l'avait mise en garde contre le risque de l'avaler. Dans un autre mouvement de rage, Angel saisit l'incisive et l'arracha, accueillant avec satisfaction la douleur brève, suivie d'un écoulement de sang salé. Elle jeta la dent dans un coin de la caverne.

Fermant les yeux, elle pressa ses doigts sur ses paupières brûlantes et douloureuses. Elle n'avait qu'une envie : se pelotonner à côté des lions et dormir. Mais son esprit était en effervescence ; ses pensées refusaient de la laisser en paix. Elle craignait de ne pas être capable de suivre les autres, demain matin, quand ils se remettraient en route. Elle se demandait pourquoi la lionne les obligeait à marcher sans cesse, comme s'ils fuyaient devant quelque chose. Peut-être savait-elle que des braconniers étaient à leurs trousses, mais Angel n'avait aperçu aucun signe de présence humaine, pas de feux de camp ni d'empreintes. Elle n'avait perçu aucun bruit insolite. La plante de ses pieds était endolorie et elle avait sur un orteil une entaille qui ne cicatrisait pas, bien que la lionne la léchât fréquemment pour la nettoyer. La chaleur ôtait à la fillette toute énergie et, quelque quantité d'eau qu'elle ingurgitât, elle était tout le temps assoiffée. Les lionceaux étaient eux aussi épuisés : tous les jours, au milieu de l'après-midi, Mdogo commençait à se frotter contre ses chevilles en gémissant, jusqu'à ce qu'elle le prenne dans ses bras et le porte un moment. Et tandis qu'elle cheminait péniblement dans le sable, une pensée occupait son esprit. Chaque pas qu'elle faisait l'éloignait davantage de Mama Kitu et de Matata. Elle les imaginait errant sans fin, désemparés, ou, pis encore, tombant aux mains d'inconnus. Tout le monde n'était pas gentil envers les chameaux. Sur les marchés, elle en avait vu qui étaient tout couturés à force d'être battus, ou qui chancelaient sous des charges trop lourdes. Et de si mal nourris que les côtes leur perçaient la peau. Quand elle songeait que ses chameaux risquaient de connaître un tel destin, elle avait envie de fausser compagnie à la lionne et de repartir vers la montagne de Dieu. Mais elle savait bien que, dans ce cas, elle mourrait tout bonnement de faim dans le désert.

Elle remonta ses genoux contre sa poitrine et noua ses bras autour de ses jambes, en se disant qu'elle ferait mieux de rejoindre les lionceaux blottis près de leur mère. Elle trouverait du réconfort dans cette chaude intimité. Lorsque Mdogo se réveillerait, il lui lécherait le bras, lui donnerait un de ses baisers de bébé tout mouillés. Mais elle ne bougea pas. Elle voulait davantage que cela. Elle avait besoin de quelqu'un à qui parler. C'était comme si tous les mots non dits s'étaient accumulés en elle pour former une énorme boule durcie. Bien sûr, elle parlait aux lionceaux et parfois à la lionne ; cependant, les échanges étaient limités. Elle écoutait attentivement leurs conversations, essayait de distinguer les différents sons, de comprendre à quels actes ils étaient associés. Mais elle était pareille à un voyageur tentant d'interpréter une langue étrangère ; parfois, elle y réussissait, mais, le plus souvent, elle ne comprenait rien. Quelquefois, il lui arrivait même d'offenser la lionne par son ignorance. Ou bien de provoquer des disputes entre les lionceaux.

C'était fatigant et elle se sentait terriblement seule.

Elle posa sa tête sur ses genoux et ferma les yeux. Elle avait l'impression d'être aussi fragile et vide que l'enveloppe d'un épi de maïs après le décorticage. Finalement, elle n'était pas aussi résistante que Zuri. Elle n'était qu'une petite fille blanche. Elle n'était pas assez forte pour continuer à marcher. Pas assez forte pour rester courageuse. Elle sentit un sanglot monter dans sa poitrine, lui coupant le souffle.

« Angel. »

Elle ouvrit brusquement les yeux. Relevant la tête, elle tendit l'oreille, en se disant qu'elle avait imaginé la voix familière. Mais celle-ci se fit entendre de nouveau, plus faible cette fois, aussi ténue qu'un soupir. « Angel… »

La lionne s'agita. Angel se retourna et vit qu'elle avait redressé son énorme tête rousse et scrutait la nuit, les yeux grands ouverts.

Tu l'as entendue, toi aussi, pensa-t-elle. Tu as entendu Laura m'appeler.

D'un bond, la lionne se mit sur ses pattes. Les petits couchés contre elle dégringolèrent les uns sur les autres, sans pour autant se réveiller. Angel continuait de contempler le désert, paralysée par la stupéfaction. La lionne passa près d'elle et s'avança à pas feutrés sous la clarté lunaire.

Angel la suivit, baissant la tête pour franchir l'ouverture entre les rochers. D'un regard avide, elle fouilla le paysage alentour.

« Laura ! Maman ! » cria-t-elle, d'une voix qui résonna avec âpreté dans la nuit silencieuse. Son cœur cognait avec violence à l'intérieur de sa poitrine.

La lionne s'immobilisa, balançant la queue. Ses yeux étaient fixés sur une petite étendue découverte non loin d'elles. Mais il n'y avait rien ni personne à cet endroit. S'approchant de l'animal, Angel se pencha pour se mettre à la hauteur de son regard. Elle aperçut un petit rocher, une branche cassée, une grappe de roses du désert accrochées aux branches nues d'un buisson.

Un frisson de peur courut le long de son dos. Elle se serra contre la lionne, sentit les muscles tendus sous la peau. La bête était sur ses gardes, prête à s'élancer. La tension qui émanait d'elle était aussi perceptible que la chaleur se dégageant d'un feu.

Angel se concentra autant qu'elle le put, comme si, par la force de la volonté, elle pouvait de nouveau évoquer la voix. Mais elle ne perçut que le halètement de la lionne et le battement retentissant de son propre cœur dans ses oreilles.

La lionne poussa un grognement sourd, en forme de question. Au bout de quelques instants, elle émit son cri d'appel. Elle piétina sur place, comme si elle voulait se rapprocher de ce qu'elle voyait, mais savait qu'il valait mieux s'en abstenir. En observant son attitude, son regard intense, Angel eut une impression de déjà-vu. Dans le village de Walaita, Laura et elle avaient un jour découvert un vieil homme assis devant sa case, conversant avec quelqu'un qu'aucune d'elles ne pouvait voir.

« Il est en transe, avait murmuré Laura, tandis qu'elles s'éloignaient respectueusement. On raconte que, parfois, le *laibon* [1] voit les esprits des morts. »

Fascinée et apeurée, Angel avait contemplé le vieillard. Il ne se contentait pas de parler ; il soulignait ses paroles par des gestes. Elle n'avait pas douté une seconde que son compagnon invisible était bel et bien présent.

Elle inspecta l'étendue déserte qui semblait hypnotiser la lionne. Elle était sûre que l'animal avait aperçu quelqu'un. Et elle-même avait entendu la voix de sa mère.

C'était Laura qui se tenait là-bas.

« Maman, chuchota-t-elle. Tu nous as trouvés. »

De toutes ses forces, elle essaya de discerner la silhouette haute et mince de sa mère. Ou du moins, un indice – une ombre ou une tache de lumière, comme lorsqu'on entrevoit une dernière fois un visage quand l'ultime lueur du jour est engloutie par la nuit.

Tout ce qu'elle vit, ce fut un léger frémissement agitant le buisson de roses du désert. Ç'aurait pu être l'effet de la

1. Dans les tribus massaï, le *laibon*, à la fois devin et guérisseur, joue le rôle de chef spirituel.

brise, mais l'air était immobile. Ç'aurait pu être un insecte, un lézard ou un petit serpent. Ou bien le frôlement d'une jambe de pantalon.

Puis les fleurs redevinrent immobiles, leurs branches nues cessèrent de frémir.

Subitement, la lionne parut se détendre. Elle s'ébroua en laissant échapper un long soupir.

Dressée sur la pointe des pieds, Angel continua à scruter la nuit, les mains crispées le long des flancs. « Ne t'en va pas », implora-t-elle tout bas.

La lionne émit alors le murmure apaisant qu'elle utilisait pour rassurer Mdogo quand il avait peur, et regarda Angel droit dans les yeux.

La fillette hocha lentement la tête. La lionne avait vu Laura et Laura avait vu la lionne. Quelque chose d'important venait de se produire et Angel comprit qu'elle n'avait plus besoin de s'inquiéter. Les chameaux ne couraient aucun danger. Elle les rejoindrait bientôt. Elle trouverait la force de tenir jusqu'à ce qu'ils soient réunis.

La lionne fit demi-tour, effleurant le bras d'Angel de ses moustaches, et elles regagnèrent toutes deux l'ombre protectrice de la caverne.

10

Emma s'avança dans la cour, vêtue pour le voyage et prête pour le départ, mais ne pouvant s'empêcher de bâiller et de se frotter les yeux. Il faisait encore presque nuit et l'air était étrangement silencieux. Les insectes avaient cessé leur bavardage nocturne et les animaux nerveux qui avaient trottiné sur le toit et bruissé dans la végétation étaient partis, mais les bruits matinaux n'avaient pas encore commencé.

« Mama Kitu. Matata. » À voix basse, elle appela les chameaux enfermés dans leur enclos. Ce n'étaient que des formes vagues dans la pénombre – ils étaient tous les deux couchés sur le sol, leurs pattes repliées sous le corps, la tête dressée, aux aguets, telles des sentinelles. Mama Kitu répondit en blatérant. Emma avait quelque inquiétude à les laisser seuls, mais Daniel avait demandé à un fermier du village de venir les nourrir et nettoyer la patte de la chamelle tous les jours jusqu'à leur retour.

Elle se dirigea vers la grille, portant à l'épaule son sac vert bourré de vêtements de rechange. À la main, elle tenait un panier rempli de provisions : ils prendraient le petit déjeuner en route, avait décrété Daniel. Juste avant de sortir, elle avait ajouté sur le dessus des objets appartenant à Angel : le tricot rouge, le cahier à dessin, quelques vêtements et une paire de sandales.

Daniel l'attendait à côté du Land Rover. À ses pieds était posé un jerrican et une odeur d'essence empuantissait l'air. Il regarda le panier, ses yeux s'attardant sur les affaires d'Angel. Emma se demanda si elle avait eu tort de les emporter. Elle-même avait longuement hésité – une personne superstitieuse aurait sûrement dit que c'était tenter le sort. Mais Daniel ne fit aucun commentaire et elle ouvrit la portière arrière pour caler le panier sur le siège entre deux sacs de couchage et des moustiquaires soigneusement roulées.

Elle s'installa ensuite sur le siège du passager. Il lui paraissait familier, à présent – le ressort cassé qui l'obligeait à pencher légèrement vers la gauche, la déchirure dans le revêtement en vinyle qui accrochait son jean. Et l'odeur d'huile de moteur, de poussière et de toile de jute.

Daniel alluma les phares qui trouèrent de leur lumière blafarde l'obscurité finissante. Ils s'engagèrent sur la piste qui rejoignait la route de Malangu, mais, au bout de quelques minutes, prirent un virage dans la direction opposée. Ils rebroussaient chemin pour repasser derrière la station et continuer vers la montagne.

« Est-ce que nous allons vers le volcan ? demanda Emma.

— Non. Malangu, la station et le campement de l'homme aux lions sont pratiquement alignés le long d'une courbe. » De la main, il décrivit dans l'air un demi-cercle pour illustrer son propos. « À l'intérieur du cercle se trouvent le désert et Ol Doinyo Lengaï. Mais la route menant au campement n'est pas droite, elle contourne cette grande colline, expliqua-t-il en montrant une forme arrondie dans le lointain. C'est pourquoi le trajet est si long.

— Connaissez-vous l'itinéraire exact ? » Emma ne comprenait toujours pas comment il pouvait se passer de cartes.

« Je me suis déjà rendu dans la région avec Ndugu, pour poser des pièges à rongeurs. Mais nous ne sommes pas allés jusqu'au camp.

— L'homme aux lions n'excite-t-il pas votre curiosité ?

— Il y a des problèmes, répondit Daniel d'un ton circonspect. Ce garde, Magoma, n'est pas le seul à le détester. Beaucoup de gens le critiquent.

— Qu'a-t-il fait ? s'enquit-elle en haussant les sourcils.

— Rien. Mais ils ont peur de lui. Ils croient qu'un homme qui vit avec les lions n'est pas vraiment un être humain. Ou qu'il est doté de pouvoirs magiques qui lui ont été donnés par les lions.

— Quelle sorte de pouvoirs ?

— Je vais vous donner un exemple. On raconte que les Africains qui travaillent pour lui ne tombent jamais malades.

— Vous y croyez ? » demanda-t-elle, se rappelant qu'il avait refusé de toucher le corps de Laura.

Daniel prit un temps de réflexion avant de répondre : « En tant que scientifique, je ne crois pas qu'il puisse protéger ses employés de cette façon-là. Mais en tant que Massaï, je n'en suis pas aussi sûr. J'ai vu des gens en bonne santé mourir après qu'on leur avait jeté un sort. Et des malades guérir après avoir été bénis par le *laibon*. Je suis donc partagé. » Pointant le doigt vers la montagne, il poursuivit : « Quand Ol Doinyo Lengaï est entré en éruption, j'ai vu jaillir l'immense colonne de fumée et les nuées ardentes qui l'accompagnaient. J'ai entendu les rugissements qui montaient de ses entrailles. J'ai senti la terre trembler sous mes pieds. Je connais parfaitement l'explication scientifique de ce phénomène. Mais, en même temps, j'ai cru les miens quand ils affirmaient y voir le pouvoir d'Engaï. »

Emma tourna les yeux vers le volcan. Dans le demi-jour, elle ne distinguait de lui qu'un léger panache blanc flottant tel un fantôme sur l'horizon. Un frisson la parcourut.

« Ainsi, vous avez peur de l'homme aux lions ? »

Daniel secoua la tête. « Si Ndugu et moi ne sommes pas allés le voir, ce n'est pas à cause de nos sentiments à son égard, mais à cause de notre travail. Les gens ont du mal à comprendre ce qu'est un virus : on ne peut ni le toucher, ni le voir. Alors, quand un grand nombre de personnes en parfaite santé meurent en l'espace de quelques jours, et d'une manière si atroce, les villageois pensent qu'il s'agit d'un maléfice. »

Emma hocha la tête. Même les scientifiques comme elle, qui n'ignoraient rien des virus de niveau 4 et avaient étudié au microscope des échantillons de sang infecté par ceux de la fièvre de Lassa, d'Ebola ou d'Olambo, éprouvaient parfois des difficultés à conserver en permanence un point de vue rationnel. Quand on pensait aux ravages qu'ils étaient capables de provoquer, ces organismes minuscules paraissaient en effet infiniment sinistres. Et le fait de les examiner sur un fond noir après les avoir colorés au moyen d'une substance fluorescente accentuait encore cette impression – des formes brillant d'une étrange lumière dans un océan de noirceur.

« Il nous a fallu des années, reprit Daniel, pour venir à bout de ces superstitions et faire comprendre aux gens comment le virus se propage. Si nous avions été des amis de l'homme aux lions, les villageois ne nous auraient pas fait confiance.

— Mais maintenant, vous vous rendez à son campement, objecta Emma. Pourrez-vous garder cette visite secrète ?

— Cela se saura très vite. Mais nous pouvons expliquer ce qui justifie cette démarche – retrouver une petite fille perdue dans le désert. J'espère que cela ne nuira pas à notre travail. »

Emma regarda au loin. La ligne d'horizon était interrompue par des collines basses. Derrière l'une d'elles, le soleil était en train de se lever – sa lumière déborderait bientôt par-dessus la crête. Le ciel gris au-dessus se teintait peu à peu d'un vert pâle aux reflets irisés.

« Vous êtes entièrement dévoué à vos recherches, dit-elle à Daniel, sans le regarder. Cela ne doit guère vous laisser de temps pour autre chose...

— Je n'en ai aucun besoin. »

Il prononça ces mots d'un ton si morne qu'elle hésita un instant avant de poursuivre : « Vous n'avez pas d'épouse, de famille ? » En lui lançant un regard en biais, elle vit ses mains se crisper sur le volant.

« J'avais une épouse, Lela. Mais elle est morte, il y a trois ans et demi. »

Emma était sur le point de lui demander comment c'était arrivé quand le déclic se fit dans son esprit. « Oh, non. Au cours de la dernière épidémie... »

Daniel gardait les yeux fixés sur la route. « Elle venait d'entrer dans le septième mois de sa grossesse quand elle est tombée malade. Je savais qu'elle et le bébé allaient certainement mourir. » Il parlait lentement, d'un ton calme. « Je savais également qu'il y avait une chance de la sauver en déclenchant le travail prématurément. J'ai longtemps hésité. Mais, finalement, je me suis décidé à recourir à cette solution. Je l'ai fait, même si, en Afrique, un bébé né à vingt-huit semaines ne peut pas être maintenu en vie. » Il inspira profondément. Lorsqu'il reprit la parole, sa voix était brisée par la douleur. « Lela était dans le coma quand elle a accouché. Une petite fille, parfaitement formée. Elle était très belle, mais toute grise et privée de force. Elle est morte très vite. Et Lela aussi. »

Emma le contempla en silence, s'imaginant le cauchemar qu'il avait dû vivre. « Où cela s'est-il produit ?

— Dans la case de ma mère, au village. Nous sommes passés à proximité de là, la première fois que nous sommes allés à Malangu. Lela et moi vivions à Arusha, mais nous étions revenus au village à l'occasion d'un mariage. Quand l'épidémie s'est déclarée, un cordon sanitaire a été mis en place et nous avons été obligés de rester là-bas.

— Vous ne l'avez pas emmenée à l'hôpital ?

— J'aurais contribué à propager la maladie, répondit Daniel. Et, comme vous le savez, il n'existe aucun moyen de la guérir. Je ne pouvais pas quitter Lela un seul instant, alors mon oncle est allé à l'hôpital pour demander qu'on lui donne le matériel dont j'avais besoin. C'était le chaos total ; la plus grande partie du personnel s'était enfuie. Quand il a dit que j'étais vétérinaire, ils ont accepté de lui donner un appareil à perfusion pour déclencher l'accouchement et quelques cachets de morphine. Lela n'arrivait pas à les avaler et je devais les piler et les délayer dans de l'eau. Quand il n'y en a plus eu, j'ai confectionné un breuvage opiacé avec des capsules de pavot. Mais elle souffrait toujours.

— Vous l'avez soignée vous-même ?

— Les autres avaient trop peur pour m'aider. » Son regard était hanté par le souvenir de ces heures de désespoir et d'épuisement. Sa voix se fêla, devint rauque. « Elle a été malade pendant quatre jours. Le bébé est né le troisième. Cela ressemblait à un mauvais rêve. Tout s'est passé très vite et, en même temps, j'avais l'impression que ça n'en finissait plus.

— Daniel, je suis désolée. » Elle songea à la compassion qu'il lui avait manifestée pour son deuil si ancien, alors qu'il portait en lui une telle tragédie, et se rappela qu'il lui avait conseillé de ne jamais oublier Susan. « Pensez-vous à eux tout le temps ? demanda-t-elle d'une voix douce. À Lela et au bébé ? »

Il acquiesça. « Au début, penser à elles m'était douloureux. Mais à présent, je revois des souvenirs qui me rendent heureux.

— Comment était-elle ? Était-elle massaï ?

— Non, nous nous étions connus à Dar es-Salaam, pendant mes études. Elle venait de Zanzibar. Sa famille était issue d'une des tribus swahili habitant sur la côte. » Il sourit. « Quand elle a accepté de m'épouser, j'étais fou de joie. Nous nous fichions des règles familiales. Nous sommes sortis en tête à tête avant d'être mariés. Nous avons même vécu ensemble tout en faisant des économies en vue du mariage. Nous ne supportions pas d'être séparés. À sa mort, j'ai eu le sentiment de perdre une moitié de moi-même. Mon cœur a été brisé. J'ai cru que je n'y survivrais pas. »

Emma le dévisagea. Il paraissait déchiré entre le souvenir de ces instants chaleureux et le chagrin. « Lorsque je vous ai parlé de Susan, vous ne m'avez rien dit de tout cela.

— Les Massaï n'ont pas l'habitude de discuter de ces choses. Si quelqu'un meurt dans son jeune âge ou d'une façon tragique, les anciens éviteront même de mentionner son nom. C'est pourquoi j'ai toujours gardé mes sentiments pour moi. Mais vous êtes une étrangère, ajouta-t-il en regardant Emma. Je peux vous parler librement. »

Elle lut du soulagement dans ses yeux, comme si partager son histoire avec elle avait un peu allégé son fardeau.

« Je suis contente que vous l'ayez fait », répondit-elle.

Daniel conduisait d'une main, adossé à son siège. Emma regardait à travers la vitre le paysage monotone. Le vrombissement continu du Land Rover l'avait plongée dans une sorte de torpeur. Elle mit un certain temps à s'apercevoir que Daniel avait commencé à ralentir et releva les yeux, surprise, quand il quitta la piste pour aller se garer sous un arbre.

Coupant le contact, il annonça : « C'est l'heure de se restaurer. »

Elle se rendit soudain compte qu'elle était affamée et approuva d'un signe de tête.

« Qu'avez-vous déniché dans la cuisine ? s'enquit Daniel.

— Il restait un peu de pain et quelques-uns de ces espèces de beignets.

— Des *mandazi.*

— *Man-da-zi*, répéta-t-elle. J'ai également pris une papaye, un pot de miel et des œufs durs. Des bananes. Et une bouteille de limonade laissée par Mosi.

— Un vrai festin ! » s'exclama Daniel en souriant. Il paraissait tout à coup plus jeune et plus enjoué, rempli d'une énergie nouvelle.

Emma descendit de voiture, leva les bras au-dessus de sa tête et fit quelques mouvements de traction pour décontracter son dos courbaturé. Daniel surgit près d'elle, portant le panier ainsi qu'un *kitenge* plié. Il la guida vers l'ombre et étendit le tissu sur l'herbe sèche. L'imprimé jaune et noir tranchait de façon éclatante sur ce décor aux tons éteints.

Emma inspecta le sol pour vérifier qu'il ne s'y trouvait ni épines ni insectes avant de s'asseoir en tailleur. Ôtant du panier les affaires d'Angel, elle les posa près d'elle, puis sortit les provisions. Elle ouvrit la feuille de journal tachée d'huile et poudrée de sucre qui emballait les *mandazi* et la posa sur la nappe.

Daniel s'installa face à elle, ses longues jambes allongées sur le côté. Les effets d'Angel se trouvaient entre eux. Le regard d'Emma fut attiré par le petit tas de couleur vive. Il semblait marquer la place d'un troisième convive qui n'était pas encore arrivé.

Daniel la regarda disposer la nourriture. Il paraissait observer chacun de ses gestes, comme s'il avait sous les yeux un spécimen d'une espèce rare dont les habitudes lui étaient inconnues. Quand tout fut prêt, ils se mirent à manger sans échanger un mot, se contentant de savourer le goût et la texture des aliments et de contempler le panorama. Ce fut Daniel qui rompit finalement le silence.

« Vous seriez à mi-chemin du Serengeti à présent, si vous étiez repartie avec Mosi, dit-il en la scrutant avec attention. Regrettez-vous d'avoir renoncé à votre safari ? »

Elle secoua la tête. « L'idée ne venait pas de moi. C'est Simon qui m'avait offert ce voyage pour mon anniversaire. Le programme était très chargé : cinq parcs nationaux en sept jours... » En prononçant ces mots, elle revit le moment où Simon lui avait tendu la brochure. Elle avait essayé de prendre un air ravi, mais n'avait pu s'empêcher de penser que son geste était motivé par la culpabilité.

« Pourquoi n'est-il pas venu avec vous ? C'est un très long voyage, pour une personne seule.

— Il travaille dans l'Antarctique. Il est parti depuis mars. Ce n'est pas le genre d'endroit d'où l'on peut revenir à tout moment.

— L'Antarctique !

— Il passera tout l'hiver là-bas. Il ne rentrera que dans trois mois. »

Daniel prit un air effaré. « Ce doit être dur pour des époux d'être si longtemps séparés.

— Nous y sommes habitués, répondit Emma. Cela ne nous pose plus de problèmes ; en fait, cela nous fait probablement du bien, en nous évitant de sombrer dans la routine conjugale... » Elle se tut brusquement. Ces phrases lui étaient venues mécaniquement aux lèvres. C'était le discours qu'elle servait invariablement aux gens qui s'étonnaient de leur mode de vie, à Simon et elle. Mais ici, face à Daniel, il paraissait encore plus creux que d'habitude, alors que lui s'était ouvert à elle avec tant de sincérité...

Elle reprit : « Simon n'est pas mon mari. Je vous ai dit ça pour simplifier les choses, quand vous m'avez posé la question.

C'est mon compagnon. Nous vivons ensemble depuis cinq ans. Simon ne m'épousera jamais, parce qu'il veut rester libre. Je crois que cela lui est égal d'être loin de moi ; il dit qu'il m'aime, mais… » Sa voix trembla un peu. « Parfois, j'ai l'impression que je ne le connais pas du tout. »

Elle baissa la tête. Elle avait honte, mais était-ce d'elle-même, parce qu'elle n'était pas capable d'inspirer un amour plus profond, ou de Simon, parce qu'il n'était pas capable de le lui donner ? Elle n'aurait su le dire. Cueillant un brin d'herbe, elle le déchiqueta entre ses doigts.

Il y eut un court silence, puis Daniel déclara : « Emma, je ne vous connais que depuis peu, mais je sais déjà que je partage l'avis de Mama Kitu. Elle vous a tout de suite admirée et les animaux se trompent rarement dans leur jugement. » Emma releva les yeux, la bouche arrondie de stupeur. Il lui sourit et la dévisagea intensément. « Et vous êtes aussi très belle. Je ne comprends pas votre façon de vivre, ajouta-t-il en secouant la tête. Rester séparée de votre compagnon pendant des mois… Je ne vois pas comment un homme peut avoir envie de vous abandonner, ne serait-ce que pour un jour. »

Emma lui rendit son sourire. Ces mots étaient comme un châle fin se posant sur ses épaules, l'enveloppant dans sa douceur, lui donnant le sentiment d'être choyée et protégée.

Ils restèrent un moment silencieux, laissant les oiseaux remplir l'air de leurs chants. Puis Daniel s'ébroua.

« Il nous reste un long chemin à parcourir. Nous devons nous remettre en route. »

Il commença à remballer les restes. Emma l'aida à remplir le panier, puis rangea soigneusement les affaires d'Angel sur le dessus.

Daniel se mit debout, la dominant de toute sa haute taille. Emma s'apprêtait à se hisser sur ses pieds quand elle vit sa main brune se tendre vers elle. Les doigts robustes de Daniel se refermèrent sur les siens. Il la releva sans aucun effort et ils se retrouvèrent face à face, les yeux dans les yeux. Leurs mains restèrent nouées, peau contre peau, leurs chaleurs se mêlant. Puis ils rompirent cette étreinte et s'écartèrent l'un de l'autre.

11

Une pancarte peinte à la main clouée sur un tronc d'arbre leur indiqua qu'ils approchaient enfin du campement. Elle représentait un lion debout, sous lequel on avait écrit KAMPI YA SIMBA en grosses lettres noires. Daniel ralentit en arrivant à la hauteur du panneau. Le dessin du lion était criblé de traces de balles. Emma et lui échangèrent un regard, mais ni l'un ni l'autre n'émit de commentaire.

Bientôt, une clôture apparut au loin, une rangée de hauts piquets robustes se dressant sur la plaine. Quand ils furent plus près, Emma vit qu'un grillage métallique avait été tendu derrière cette palissade et que celle-ci était surmontée par des barbelés. À l'intérieur de cette enceinte, un gros arbre et quelques autres plus frêles ombrageaient un groupe de cases à toit de chaume.

« À votre avis, cette clôture est-elle destinée à empêcher les lions d'entrer, ou à les empêcher de sortir ? demanda Emma en scrutant anxieusement les environs.

— Peut-être les deux. »

La piste menait à une immense porte à double vantail – de grossiers châssis de bois couverts de grillage. Elle était grande ouverte. Daniel roula jusqu'à elle et s'arrêta. À côté de l'entrée gisait un amas d'ossements décolorés par le soleil, d'énormes crânes et des vertèbres qui, supposa Emma, avaient dû appartenir à des éléphants ou des rhinocéros. Elle aperçut également une pile de pneus de camion que l'usure avait rendus complètement lisses.

La poussière soulevée par le Land Rover retomba dans un silence total. Un couple de cigognes à long bec les contemplait du haut d'un arbre. Le tuyau d'échappement se mit à crépiter en refroidissant.

Des minutes passèrent sans que personne n'apparaisse et Daniel prit un air perplexe. « Peut-être s'est-il absenté. Mais il n'aurait jamais laissé la porte ouverte et j'aperçois son Land Rover », dit-il en montrant un véhicule garé à côté d'un tas de grosses bouteilles de gaz. Il semblait presque aussi vieux que celui de Daniel, mais plus gros, avec un plateau ouvert à l'arrière et un toit métallique.

« Je vais jeter un coup d'œil, déclara Daniel en se tournant vers Emma.

— *Hodi !* s'écria-t-il d'une voix forte en s'approchant de l'entrée. Hello ? »

Au bout de quelques pas, il s'immobilisa, hésitant visiblement à aller plus loin avant d'avoir obtenu une réponse. Il écarta légèrement les bras de son corps et tendit les mains. Emma l'avait déjà vu adopter la même posture vigilante dans le désert, quand il cherchait des traces d'Angel ; c'était comme s'il regardait et écoutait avec tout son corps. Pendant un long moment, rien ne se passa.

Puis une silhouette émergea de derrière une case – un homme à cheveux blancs vêtu seulement d'un short kaki. Il tenait un fusil, le canon levé, prêt à viser.

Daniel leva les mains, montrant ses paumes larges ouvertes. Le vieillard l'examina de haut en bas, puis tourna son attention vers le Land Rover, cherchant à voir à travers le pare-brise poussiéreux. Emma le dévisagea en retour, fascinée par son corps à demi nu, buriné par le soleil et l'âge, et sa longue chevelure neigeuse rejetée en arrière, dont les pointes lui arrivaient presque aux épaules. Elle ouvrit la portière et descendit.

Quand elle vint se poster à côté de Daniel, le vieil homme abaissa son arme, pointant le canon vers le sol. Son visage se détendit et il leur adressa un sourire contrit.

« Excusez-moi pour cet accueil, dit-il, avec un accent britannique extrêmement raffiné, qui contrastait singulièrement avec sa tenue, mais s'accordait en revanche à sa moustache et à sa barbe soigneusement taillées qui laissaient voir la ligne de sa mâchoire. Nous avons eu des problèmes avec les braconniers. Mes assistants ne sont pas là pour le moment et je dois donc être prudent. » Il contempla alternativement Daniel et Emma en haussant ses sourcils blancs et broussailleux. « Que voulez-vous ? »

Emma s'humecta les lèvres avant de répondre : « Nous souhaitions vous rencontrer.

— Je crains de ne pas pouvoir vous laisser entrer. Je ne veux pas de visiteurs. Je suis désolé, mais ceci est un centre de réadaptation pour les lions, pas une attraction touristique.

— Nous ne venons pas en touristes, rétorqua Emma. Nous sommes à la recherche d'une petite fille qui a disparu ; nous pensons qu'elle se trouve peut-être avec un de vos lions. »

Le front du vieil homme prit un pli soucieux. « Vous feriez mieux d'entrer. » Passant la bandoulière de son fusil autour de son épaule, il tendit la main à Daniel. « George Lawrence. »

Daniel la lui serra, avec un sourire poli. « Daniel Oldeani. Je suis vétérinaire. Je travaille à la station de recherche sur la fièvre d'Olambo. Et voici Emma Lindberg, une visiteuse d'Australie. »

Quand George lui serra la main, Emma sentit ses os sous la peau flasque, mais sa poigne était ferme. Sans plus de cérémonie, le vieillard s'éloigna en direction des cases, ses tongs en caoutchouc jaune claquant contre la plante de ses pieds.

Il s'arrêta devant une hutte plus grande que les autres et pourvue d'une véranda couverte d'un toit de chaume soutenu par des piliers taillés dans des troncs d'arbre. En s'approchant, Emma constata que la façade de l'habitation était entièrement ouverte, si bien que l'intérieur se confondait avec l'extérieur. Sans ralentir le pas, George se courba pour franchir l'auvent.

Emma le suivit jusqu'à une longue table aux pieds sculptés et à la surface toute rayée et tachée. Son regard passa successivement sur des chaises de camping, une rangée de barattes fermées par des couvercles, un antique réfrigérateur ventru, avant de se fixer sur un buffet ancien en acajou poli où étaient posés une carafe à whisky en cristal taillé et un seau à glace en argent richement ouvragé. À côté de ce meuble était installé un fauteuil de cuir rouge au dossier moucheté de fientes d'oiseaux. Un tapis persan était jeté sur le sol de sable nu.

Elle regarda Daniel. Il tournait sur lui-même, contemplant les murs et le plafond incliné. Il y avait des photos partout. Quelques-unes étaient encadrées, mais la plupart étaient de simples clichés punaisés en file, leurs bords recroquevillés par la chaleur. Toutes montraient des lions – adultes mâles à l'épaisse crinière, lionceaux duveteux à grandes oreilles, femelles au large front lisse. Des portraits individuels aussi bien que des couples et des familles entières. Certaines portaient des dates et des légendes écrites à la main : « Toto 1986 », « Le clan de Simian », « Louisa et sa première portée, 2004 ».

« Asseyez-vous, je vous prie », dit George en agitant la main en direction de la table.

Emma tira à elle un vieux fauteuil capitonné de cuir et s'y installa. En face d'elle, la surface de bois sombre était jonchée de coques de cacahuètes. Elle s'apprêtait à les balayer quand elle remarqua des déjections brunes parmi les débris. Elle croisa les mains sur ses genoux.

George prit place au bout de la table. Après avoir repoussé un siphon d'eau gazeuse et un verre vide, il étendit les mains devant lui. « Racontez-moi ce qui s'est passé. »

Daniel lui narra comment Emma et lui avaient suivi les traces des chameaux jusqu'à la tombe et découvert sur les lieux les empreintes d'un enfant et d'un lion. Il ajouta que le traqueur de la police avait également reconnu celles de lionceaux.

George l'écouta sans l'interrompre, l'expression attentive.

« Des recherches ont été effectuées, par voie aérienne et au sol, conclut Daniel, mais sans aucun résultat.

— Pauvre enfant. Quelle terrible tragédie. » George tira sur sa barbe, puis passa sa langue sur sa lèvre supérieure. Emma se rendit compte qu'il n'était pas seulement bouleversé par ce récit, mais également anxieux et mal à l'aise. « Qu'est-ce qui vous fait penser qu'une de mes bêtes est impliquée là-dedans ? s'enquit-il. Il y a plusieurs groupes de lions sauvages dans la région. »

Sa voix avait pris un ton défensif, presque coléreux.

« Ce n'est pas nous qui avons émis cette hypothèse, se hâta de répondre Emma. Mais nous avons rencontré le garde en chef au poste de police et il était pratiquement persuadé qu'il s'agissait d'un des vôtres.

— Ça l'arrangerait bien, grommela George. Magoma veut me faire déguerpir d'ici. J'ai refusé de lui verser un pot-de-vin et, depuis, il cherche à se venger. » Ses yeux gris passèrent d'Emma à Daniel. « Je connais le territoire de chacun de mes groupes. Pouvez-vous me décrire l'endroit où les faits se sont déroulés ?

— Oui, opina Daniel. Mais d'abord, je voudrais ajouter une précision. Les empreintes de cette lionne présentent une particularité. Un des coussinets est abîmé. Il en manque une partie.

— À la patte antérieure gauche ? »

Daniel acquiesça.

George relâcha lentement son souffle. « Moyo. » Il secoua la tête, l'air étonné. « Je m'inquiétais à son sujet. La dernière fois que j'ai voulu lui rendre visite, je ne l'ai pas trouvée. Je ne l'ai pas vue depuis des mois. Ainsi, elle a eu des petits ? »

Emma se pencha vers lui. « Je vous en prie, dites-nous la vérité. A-t-elle pu attaquer Angel ? » C'était une question brutale, et elle en était consciente, mais elle ne pouvait plus attendre. « A-t-elle pu la tuer ?

— Non. Non. Non ! protesta George avec véhémence. Jamais. Elle n'est pas comme les autres lions. J'en ai élevé dix-neuf et je les ai tous relâchés. Ils sont comme mes enfants. Je les aime et ils m'aiment. Mais, avec la plupart, il subsiste toujours un risque. Il suffit parfois d'un rien pour que les choses tournent mal. Mes blessures sont là pour le prouver. » Il souleva ses cheveux, dévoilant deux profondes balafres rouges – des blessures pénétrantes – sur sa nuque. Daniel tressaillit et George eut un sourire ironique. « Un de mes garçons. Il était affreusement désolé, ensuite. Mais avec Moyo, c'est différent. Je lui ferais confiance dans n'importe quelle situation. Une confiance absolue. » Il tendit le bras par-dessus la table. « Si cette fillette est avec Moyo, elle est toujours en vie. Je le parierais sur ma tête. »

Emma scruta les yeux gris-bleu de l'homme aux lions et sentit renaître en elle une bouffée d'espoir.

« Cette lésion à la patte ne risque-t-elle pas de modifier son caractère ? demanda Daniel.

— Non, c'est une blessure ancienne. Moyo l'avait déjà en arrivant ici. Elle a été traitée par un vétérinaire. Elle a bien cicatrisé et ne lui a jamais causé de problème. »

Daniel demeura un instant silencieux, puis il repoussa sa chaise et se leva. « Avez-vous une carte ?

— Bien sûr. » George prit le document sur le dessus du réfrigérateur et le déplia sur la table. « Montrez-moi où vous avez vu ces empreintes. »

Emma lui indiqua l'emplacement de la tombe, en pointant avec insistance son doigt sur le papier. Elle éprouvait une brusque sensation de vide dans l'estomac.

George lui lança un rapide coup d'œil, puis lui adressa un sourire rassurant. « Ne vous inquiétez pas. Nous retrouverons Moyo. Et la petite fille.

— Angel, dit Emma. Elle s'appelle Angel. » Sans bien savoir pourquoi, il lui semblait important qu'il connaisse son prénom.

George acquiesça comme s'il comprenait, puis se pencha sur la carte pour l'étudier, en se caressant pensivement la barbe. « Je ne m'attendais pas à ce qu'elle soit là. Mais, comme elle doit nourrir ses petits, elle a peut-être été forcée de s'aventurer plus loin dans le désert. C'est assez fréquent, à cette période de l'année. » Il releva les yeux et les regarda à tour de rôle. « En route. Nous prendrons mon Land Rover. J'ai mis ma batterie à recharger dans le chargeur solaire, je vais la chercher. Attendez-moi près de la porte. »

Emma regarda Daniel, doutant qu'il accepte de bonne grâce d'abandonner derrière lui son fidèle véhicule, mais il se contenta d'approuver d'un signe de tête. Elle se demanda si le Land Rover de George lui paraissait plus robuste que le sien, ou si, tout simplement, il lui semblait normal que l'homme aux lions prenne la direction des opérations.

Ils étaient assis tous les trois à l'avant du véhicule, Emma au milieu, ses jambes coincées contre celles de Daniel. Tandis que le véhicule cahotait sur la piste, elle sentait les muscles durs de ses mollets frôler les siens, ses épaules effleurer les siennes. Chaque fois qu'il la regardait, elle éprouvait une sensation de chaleur sur sa peau. Elle se surprit à repenser au moment où leurs mains s'étaient nouées, devant les vestiges de leur pique-nique.

George observait le paysage tout en conduisant, leur désignant tantôt un arbre frappé par la foudre, tantôt un oiseau dont il leur donnait le nom. Ils passèrent près d'un troupeau de gazelles.

« Vous voyez ce vieux mâle ? dit-il en désignant un animal à la traîne des autres. Il a été gravement blessé, il y a quelques mois, mais il a l'air d'aller beaucoup mieux à présent. »

Un peu plus loin, il leur montra de profondes traces de pneus dans la terre. « Ça, c'était moi, il y a environ six mois. J'étais bel et bien embourbé et j'ai eu peur de ne jamais réussir à m'en sortir. C'est incroyablement humide par ici, à la saison des pluies, mais il ne pousse pas grand-chose sur ce type de sol. Ce n'est que de la cendre volcanique, en fait, et elle n'est pas ici depuis assez longtemps pour s'être transformée en terreau fertile. » Jetant à ses compagnons un regard oblique, il ajouta : « C'est difficile d'imaginer qu'un jour, longtemps après que les hommes auront disparu, je présume, cette région sera peut-être devenue une immense prairie, comme le Serengeti. »

En moins d'une heure, ils se retrouvèrent dans le désert. Le décor parut familier à Emma, et cependant différent. Les arbres et les buissons semblaient plus nombreux, l'herbe plus haute et plus drue, pareille à une chevelure jaune sortant de la terre. Même les pierres offraient des couleurs plus variées ; elles n'étaient pas seulement grises, mais teintées de bleu à l'ombre et scintillant de reflets or et argent là où le soleil de midi éclairait les surfaces planes.

« Le désert n'a pas le même aspect que l'autre jour, dit-elle à Daniel. Il n'est pas aussi gris ni aussi monotone. »

Il la dévisagea une seconde avant de secouer la tête. « Il est toujours le même. C'est vous qui avez changé. » Il avait l'air satisfait, comme si c'était à lui qu'elle devait cette perception plus claire de leur environnement.

Emma promena son regard sur la plaine. Il avait raison : le paysage lui paraissait plus réel à présent. Elle discernait davantage de détails. Elle avait déjà connu une expérience semblable au cours de ses voyages. Toutes les villes qu'elle découvrait pour la première fois, Paris, Madrid, Houston, n'étaient au début qu'un mélange confus de cafés, de magasins, d'autoroutes, de hauts immeubles et de parcs, jusqu'à ce qu'elle puisse y relier des événements et des personnes. Alors, peu à peu, les lieux prenaient vie. Par la vitre latérale, elle contempla le volcan au-delà du désert. Même la montagne de Dieu semblait différente, ses versants plus abrupts, l'insolite lave blanche ruisselant plus bas sur ses flancs.

L'accès à la tombe était barré par un ruban jaune fluorescent. Emma l'enjamba et s'approcha des pierres dispersées. Le corps de Laura n'était plus là. Les fleurs roses qu'elle avait déposées à ses pieds n'étaient plus que des pétales desséchés épars sur le sol. Une canette de Coca gisait non loin de là. Des mégots parsemaient le sable de taches blanc et brun.

Emma contempla l'endroit où Laura avait reposé, tentant de se remémorer le beau visage pâle. Elle espérait que, d'une façon ou d'une autre, l'esprit de la jeune femme était toujours présent en ce lieu. Elle saurait ainsi qu'Emma et Daniel étaient revenus, qu'ils n'avaient pas abandonné Angel.

George la rejoignit et demeura un instant immobile, comme pour rendre à la morte un hommage silencieux. Puis il se dirigea vers l'énorme rocher surplombant le site et entreprit de l'escalader. Ses mouvements étaient gauches, les pans de son gilet de safari lui battaient le torse, ses cheveux lui tombaient dans les yeux, ses jumelles se balançaient au bout de la sangle passée à son cou. Il s'agrippait à la pierre d'une seule main et tenait dans l'autre un vieux porte-voix peint en orange vif. Daniel s'avança pour lui tendre un bras secourable, mais le vieil homme l'écarta poliment. Quand il se fut juché sur le sommet, il porta le mégaphone à ses lèvres.

Un étrange appel, mi-chanté, mi-parlé, résonna sur la plaine. Emma essaya d'y reconnaître des mots ou des phrases, sans y parvenir. Elle n'aurait su dire si cela était dû aux grésillements du mégaphone qui déformait la voix de George, ou s'il parlait dans une langue inconnue. Après avoir appelé à plusieurs reprises, en se tournant chaque fois dans une direction différente, George abaissa l'instrument et s'empara de ses jumelles pour scruter le paysage. Puis il lança un nouvel appel.

Tout était silencieux. Un gros oiseau noir s'agitait fébrilement dans un arbre. Une brindille craqua sous les pieds d'Emma quand elle fit passer son poids d'une jambe sur l'autre. George cria de nouveau. Toujours rien.

« Eh bien, elle n'est pas dans le coin », finit-il par déclarer. Il sauta à bas du rocher et repartit vers le Land Rover.

Daniel et Emma lui emboîtèrent le pas. Quand George eut atteint le véhicule, il s'arrêta et contempla le sol. « Il se peut qu'elle ait regagné son ancien territoire. Mais ensuite… Je n'en sais rien. Que pourrait-elle faire ? Là est la question… » Il se lissa pensivement la barbe, puis releva la tête et son visage s'éclaira. « Allons à l'ancien campement ! Ça vaut le coup d'essayer. Elle a pu emmener la fillette là-bas, dans l'espoir de m'y trouver. »

Emma arqua les sourcils, mais garda le silence. Elle craignait que sa voix ne trahisse sa déception et son doute grandissant. Elle se rendait compte à présent qu'elle s'était laissé trop facilement subjuguer par l'assurance et l'autorité naturelle de l'homme aux lions. Elle grimpa dans le Land Rover et regagna son siège sans rien dire, les yeux fixés droit devant elle.

Emma suivit George jusqu'à un gros acacia aux branches basses. Quand elle se glissa sous son ombrage, elle fut surprise de voir le feuillage si dense et si vert. Près de la base du tronc se dressait une petite construction pareille à un buffet sans panneaux sur les côtés ni dessus, faite de rameaux grossièrement assemblés par des clous.

« La table de toilette, expliqua le vieil homme. Et là-bas, l'âtre, ajouta-t-il en montrant un triangle de pierres noircies. C'est tout ce qu'il reste désormais. J'ai démoli la cabane avant de partir. Pas la peine de fournir un abri aux braconniers. »

Il promena les yeux autour de lui, le mégaphone oscillant doucement au bout du cordon enroulé à son poignet osseux.

« Je suis resté trois mois ici, à tenter de convaincre Moyo de retourner à l'état sauvage. Elle ne voulait rien entendre. Finalement, j'ai abattu une gazelle et j'ai décampé à toute vitesse pendant qu'elle la mangeait. Je me sentais terriblement coupable de l'abandonner ainsi... » Il s'interrompit, perdu dans des souvenirs douloureux.

« Existe-t-il un autre endroit où elle aurait pu aller ? » demanda Emma, s'efforçant de garder un ton neutre et de dissimuler sa frustration. Il leur avait fallu des heures pour arriver au campement. À différents points de leur trajet, George avait fait halte pour appeler Moyo, sans résultat. Quand ils étaient enfin parvenus à l'ancien campement, il avait fait une nouvelle tentative. Mais il n'y avait toujours aucun signe de la lionne. Pendant qu'Emma conversait avec le vieil homme, Daniel inspectait les lieux, cherchant à détecter des traces.

« Elle doit être plus loin, reprit George. Quelque part où elle ne peut pas m'entendre.

— Alors, que faisons-nous, maintenant ? » s'enquit Emma. Elle soupira à l'idée du long voyage qui les attendait pour regagner le campement, avec cet échec derrière eux et aucun espoir en perspective.

George ne répondit pas. S'avançant vers le Land Rover, il se pencha vers une grosse malle sur le plateau arrière. Les charnières rouillées grincèrent bruyamment quand il souleva le couvercle. Un instant plus tard, il revint vers l'arbre, brandissant un tube en carton long d'environ la moitié de son bras et terminé par une pointe. Cela ressemblait à une gigantesque fusée de feu d'artifice, à cette différence que le corps était de couleur kaki. Les mots « TENIR ICI PENDANT L'ALLUMAGE » étaient imprimés à l'une des extrémités.

« Préparez-vous à entendre un grand boum », prévint George. Il retira le cône au bout du tube avant d'arracher un morceau d'adhésif. D'un geste sec, il frotta le cône sur l'emplacement ainsi dégagé. L'amorce se mit à crépiter et Emma recula tandis que George brandissait le tube très haut au-dessus de sa tête avant de le projeter au loin.

La fusée décrivit une courbe dans l'air, puis retomba en terrain découvert. Quelques secondes après, une forte explosion retentit. Un éclair de lumière blanche jaillit du tube, en même temps qu'une épaisse fumée noire. Des oiseaux s'envolèrent de la cime des arbres en poussant des cris affolés, les broussailles frémirent tandis que leurs occupants détalaient. Une antilope déboula devant eux et faillit entrer en collision avec le Land Rover avant de s'enfuir, terrifiée. Puis tout redevint calme et silencieux. Une âcre odeur de cordite flottait dans l'atmosphère.

George regarda tour à tour Emma et Daniel, avec un sourire de satisfaction. « Ça, au moins, elle a dû l'entendre ! »

Emma le dévisagea pendant quelques secondes avant de se tourner vers Daniel, qui regardait dans la direction de l'explosion. Il paraissait aussi choqué qu'elle, mais elle entrevit une lueur d'admiration dans ses yeux. Suivant son regard, elle constata que la fumée continuait à s'échapper du tube. Elle s'élevait dans l'air immobile telle une colonne nuageuse.

« Ce bruit n'inciterait-il pas plutôt un lion à s'enfuir dans l'autre direction ? s'enquit-elle, reportant son attention sur George.

— Normalement, oui. Mais j'ai entraîné mes lions à l'associer à moi. » Il s'essuya les mains sur son short. « Prenons une tasse de thé en l'attendant. Elle se trouve sans doute assez loin d'ici.

— Si tant est qu'elle soit dans les parages », murmura Emma. Elle se mordit la lèvre, regrettant aussitôt cette phrase.

George la considéra d'un air impassible avant de s'éloigner.

Après avoir de nouveau fouillé dans la malle, il rapporta trois tasses en étain, une Thermos imprimée d'un motif écossais et des bananes. Un genou en terre, il épousseta la surface plane d'une des pierres de l'âtre, y déposa les mugs et les remplit de thé noir.

Emma s'assit en tailleur sur le sable et but une gorgée. Le thé était additionné de miel fumé et d'une pointe d'épice. « Il a un goût délicieux, commenta-t-elle.

— J'y ajoute du gingembre frais », dit George en se redressant. Pendant qu'il dégustait son thé, elle observa attentivement son visage, cherchant à y lire un signe d'espoir ou de découragement. Mais elle n'y décela ni l'un ni l'autre. Il se contentait de contempler la plaine, l'expression sereine. Quand il eut fini son thé, il se mit à errer à travers le campement, apparemment sans but précis. Il s'arrêta soudain devant une large parcelle de terre d'une couleur nettement plus foncée que le reste. La surface, remarqua Emma, était craquelée comme de la boue séchée.

« Il y avait une mare ici, autrefois, déclara George. Il y a de l'eau là-dessous. » Il donna un coup de pied dans la terre noire, entamant à peine la croûte durcie. « Mais les animaux ne peuvent pas y accéder. »

Il alla décrocher une bêche fixée à l'arrière de la cabine du Land Rover et commença à creuser, enfonçant l'outil profondément dans le sol. L'effort se lisait sur ses traits ; ses lèvres étaient crispées, ses yeux plissés. On voyait les muscles de ses bras se contracter sous la peau ridée. Emma prit conscience que Daniel observait la scène d'un air indécis, hésitant à offrir son aide. Bientôt, le vieil homme se mit à haleter, le visage ruisselant de sueur. Mais ce fut seulement lorsqu'une trace d'humidité apparut au fond du trou qu'il tendit la bêche à Daniel.

Pendant que celui-ci se mettait à l'ouvrage, Emma rassembla les tasses, la Thermos et les peaux de banane. Elle se demandait si elle devait proposer sa participation. Simon se serait certainement attendu à ce qu'elle accomplisse sa part de corvée – elle n'était pas invalide, après tout. Mais ici, cela ne paraissait pas nécessaire. Daniel semblait presque prendre plaisir à ce travail ; bien campé sur ses jambes écartées, il maniait l'instrument d'un geste souple et rythmé.

George sortit une pipe de sa poche. Après avoir tassé du tabac dans le fourneau à l'aide de son pouce, il l'enflamma au moyen d'une allumette et, tirant dessus à petites bouffées, resta au bord du trou à regarder Daniel. De temps à autre, il lui indiquait où planter la bêche et hochait ensuite la tête d'un air approbateur. Emma sentit qu'il se passait quelque chose entre les deux hommes. Ils accomplissaient un rituel dont ils comprenaient pleinement le sens – une sorte de danse entre le jeune homme et son aîné.

Enfin, l'eau commença à sourdre au fond de la fosse, d'un brun laiteux et couverte d'une mince écume. George fit un geste avec sa pipe ; Daniel arrêta de creuser et se hissa hors du trou. Ils se penchèrent tous trois pour regarder jaillir la source. Le soleil étincelait à la surface de la flaque qui s'élargissait. Cette vision avait quelque chose de miraculeux. Emma se tourna vers Daniel, puis vers George, et ils échangèrent un sourire.

« Autrefois, les éléphants se chargeaient du boulot, en utilisant leurs défenses, tous les ans, à la saison sèche, expliqua le vieil homme. À présent, les braconniers les ont presque tous décimés, de même que les rhinocéros. Bientôt, ce sera le tour des lions. » Tout en parlant, il s'inclinait vers la source et ses cheveux lui balayaient le visage. Emma s'aperçut que les extrémités des mèches blanches étaient jaunies – la même couleur que celle de l'herbe sèche. « J'espérais voir de mon vivant cette région reconnue officiellement comme un parc national. On pourrait alors y constituer une véritable réserve de vie sauvage, avec des gardes patrouillant dans le parc en permanence. » Il secoua la tête. « J'ai déposé une demande en ce sens, avec le soutien de deux fondations pour la protection de la faune et l'appui d'une flopée de scientifiques. Mais cela n'a rien donné. Certes, l'hostilité de Magoma à mon égard n'arrange rien, mais je crois qu'il y a autre chose. » Une note de dépit perça dans sa voix. « Le problème, c'est que les responsables ne raisonnent qu'en termes de fréquentation touristique et pensent que la seule Afrique qui intéresse les visiteurs, c'est celle de la savane et de la forêt, pas celle des zones désertiques. Et ils ne voient pas l'intérêt de protéger les animaux uniquement pour eux-mêmes. Ils ne comprennent pas que le fait de laisser une créature aussi magnifique que le lion vivre en liberté dans la brousse nous apporte quelque chose d'essentiel. Que cela nous grandit. »

Il se tut, le regard rivé sur la mare qui continuait à s'étendre.

Emma s'éloigna. Elle parcourut la plaine du regard, en quête d'un signe quelconque de la lionne – une tache brun-jaune, un mouvement parmi les rochers et les buissons. Mais elle ne nourrissait pas vraiment d'espoir. La certitude qu'ils ne retrouveraient jamais Angel s'était installée en elle, froide et pesante comme une pierre. Elle leva les yeux vers le ciel, cherchant une consolation dans la contemplation de l'azur limpide et infini. Puis elle tressaillit et les abaissa vivement vers le sol. Elle avait eu l'impression d'entrevoir quelque chose – une image si fugace qu'elle était incapable de l'identifier. Elle promena son regard de côté et d'autre et, soudain, un lent frisson la traversa, se communiquant à chacun de ses nerfs.

Sur la crête d'une colline basse se tenait une lionne, sa silhouette sombre se découpant avec netteté contre le ciel.

« Moyo », murmura-t-elle. Elle pivota sur elle-même, en réprimant à grand-peine un cri d'excitation. « Elle arrive ! »

George la rejoignit à grands pas, la main en visière au-dessus des yeux. « Ce n'est peut-être pas elle, la mit-il en garde. Le clan de Simian fréquente aussi ce territoire. »

La lionne s'avançait vers le campement, forme mordorée se déplaçant au flanc de la colline grise. Elle dressait la tête et regardait attentivement devant elle.

George l'observait intensément. Un instant passa, puis un sourire s'élargit peu à peu sur ses lèvres. « C'est elle. » Sortant de l'ombre, il s'élança à sa rencontre. Il marchait comme un jeune homme à présent, le corps droit, la tête haute.

Emma le suivit à distance, pas à pas. Une voix intérieure lui criait que la situation était périlleuse – et elle l'était forcément. Mais la vue du puissant félin exerçait sur elle une attraction irrésistible, quasi hypnotique. Elle avait vaguement conscience de la présence de Daniel derrière elle.

Moyo continuait d'approcher, sans hâte, évoluant d'une démarche sûre entre les pierres. Arrivée au bas de la colline, elle accéléra l'allure et Emma vit ses muscles vigoureux rouler sous son pelage lustré. Il se dégageait de la lionne une force et une férocité quasi palpables.

Moyo se mit à courir, fonçant droit vers George. Elle bondissait littéralement à présent et Emma se raidit d'effroi. Le corps sec et nerveux du vieil homme lui paraissait soudain frêle et vulnérable. La lionne semblait sur le point de l'attaquer. Mais George continuait d'avancer sans manifester la moindre crainte. Quand Moyo ne fut plus qu'à deux mètres de lui, il ouvrit les bras. Elle se dressa sur les pattes postérieures et se jeta sur lui. Quand elle posa ses pattes antérieures sur ses épaules, il chancela. Emma crut qu'il allait tomber et étouffa un cri. Mais il reprit son équilibre et s'arc-bouta sur une jambe pour soutenir ce poids formidable. La lionne referma ses pattes autour de lui comme pour l'étreindre et George l'enlaça à son tour. Ils frottèrent leurs têtes l'une contre l'autre et Moyo ouvrit la gueule pour lui lécher le cou, le visage, les épaules. George enfouit son nez dans sa fourrure, ses cheveux blancs se mêlant au poil fauve.

Moyo mit fin à cette étreinte et, à quatre pattes, demeura plantée face à George, comme si elle examinait attentivement son vieil ami. Son dos arrivait au niveau de la taille de George, ses oreilles ourlées de noir à celle de ses épaules. Il se pencha, prit son museau entre ses mains et déposa un baiser sur son front. Puis il lui caressa les flancs tandis qu'elle s'enroulait autour de ses jambes. Bientôt, elle se dressa de nouveau sur ses pattes postérieures et attira George dans son étreinte. À présent, ils avaient l'air de se battre, de comparer leur force, mais sans la moindre trace d'agressivité, de manière affectueuse et joyeuse.

Ils se séparèrent enfin. Emma admira les traits parfaitement symétriques de la lionne, son large front, la fourrure blanche sous son menton. Tout son pelage était or et crème, rehaussé de touches brunes et noires, comme si un peintre avait défini, au moyen d'un pinceau trempé dans une gouache plus foncée, la forme des yeux, les oreilles, l'incurvation de la bouche, le nez en triangle.

George s'avança vers Emma et Daniel. Moyo le suivit, baissant prudemment la tête, humant l'air et agitant constamment les oreilles dans toutes les directions, à l'affût du moindre bruit.

Elle s'arrêta juste en face de Daniel et Emma et resta là, l'air indécis.

« Ne bougez pas, leur dit George d'une voix calme. Ne la regardez pas dans les yeux. Laissez-la prendre l'initiative. »

Emma raidit les bras le long de son corps et redressa le menton. Son cœur battait à tout rompre. Elle entendait Moyo respirer bruyamment, la gueule ouverte. Puis elle sentit la chaleur de son souffle sur sa peau et une odeur de viande crue lui emplit les narines.

Moyo la renifla tout entière, son énorme tête glissant le long de son torse et de ses membres, ses moustaches effleurant la peau nue de ses bras, de son cou, de son visage. La vision des balafres livides sur la nuque de George traversa l'esprit d'Emma. Mais c'était de Moyo qu'il s'agissait, se rappela-t-elle, la lionne en qui l'on pouvait avoir une confiance absolue. De toute sa volonté, elle s'efforça d'y croire.

Au bout de ce qui lui parut durer un temps infini, la lionne la délaissa pour reporter son attention sur Daniel, frottant son museau contre sa poitrine dénudée.

À présent, Emma pouvait la contempler de tout près : la robe brun-jaune sillonnée de sueur ; la peau laiteuse de la face, déparée par de petites cicatrices. Des mouches dessinaient des taches noires autour des yeux. L'une des oreilles était déchirée. Baissant les yeux, Emma découvrit la patte gauche : les extrémités de trois griffes reposaient sur le sol ; la quatrième était manquante.

Elle regarda Daniel. Il semblait envoûté, les yeux écarquillés de stupeur et d'admiration. Quand Moyo s'écarta de lui, il fit un pas vers elle, comme tiré par une corde invisible.

Moyo alla se placer près de George et le fixa intensément, en émettant un grondement sourd.

Elle s'éloigna ensuite de quelques pas et se mit à marcher de long en large avec nervosité, tournant la tête vers la colline d'où elle était venue. Revenant vers George, elle poussa un bref rugissement. Puis elle repartit d'un air déterminé. Au bout de deux pas, elle s'arrêta, se tourna vers lui, puis se remit en marche.

Le vieillard hocha la tête. « Brave fille. » Une lueur de fierté dans les yeux, il expliqua à Daniel et Emma : « Elle va nous conduire à sa tanière. Je vais faire un bout de chemin avec elle. Vous deux, suivez-nous dans le Land Rover. Quand elle aura compris que nous l'accompagnons, je monterai à bord. Le trajet risque d'être assez long. »

Moyo trottinait à une allure régulière, précédant le véhicule à travers la plaine rocailleuse. La chaleur qui chatoyait dans l'air l'environnait d'une sorte de halo et de petits nuages de poussière s'élevaient sous ses pattes. Obéissant aux instructions de George, Daniel la suivait à moins de trois mètres.

« Elle n'a pas peur du Land Rover, remarqua-t-il à l'adresse du vieillard, maintenant assis à côté d'Emma.

— Elle l'adore, répondit George. Si elle ne devait pas nous guider, elle serait assise ici, dit-il en tapotant le métal au-dessus de sa tête. J'ai été obligé de faire renforcer le toit pour supporter son poids. » Il gloussa avant de poursuivre. « Elle devinait toujours quand je me préparais à me rendre en ville. Elle détestait que je la laisse seule. Elle se perchait là-haut et il n'y avait rien à faire pour la persuader de descendre.

— Et que faisiez-vous alors ? demanda Emma.

— Elle venait avec moi. Cela déclenchait toujours pas mal d'agitation, mais il n'y avait aucun problème, sauf quand elle apercevait un poulet. Dans ce cas, elle sautait à terre, l'attrapait et remontait sur le toit avec la volaille dans sa gueule. J'ai dépensé pas mal d'argent pour dédommager leurs propriétaires », ajouta-t-il en riant.

Emma se pencha en avant pour observer la lionne se frayer un passage entre les gros rochers et les affleurements. Moyo ne regardait jamais derrière elle. Elle avançait à une vitesse constante, certaine qu'ils la suivaient. Emma secoua la tête, remplie d'un émerveillement incrédule.

La voix de George lui parvint. « Je dois vous avertir que nous avons de fortes chances de rencontrer des lions sauvages. Le clan de Moyo.

— Vous voulez dire qu'Angel n'est pas seule avec Moyo et ses petits ? s'enquit Emma.

— Apparemment, il n'y avait qu'eux près de la tombe, mais, généralement, la mère rejoint le groupe avec ses lionceaux quand ceux-ci ont entre six et huit semaines. Les petits de Moyo doivent être un peu plus âgés, sinon ils n'auraient jamais pu parcourir une telle distance en… quoi, quatre ou cinq jours ? C'est un long voyage. » Il tira de nouveau sur sa barbe avant de reprendre : « Elle s'est déplacée constamment durant ce laps de temps. »

Au ton de sa voix, Emma comprit qu'un tel comportement n'était pas habituel. « Pourquoi a-t-elle fait ça ?

— Je crois qu'elle voulait retourner au campement, répondit George, d'une voix attendrie et admirative. Elle me ramenait cette petite fille perdue !

— Vous pensez vraiment que c'était son intention ? s'étonna Emma.

— Sans aucun doute. Les lionnes changent fréquemment de repaire pour éviter que les odeurs ne s'y accumulent et attirent des prédateurs concurrents, mais elles ne déménagent pas tous les jours. Moyo avait un objectif précis en tête. »

Emma contempla de nouveau la lionne et joignit les mains en les serrant entre ses genoux, tremblant d'excitation et d'anxiété. Leurs recherches touchaient à leur fin. Elle refusait d'envisager la possibilité qu'Angel ne soit pas dans la tanière. Cette perspective était déjà suffisamment impressionnante en elle-même. Emma était pleinement consciente qu'ils allaient découvrir une enfant profondément traumatisée, affamée, épuisée, apeurée. Elle serait couverte de crasse, de coupures infectées, elle aurait la peau brûlée par le soleil, les cheveux emmêlés, les vêtements déchirés...

« Voici les règles à observer en présence de lions. » La voix de George interrompit soudain le fil de ses pensées. « Ne pas faire de mouvements brusques. Ne jamais s'accroupir, ni décrire un cercle autour d'eux : ils croiraient que vous vous préparez à les attaquer. Et ne marchez jamais devant eux. Restez sur le côté, ou derrière eux, parce que, si vous trébuchez, vous ressemblerez soudain à une proie. Ne touchez pas un petit à moins que sa mère ne vous y invite – si c'est le cas, elle le manifeste de façon très claire. Ne vous enfuyez jamais devant un lion. Tenez-lui tête. En dernier recours, levez les bras au-dessus de votre tête, pour simuler les cornes d'un buffle. » Posant une main maigre sur l'épaule d'Emma, il ajouta : « Ne vous inquiétez pas, les lions sont très rarement dangereux. »

Ils continuèrent à rouler en silence, en regardant devant eux, comme pour inciter la lionne à se hâter. Elle paraissait infatigable, avançant sans jamais ralentir l'allure. Puis tout à coup, elle accéléra, courant presque. Elle se dirigeait droit vers une petite colline rocheuse, au pied de laquelle se dressaient de gros rochers ombragés par des palmiers.

Moyo se précipita vers les blocs de pierre et s'immobilisa à quelques mètres de distance. Quand le bruit du moteur s'arrêta, ils l'entendirent émettre une sorte d'appel, un son très doux pareil à un roucoulement. Elle regardait fixement la brèche entre les rochers.

« C'est une toute petite tanière, murmura George. Elle doit être seule avec ses petits. » Il ouvrit sa portière avec des gestes lents, pour éviter de faire du bruit, et, mettant pied à terre, il fit signe à Emma et Daniel de l'imiter. « Faites comme si nous ne formions qu'un. »

Ensemble, ils s'approchèrent de Moyo, qui observait toujours l'ouverture. La touffe noire au bout de sa queue fouettait l'air en tous sens, comme si elle était dotée d'une vie propre. La lionne s'avança, s'apprêtant à pénétrer dans la caverne. Mais, au même moment, le petit museau duveté d'un lionceau émergea de l'ombre. Moyo leva la tête et poussa un nouveau cri d'appel. Le lionceau courut vers elle et frotta son mufle contre ses pattes. Sa mère lui lécha le visage de son énorme langue rose.

Au bout de quelques instants, une deuxième tête pointa entre les rochers, des yeux brillants se tournèrent vers le Land Rover, puis vers les trois humains, avant de se poser sur Moyo. Quand la lionne répéta son cri, le lionceau trottina jusqu'à elle. C'est alors qu'un troisième se rua au-dehors, comme s'il craignait de rester seul, et alla se réfugier entre les pattes de sa mère.

Mais celle-ci continuait à regarder l'entrée de l'antre.

Emma se mordit la lèvre si fort qu'elle sentit le goût du sang dans sa bouche. Elle ne discernait aucun mouvement dans la grotte. Absolument rien. Elle scruta obstinément l'obscurité, souhaitant de toutes ses forces voir apparaître une autre tête.

Et puis Moyo fit entendre un son bref et impérieux, presque un aboiement.

Quelque chose bougea dans la pénombre, une forme pâle et indistincte. Emma plissa les yeux pour tenter de la distinguer. Sa respiration s'arrêta quand elle aperçut un visage enfantin.

Sans réfléchir, elle s'avança. Elle entrevit de longs cheveux blonds et le visage disparut.

Emma contempla fixement l'obscurité immobile, l'esprit tout entier occupé par une seule pensée. C'était elle, Angel. Elle était ici ! Au bout de quelques secondes, elle se tourna vers ses compagnons.

« Appelez-la, chuchota George.

— Il vaudrait peut-être mieux que ce soit vous, répondit-elle. Elle vous fera confiance, à cause de Moyo.

— Mais vous êtes une femme, rétorqua George. Elle aura moins peur de vous. »

Emma déglutit nerveusement, redoutant de ne pas savoir trouver les mots appropriés. « Angel ? » Elle se força à continuer. « Angel ? Angel, je te vois. Ne crains rien.

— *Nendeni ! Mbali !* » Une voix s'éleva de la grotte, sonore et argentine. « *Sasa hivi !* »

Emma se tourna vers Daniel.

« Elle dit : “Allez-vous-en. Partez d'ici. Tout de suite”. »

Tous trois échangèrent des regards et Emma ouvrit les mains en signe d'impuissance.

George s'avança à pas lents et alla se poster à côté de Moyo. Elle l'accueillit affectueusement, puis le regarda s'agenouiller au milieu de ses petits pour les caresser et frotter sa tête contre les leurs.

Emma sentit l'impatience monter en elle. Le vieil homme paraissait totalement absorbé par cette rencontre avec les lionceaux, comme s'il avait oublié la raison de leur présence ici. De façon tout à fait irrationnelle, elle redoutait qu'Angel ne disparaisse de l'antre et qu'ils ne la revoient jamais.

Au moment où elle commençait à se dire qu'elle, ou peut-être Daniel, devrait entrer dans la grotte, elle discerna de nouveau le visage de la fillette. Les yeux arrondis, la bouche grande ouverte, Angel épiait chacun des gestes de George et observait les réactions de Moyo.

George se redressa et, d'un geste désinvolte, posa une main sur l'épaule de Moyo. Il s'adressa ensuite à Angel. « Nous voulons te parler. N'aie pas peur de nous. »

La fillette cria quelque chose et Emma questionna Daniel du regard.

« Elle dit : "Laissez-moi tranquille. Je veux seulement rester ici, avec les lions". »

George parla de nouveau, en utilisant cette fois une langue qu'Emma crut être du swahili. Mais lorsque Angel répondit, il parut perplexe.

Daniel réprima un sourire. « Elle s'exprime en maa, à présent. Elle veut nous embrouiller. Elle croit que nous ne comprendrons pas, que nous nous découragerons et que nous partirons.

— Que dit-elle ?

— Toujours la même chose : Allez-vous-en. Laissez-moi ici. »

Emma était partagée entre le dépit et le soulagement de constater qu'Angel avait l'air si robuste et pleine de vie. « Dites-lui que nous devons nous assurer qu'elle va bien. »

Daniel s'approcha de la grotte et parla d'une voix douce mais distincte. La fillette et lui échangèrent quelques phrases, puis Daniel se tourna vers Emma. « Elle veut savoir qui vous êtes et pourquoi vous vous trouvez ici. »

Elle hocha la tête. C'était un pas dans la bonne direction. Elle tenta de trouver la réponse adéquate. Après tout, elle n'était ni une parente, ni une amie de la famille – pas même un membre de l'ambassade ou de la Croix-Rouge. Elle n'était… personne. Elle décida de s'en tenir à la stricte vérité. « Expliquez-lui que les chameaux m'ont trouvée. Que c'est pour ça que je suis ici. À cause de Mama Kitu et de Matata. »

Aussitôt qu'Emma eut prononcé ces noms, Angel sortit de l'ombre. Elle se figea quelques secondes à l'entrée de la grotte, clignant des yeux dans la lumière vive. Sa tunique et son pantalon bruns étaient froissés et poussiéreux, et ses cheveux blonds tout enchevêtrés. Mais sa peau lisse et bronzée était propre, ses yeux clairs, ses lèvres roses.

« Où sont-ils ? Ils vont bien ? » demanda-t-elle, avec un accent britannique semblable à celui de George.

Emma fit un ou deux pas vers elle, mais s'arrêta net quand la fillette recula, disparaissant à demi dans l'obscurité. « Oui, ils vont parfaitement bien. Mama Kitu s'est blessée au pied, mais elle sera bientôt guérie. » Montrant Daniel, elle poursuivit : « Daniel est vétérinaire. Il l'a opérée. Et quelqu'un prend soin d'elle en notre absence.

— Et Matata ? s'enquit Angel en revenant peu à peu vers eux.

— Il va très bien, lui aussi », la rassura Emma en souriant. Elle avait envie de se ruer vers la fillette, de la toucher, de la prendre dans ses bras, pour être sûre qu'elle n'allait pas disparaître à nouveau. Mais elle s'abstint prudemment de tout mouvement. « Il a été très polisson. Il a sorti toutes les affaires de tes sacs de selle et flanqué une sacrée pagaille. »

Un sourire passa sur le visage d'Angel. Puis elle prit un air étonné. « Comment connaissez-vous leurs noms ? » Croisant les bras sur sa poitrine, elle leva le menton, l'expression effrontée. « Et le mien ?

— J'ai trouvé ton cahier à dessin. J'ai vu celui que tu as fait de ta famille, avec les noms écrits en dessous. Angel, Mama Kitu, Matata et… ta maman.

— Elle est morte, dit Angel. Un serpent l'a mordue. »

Les mots brutaux parurent fendre l'air, tels des projectiles, et Angel serra les lèvres, comme si elle regrettait de les avoir prononcés.

« Je sais, murmura Emma. Je suis… vraiment désolée. » Une boule se forma dans sa gorge, étouffant sa voix.

« Comment le savez-vous ? » Angel laissa retomber ses bras le long de ses flancs, l'air soudain vulnérable.

Emma prit une profonde inspiration. « Nous avons suivi les traces des chameaux jusqu'à la tombe et découvert les empreintes de tes pas. Nous avons retrouvé le sac de ta mère et vu une photo de vous deux dans son portefeuille. Nous sommes allés directement à Malangu pour prévenir les policiers. Ils ont aussitôt lancé une vaste opération de recherches. »

Pendant qu'elle parlait, Angel se dirigea lentement vers la lionne. George recula pour lui laisser la place. Quand l'enfant se tint à côté de Moyo, ses épaules arrivaient presque à la hauteur du dos de la lionne. Elle avait une silhouette élancée, des bras et des jambes minces comme des baguettes, avec des coudes et des genoux noueux. Cependant, ses mouvements étaient empreints d'une telle assurance qu'il émanait d'elle une impression de force. Emma n'avait aucun mal à l'imaginer soulevant toutes ces pierres et les empilant sur le cadavre de sa mère. Mais la voir si calme en face d'elle lui serrait le cœur. Angel était trop jeune, trop petite, sûrement, pour se montrer aussi courageuse…

Moyo tourna sa large tête vers la fillette et se mit à lui lécher la joue, à grands coups de sa langue rose. Les lionceaux se dressèrent sur leurs pattes postérieures pour pétrir les cuisses d'Angel, se disputant son attention. Elle les caressa à tour de rôle et se pencha pour prendre l'un d'eux dans ses bras. Le lionceau paraissait énorme entre ses bras, mais il s'y lova confortablement. Elle frotta son nez contre sa fourrure, négligemment, d'un geste familier. Avec ses vêtements bruns, ses cheveux blond pâle et sa peau cuivrée, elle semblait appartenir davantage à l'espèce léonine qu'à celle des humains qui l'observaient.

Elle regarda successivement chacun d'eux, comme pour les jauger. « Pourquoi vous a-t-elle conduits ici ? » demanda-t-elle en montrant la lionne.

En guise de réponse, George s'approcha de Moyo et posa sa main sur son épaule robuste. Angel recula d'un pas, prête à s'enfuir. Elle regarda la lionne comme pour s'enquérir de l'attitude à adopter.

Moyo posa sa tête sur la poitrine de George.

« Elle est venue me chercher parce qu'elle voulait que je t'aide », expliqua le vieil homme.

Angel haussa les sourcils sans répondre.

« Laisse-moi te raconter son histoire, reprit George, tout en souriant à la lionne. Elle est venue à moi quand elle n'était encore qu'un minuscule bébé. Sa mère avait été tuée par des braconniers. Je l'ai trouvée toute seule dans la brousse, à moitié morte de faim. » Reportant son regard sur Angel, il poursuivit : « Je l'ai ramenée à la maison et me suis occupé d'elle jusqu'à ce qu'elle soit assez grande pour être remise en liberté. Je l'ai baptisée Moyo.

— Moyo, répéta Angel. Ça veut dire “cœur”. »

George acquiesça. « Elle a toujours eu très bon cœur, même quand elle était toute petite. »

Une vive émotion se peignit sur les traits de la fillette et elle enfouit son visage dans l'épaule de la lionne. George attendit un moment, puis il se pencha pour mettre sa tête à la hauteur de la sienne. « Tu sais, Angel, quand Moyo était un lionceau, il y avait une friandise dont elle raffolait. »

Angel releva les yeux. Ses cheveux blonds lui collaient à la joue.

« Je vais te montrer. » George alla jusqu'à la malle et revint tenant à la main une bouteille en verre bleu saphir fermée par un bouchon de liège, et un grand bol en émail.

Moyo se rua aussitôt vers lui et renifla la bouteille. Il dut repousser l'énorme tête tandis qu'il versait dans le bol un liquide doré. Une bizarre odeur de poisson mêlée à une senteur plus douce évoquant celle du miel s'éleva dans l'air.

« De l'huile de foie de morue. » George recula, laissant Moyo se jeter sur le bol. « J'en donne à tous mes lions durant leur croissance. Ils adorent ça. Ils n'en oublient jamais le goût. »

Moyo lapa l'huile d'une traite, puis promena le bol sur le sol en le récurant avec sa langue. Les lionceaux la suivirent en reniflant et en lui léchant les moustaches. Angel posa à terre celui qu'elle tenait pour lui permettre de rejoindre les autres.

Emma se rapprocha d'elle. « Tu dois avoir faim, toi aussi, dit-elle en essayant de prendre un ton décontracté. Ou soif.

— Ça va, merci, répondit poliment la fillette, mais je crois que les petits aimeraient bien goûter à ça », ajouta-t-elle en montrant la bouteille.

George ramassa le bol mais au lieu de le remplir, il contempla la lionne d'un air inquiet. « Angel, peux-tu me dire si tu as vu d'autres lions, pendant que tu étais avec Moyo ? Je me demande où est passé le reste de son groupe. »

Angel tourna le dos à Moyo comme pour l'empêcher d'entendre sa réponse. « Je crois qu'ils sont tous morts. Elle m'a emmenée dans un endroit rempli de squelettes.

— Tous ? s'exclama George en la dévisageant. Combien y en avait-il ?

— Quatre. Plus celui d'un petit, dit la fillette d'une voix sourde, remplie de détresse. Ils n'avaient plus de tête ni de peau. »

George tressaillit et ferma les yeux, puis, d'un air abattu, regarda fixement le lointain. Au bout d'un long moment, il sembla être parvenu à une décision. Il redressa les épaules et leva le menton. « Je les ramène chez moi.

— Où ça ? demanda Angel d'un ton alarmé.

— À mon campement.

— Et si elle... si Moyo n'a pas envie d'y aller ? » Angel alla se planter devant la lionne et ses petits comme pour se préparer à les défendre. Malgré sa petite taille, elle donnait l'impression d'être animée d'une farouche détermination.

Emma tourna vers Daniel un regard soucieux. George avait habilement traité la situation jusqu'à présent, mais elle craignait que sa préoccupation au sujet du sort des lions ne lui fasse oublier l'objet principal de leur expédition.

« Moyo vous a fait dormir chaque soir dans une nouvelle tanière, n'est-ce pas ? » demanda le vieil homme à Angel.

Elle acquiesça. « Nous n'avons pas arrêté de marcher. Nous sommes tous fatigués. »

On percevait un léger tremblement dans sa voix. Un oiseau passa juste au-dessus de sa tête en battant bruyamment des ailes, mais c'est à peine si elle leva les yeux.

« Elle te conduisait vers mon campement, déclara George d'une voix calme. Cela vous aurait demandé encore plusieurs jours de marche, mais, à présent, nous pouvons y aller en voiture. »

Encore méfiante, la fillette le dévisagea avec attention. « Moyo sera-t-elle heureuse là-bas ?

— C'est là qu'elle vivait autrefois. Elle y trouvera de la viande fraîche en quantité, de l'eau et de l'ombre. Et elle sera à l'abri des braconniers. Et en plus, ses petits pourront s'y faire de nouveaux amis. Deux lionceaux orphelins, âgés de quelques semaines seulement. »

Angel sourit, dévoilant une brèche dans la rangée de ses dents de lait. L'espace d'un instant, elle ressembla à la fillette radieuse de la photo trouvée dans le portefeuille de Laura. Puis elle se rembrunit.

« Et moi ? s'enquit-elle d'un ton anxieux.

— Tu viendras avec nous. »

Angel se mordilla le pouce, l'air tendu. Une fois de plus, elle regarda Moyo, comme pour lui demander conseil.

George se dirigea vers le Land Rover. Il rangea la bouteille dans la malle, puis resta là, une main posée sur la ridelle.

Moyo redressa la tête et émit un bref cri de gorge. Elle baissa ensuite les yeux sur ses petits, les embrassant du regard, puis bondit vers le Land Rover et, d'un même élan, grimpa sur le capot puis sur le toit. Là, elle se mit à tourner sur elle-même en reniflant la carrosserie. Ensuite, elle se tourna vers Angel et les lionceaux et fit entendre le même petit bruit. Puis elle s'affala sur le toit de la cabine, l'air parfaitement à l'aise et détendu.

L'un des lionceaux courut vers elle et un autre suivit. Quand le premier atteignit le véhicule, George le recueillit dans ses bras.

« Si tu montes là-haut, dit-il à Angel, je te le passerai. »

Le troisième fit quelques pas vers le Land Rover avant de s'asseoir, levant vers la fillette de grands yeux ronds. Angel paraissait en proie à une profonde indécision. Emma se figea sur place, le souffle suspendu. À côté d'elle, Daniel avait adopté la même posture.

Angel s'avança lentement vers George. Quand elle passa à côté du lionceau qui l'attendait, celui-ci se releva et la suivit, collé à ses chevilles. Arrivée au Land Rover, elle se hissa sur le plateau. George lui passa les petits un à un. Tous trois se blottirent contre la malle métallique, les yeux levés vers leur mère.

Angel s'assit en tailleur, adossée à la cabine. Elle tendit les bras aux lionceaux et ils vinrent se pelotonner contre elle.

D'un pas rapide, Emma se dirigea vers le véhicule, suivie de Daniel. Elle voulait que George démarre au plus vite, au cas où Angel changerait d'avis. Mais au moment d'ouvrir la portière côté passager, elle hésita. Une des pattes de Moyo pendait contre la vitre. En regardant à l'intérieur, elle vit la queue de la lionne se balancer contre la vitre opposée, pareille à un épais câble brun-roux terminé par un pompon noir. Elle regarda George la soulever tranquillement avant d'ouvrir la portière et de s'installer sur son siège. Se forçant à ne pas penser à ce qu'elle était en train de faire, elle s'empara de la lourde patte, sentit sous ses doigts les coussinets secs et rugueux, la fourrure épaisse entre eux, la dureté des griffes rétractées dans leurs gaines. La poussant de côté, elle ouvrit la portière et s'assit sur la banquette. Tandis qu'elle se glissait vers le siège du milieu, Daniel prit place à côté d'elle et referma la portière en prenant soin de ne pas coincer la patte de Moyo.

Emma se tourna vers lui et leurs regards se rencontrèrent ; ils échangèrent des sourires de joie et de soulagement.

« Nous l'avons retrouvée, dit-elle à voix basse.

— Et elle est saine et sauve », ajouta Daniel.

Ils avaient accompli leur mission et cette idée emplissait Emma d'une intense satisfaction.

« Elle parle le maa comme si c'était sa langue maternelle, reprit Daniel, l'air surpris et impressionné. Or cette langue compte des voyelles que les gens qui ne la parlent pas ne peuvent même pas entendre, encore moins prononcer. Et elle les maîtrise parfaitement.

— C'est une enfant extraordinaire, déclara George. Elle ne manque pas de courage, c'est certain. » Il se pencha pour mettre le contact. « Et Moyo a été formidable, elle aussi. Garder ses trois petits en vie dans un environnement comme celui-ci n'est pas une tâche facile. Et elle devait aussi veiller sur Angel. » Tout en démarrant, il poursuivit, levant la voix pour couvrir le bruit du moteur. « C'est tout à fait naturel pour une lionne de s'occuper d'autres petits que les siens, vous savez. Les femelles du groupe synchronisent leurs cycles de manière à mettre bas à peu près en même temps. Elles se relaient pour allaiter les lionceaux. »

Emma ouvrit la bouche, mais il lui fallut un instant pour formuler sa question. « Vous voulez dire que... elle a allaité Angel ? » Mais elle connaissait déjà la réponse : la fillette paraissait tellement bien nourrie, bien soignée...

« Ma foi, elle n'a pas pu se nourrir d'herbe et de baies, dans ce désert, répondit George. Et vous voyez comme elle s'entend bien avec eux. Elle fait partie de la famille. »

Le silence s'installa tandis que chacun d'eux s'efforçait d'assimiler ce fait incroyable. À travers la vitre, par-delà la tête de Daniel, Emma regarda la grosse patte velue se balancer au rythme des cahots du véhicule.

Ils roulaient depuis un bon moment quand elle s'aperçut qu'ils se trouvaient maintenant sur un terrain plus élevé. Par endroits, la piste montait en pente raide, et le châssis avait pris un angle tel qu'ils étaient plaqués en arrière contre leurs sièges. Soudain, un bip-bip sonore retentit par-dessus le vrombissement du moteur. Emma mit plusieurs secondes à comprendre que c'était son portable, lui indiquant qu'elle avait reçu un message.

Sortant le téléphone de son sac, elle se pencha sur l'écran.

Espère que tu profites à fond de ton safari. Bois un cocktail à ma santé en regardant le soleil se coucher ! Tout va bien au labo. Souris en pleine forme. Moira.

Elle contempla ces mots sans comprendre, comme s'ils lui parvenaient d'un autre monde. Portant les yeux vers l'angle gauche de l'écran, elle compta les barres de réception. Le signal passait bien. Elle pouvait téléphoner dès maintenant, prévenir qu'ils avaient retrouvé l'enfant disparue. Que la police pouvait arrêter ses recherches et en informer le plus proche parent d'Angel, quel qu'il soit.

Sa main se crispa sur le boîtier. Elle se rappela la réaction de la fillette, à leur arrivée devant la tanière.

Allez-vous-en. Je veux rester ici.

De toute évidence, l'enfant ne paraissait pas très désireuse de retrouver sa famille. En fait, les seuls êtres qu'elle semblait impatiente de revoir, c'étaient ses chameaux…

Serrant toujours le portable dans sa main, Emma se retourna pour regarder par la vitre arrière – et se raidit d'effroi. Angel et les lionceaux n'étaient plus là ! Se levant à demi, elle tordit le cou pour voir la plate-forme et poussa un soupir de soulagement. La fillette était couchée sur le sol, les petits pelotonnés contre elle, leurs membres emmêlés aux siens. Les yeux clos, elle avait l'air paisible et détendue, son corps oscillant doucement au rythme cahotant du Land Rover. L'ombre de la cabine la protégeait, elle et les lionceaux, des rayons brûlants du soleil de l'après-midi.

Emma éteignit le téléphone et l'enfouit tout au fond de sa poche.

12

Le crépuscule commençait à tomber lorsqu'ils regagnèrent le campement ; des ombres mauves s'étalaient sur les bords sablonneux de la piste et l'azur éclatant du ciel avait fait place à un bleu délavé. Quand le Land Rover s'approcha des hautes grilles métalliques, la patte de Moyo disparut de derrière la vitre et ils l'entendirent s'agiter impatiemment sur le toit.

À l'intérieur de l'enclos, de la fumée montait d'un feu allumé à côté d'une des cases. Un Africain coiffé de la calotte blanche des musulmans était accroupi devant les flammes, en train de touiller le contenu d'une marmite noircie. Quand le véhicule franchit les portes, l'homme se leva d'un bond et, fixant son regard sur le toit de la cabine, secoua la tête d'un air incrédule. Du porridge dégoulina le long de la cuillère en bois qu'il tenait à la main, éclaboussant sa longue robe sans qu'il le remarquât.

« C'est Ndisi, mon cuisinier », expliqua George.

Avant même que le Land Rover se fût arrêté, Moyo sauta à bas du toit et courut droit vers Ndisi pour s'asseoir face à lui. Quelque chose dans sa posture, dans la manière dont ses pattes antérieures étaient sagement alignées l'une à côté de l'autre, évoqua à l'esprit d'Emma le comportement des lionceaux, comme si ce retour dans sa première demeure avait incité la lionne à jeter son masque d'adulte.

« Non, non, fit Ndisi en agitant sa cuillère. Vilaine Moyo ! »

George sourit et ouvrit sa portière. Emma et Daniel descendirent également, et le cuisinier s'avança vers eux tout en jetant un regard à la lionne derrière lui. Il était extrêmement grand et avait la peau très sombre. « Bienvenue à Kampi ya Simba », dit-il avec un large sourire, en englobant les lieux d'un large geste du bras, tel le propriétaire d'un lodge de luxe accueillant ses pensionnaires.

Une fois les présentations effectuées, Ndisi se tourna vers George. « Que se passe-t-il ? Pourquoi avez-vous ramené cette lionne ici ? Il nous avait fallu tellement de temps pour la convaincre de s'en aller !

— Son groupe a été massacré par les braconniers », répondit George.

Ndisi tressaillit.

« Et elle a eu des petits, ajouta George en montrant le Land Rover. Ils sont trois.

— Trois ! s'exclama le cuisinier. Est-ce qu'ils sont robustes et en bonne santé ? » Sans attendre la réponse, il se dirigea vers l'arrière du véhicule, puis se pétrifia sous l'effet de la stupéfaction.

La tête blonde d'Angel était apparue au-dessus du toit de la cabine. Repoussant les mèches qui lui balayaient le visage, elle regarda autour d'elle. Son regard passa sur Emma, George et Daniel avant de s'arrêter sur Moyo, assise calmement près du feu. Comme rassurée par cette vue, elle sauta à terre et s'avança vers Ndisi. Arrivée devant lui, elle leva la main droite et il inclina la tête en réponse.

« *Shikamu, baba*, dit-elle en effleurant sa coiffe du bout des doigts.

— *Marahaba* », répondit le cuisinier.

Du regard, Emma interrogea Daniel.

« Elle a dit : "Je te baise les pieds, père", expliqua-t-il à voix basse. Et Ndisi a répondu : "Merci." » Hochant la tête d'un air approbateur, il poursuivit : « C'est ainsi qu'un enfant africain doit saluer ses aînés. »

Se tournant vers Emma, Ndisi s'enquit : « C'est votre fille ? »

La question la surprit d'abord, puis elle se rendit compte que c'était une supposition tout à fait logique, puisqu'elles avaient la même couleur de peau. « Non.

— D'où vient-elle, alors ? reprit le cuisinier, visiblement déconcerté.

— Je t'expliquerai, déclara George. Mais pas tout de suite. »

Regagnant l'arrière du Land Rover, Angel se posta à côté des petits rassemblés au bout du plateau, leurs pattes posées sur les ridelles.

« Ils veulent descendre », dit-elle.

Daniel la rejoignit et prit l'un des lionceaux, avec la même assurance, la même douceur dont il avait fait preuve envers l'agneau et les chameaux. Il tendit l'animal à la fillette qui le déposa précautionneusement sur le sol. Puis il fit de même avec les deux autres.

Les lionceaux coururent vers Moyo et se bousculèrent pour se réfugier entre ses pattes antérieures.

« Y a-t-il de la viande, Ndisi ? » demanda George.

Le cuisinier regardait Angel d'un air médusé. « Un peu », répondit-il, s'arrachant enfin à sa contemplation.

« Si nous donnions à dîner à Moyo ? » reprit George en s'adressant à Angel.

Il s'éloigna vers l'extrémité du campement. Aussitôt, la lionne se redressa et le suivit, escortée des petits et de la fillette. Emma et Daniel leur emboîtèrent le pas, tandis que Ndisi retournait près du feu.

À l'ombre d'un acacia profondément incliné vers le sol se trouvait un vieux réfrigérateur relié à une énorme bouteille de gaz. Sa porte, cabossée et rouillée, était toute tachée de sang séché. George s'empara d'un seau en émail blanc au bord écaillé accroché au tronc de l'arbre et le tendit à Angel.

« Mes lions reviennent souvent me rendre visite, en compagnie de leurs familles. Leurs compagnons, leurs petits… » Tout en parlant, il essaya d'ouvrir le réfrigérateur, mais la porte résistait. Grognant sous l'effort, il tira avec plus de vigueur sur la poignée. « C'est pourquoi je veille à avoir toujours quelque chose à leur offrir. »

La porte s'ouvrit en grinçant, exposant une bassine en plastique remplie de viande grossièrement coupée en morceaux et non dépiautée. Des fragments de fourrure brune adhéraient encore aux tranches sanguinolentes. Emma entrevit une oreille arrondie et le bout d'une queue.

George commença à les entasser dans le seau. « Si c'est trop lourd, dis-le-moi. »

Angel tenait le récipient contre sa poitrine, l'enserrant fermement entre ses bras minces. « Ça ira. Je suis forte. »

En dépit de l'heure tardive, les mouches se rassemblèrent autour d'eux et la viande fut bientôt tachetée de noir. L'une d'elles se posa sur la joue d'Angel, mais la fillette ne lui accorda aucune attention.

Moyo observait la scène avec intérêt et Emma se sentit gagnée par une certaine nervosité. Elle ne pouvait pas s'empêcher de penser que la vue de la viande crue pouvait raviver chez la lionne des instincts dangereux. Puis elle songea que Moyo avait dû chasser et dévorer des proies pendant qu'Angel était auprès d'elle. Et, en ce moment même, elle ne manifestait aucun signe d'agressivité. Au contraire, elle semblait se conformer à un rite bien établi, se tenant à distance de George et de la fillette et réprimandant ses petits lorsqu'ils faisaient mine de s'approcher.

Quand le seau fut plein, George referma le réfrigérateur et soulagea Angel de son fardeau. « Tu es une brave petite. »

La fillette respira avec force en laissant retomber ses bras. Emma comprit que la charge avait été bien trop lourde pour elle mais qu'elle n'avait pas voulu l'avouer. En la regardant, face au vieil homme, le regard grave, l'air prête à lui offrir de nouveau son aide, Emma sentit son cœur se gonfler de fierté, un peu comme si c'était d'elle que l'enfant tenait son courage et sa résistance.

George porta le seau jusqu'à un fauteuil fait d'un assemblage rudimentaire de planches taillées dans de grosses branches. À côté, il y avait une caisse en bois sur laquelle on pouvait lire, en grosses lettres noires pâlies et écaillées par le temps : EAST AFRICAN AIRLINES. NAIROBI. ATTENTION : LION VIVANT. Posant le seau sur la caisse, George s'installa dans le fauteuil. Emma remarqua qu'il semblait fatigué. Ces longues heures de conduite sur une piste difficile l'avaient manifestement épuisé. Mais elle discerna une lueur radieuse au fond de ses yeux gris.

Angel alla se planter de l'autre côté de la caisse.

Moyo ne quittait pas le seau des yeux. Elle se dandinait sur place, visiblement tentée d'enfreindre les règles de bonne conduite.

George prit un morceau de viande et le lui tendit, en l'agitant un peu. Et ce fut seulement alors que la lionne s'approcha, tête basse. Précautionneusement, presque tendrement, elle cueillit la viande dans sa gueule, en montrant à peine ses dents. Puis, reculant de quelques pas, elle la laissa tomber dans la poussière et, tournant la tête de côté, commença à la mastiquer. Un sourd grondement monta de sa gorge, avertissant les petits de rester à distance.

George leur lança de petits bouts de viande. Les lionceaux tournèrent prudemment autour, les poussant du bout du museau et regardant leur mère pour lui demander conseil. Puis l'un d'eux se mit à lécher et à mordiller la nourriture et, un instant plus tard, tous trois la dévoraient avec appétit.

Quand Moyo eut englouti sa part, elle revint s'asseoir en face de George.

« Puis-je lui en redonner un peu ? » demanda Angel.

D'un geste en direction du seau, George acquiesça. Angel choisit un gros morceau auquel était encore attaché un lambeau de crinière sombre et bouclée. La lionne la regardait attentivement, parfaitement immobile, les oreilles dressées, la gueule entrouverte. Tenant son offrande à deux mains, Angel s'approcha lentement de la lionne. Lorsqu'elles furent presque face à face, elle s'arrêta. Moyo la contempla un instant, puis ouvrit la gueule, exposant seulement la pointe de ses canines. Sortant la langue, elle passa délicatement sa langue rose sur la viande rouge. Puis, ouvrant largement les mâchoires, elle s'en empara et l'emporta à quelques mètres de là.

Quand Angel retourna vers George, son regard était comme illuminé et la même flamme brillait dans les yeux du vieil homme.

Angel continua à distribuer la viande, de gros morceaux à Moyo, des petits aux lionceaux, en évitant toute hâte. Le repas était pareil à une cérémonie et il fallait y consacrer tout le temps et l'attention nécessaires. Le soleil était descendu plus bas dans le ciel et chatoyait sur le pelage de Moyo, soulignant d'or les contours de son corps. La chevelure d'Angel formait un halo identique autour de sa tête.

Quand toute la viande fut dévorée, George porta le seau jusqu'à une citerne. À l'aide d'une petite cruche, il versa de l'eau sur les mains ensanglantées de la fillette. Avec des gestes experts, elle les lava rapidement sous le mince filet. L'eau s'écoulait dans le seau, tintant contre l'émail. Quand ses mains furent propres, Angel prit la cruche et versa de l'eau sur celles du vieil homme. Elle était sans doute, se dit Emma, plus habituée à faire sa toilette ainsi qu'en se servant d'un robinet et d'un lavabo.

« Qu'est-ce que c'était, comme viande ? s'enquit la fillette.

— Du chameau », répondit George.

Angel redressa la tête en sursaut. Emma lança au vieil homme un regard d'avertissement, mais il ne parut pas le remarquer.

« Parfois, j'abats un impala ou une gazelle, mais, en règle générale, pour nourrir mes lions, j'achète des bêtes devenues superflues. Des chèvres ou des chameaux, un âne à l'occasion.

— Qu'est-ce que ça veut dire, superflues ? s'enquit Angel en fronçant les sourcils.

— Trop vieilles pour travailler. Quand plus personne n'en veut, il n'est pas rare qu'on les laisse mourir de faim. »

Angel le dévisagea pendant une seconde ou deux, puis hocha la tête et son visage s'éclaira, comme si ce raisonnement lui paraissait logique. « Est-ce que nous aussi, nous allons manger du chameau ? »

George secoua la tête et montra un petit bout de terrain non loin de là. Tournant la tête dans cette direction, Emma ne vit tout d'abord que du sable et quelques cailloux. Mais ensuite, elle distingua, éparses sur le sol, des plumes grises mouchetées de blanc, petites et arrondies, avec des extrémités effilées, qui ressemblaient à celles des pintades de la station de recherche.

« Tu aimes le ragoût de *kanga* ? » demanda George à Angel.

Elle le regarda en étrécissant les yeux, comme si la question recelait un piège. « J'aime tout ce qui se mange. »

Une rangée de lampes tempête, suspendues à de longs crochets de métal plantés dans le toit, jetaient sur la pièce une lumière jaune. Debout près de la table, Emma tenait dans sa main un verre en cristal taillé rempli de sherry. Elle dégustait l'alcool à petites gorgées, laissant rouler sur sa langue cette chaude saveur sucrée. À côté du buffet, George et Daniel examinaient une lampe cassée en échangeant à mi-voix des avis sur la meilleure façon de la réparer. Angel se tenait à l'entrée de la case, ses longs cheveux flottant sur son dos, tandis que, la tête renversée, elle contemplait les photos accrochées au plafond. Elle avait déjà inspecté les autres, scrutant longuement chaque image de lion avant de passer à la suivante. Non loin d'elle, Moyo était vautrée sur le tapis persan, ses trois petits blottis contre son ventre. Le regard d'Emma revenait sans cesse vers elle, s'attardant sur l'énorme forme crème et or qui ressortait vivement sur les motifs orange, rouge et noir, se posant sur les pattes à l'aspect formidable et les grands yeux limpides qui promenaient autour d'eux un regard bienveillant. Derrière la lionne, au-dehors, s'étendaient les ténèbres, un ciel d'un violet d'encre – la lune n'était pas encore levée.

Tournant la tête vers ses petits, Moyo entreprit de leur lécher le museau pour ôter les traces de sang subsistant du dîner. Les deux premiers se laissèrent docilement nettoyer sans broncher, mais le troisième essaya de se dérober. Emma sourit. Le lionceau se comportait exactement comme un enfant récalcitrant.

« C'est Petite Fille, dit Angel en se retournant vers elle. Elle est intenable. Elle n'en fait toujours qu'à sa tête. » Montrant l'un des autres, elle poursuivit : « Lui, c'est son frère, Garçon. Le troisième est aussi un mâle. Je l'appelle Mdogo.

— Mdogo, répéta Emma, trébuchant sur la prononciation. Pourquoi as-tu choisi ce nom ? »

La question parut étonner la fillette. « Parce qu'il est petit. » Elle sembla sur le point d'ajouter quelque chose, lorsque Ndisi entra, portant la marmite de bouillie de farine de maïs. Il la posa sur la table, à côté du plat de ragoût fumant qu'il avait apporté un peu plus tôt.

« Nous pouvons attaquer le repas », dit George.

Emma alla s'asseoir sur la chaise la plus proche de l'endroit où elle avait déposé son sac. Cela la rassurait d'avoir ses affaires à portée de la main. À la station de recherche, elle s'était adaptée au confort rudimentaire et résignée à manger des aliments cuits sur un feu de bois dans des récipients en terre. Mais ici, elle devait en plus s'accommoder de la présence d'animaux de toutes sortes. Des fientes d'oiseaux et d'autres petites créatures jonchaient le sol – au bout de la table, George laissait en permanence une grande boîte en métal remplie de noix, à l'intention de ses visiteurs, avait-il expliqué. Et une famille de lions se prélassait sur le tapis. Si la station de recherche et le Salaam Café avaient déjà représenté un véritable défi à ses habitudes, ce lieu était aussi différent qu'il pouvait l'être de son appartement impeccable et minimaliste.

Daniel prit place en face d'elle, et Ndisi à côté de lui. George présidait la tablée, calé dans un fauteuil à oreilles. Emma tira le siège destiné à Angel, qu'elle avait garni d'un coussin pour la surélever. Angel fit quelques pas dans sa direction, puis s'immobilisa, à mi-chemin entre Moyo et la table. Elle avait l'air brusquement mal à l'aise, presque effrayée.

Emma se raidit. Jusqu'à présent, tout s'était bien passé, mais leur lien avec Angel demeurait encore fragile et elle craignait que, à la moindre anicroche, l'enfant ne prenne peur et s'enfuie. Elle essaya de trouver une astuce pour attirer la fillette auprès d'elle.

Une seconde après, Daniel repoussa sa chaise et se leva. « Joignons-nous à Moyo », proposa-t-il en s'emparant de la marmite de porridge.

George prit le plat de ragoût et, sous le regard effaré de Ndisi, les deux hommes apportèrent les mets jusqu'à la lionne. Quand ils les déposèrent sur le tapis, le cuisinier haussa les sourcils.

« Alors, maintenant, nous devons partager notre nourriture avec Moyo ? s'enquit-il.

— J'espère bien que non », rétorqua George. Il s'assit en tailleur, avec une souplesse étonnante pour un homme de son âge. Angel s'accroupit à côté de lui, tandis que Moyo regardait la scène par-dessus son épaule. Les petits se pressèrent autour d'elle, mais elle les repoussa fermement. Daniel et Ndisi les rejoignirent. Emma les imita à contrecœur. Daniel lui adressa un sourire rassurant.

George fit signe à ses invités de commencer à manger. Emma contempla les plats d'un air incertain. Il n'y avait ni assiettes ni cuillères. Apparemment, ils allaient devoir manger avec les doigts, et elle se félicita d'avoir pris la précaution de passer du gel antibactérien sur ses mains après les avoir lavées.

« Voilà comment on s'y prend », dit Daniel en plongeant sa main droite dans la marmite. Il ramena une boulette de bouillie blanchâtre et pâteuse et, au moyen de son pouce, y creusa une cavité. Puis il la trempa dans le ragoût et porta le tout à sa bouche.

George suivit son exemple, puis ce fut le tour d'Angel, avec une dextérité témoignant d'une longue pratique. Elle regarda Ndisi avec un hochement de tête appréciateur.

« *Vizuri sana*, dit-elle. *Asante*.

— *Si neno* », répondit-il en souriant. Se tournant vers Emma, il reprit : « Je vous en prie, allez-y. Vous devez être affamée.

— C'est vrai, reconnut-elle en humant la vapeur odorante qui montait du plat.

— N'ayez pas peur de faire des taches sur le tapis, déclara George après avoir terminé sa première bouchée. Elles partiront sans difficulté. Il a été fabriqué par des Bédouins. C'est ce dont on se servait à l'origine pour couvrir le sol à l'intérieur des tentes. »

Emma prit une petite boule de porridge entre ses doigts. À sa grande surprise, elle n'eut aucun mal à la façonner en un petit bol à l'aide duquel elle préleva un peu de ragoût. En goûtant la viande, elle ferma les yeux de plaisir. La pintade était tendre et juteuse, la chair se détachait toute seule des os. La sauce était parfumée de piments verts et leur saveur légèrement amère rehaussait la richesse des épices.

« C'est délicieux, Ndisi », déclara-t-elle.

Il inclina la tête, acceptant ce compliment avec simplicité.

« Excellent », approuva George en souriant au cuisinier. Puis son regard fit lentement le tour du cercle qu'ils formaient autour de lui, lions et humains paisiblement réunis. Il secoua la tête, comme s'il ne parvenait pas à en croire ses yeux. Il reporta ensuite son attention sur Ndisi. « Dis-moi, quoi de neuf au village ? Est-ce que Samu est guéri ? » À l'intention de ses invités, il expliqua : « Samu est un de mes assistants. Il ne travaille pas en ce moment, il a attrapé la malaria.

— Tout va bien, répondit le cuisinier. Il a pris le *dawa* que vous lui avez envoyé et il est pratiquement guéri.

— Ma foi, c'est une bonne nouvelle, déclara George. La prochaine fois que tu iras là-bas, je te donnerai des moustiquaires pour les enfants. »

Emma s'immobilisa, la main en suspension au-dessus de la marmite. « J'ai entendu dire que les gens qui travaillent au campement ne tombent jamais malades. » Elle regretta ces mots dès qu'ils eurent franchi ses lèvres ; il allait la juger bien naïve d'avoir cru à telle invraisemblance.

« Je connais cette histoire, rétorqua le vieillard. Elle remonte à 2007, au moment de l'épidémie de fièvre d'Olambo. Le nombre de victimes dans le village voisin a été horriblement élevé. Des familles entières ont été décimées.

Mais mes employés et leurs familles s'en sont sortis indemnes. Comme ce qui est raconté dans la Bible, quand l'ange fait une marque sur le linteau des demeures des Israélites, afin qu'ils soient épargnés par la peste.

— C'est exactement ainsi que ça s'est passé, renchérit Ndisi. Nos voisins mouraient les uns après les autres, se vidant de leur sang. Et nous sommes tous restés en bonne santé. » Son visage se crispa dans une grimace de détresse.

Emma jeta un regard oblique à Daniel. Il s'était arrêté de manger et regardait fixement le cuisinier, muet de stupeur.

« Laura a vu des gens qui avaient la maladie qui fait saigner », fit la voix d'Angel, brisant le silence. Emma se tourna vers elle. La fillette regardait ses mains, étroitement nouées sur son giron. « Ils venaient chez les Sœurs de la Charité et elle les aidait à les soigner. Je n'avais pas le droit de l'accompagner parce qu'ils étaient trop malades. Un jour, elle est rentrée avec du sang plein ses vêtements. Elle a été obligée de les jeter. »

Emma la dévisagea, tentant de s'imaginer ce que la fillette avait pu ressentir en voyant sa mère dans un tel état. La colère la prit. À quoi Laura pensait-elle donc, en exposant son enfant à un spectacle aussi pénible ? Et pourquoi passait-elle son temps à soigner les victimes d'un virus mortel, alors qu'elle aurait dû se préoccuper avant tout du bien-être de sa fille ? Emma baissa les yeux vers le tapis et regarda son index s'enfoncer dans la laine épaisse, se frayant un passage entre les fibres. Elle se rappela toutes les fois où, tandis qu'elle attendait Mme McDonald devant les portes de l'école, elle avait entendu les parents de ses amies échanger des commentaires au sujet de sa mère. Pourquoi Susan Lindberg travaillait-elle encore sur le terrain ? Comment une mère pouvait-elle prendre de tels risques ? Ils ne répondaient jamais directement à ces questions, mais parvenaient néanmoins à transmettre clairement leur opinion : Susan accordait plus d'importance à son travail qu'à ses devoirs maternels. Elle se préoccupait davantage des étrangers que de sa propre famille. La tête toujours penchée vers le tapis, Emma enfouit plus profondément ses doigts dans les fibres, sentant contre sa peau les nœuds durs de la trame. Enfant, elle ne supportait pas d'entendre des critiques sur sa mère. À la moindre occasion, elle prenait sa défense. Mais maintenant que cette fillette lui faisait face, qu'elle voyait la douleur inscrite sur son visage, une rage trop longtemps réprimée déferla en elle, âpre et brûlante. Pourquoi Susan n'avait-elle pas vu que sa fille avait besoin d'elle à ses côtés ? Besoin que sa mère reste en vie…

Elle releva les yeux vers Angel. La colère reflua aussitôt en elle pour faire place à la compassion. La fillette regardait fixement droit devant elle, les yeux agrandis et emplis de crainte. Par-dessus son épaule, Emma vit que l'expression de Moyo reflétait la même tension – le front plissé, les oreilles pointées en avant. Elle essaya de trouver quelque chose à dire pour changer de sujet, se tourna vers Daniel dans l'espoir qu'il lui viendrait en aide. Mais il se penchait vers George, l'air profondément absorbé.

« Pourquoi vos employés ont-ils été épargnés, selon vous ? » s'enquit-il.

C'était un sujet qui le touchait de trop près, comprit-elle, et il n'allait pas perdre cette occasion de collecter des informations qui pourraient lui être utiles.

« Sans doute sont-ils plus résistants que les autres, répondit le vieil homme. Peut-être parce qu'ils ont une meilleure alimentation. Mes employés sont les seuls villageois à toucher un salaire régulier.

— C'est possible, dit Daniel. Mais j'ai vu des personnes jeunes et en parfaite santé mourir du virus. »

Ndisi hocha la tête. Son regard paraissait hanté, comme s'il revivait des scènes atroces.

George sembla sur le point de reprendre la conversation quand un nez noir en forme de triangle, suivi d'une tête velue, apparut sous son bras. Deux pattes se posèrent sur sa jambe et un miaulement se fit entendre, sonore et insistant, attirant l'attention de chacun. George sourit au lionceau. « Tu veux goûter à notre nourriture, c'est ça ? » Il lui tendit une boulette de porridge. Le petit plongea avidement son museau dans la bouillie, puis s'écarta vivement, des morceaux de pâte blanche collés à ses moustaches et à ses poils. Il secoua la tête avec une grimace de dégoût. Ce spectacle comique déclencha un rire général – une hilarité teintée de soulagement devant cette interruption bienvenue. Angel s'empara du lionceau et le serra contre elle.

L'atmosphère se détendit et chacun se remit à manger. Les mains allaient et venaient d'un plat à l'autre, se croisant, manquant parfois se rencontrer – blanches et noires, grandes et petites. Du dehors leur parvenait le gloussement des pintades abritées dans les arbres. Le reste du repas se déroula dans un silence paisible, les souvenirs douloureux momentanément écartés. Tout en savourant le ragoût, Emma parcourut des yeux les rangées de photos – un panthéon de lions les contemplant du haut des solives.

George vida sa tasse de thé et dit : « Je pense qu'il est temps d'aller se coucher. »

Emma étouffa un bâillement. Il n'était pas très tard, mais elle se sentait épuisée. Ils s'étaient levés de bonne heure et la journée avait été riche en péripéties. Elle glissa un regard à Angel, assise à côté de Moyo, sa tête nichée contre l'épaule de la lionne, ses yeux mi-clos. Elle se tourna vers Daniel, se demandant s'il savait où ils allaient dormir.

« Nous avons des sacs de couchage et des moustiquaires, dit-il à George.

— Vous n'aurez pas besoin des moustiquaires ici, répondit le vieillard. Il fait trop sec pour les moustiques.

— Je préfère quand même en mettre une », se hâta de déclarer Emma. Le rideau de gaze tiendrait à l'écart tous les autres visiteurs indésirables : scorpions, araignées, souris, peut-être même serpents.

« Je dors toujours dehors pendant la saison sèche, poursuivit George, mais si vous préférez avoir un toit au-dessus la tête, ma case est libre et il y en a une autre à l'intention des invités. Ndisi vous trouvera des lits de camp. »

Il se leva et s'étira pour décontracter son dos et ses jambes. Immédiatement, Moyo se redressa et George lui adressa un signe de tête. « Tu me tiendras compagnie, n'est-ce pas, ma vieille ? » L'homme et la lionne se regardèrent longuement dans les yeux, avec l'air de partager des pensées et des souvenirs. Puis Moyo se leva, dérangeant les petits qui s'ébrouèrent, l'air désorienté. Angel se mit debout à son tour et s'agrippa à l'épaisse fourrure de la lionne, craignant manifestement que celle-ci ne l'abandonne.

George décrocha une des lampes tempête et se dirigea vers l'entrée, suivi d'Angel et de Moyo, les lionceaux sur leurs talons.

Emma les suivit des yeux, incrédule. Ils allaient dormir dehors, comme si c'était la chose la plus naturelle au monde !

Ndisi secoua la tête et soupira. « J'espère que Moyo se conduira comme une adulte et ne grimpera pas dans le lit. » S'adressant à Daniel et Emma, il reprit : « Où aimeriez-vous dormir ? Moi, je dors uniquement à l'intérieur de ma case. Mais vous avez le choix. C'est comme vous préférez. » De nouveau, il parlait comme un hôtelier offrant à ses clients toute une gamme de prestations.

« Où est la case réservée aux invités ? » demanda Emma. Elle n'avait aucune envie de dormir en plein air, mais elle ne voulait pas non plus être trop loin d'Angel.

« Là-bas, à côté de celle du *bwana* », répondit le cuisinier, avec un geste vers l'extérieur. À la lueur de la lampe de George, elle discerna la forme de deux toits de chaume.

« Ça m'a l'air parfait », déclara-t-elle, se forçant à sourire. Les constructions semblaient tout à fait primitives. Elle n'était même pas sûre qu'elles aient des portes.

Ndisi se tourna vers Daniel. « Vous dormirez ensemble ? » Il prit aussitôt un air embarrassé. « Je veux dire…

— Je dormirai dehors, avec les autres », déclara Daniel.

Ndisi hocha la tête. « Je vais vous chercher un lit de camp. » Il commença à ramasser les tasses pour les déposer sur un plateau avec la théière et le pot de lait. Emma lui proposa son aide.

« Vous voudrez sûrement vous laver avant de vous coucher, dit-il. Je peux faire chauffer de l'eau pour la douche, si vous le souhaitez.

— Je peux me passer d'eau chaude, répondit-elle, ne voulant pas paraître trop exigeante. Mais je serais ravie de pouvoir faire un brin de toilette. » Elle se demanda s'il y avait une cabane réservée à cet usage, ou une table de toilette dans la case des invités.

Ndisi alla ouvrir un placard à côté du réfrigérateur. Il revint avec deux serviettes pliées, amincies par l'usure et devenues grises à force de lavages dans une eau sablonneuse. Il en tendit une à Emma et dit, inclinant la tête vers la citerne où George et Angel s'étaient lavé les mains : « Vous trouverez du savon là-bas, dans un bol. Il y a une pierre par-dessus, pour empêcher les rats de l'emporter. Et il y a une cuvette pour l'eau. » Il lança à Emma un regard sévère avant d'ajouter : « Ce n'est pas la Californie, ici. Vous êtes priée d'en utiliser aussi peu que possible.

— Je ferai attention », lui assura-t-elle. Elle devina qu'il avait dû, dans le passé, être obligé de rappeler à l'ordre un visiteur américain. Même si George leur avait affirmé que les touristes n'étaient pas autorisés à pénétrer dans le campement, il était évident qu'il lui arrivait de recevoir des invités. Une hutte avait été construite à leur intention et elle avait vu, parmi toutes les photos de lions, quelques clichés représentant des gens – George et Ndisi, bien sûr, mais aussi des étrangers d'âge mûr à l'apparence prospère. Des mécènes finançant le programme de réadaptation, présuma-t-elle. On voyait également, sur plusieurs photos, une jeune femme aux cheveux bouclés, tantôt nourrissant des lionceaux au biberon, tantôt marchant à côté d'une lionne, ou assise dans la salle à manger, devant la vieille machine à écrire qui trônait encore dans un coin, sur une caisse à thé renversée.

Emma prit son sac et sortit. Elle s'arrêta un instant pour observer Angel et George en train de traîner un lit de camp plié hors de la case de ce dernier. Moyo reniflait le sol en tournant sur elle-même, inspectant la parcelle de terre où elle comptait s'étendre.

Emma se lava rapidement, se servant d'un coin de serviette humecté pour se nettoyer le visage. Elle ne se dévêtit que partiellement, ne voulant pas se mettre toute nue en plein air. Le lieu ne procurait aucune intimité, il n'y avait aucune séparation entre elle et le monde extérieur. Et rien d'autre qu'un grillage entre elle et les étendues sauvages au-delà du campement. Elle sortit ses vêtements de son sac et considéra pensivement son pyjama de soie pêche, qu'elle avait choisi tout spécialement pour son voyage en Afrique parce qu'il se lavait facilement, séchait vite et n'avait pas besoin de repassage. Elle décida de ne l'enfiler qu'à l'intérieur de la case et de revêtir pour le moment sa tenue de rechange, un grand T-shirt et une culotte. Elle savait que l'étoffe légère de la veste lui moulait les seins et que le pantalon collait à ses hanches. Cette pensée évoqua à son esprit l'image de Daniel, nu jusqu'à la taille, pansant le pied de Mama Kitu. La sueur donnait à sa peau le même lustre soyeux…

Soudain, elle perçut un bruissement au-dessus de sa tête et se pétrifia. Levant les yeux, elle aperçut la silhouette d'un petit animal à fourrure filant furtivement le long d'une branche. Cela ressemblait à un rat. Hâtivement, elle finit de s'habiller et remit ses chaussures. Elle roula ses vêtements sales en boule et les fourra dans son sac, se rappelant à la dernière minute de replacer la pierre sur le savon avant de détaler à toute vitesse.

Une lanterne accrochée à une branche projetait un cercle de lumière devant la case qui faisait office de salle à manger, donnant au décor un aspect théâtral. Deux lits de toile étaient disposés côte à côte. L'un était garni de draps à rayures fanés et d'un oreiller couvert d'une taie assortie. Sur l'autre, on avait déroulé un sac de couchage surmonté du *kitenge* qui leur avait servi de nappe pour leur pique-nique.

Moyo était tapie au pied du lit de George, telle une sentinelle montant la garde. Tête dressée, elle gardait les yeux fixés sur la case la plus proche, celle que Ndisi avait désignée à Emma comme la chambre du maître des lieux. En s'approchant, Emma entendit le vieil homme se déplacer à l'intérieur. Jetant un regard autour d'elle, elle découvrit Daniel assis près du feu.

Angel était couchée aux pieds de Moyo avec les petits. Ils étaient endormis, leurs yeux étroitement clos disparaissant dans leur fourrure, mais l'enfant était encore éveillée. Emma voyait luire son regard vif et attentif.

Un douloureux sentiment de compassion la submergea. Elle faillit se pencher vers la fillette et la toucher, peut-être même l'embrasser pour lui souhaiter bonne nuit. Mais les lionceaux étaient tout près d'elle et Emma se rappelait que George leur avait conseillé de ne jamais approcher les petits sans y être invité. De toute façon, Angel n'aurait sans doute pas apprécié ce genre de démonstration. Emma se souvenait de ce qu'elle avait ressenti, enfant, en subissant les caresses affectueuses de femmes qui s'imaginaient pouvoir remplacer la mère disparue…

« Bonne nuit, Angel, murmura-t-elle.

— Bonne nuit », répondit la fillette, d'un ton poli mais réservé. Elle s'était comportée ainsi depuis leur arrivée au camp. Même si elle veillait à ne jamais s'éloigner de Moyo, elle ne paraissait pas apeurée. Elle semblait plutôt rester sur ses gardes, observant avec attention et ne trahissant rien de ses sentiments. Sous le regard d'Emma, elle se coucha sur le côté, recroquevillée en chien de fusil, dos tourné à Moyo, et ferma les paupières.

George émergea de sa case, tenant dans une main un tabouret à trois pieds et dans l'autre une grosse torche électrique. Il avait ôté sa tenue de safari et ne portait plus qu'un long pagne drapé autour de sa taille. Il plaça le trépied à côté du lit de camp et posa la lampe sur le siège.

Se tournant vers Emma, il lui dit à voix basse, pour ne pas déranger Angel : « J'espère que votre chambre est suffisamment confortable. » Passant nerveusement le bout de sa langue sur sa lèvre supérieure, ainsi qu'Emma le lui avait déjà vu faire, il ajouta : « L'installation est assez rustique, je le crains.

— Elle me convient parfaitement », affirma Emma. Elle aimait déjà cet homme doux et accueillant. Si modeste que soit le logement, elle était déterminée à ne pas se plaindre.

« Eh bien, bonne nuit, alors, reprit-il.

— Bonne nuit. »

Rabattant son drap, George s'assit sur sa couchette, faisant gémir la toile dans son cadre en bois. Il s'étendit sur le dos, le visage levé vers le ciel, comme s'il voulait être à même de contempler les étoiles, la lune ou la lumière de l'aube dès qu'il ouvrirait les yeux. Moyo l'observa jusqu'à ce qu'il eût cessé de bouger. Puis elle reporta son attention sur Angel, inclinant son énorme tête vers le corps frêle et enfouissant son museau dans les fins cheveux blonds.

Emma contempla la fillette de plus près. Sa respiration était lente et régulière, son corps paraissait détendu. Sous la clarté lunaire qui faisait chatoyer ses cheveux et soulignait la rondeur de ses joues, elle était l'image même de son prénom : un petit ange, perdu dans ses rêves. Puis Emma s'aperçut que ses paupières battaient constamment : l'enfant ne dormait pas vraiment. Peut-être était-elle trop fatiguée pour trouver le sommeil, songea Emma. Elle avait entendu des parents employer cette expression, les rares fois où Simon et elle avaient été invités chez des gens qui avaient des enfants. Ils disaient cela d'un ton empli de désespoir, tandis que les gamins jouaient et bavardaient avec animation, dérangeant les convives. Aux regards que Simon lui lançait alors, elle comprenait qu'il se réjouissait de ne pas en avoir.

Penser à ces enfants choyés et insouciants ne fit qu'accroître son admiration à l'égard d'Angel. Elle était tellement différente d'eux – mais il ne pouvait pas en être autrement. Angel possédait une force intérieure qu'eux n'avaient jamais eu la possibilité, ni le besoin, d'acquérir. Elle songea à elle-même à cet âge. Elle aussi était forte. Sans aucun doute les fréquentes disparitions de Susan l'avaient-elles préparée à l'abandon définitif. Mais, une fois le choc surmonté, Emma s'était sentie épuisée, comme vidée de ses forces. Avec le recul, elle se rendait compte que, depuis lors, non seulement elle avait été toujours attirée par des gens qui ne pouvaient que l'abandonner, mais qu'elle choisissait aussi ceux qui assumeraient le rôle du plus fort.

C'était ce qui l'avait poussée vers Simon, se dit-elle, se remémorant leur première rencontre. Ils assistaient tous deux à une conférence sur les règles de sécurité à respecter sur le terrain, dans le cadre d'une formation destinée aux scientifiques. Emma était venue en simple auditrice, parce qu'elle était en charge des premiers secours au labo, mais Simon était au nombre des conférenciers. Il avait fait un exposé sur la gestion des risques dans l'Antarctique, avec une projection de diapositives à l'appui, puis leur avait montré comment utiliser les équipements. Emma avait été frappée par son assurance ; il semblait persuadé qu'il parviendrait à vaincre les éléments même dans les conditions les plus extrêmes. Sur les images où on le voyait escalader une falaise de glace dans sa combinaison de survie, il avait une apparence presque surhumaine. Et après l'exposé, quand elle l'avait vu devant la machine à café, dans son costume à la fois chic et décontracté, cette espèce d'aura l'environnait encore. Emma l'avait abordé sous prétexte de l'interroger sur une procédure de sécurité. Elle avait dû faire appel à tout son courage et failli renoncer en constatant qu'il était encore plus beau de près. Elle lui avait posé sa question et feint de s'intéresser à la réponse, sans cesser d'admirer son attitude désinvolte, le regard impassible qu'il posait sur le monde. De façon surprenante, l'attirance avait paru réciproque. À la fin de la conversation, Simon l'avait invitée à dîner. Il n'y avait aucune trace d'hésitation dans sa voix et son expression ne trahissait pas la moindre crainte d'un refus. Elle avait accepté aussitôt : en cet instant, elle ne désirait rien de plus au monde que rester près de lui.

Ce premier rendez-vous avait été suivi d'un deuxième, puis d'un troisième et finalement abouti à une relation durable. Durant tous ces mois, Emma avait veillé à ne rien faire qui pût inciter Simon à douter qu'elle fût la partenaire adéquate. Cela n'avait pas été trop difficile : son travail à l'institut lui avait appris à se montrer autoritaire et déterminée. Il lui suffisait de se comporter de la même manière dans sa vie privée. Avec le temps, elle avait eu l'impression de ressembler à Simon, comme s'il lui avait transmis un peu de sa certitude sur la place qui lui revenait en ce monde. Mais, à présent, elle avait conscience que ce n'était qu'une illusion. Cette confiance en elle, cette indépendance qu'elle affectait vis-à-vis de Simon n'étaient qu'une façade, un pansement masquant une plaie qui ne cessait de se creuser.

Elle jeta un dernier regard en direction d'Angel, parcourant des yeux la petite forme recroquevillée. La fillette avait dû épuiser toutes ses capacités de résilience, pour se comporter avec un tel courage et une telle maîtrise d'elle-même. Cela voulait-il dire qu'elle passerait elle aussi sa vie à chercher quelqu'un qui puisse compenser ce manque ? Emma pouvait seulement espérer que, dans sa vie future, l'enfant ne suivrait pas le même chemin qu'elle.

Elle se détourna et alla s'asseoir près du feu à côté de Daniel, sur un tabouret bas.

« Elle dort ? s'enquit-il.

— Pas encore. J'espère qu'elle ne tardera pas. Demain sera une journée importante pour elle », dit-elle d'un ton chargé d'appréhension.

Daniel acquiesça. « George va devoir contacter la police par radio et leur annoncer que nous l'avons retrouvée.

— Et que se passera-t-il alors ?

— Ils enverront quelqu'un la chercher. Ou ils nous demanderont de l'amener à Malangu. Peut-être devrions-nous le leur proposer. Nous pourrions ainsi nous arrêter à la station de recherche, afin qu'elle voie les chameaux. Ce serait bien. Nous ignorons ce qu'il adviendra, une fois qu'elle nous aura quittés. »

Emma le dévisagea en silence, regrettant de ne pas savoir qui étaient les plus proches parents d'Angel, ni où ils habitaient. « J'espère que tout s'arrangera pour le mieux.

— Moi aussi. »

Elle se rembrunit. « Je nous vois mal la remettre entre les mains des policiers et nous en aller aussitôt. Je sais bien que nous n'avons pas voix au chapitre, mais j'ai néanmoins le sentiment que nous devrions nous assurer que tout se passe bien.

— C'est également mon sentiment, répondit-il. Mais cela ne dépend pas de nous. »

Un silence lourd descendit entre eux. Puis Daniel reprit la parole. « Et qu'allez-vous faire, à présent ? »

Elle soupira. « Je n'en sais rien. Je n'ai pas envie de rejoindre le circuit organisé. Cela me ferait une impression bizarre, après tous ces événements...

— De voir des lions entourés de Land Cruiser et de minibus, compléta Daniel en souriant.

— Exactement. Mais j'éprouve la même chose à l'idée de rentrer chez moi. Tout ceci a été tellement... » Elle chercha le mot juste, mais finit par renoncer, et sa voix s'éteignit. Elle tenta de se représenter son retour dans le monde quotidien. Elle s'imagina ouvrant la porte de son appartement, respirant les odeurs de dépoussiérant et de désinfectant qui imprégnaient l'air après le passage de la femme de ménage. Vit le tas de lettres que son voisin aurait ramassées et placées sur la table de la salle à manger – quelques-unes destinées à elle-même, la plupart à Simon. Les chiffres de l'horloge digitale de la cuisine, clignotant sans cesse. Entendit le sifflement du chauffage central se mettant automatiquement en marche pour réchauffer le logement vide, afin que la collection de cartes de Simon ne prenne pas l'humidité.

— Mon pays me semble si lointain. C'est étrange, mais tout ceci me paraît tellement plus réel », murmura-t-elle, englobant le campement, George, Angel et les lions du même geste de la main. Elle se tourna vers Daniel et scruta son visage à la lueur du feu. « Vous me paraissez plus réel, ajouta-t-elle en secouant lentement la tête. J'ai l'impression de ne plus être la même.

— C'est aussi ce que je ressens », répondit-il, plongeant ses yeux dans les siens.

13

Angel appuya sa tête contre le flanc de Moyo et sentit la courbe osseuse des côtes sous le pelage doux. Elle huma l'odeur rassurante de son corps – une chaude senteur de lait mêlée au fumet métallique du sang et aux effluves musqués qui semblaient émaner de la lionne elle-même. Sur le sol à côté d'elle, les lionceaux étaient endormis pêle-mêle, pattes et queues enchevêtrées. Mdogo s'agita en gémissant et Angel se pencha pour lui caresser le dos. Moyo leva brièvement la tête, puis la reposa, visiblement rassurée.

Angel remua les hanches pour enfouir plus profondément son postérieur dans le sable. Une énergie fébrile bouillonnait en elle. Elle n'avait pas envie de dormir. Elle devait réfléchir à un plan, afin d'être prête quand viendrait le matin. Elle prit une poignée de sable et le fit couler entre ses doigts. Pour commencer, se dit-elle, elle devait rassembler les faits – tout ce qu'elle avait appris depuis son arrivée ici – et les mettre en ordre dans son esprit. Au cours de ses pérégrinations avec Laura, elle avait appris à juger très vite les lieux et les gens. C'était une aptitude vitale, qui lui permettait de se faire rapidement des amis et de trouver sa place dans chaque village.

Elle regarda le vieil homme assoupi sur son lit de toile. Elle ignorait son nom exact. Le cuisinier l'appelait Bwana Lawrence, les autres, George. Il était toujours étendu sur le dos, ses cheveux blancs déployés sur l'oreiller, les bras parallèles au corps, visiblement habitué de longue date à dormir sur cette couchette étroite. S'il avait une femme et des enfants, ils ne vivaient pas ici. Sa famille, c'étaient les lions. Il était évident qu'il adorait Moyo. Et que Moyo le lui rendait. George Lawrence était un homme bon. On pouvait lui faire confiance.

Ndisi. Le visage du cuisinier apparut à l'esprit d'Angel. Une rangée de petites cicatrices courait le long de son front, juste en dessous du bord de sa coiffe. Elle l'aimait bien, lui aussi. Il ronchonnait contre Moyo, mais elle devinait qu'il avait de l'affection pour la lionne. Et quand les deux bébés lions qui vivaient dans le campement s'étaient tapis dans un coin de leur enclos, terrifiés par l'arrivée de leurs congénères, Ndisi s'était précipité vers eux pour les rassurer. Quand Petite Fille s'était mise à gronder devant la grille, il l'avait chassée.

Le regard d'Angel se porta vers le couple assis près du feu, la femme blanche et le Massaï. Les braises rougeoyantes éclairaient leurs visages. Celui de l'homme était une forme sombre que trouait par intervalles l'éclat de dents très blanches ; celui de sa compagne semblait en être le négatif, un ovale blanc où ressortait la noirceur des sourcils, des yeux et des cheveux.

Angel n'entendait pas ce qu'ils se disaient, leurs voix étaient trop basses. Elle ne croyait pas que c'étaient des *wapenzi*, comme les couples qu'ils espionnaient, Zuri et elle, en leur lançant des boulettes de bouse et en retenant leurs rires. Ils ne se tenaient pas la main, ne marchaient pas bras dessus bras dessous. Mais on pouvait voir qu'ils s'entendaient bien. Sans doute travaillaient-ils ensemble, dans cet endroit qu'ils appelaient la « station ». Peut-être y habitaient-ils également, comme les religieuses qui avaient leurs chambres dans une aile de l'hôpital.

D'instinct, elle faisait confiance au Massaï autant qu'aux deux autres hommes. Dès l'instant où il lui avait parlé en maa, elle s'était sentie à l'aise avec lui. Et c'était lui qui avait soigné le pied de Mama Kitu. Il y avait quelque chose dans sa démarche qui évoquait celle de Moyo. C'était un homme fort, ce qui faisait de lui un ami sur qui l'on pouvait compter.

Elle ne pouvait pas dire la même chose en ce qui concernait la femme blanche. Angel était troublée par la façon dont celle-ci la dévisageait – comme si elle essayait de deviner ses pensées et ses sentiments. Comment s'appelait-elle, déjà ? Elle articula silencieusement son nom. Em-mah. Cela sonnait comme du swahili. Contrairement à Laura. Les Africains trouvaient ce nom trop doux, dépourvu de consistance. Ils disaient qu'il ne convenait pas à la dame aux chameaux.

Angel ferma les yeux et les souvenirs affluèrent en elle. Elles entraient dans un village, Laura et elle, montées sur le dos de Mama Kitu. Tous les habitants, pères et mères, enfants et vieillards, sortaient de leurs cases ou revenaient de leurs potagers pour accueillir la dame aux chameaux. Ceux qui la connaissaient lui souriaient et levaient les bras vers elle, certains chantaient et dansaient. Ils l'appelaient *Malaika*, ange, comme si ce nom lui revenait à elle et non à sa fille. Angel sentit des larmes lui brûler les paupières. Elle ne pouvait se permettre de pleurer, elle le savait. Elle devait rester forte. Elle extirpa ces pensées douloureuses de son esprit, comme elle aurait arraché du sol une poignée d'herbe, et tenta de concentrer ses pensées sur Emma. La jeune femme n'était pas à l'aise dans le campement ; elle devait être habituée à vivre dans une maison avec un sol en béton et des murs de brique. Elle regardait sans cesse où elle posait ses pieds et jetait constamment des regards en coin, à l'affût du danger. Elle ne voulait pas perdre un seul instant de vue son sac vert. Elle y prenait des mouchoirs en papier, du baume pour les lèvres et de petites serviettes pour les mains, qu'elle sortait toutes humides de leur paquet. Pourtant, elle n'avait pas l'air d'une touriste : elle ne portait pas de collier, ni de lunettes de soleil, ni de rouge à lèvres. Mais elle ne ressemblait pas non plus à Laura. Angel repensa à ce qu'avait dit Emma, devant la tanière : qu'elle était venue à cause de Mama Kitu et de Matata. « Les chameaux m'ont trouvée. » C'était ce qu'elle avait affirmé, comme si les bêtes l'avaient tout spécialement choisie.

À la pensée des chameaux, elle fut submergée par la nostalgie. Le Massaï lui avait dit qu'ils étaient à la station. Ils allaient bien et elle les reverrait bientôt. Elle s'imaginait déjà frottant sa joue contre le nez de Mama Kitu, sentant ses moustaches lui chatouiller la peau… Une fois de plus, elle se contraignit à réfréner ses pensées. Il fallait traiter les problèmes au fur et à mesure qu'ils se présentaient. C'était Walaita qui lui avait enseigné cela, durant sa longue maladie : si l'on imaginait à l'avance toutes les difficultés qui nous attendaient au cours d'un voyage, on n'arriverait jamais à faire le premier pas.

La fillette se redressa un peu, posant sa tête sur l'épaule de Moyo. Quel était-il, ce premier pas ? Par où devait-elle commencer ?

Moyo te conduisait au campement. Elle savait que c'était un bon endroit pour toi. Que c'était ici que tu devais être.

En esprit, elle se vit en train d'aider Ndisi à préparer les repas, plumant les *kanga* pour le ragoût, rangeant la viande dans le réfrigérateur. Elle était parfaitement capable d'effectuer ces tâches. Elle se rendrait tellement utile que George Lawrence et le cuisinier se demanderaient bientôt comment ils avaient pu jusque-là se débrouiller sans elle.

Elle veillerait à se montrer toujours polie. Elle éviterait de parler de Laura. Elle ne pleurerait jamais, n'aurait jamais l'air triste. Elle devait leur montrer combien elle était raisonnable et mûre pour son âge, sinon ils ne voudraient pas la garder. Elle avait failli tout gâcher au cours du dîner, quand ils s'étaient mis à parler de la fièvre. En leur racontant le souvenir qui avait alors surgi à sa mémoire – Laura tenant ses mains écartées de son corps pour ne pas toucher ses vêtements ensanglantés, des larmes ruisselant sur ses joues sans qu'elle fasse un geste pour les essuyer –, elle avait senti sa poitrine se serrer et son cœur devenir si gros qu'elle l'avait cru sur le point d'éclater. Des larmes lui avaient picoté les yeux. Heureusement, Petite Fille avait choisi ce moment pour grimper sur les genoux de George Lawrence, comme si elle avait compris qu'elle devait intervenir pour détourner l'attention des adultes, dissiper la tristesse et alléger l'atmosphère.

Angel s'étendit de nouveau contre la lionne et tenta de décontracter son corps, un membre après l'autre. Jusqu'ici, elle n'avait commis aucune faute, songea-t-elle. Tout était encore possible. Petit à petit, un plan commença à prendre forme dans son esprit. Les chameaux pourraient venir ici. Elle devrait faire comprendre à Moyo et aux lionceaux que Mama Kitu et Matata étaient des membres de la famille et non des proies, mais elle était certaine que ce serait possible. Oui, ça pouvait marcher.

Cependant, il y avait comme un nœud autour de son estomac. Ses yeux refusaient de se fermer, continuaient à scruter l'obscurité comme si quelque chose d'important pour elle y était dissimulé. Puis une idée lui vint et son corps se raidit. Le plan ne fonctionnerait pas. Elle ne pourrait pas rester seule ici avec George Lawrence, Ndisi et les lions. Élever les enfants, c'était le travail des femmes. Les gens du village ne tarderaient pas à être informés de sa présence et ils voudraient savoir pourquoi elle n'avait ni mère, ni tante, ni grand-mère. Ils diraient qu'il n'y avait personne pour s'occuper d'elle comme il le fallait. Tôt ou tard, quelqu'un le signalerait à la police ou à un ranger. Les yeux grands ouverts, elle contempla fixement la nuit. Si cela arrivait, on l'enverrait en Angleterre, chez cet oncle dont Laura lui avait parlé. Angel avait jeté le passeport, mais quelqu'un finirait par découvrir son existence. Elle sentit le désespoir s'abattre sur elle tel un rapace sur sa proie.

Elle devait trouver un moyen de rester ici. Elle le devait à tout prix. Tandis que cette pensée tournoyait sans fin dans sa tête, elle dirigea son regard vers le feu. Au même instant, Emma releva la tête. La clarté lunaire joua sur ses traits et Angel la regarda comme si elle la découvrait pour la première fois. Et tout à coup, l'évidence lui apparut : Emma était celle qui pouvait lui venir en aide. Avec elle, son plan réussirait. Il suffirait qu'Emma la prenne pour fille. Dans les villages, c'était une chose courante. Si une épouse avait beaucoup d'enfants et que sa sœur n'en avait pas assez, la tante en choisissait un et l'emmenait chez elle pour le nourrir. Si cet arrangement convenait à tout le monde, l'enfant était considéré comme le fils ou la fille de la tante. Emma pourrait continuer à vivre dans sa station de recherche, avec le Massaï. Tout ce qu'elle aurait à faire, ce serait de lui rendre visite de temps à autre au campement, afin que les villageois les voient ensemble. Ou alors, Angel pourrait aller vivre avec elle et le Massaï. Les chameaux se trouvaient déjà là-bas et elle viendrait voir Moyo aussi souvent que possible. Les deux solutions étaient envisageables.

De loin, elle observa Emma, avec un pincement d'angoisse. La jeune femme avait la plupart du temps une expression extrêmement sérieuse. Elle ne devait pas avoir le rire facile. Et elle avait toujours l'air préoccupée, même quand elle ne faisait rien. Elle n'avait peut-être pas le temps de s'occuper d'un enfant. Une autre pensée surgit alors à l'esprit d'Angel et son cœur se glaça. Et si Emma n'aimait pas les enfants ? Si elle ne l'aimait pas, elle ? Tout le monde n'était pas comme les religieuses, qui aimaient toutes leur prochain, en toutes circonstances, se rappela Angel.

Elle s'écarta un peu de Moyo, en prenant soin de ne pas la déranger, et changea de position pour mieux voir Emma. Puis elle se recroquevilla de nouveau sur le côté, la joue posée contre ses mains, le regard fixé sur le cercle pâle du visage de la jeune femme. C'est alors qu'elle se souvint d'une chose que lui avait racontée Zuri.

« Si tu regardes quelqu'un avant de t'endormir, tu emportes son visage dans tes rêves. Tu le gardes en toi. Et quand il se réveillera, il pensera immédiatement à toi. Il voudra devenir ton ami. »

Il parlait d'un ton aussi assuré et ferme que s'il avait lu l'histoire de la nuit dans les traces de pas imprimées sur le sol. Angel n'avait pas douté un seul instant qu'il disait la vérité.

Immobile, elle étudia Emma, forçant ses yeux las à absorber chaque détail de son visage, de son attitude. Elle écouta le murmure de sa voix et enfouit chacune de ses impressions au plus profond d'elle-même. Et c'est seulement quand elle fut certaine de les avoir toutes mémorisées qu'elle laissa ses paupières se fermer peu à peu.

14

Emma accompagna Angel jusqu'à l'entrée de l'enclos des deux lionceaux orphelins, Bill et Ben. À travers les mailles du grillage, elle inspecta le sol nu parsemé de taches d'ombre. Une balançoire fabriquée dans un pneu usé était accrochée à la branche d'un arbre. Non loin de là gisaient une balle confectionnée avec de la toile, réduite en lambeaux, et un vieux panier déchiqueté. Et, au beau milieu de cet espace, comme pour en revendiquer la pleine propriété, les deux petits dormaient dans la douce lumière du soleil matinal, pelotonnés si étroitement l'un contre l'autre qu'ils avaient l'air de ne former qu'un seul et même animal, pareil à un gros tas de fourrure.

Angel serrait contre sa poitrine deux bouteilles de lait. Elle venait de faire sa toilette, en utilisant ce que George appelait sa « douche de brousse » – un récipient au fond percé de minuscules trous, qu'on avait rempli d'eau chaude et suspendu à un arbre. Ses cheveux humides épars sur ses épaules paraissaient plus foncés et plus longs. Elle avait revêtu la tunique et le pantalon qu'Emma avait apportés de la station. Une tenue identique à celle qu'elle portait la veille, mais taillée dans une étoffe teinte à la main dans un arc-en-ciel de nuances pastel. Emma avait été frappée de voir à quel point la fillette paraissait différente dans ces vêtements colorés. Ses yeux semblaient plus bleus, sa peau plus pâle. Lorsqu'elle était sortie de la douche, son linge sale roulé en boule dans sa main, Moyo et les lionceaux l'avaient contemplée d'un air méfiant, comme s'ils avaient du mal à la reconnaître.

Angel tendit l'une des bouteilles à Emma. « Il faut veiller à tenir le biberon bien incliné, de manière qu'ils n'avalent pas d'air. »

Emma arqua les sourcils. « Tu as déjà fait ça ?

— Chez les Sœurs de la Charité. Je les aidais parfois à nourrir les bébés. »

Emma la dévisagea. Des dizaines de questions lui vinrent aux lèvres, mais elle se contraignit à garder le silence, de peur de bouleverser la fillette en faisant resurgir des souvenirs de sa vie au côté de Laura. Depuis son réveil, l'enfant s'était montrée étonnamment amicale et détendue, sans paraître le moins du monde intimidée de se voir entourée d'inconnus. Au contraire, elle avait fait preuve de beaucoup d'assurance et d'autonomie, demandant si elle pouvait se laver, et affirmant qu'elle n'avait besoin d'aucune aide pour utiliser la douche de brousse. Elle avait réclamé de la teinture d'iode et un pansement et avait soigné avec dextérité une entaille sur son gros orteil. Et elle avait mis tant de zèle à aider Ndisi à préparer et à servir le petit déjeuner, puis à débarrasser, qu'elle avait eu à peine le temps de manger elle-même.

« Vous êtes prête ? » demanda la fillette.

Emma posa sur les lionceaux un regard anxieux. Elle avait suggéré que Daniel se charge de cette tâche – après tout, c'était lui le spécialiste – mais Angel avait insisté pour que ce soit elle. « Je veux que vous m'aidiez à nourrir les bébés », avait-elle déclaré, en regardant Emma droit dans les yeux. Emma avait immédiatement accepté, le plaisir d'avoir été choisie l'emportant sur ses appréhensions.

« Ouvrez la porte, reprit Angel. S'il vous plaît. »

Au bruit que fit le cadre en bois en raclant la terre durcie, les deux petites têtes se dressèrent et quatre yeux sombres et ronds se mirent à cligner. S'ensuivit une agitation brouillonne, tandis que les deux lionceaux dépêtraient leurs pattes pour se relever. Ils étaient beaucoup plus petits que ceux de Moyo, à peu près de la taille d'un gros chat. Leurs têtes paraissaient trop lourdes pour leurs corps, leurs pieds trop larges pour leurs pattes ; leur pelage clair était moucheté de taches plus sombres.

D'un même élan, ils trottinèrent vers Emma et Angel, pour s'arrêter à quelque distance d'elles, l'air indécis. L'un d'eux fit un bond d'effroi en apercevant le bout de sa propre queue.

Angel éclata de rire. « Ils commencent tout juste à s'apercevoir qu'ils sont vivants. »

Emma sourit. C'était une description tout à fait appropriée, tant ces deux bébés semblaient encore peu familiarisés avec leur propre corps.

Angel s'accroupit, tenant le biberon à bout de bras. Les deux lionceaux s'élancèrent vers elle d'une démarche pataude.

« Montrez-leur que vous en avez un, vous aussi », dit-elle à Emma.

Celle-ci agita la bouteille sous le nez d'un des petits. « Viens ici. Voilà... » Bientôt, tous deux lui pétrissaient les jambes. Elle les considéra un instant, l'air désemparé, puis coinça le biberon dans la poche de son jean et se pencha pour prendre un lionceau dans ses bras. Ses mains s'enfoncèrent dans le pelage doux et elle sentit le petit corps ferme au-dessous. S'asseyant sur un tronc d'arbre couché à terre, elle installa l'animal sur ses genoux et sortit le biberon. Après quelques secondes de confusion, au cours desquelles chacun d'eux tenta de placer la tétine dans la bonne position, le lionceau commença à boire.

« C'est ça, approuva Angel. Très bien. » Elle prit place à côté d'Emma, le second petit dans son giron, et inclina la bouteille vers sa gueule.

Les deux frères avalèrent gloutonnement pendant un moment, puis se mirent à téter à un rythme plus tranquille.

Emma lança à Angel un regard oblique. La fillette penchait son visage vers la tête du lionceau, ses cheveux effleurant la fourrure.

L'autre s'agita sur les genoux d'Emma, attirant son attention. Il levait les yeux vers elle tout en buvant, émettant de petits soupirs entre chaque gorgée et lui pétrissant les cuisses de ses pattes antérieures. Il lui rappelait le chat de son voisin, à Melbourne. Un énorme matou tigré répondant au nom de Bruno. Elle devait lui manquer, se dit-elle. Après le départ de Simon, elle avait pris l'habitude d'offrir de la nourriture à Bruno, pour l'inciter à venir sur son balcon. Puis elle l'avait laissé entrer dans l'appartement et s'asseoir près d'elle sur le canapé tandis qu'elle lisait ou travaillait, bien qu'elle sût que Simon était allergique aux poils de chat et qu'il faudrait longtemps pour débarrasser la pièce de toute trace d'allergènes. La compagnie du chat avait fini par lui devenir nécessaire. Depuis qu'elle vivait avec Simon, elle avait perdu contact avec ses anciens amis. Il lui aurait paru déloyal de les rencontrer seulement en l'absence de son compagnon et, quand il était là, ils sortaient généralement à deux. Ils n'avaient pas besoin des autres. Emma voyait parfois leurs amis communs lorsqu'elle était seule, mais elle avait toujours l'impression que sa seule présence ne leur suffisait pas, qu'il manquait l'autre moitié. Aussi se contentait-elle la plupart du temps de travailler très tard à l'institut, ou d'aller à la salle de gymnastique, ou encore de passer la soirée chez elle, en solitaire. Elle aurait aimé se suffire à elle-même, à l'instar de Simon, mais, à mesure que les semaines se transformaient en mois, la solitude commençait à lui peser bien plus qu'elle ne voulait l'admettre. Il lui était même arrivé, à deux ou trois reprises, de téléphoner à son père, en se disant qu'elle profitait simplement de l'occasion pour prendre de ses nouvelles, ainsi que le commandait son devoir filial. Ces conversations, comme d'habitude, étaient décevantes, chacun d'eux essayant de protéger l'autre en évitant tous les sujets susceptibles de déclencher des accès d'émotion malvenus. Cela se passait invariablement de la sorte – comme si la souffrance qu'ils avaient autrefois partagée était toujours là entre eux, prête à resurgir et à les déchirer de nouveau. Chaque fois, quand elle avait raccroché, elle s'était sentie encore plus seule.

Emma porta son regard vers la cuisine en plein air, où Ndisi et Daniel coupaient du bois pour le feu. George les regardait, sa pipe à la main. Elle prit brusquement conscience que, depuis son arrivée en Afrique, elle n'était jamais restée seule plus de quelques minutes, sauf la nuit, pendant qu'elle dormait. Elle était passée d'un extrême à l'autre. Mais cela ne l'avait pas dérangée. En fait, elle avait apprécié d'être constamment entourée. Tout naturellement, ses pensées se tournèrent vers Daniel. Il était si gentil envers elle, si ouvert et chaleureux... Il émanait de lui une grande force intérieure, mais Emma n'avait pas, comme avec Simon, le sentiment de devoir se hisser à sa hauteur. Elle savait qu'elle pouvait lui demander son aide, en cas de besoin. La nuit dernière, dans sa case, elle était restée longtemps éveillée, à écouter les bruissements dans le chaume du toit et à surveiller le large interstice sous la porte de crainte qu'un serpent ne se faufile à l'intérieur de la pièce. Il faisait trop chaud pour rester dans le sac de couchage et elle s'était allongée par-dessus, mais elle se sentait extrêmement vulnérable ainsi, sans rien d'autre pour la recouvrir que la soie légère de son pyjama. Elle avait vérifié deux fois de suite que la moustiquaire était bien rentrée tout autour du lit. Scrutant l'obscurité, elle avait commencé à se dire qu'elle n'allait pas dormir de la nuit. Puis elle avait essayé de rester immobile, tous ses muscles relâchés, et de se représenter Daniel reposant sur son lit de camp à quelques mètres d'elle. Si un serpent pénétrait dans la hutte, ou que tout autre danger se matérialisait, elle pourrait l'appeler. Et il accourrait aussitôt, elle le savait. Cette pensée rassurante lui avait permis de sombrer enfin dans le sommeil.

Elle courba son visage vers le crâne du lionceau, laissant le pelage lui effleurer le menton. L'animal sentait la poussière chaude, le miel, et quelque chose d'autre aussi, rappelant l'odeur du poisson... L'huile de foie de morue. De sa main libre, elle lui caressa le flanc. En réponse, le lionceau lâcha la tétine et leva vers elle ses yeux luisants comme du chocolat fondu. Le bout d'une langue rose pointa entre les lèvres ourlées de noir et Emma sourit. Quelques secondes passèrent avant qu'elle ne s'aperçoive que du lait s'écoulait de la bouteille sur son avant-bras. Sans lui laisser le temps de l'essuyer, le petit commença à la lécher, sa petite langue râpeuse allant et venant rythmiquement sur sa peau.

« Ça me chatouille », dit-elle à Angel.

Du coin de l'œil, elle observa la fillette qui donnait toujours le biberon à son protégé, d'une main ferme, en veillant à le laisser correctement incliné. Elle avait la mine grave, profondément concentrée.

Sans quitter le lionceau du regard, Angel murmura : « Ne dites à personne que vous m'avez retrouvée. »

En entendant ces mots, Emma tressaillit. Elle fit semblant d'installer le lionceau plus confortablement sur ses genoux pendant qu'elle cherchait désespérément une réponse.

« Nous y sommes obligés, déclara-t-elle enfin. Nous n'avons pas le choix. »

D'un mouvement brusque, Angel tourna la tête vers elle. Elle regarda la grille, puis la piste menant au campement, comme si elle craignait que quelqu'un ne surgisse pour l'emmener. « Quand arriveront-ils ?

— Ne t'inquiète pas. Nous n'avons encore prévenu personne, la rassura Emma. Mais les gens s'inquiètent à ton sujet. Peut-être te cherchent-ils encore. Nous devons les informer que tu es saine et sauve.

— Pas tout de suite. » Le front lisse de l'enfant se creusa d'un pli implorant. « Pouvez-vous attendre, au moins un jour ou deux ? Je vous en prie. »

La voix d'Angel était empreinte d'un tel désespoir qu'Emma en eut le cœur transpercé. Après tout, songea-t-elle, un peu de temps pour se reposer et se préparer à la suite, quelle qu'elle fût, ce n'était pas trop demander. « D'accord. Mais pas davantage. Ce ne serait pas bien. »

Angel poussa un soupir et ses épaules étroites s'affaissèrent. Retrouvant un air apaisé et détendu, elle abaissa les yeux vers le lionceau en souriant. Emma sentit son malaise s'accroître. La fillette semblait accorder à cette promesse de deux jours de répit beaucoup plus d'importance qu'elle ne l'aurait dû. Elle regretta d'avoir parlé trop vite. « Angel, et ton père ? Crois-tu qu'il sache que tu étais portée disparue ? »

L'enfant secoua la tête. « Il ne sait rien de moi. Absolument rien. » Elle parlait d'un ton si désinvolte qu'Emma eut l'impression qu'elle avait déjà donné cette réponse des centaines de fois. « Laura a rencontré Michael lors d'une réception à Nairobi. Ils ont été amis pendant quelque temps et ensuite, il a poursuivi son voyage. Je ne connais même pas son nom de famille. » Regardant Emma, elle ajouta : « Je n'ai pas de frères ni de sœurs non plus. Il n'y avait que Laura et moi, et les chameaux. Personne d'autre. »

Emma se sentait complètement dépassée. Ne voulant pas poursuivre cette conversation hors de la présence de George et Daniel, elle feignit une fois de plus de s'occuper du lionceau, qui s'était assoupi.

« Dois-je le réveiller pour qu'il finisse son biberon ? s'enquit-elle.

— Oui. Sinon, le lait sera perdu. »

Emma secoua doucement l'animal qui rouvrit les yeux. Elle frotta la tétine contre ses lèvres jusqu'à ce qu'il se remette à téter. En relevant la tête, elle fut soulagée de voir George s'approcher de la porte. Après avoir pénétré dans l'enclos, il vint se poster devant elles et observa les lionceaux vider leurs bouteilles jusqu'à la dernière goutte.

« Je me faisais beaucoup de souci pour ces deux-là, déclara-t-il. Il n'y a aucun groupe dans la région auquel ils pourraient s'intégrer. Mais, maintenant que Moyo est là, ces petits vont pouvoir se joindre aux siens. » S'adressant à Angel, il poursuivit : « Tu pourras les y aider. Les trois autres lionceaux te respectent et tu pourrais peut-être les persuader d'accepter les bébés parmi eux. Mais cela demandera un certain temps. »

Emma le regarda en fronçant les sourcils et secoua imperceptiblement la tête, de manière qu'Angel ne le remarque pas. Il parlait comme si la fillette allait demeurer ici indéfiniment, alors qu'il devait pourtant savoir que ce n'était pas possible. Elle tourna son regard en direction de Ndisi, qui était assis près du feu, occupé à décortiquer des cacahuètes.

« Peux-tu rapporter les biberons à Ndisi ? demanda-t-elle à la fillette. Je suis sûre qu'il apprécierait que tu l'aides à éplucher les arachides. »

Angel acquiesça avec autant d'enthousiasme que si on lui avait proposé une friandise. Quand elle eut quitté l'enclos, une bouteille dans chaque main, Emma reporta son attention sur George.

« Il faut que je vous parle. »

Ils venaient juste d'entrer dans la salle à manger quand Daniel fit son apparition. Il était allé dans la case de George afin de contacter Ndugu par radio.

Emma l'interrogea du regard quand il les rejoignit à la table. George posa sa pipe, à moitié remplie de tabac et éteinte.

« Ndugu est revenu à la station, les informa Daniel. Les chameaux sont en bonne santé. Le pied de Mama Kitu cicatrise bien. » Il adressa un bref sourire à Emma avant de reprendre : « Il s'est arrêté à Malangu en rentrant d'Arusha. Tout le monde parlait de la femme blanche qui était morte et de son enfant.

— Et que disait-on, au sujet d'Angel ? demanda Emma.

— Que nul ne s'attendait à retrouver le moindre reste de la petite. Ndugu a entendu dire que le frère de la défunte était arrivé d'Angleterre pour rapatrier le corps. »

Elle le regarda en silence tandis qu'elle assimilait le sens de ces mots. Cet homme était donc le plus proche parent d'Angel. Et de toute évidence, il était suffisamment attaché à Laura – et, pouvait-elle présumer, à la fille de celle-ci, sa nièce – pour venir jusqu'ici toutes affaires cessantes.

« Il ramènera Angel avec lui », dit-elle, l'estomac noué par quelque chose qui ressemblait presque à de la peur. Elle porta son regard par-delà les palmes effilochées bordant l'auvent. Le soleil était déjà brûlant et projetait des ombres bien dessinées. L'air chaud pesait sur sa peau comme une chape. Elle se représenta le corps de Laura, déposé au fond d'une tombe froide dans un cimetière détrempé de pluie. Elle imagina Angel, seule dans une cour d'école bitumée bordée de trottoirs en béton, si loin de ses chameaux. Elle se demanda si l'oncle avait une épouse ou une compagne, si Angel aurait une mère adoptive. Peut-être y avait-il aussi des enfants... Un sombre pressentiment s'empara d'elle. La fillette aurait-elle toute sa vie, comme elle-même, l'impression d'être de trop, de ne pas être vraiment à sa place ? Mais les choses ne se passeraient pas forcément ainsi, se dit-elle. Chacun suivait sa destinée et l'histoire d'Angel ne ressemblerait pas nécessairement à la sienne.

« Nous allons devoir prévenir la police », reprit Daniel.

Emma se tourna vers lui. « Angel m'a demandé si nous pouvions attendre un ou deux jours avant de contacter qui que ce soit. Et j'ai dit oui.

— Je l'espère bien ! s'exclama George. Elle sort tout juste de la brousse. On ne devrait pas la forcer à affronter le monde tout de suite. Si c'était un de mes lionceaux, je la garderais ici pendant quelques semaines, pour qu'elle puisse récupérer en toute tranquillité. » Il s'interrompit, l'air brusquement incertain. « Mais si son oncle est ici, nous devons l'informer que nous l'avons retrouvée avant qu'il ne quitte le pays. »

Emma gratta le dessus de la table du bout de son ongle. Elle savait que l'attitude la plus sensée consistait à prévenir immédiatement les autorités. En ne le faisant pas, ils risquaient même de se mettre en infraction avec la loi. Mais elle gardait en mémoire l'expression implorante d'Angel. Et elle lui avait fait une promesse. Tout à coup, elle sut qu'elle ne pouvait pas manquer à cet engagement. « Il *faut* lui accorder ces deux jours.

— C'est entendu, répondit Daniel. Nous contacterons les policiers demain, en fin de journée, quand il fera presque nuit. Ils pourront l'annoncer à son oncle, mais il sera trop tard pour qu'ils viennent la chercher avant le lendemain. »

Angel apparut soudain à l'entrée de la case. Ses pieds nus n'avaient fait aucun bruit sur le sable et les trois adultes ne l'avaient pas entendue approcher. Ils la contemplèrent en silence.

« Où est mon tricot ? » demanda-t-elle à Emma, d'une voix joyeuse qui dissipa aussitôt la tension. « Je veux montrer à Ndisi comment on s'y prend. »

Emma sourit, imaginant le cuisinier en train de s'escrimer avec les aiguilles. « Il est là-bas, dit-elle en montrant le panier sur le buffet.

— Merci. » La fillette lui décocha un sourire et courut chercher son ouvrage. Puis elle ressortit en un éclair, serrant contre elle l'écharpe en laine rouge.

Dans la cuvette, l'eau était devenue grise et une couche de poussière épaisse s'était déposée dans le fond. Emma tordit la tunique d'Angel entre ses mains et la trempa une nouvelle fois avant de l'essorer. Elle n'avait pas l'habitude de faire la lessive à la main – chez elle, tout ce qui ne pouvait pas être lavé à la machine allait chez le teinturier –, mais, au bout de deux rinçages, elle avait enfin réussi à ôter la plupart des taches et elle en éprouvait un sentiment surprenant de satisfaction. Tenant le vêtement humide, elle se dirigea vers l'arbre près de la case qui leur servait de salle à manger et, enroulant les manches autour des branches, le suspendit pour le faire sécher. Elle s'occupa ensuite du pantalon. Quand il eut à son tour été consciencieusement nettoyé, elle le secoua pour défroisser les jambes et l'étendit sur un buisson. Elle recula de quelques pas et contempla les vêtements. Ils avaient l'air si petits, si fragiles, d'une certaine manière, comme s'ils étaient faits d'autre chose que de coton tissé à la main. Même mouillés, ils semblaient garder la forme du corps de la fillette et cette vision provoqua en elle un petit pincement de regret. Elle savait qu'elle n'aurait jamais d'enfant à elle, jamais de fille qui porterait de petits vêtements comme ceux-là. Il ne lui arrivait pas souvent d'y penser. La décision avait été prise une fois pour toutes, il n'était pas nécessaire d'y revenir sans cesse. Mais, devant les habits d'Angel, elle se surprit à s'interroger sur les raisons de ce choix. La réalité, c'était qu'il n'y avait pas de place pour un bébé, dans sa vie. Elle avait défini ses priorités en décidant, à l'âge de seize ans, de suivre les traces de Susan. Pour y parvenir, elle avait dû se concentrer obstinément sur ses études, au lycée puis à l'université, jusqu'au troisième cycle de spécialisation. À présent, c'était à son travail à l'institut qu'elle consacrait son temps. Lorsqu'elle avait rencontré Simon, chacun d'eux avait reconnu en l'autre la même ambition, le même souci de faire passer sa carrière avant tout – c'était l'une des raisons pour lesquelles ils s'étaient si bien entendus. Cependant, quand elle l'avait connu un peu mieux, elle avait compris que le refus de fonder une famille, chez lui, n'était pas uniquement motivé par les contraintes professionnelles. Simon n'aimait pas les enfants. Il avait toujours eu l'impression d'être une gêne pour ses parents et il croyait qu'un enfant jouerait fatalement le même rôle dans sa vie. Emma savait qu'il ne changerait jamais. C'était une chance que cette décision lui convienne également, s'était-elle dit jusque-là. Mais maintenant, tandis que, sous le soleil éclatant, elle tendait une main vers le pantalon pour en lisser les plis, elle éprouvait un lancinant sentiment de perte.

Des éclats de rire lui parvinrent de l'autre bout du campement, où Daniel et Angel jouaient à cache-cache avec les lions. Elle s'essuya les mains sur le fond de son jean et s'approcha pour les observer. Angel poursuivait l'un des petits de Moyo. Pas très loin, elle entrevoyait le contour de la tête et des épaules de Daniel derrière un gros buisson. Moyo s'avançait furtivement vers lui, aplatie contre le sol, les yeux réduits à des fentes. Bientôt, Emma le savait, elle bondirait sur lui. Puis tous deux se livreraient à un simulacre de lutte jusqu'à ce que Daniel finisse par s'échapper et rejoindre Angel, tout essoufflé et rieur. Au début, c'était à peine si Emma avait osé regarder, mais le jeu durait depuis près d'une heure, sans que Moyo ait jamais sorti les griffes, ni montré les dents, ni écrasé son partenaire sous son poids.

Daniel était torse nu, comme la fois où il avait opéré Mama Kitu. Le soleil miroitait sur sa peau, soulignant les reliefs de son corps. À côté de lui, Angel avait un air presque éthéré, avec ses membres frêles, ses cheveux et sa peau clairs.

Brusquement, Moyo se jeta sur Daniel, le renversant au sol. Ils simulèrent un combat et Angel s'esclaffa de nouveau. Emma se rapprocha encore pour mieux voir son visage. Nul n'aurait pu deviner que, quelques jours plus tôt seulement, elle avait enterré sa mère de ses propres mains. Elle ressemblait à n'importe quelle petite fille insouciante et heureuse. Emma croisa les bras sur sa poitrine, tandis qu'un frisson de douleur la parcourait. Elle se rappelait ce que recouvrait ce besoin de rire – la nécessité désespérée de combler le silence glacial à l'intérieur de soi. Quand on y cédait, les gens vous regardaient avec l'air de dire : « Comment peux-tu sourire, rire, t'amuser, alors que ta mère est morte ? »

Il suffisait de se couper en deux. L'une de vous mangeait, bavardait, s'habillait et riait. L'autre attendait, silencieuse, dans le froid et le noir. Celle-là avait envie d'être morte, elle aussi, pour ne plus se souvenir, ne plus connaître ces moments où la réalité la frappait de plein fouet, l'écrasant sous son poids. Susan ne reviendrait jamais. Celle qu'elle appelait maman était partie à tout jamais. Emma Lindberg n'avait plus de mère. L'instant de son réveil était le pire. Chaque matin était une torture.

Et puis, il y avait son père. Les sourires d'Emma, quand elle parvenait à s'en arracher un, paraissaient être pour lui aussi vitaux que l'air. Dès le moment où les deux hommes du Centre de contrôle des maladies étaient venus le voir – conférant à voix basse dans le bureau, puis le laissant en ressortir seul pour annoncer la nouvelle à sa fille –, il avait été clair que ce qu'il désirait par-dessus tout, c'était de savoir qu'Emma tenait le coup. Quand elle pleurait, même tout bas, il s'effondrait. Et le chagrin d'Emma se transformait alors en angoisse. Il avait toujours été un homme calme et fort. Quand il tombait à genoux sur le sol en sanglotant, elle ne le reconnaissait plus. Elle avait l'impression d'avoir aussi perdu son père.

Les sourires forcés, les rires de comédie, avaient rempli leur rôle. Son père était retourné au travail et elle, en classe. Les gens avaient recommencé à la traiter normalement. Et, avec le temps, elle s'était adaptée à cette nouvelle vie.

Emma pressa ses doigts sur ses lèvres, regardant devant elle sans rien voir. Elle n'avait jamais vraiment versé de larmes sur Susan – pas ouvertement, en tout cas, ni sans retenue. Au fil des ans, chaque fois qu'elle avait eu un prétexte pour pleurer à cause d'autre chose, elle avait eu l'impression de se délester d'une petite partie de son fardeau. Mais elle sentait encore au fond d'elle-même le poids de plomb de toutes ces larmes réprimées.

« Ils s'amusent bien. » La voix de George résonna tout à coup à côté d'elle, sans qu'elle l'ait entendu arriver.

Chassant ses pensées, elle se tourna vers lui et parvint à sourire. « Ils devraient pourtant être épuisés, à présent. »

Le vieil homme lui rendit son sourire. Il observa la scène encore un moment, puis, pointant sa pipe en direction de Daniel, il déclara : « C'est un bel homme. Fort, intelligent aussi. Et très joueur. C'est pour cela que Moyo l'aime bien. »

Emma sentit ses joues s'empourprer, à l'idée que George avait deviné ce qu'elle éprouvait vis-à-vis de Daniel – qu'il savait qu'elle voulait continuer à le contempler et à l'écouter, rester près de lui. Elle se contraignit à prendre un ton désinvolte : « Ainsi, Moyo aurait reconnu chez lui toutes ces qualités ?

— Oh, oui. Une lionne manifestera toujours une préférence pour un bel homme qui sait s'amuser. Et bien entendu, elle l'appréciera d'autant plus s'il possède un corps robuste, comparable au sien », ajouta-t-il avec un geste du menton en direction de Moyo. On devinait, sous le pelage, les contours de chacun de ses muscles. Ils paraissaient tendus et durs comme le roc.

« Elle a l'air en pleine forme, remarqua Emma.

— Elle est magnifique, répondit George d'une voix empreinte de fierté. C'est sans doute du parti pris, mais je considère les lions comme les plus impressionnants de tous les animaux. Ils sont loyaux, courageux, intelligents. Ils possèdent des sens que nous avons perdus, vous savez. »

Emma arqua les sourcils d'un air interrogateur.

« Ils peuvent lire dans nos pensées, j'en suis persuadé.

— Que voulez-vous dire ?

— Je vais vous donner un exemple. Deux ou trois fois par an, je me rends à Arusha ou à Nairobi. Le jour où je rentre au campement, généralement dans la soirée, au moins un ou deux de mes lions font leur apparition. Souvent, je ne les ai pas vus depuis un bon moment et ils ne se trouvaient pas dans les parages au moment de mon départ. Mais ils savent que je suis de retour et ils viennent me souhaiter la bienvenue. »

Emma ne dit rien, pour ne pas avoir l'air cynique.

« Vous pensez qu'ils m'ont aperçu sur la route, ou qu'ils ont entendu du bruit, poursuivit George. Mais ce n'est pas le cas. Certains d'entre eux ont parcouru de longues distances. Ils se sont mis en route avant même que j'entame le trajet de retour. »

Il parlait avec conviction, mais sans aucune agressivité. Emma eut le sentiment qu'il ne se souciait pas qu'elle le crût ou non. Bizarrement, cette indifférence conférait plus de poids à ses affirmations.

« Et quelles autres facultés possèdent-ils encore ? » s'enquit-elle. L'image de son chef de laboratoire secouant la tête d'un air réprobateur traversa brièvement son esprit. Quels que soient les arguments de l'homme aux lions, ils ne pourraient jamais être démontrés de manière irréfutable.

« Comme je vous l'ai dit à votre arrivée, je n'aime pas voir des touristes débarquer ici. Ça perturbe les lions et le camp n'est pas un zoo. Mais des gens m'écrivent régulièrement pour me proposer leur aide. La plupart ne viennent jamais, mais quelques-uns tiennent promesse. Elizabeth a été la dernière. C'était une ravissante Américaine. Elle a passé plusieurs mois ici, à rédiger des rapports pour les donateurs et à mettre les comptes à jour. La situation était complètement embrouillée, mais elle a remis de l'ordre dans tout ça. » L'expression du vieil homme reflétait une tendresse comparable à celle qu'on y lisait quand il parlait de Moyo, songea Emma. Elle repensa à la jeune femme aux cheveux bouclés sur les photos de la salle à manger et devina qu'il s'agissait d'elle. « Elizabeth semblait renfermer en elle une grande tristesse. Elle avait l'air un peu perdue. En partant, elle m'a dit que les lions l'avaient guérie. On pouvait voir que c'était vrai. Et ce n'est qu'un exemple parmi beaucoup. » Il s'interrompit pour dévisager Emma. « Ce sont les lions qui attirent les gens ici. Personne ne vient au camp par hasard. »

Emma se sentit mise à nu, comme si George savait tout d'elle et avait diagnostiqué que, à l'instar d'Elizabeth, elle souffrait d'une sorte de détresse psychologique.

« Daniel et moi appartenons à une autre catégorie, objecta-t-elle. C'est Angel qui nous a amenés ici.

— Mais c'est ici que Moyo conduisait la petite », rétorqua le vieil homme, plongeant son regard dans le sien.

En scrutant ses yeux d'un bleu délavé, elle sentit quelque chose vaciller tout au fond d'elle-même, comme si le sol se dérobait brusquement sous ses pieds. C'était une sensation extrêmement troublante et elle refoula à grand-peine son envie de s'agripper à la branche de l'arbre le plus proche pour maintenir son équilibre.

George lui adressa un petit sourire et s'éloigna. Elle entendit le grincement d'un couvercle métallique qu'on dévissait, puis le parfum de miel et de raisins secs du tabac à pipe s'éleva dans l'air.

Penchée sur une énorme patate douce toute bosselée, Emma en détachait de longs rubans de peau violette au moyen d'un économe, exposant la chair blanche. Elle éprouvait une vive satisfaction en voyant le légume changer peu à peu de couleur sous le mouvement rythmé de ses mains. Elle ne ressentait pas le besoin de se dépêcher ; l'atmosphère détendue qui régnait dans le campement avait commencé à la gagner. Elle savourait la chaleur du soleil sur son dos et le doux gazouillis des oiseaux dans les buissons. De quelque part derrière la salle à manger lui parvenait le chant d'un coq – un cocorico dénué d'enthousiasme, comme si le volatile venait tout juste de se réveiller. En levant les yeux, elle vit Moyo et ses petits se prélassant à l'ombre. George, Daniel et Ndisi se tenaient près du vieux Land Rover qu'ils avaient utilisé la veille ; le capot était relevé et ils réparaient quelque chose, avec des gestes dénués de hâte. Angel était assise non loin d'elle, son tricot entre les mains ; l'extrémité de l'écharpe lui touchait les genoux.

Emma se tourna pour l'observer. La fillette suçait le bout d'une mèche de cheveux – celle-ci lui barrait la joue et disparaissait au coin de sa bouche. Avec une pointe de nostalgie, Emma se rappela la sensation précise qu'elle éprouvait jadis en passant sa langue à travers les cheveux ou sur les pointes qui la chatouillaient.

Angel redressa la tête, comme si elle avait senti son regard sur elle. « Merci d'avoir lavé mes vêtements, Emma. C'est très gentil à vous.

— Ce n'est rien », répondit Emma, surprise par cette démonstration de politesse. L'image qu'elle s'était faite de Laura n'était pas exactement celle d'une mère soucieuse d'inculquer les bonnes manières à sa fille. Mais, se rappela-t-elle, Angel avait grandi en Afrique, où la courtoisie était toujours de mise.

« J'aurais pu le faire moi-même, vous savez, reprit la fillette. Je sais cuisiner et faire le ménage. Je sais aussi réparer tout ce qui est cassé. Et chez les Sœurs de la Charité, je cousais des brassières pour les bébés malades.

— Les Sœurs de la Charité, répéta Emma. C'est un hôpital ? »

Angel acquiesça. « Oui, dans le village du figuier. C'est là que je suis née.

— Donc, vous habitiez là-bas ? demanda Emma d'un ton circonspect.

— Non, nous allions seulement voir les sœurs quand nous avions besoin de médicaments. Nous n'habitions nulle part. Nous allions d'un village à l'autre, pour soigner les gens en train de mourir du cancer ou du sida. Ils vivaient dans des endroits où il n'y avait ni dispensaire ni hôpital. Ils n'avaient que nous.

— Et tu aidais ta mère. »

La fillette hocha la tête. « Je comptais les comprimés. Je tenais la calebasse pour les faire boire. Je leur lavais la figure et je leur chantais des chansons. Nous leur tenions compagnie jusqu'à la fin, pour qu'ils ne se sentent pas délaissés. C'était ça, notre travail. »

Emma en resta bouche bée. Angel n'avait pas seulement vécu avec une mère travaillant dans une des régions les plus reculées d'Afrique, elle avait été son assistante. Elle se représenta Laura et l'enfant œuvrant côte à côte, soulageant des malades en phase terminale, demeurant près d'eux jusqu'à l'instant de leur mort. Les recherches d'Emma l'avaient de temps à autre conduite dans des hospices et, en dépit de tout ce que la médecine moderne pouvait offrir, elle avait parfois assisté à des scènes très éprouvantes. Elle osait à peine s'imaginer ce que cela devait être dans un village de brousse.

« Cela ne t'effrayait pas ? » demanda-t-elle, étudiant avec attention le visage de l'enfant comme pour y chercher la trace des souffrances dont elle avait été le témoin.

« Quelquefois. Mais quand ça arrive, il faut simplement être courageuse. De toute façon, Laura avait besoin de moi. Il y avait des tas de choses à faire. Parfois, on fabriquait nous-mêmes les médicaments. La morphine entraîne une constipation et on n'avait pas de cachets pour ça. Mais on peut faire sécher des pépins de papaye et les moudre. C'est très efficace. On peut aussi préparer un remède à base de frangipanier. Ou encore demander des plantes au *laibon.* »

Emma l'écoutait, de plus en plus abasourdie. Angel racontait tout cela d'une voix neutre, utilisant les termes médicaux d'un ton parfaitement naturel, comme si ce qu'elle avait vécu n'avait rien d'inhabituel. Une fois de plus, elle fut tentée de blâmer Laura d'avoir fait passer son travail avant ses devoirs de mère. Mais quand elle songeait à toute cette douleur que la jeune femme avait contribué à alléger, les priorités ne lui apparaissaient plus avec autant de netteté. Elle se remémora l'expression sur le visage de Daniel lorsque, assis à côté d'elle dans le Land Rover, il lui décrivait l'agonie de Lela. En esprit, elle vit le minuscule nouveau-né, gris et flasque. Elle pensa à sa mère, qui avait consacré sa vie à tenter d'empêcher de telles tragédies. En cela, Susan avait beaucoup de points communs avec Laura. Aurait-elle dû faire passer le bien-être d'Emma en premier ? Laura aurait-elle dû faire le même choix vis-à-vis d'Angel ? À combien de morts le bonheur d'un enfant équivalait-il ? Emma secoua la tête. Elle n'aurait pas su répondre à cette question. Et, de toute manière, comment mesurer le bonheur ? Elle se remémora la façon dont Angel avait prononcé les mots « nous », « notre travail », une note de fierté dans la voix, et fut submergée par un puissant sentiment d'envie. Comme cela avait dû être extraordinaire, pour la mère et la fille, de partager des expériences aussi fortes, les joies et les triomphes comme les tragédies. Mais, par-dessus tout, elles avaient eu le bonheur de demeurer constamment ensemble. À cette pensée, l'envie mordit de plus belle le cœur d'Emma. Il lui vint à l'esprit que c'était peut-être justement cela qui conférait au destin d'Angel une autre trajectoire que le sien : ces années où elle avait vécu si proche de sa mère, participant à toutes ses tâches, dans une intimité qu'Emma n'avait jamais connue avec Susan.

« Avez-vous ouvert les sacs de selle ? » demanda soudain la fillette, interrompant le fil de ses pensées. « Pour trouver mes affaires ? » ajouta-t-elle en montrant ses vêtements, déjà maculés de terre et parsemés de poils dorés.

« C'est Matata qui les a ouverts, répondit Emma. Il a tout répandu dans la cour. Daniel a été obligé de le gronder.

— Il a toujours été espiègle, déclara Angel en gloussant de rire. Quand pourrai-je les voir, Mama Kitu et lui ? reprit-elle, le visage brusquement tendu.

— Bientôt.

— Vous ne les laisserez pas m'emmener avant que je les aie revus ? »

Emma fut saisie d'un élan de compassion envers la petite fille, qui acceptait sa situation avec tant de courage. « Tu les verras. » À l'instant même où elle prononçait ces mots, elle se rendit compte qu'elle venait de faire une nouvelle promesse et elle espéra être en mesure de la tenir.

« Il y avait des objets vraiment précieux, dans l'un des sacs, reprit Angel d'une voix anxieuse. Vous les avez vus ?

Un collier de perles et un chasse-mouches fabriqué avec une queue de lion ?

— Ne t'inquiète pas, ils sont en sécurité. »

L'enfant poussa un soupir de soulagement. « Ils appartenaient à Walaita. Avant sa mort, nous lui avions promis de les apporter au *manyata* de son frère, au pied d'Ol Doinyo Lengaï. C'est là que nous allions, Laura et moi, quand... elle a été mordue. Nous n'avons même pas vu le serpent... » Sa voix trembla puis s'éteignit, et elle serra les lèvres avec force.

Emma posa une main sur son épaule et sentit sous ses doigts les os incroyablement menus et fragiles. Elle ne savait pas si elle devait encourager l'enfant à parler de ce qui s'était passé, ou tenter de la détourner de ce sujet douloureux, mais ce fut Angel qui trancha.

« Vous avez presque fini d'éplucher les patates, dit-elle. Avons-nous autre chose à faire ? »

Emma remarqua qu'elle l'incluait dans la question et se sentit, une nouvelle fois, inondée de joie. « Allons demander à Ndisi, répondit-elle, en laissant retomber sa main.

— Il est content qu'on soit là, reprit Angel. Il a besoin d'aide pour entretenir le campement. »

Emma posa sur elle un regard incertain. Elle avait l'impression que la fillette essayait de faire passer un message, sans qu'elle puisse le déchiffrer clairement.

Angel se releva. « Venez », dit-elle en lui tendant la main, comme si Emma était une enfant réticente qu'il fallait enjôler.

En prenant sa main, Emma eut une soudaine impression de déjà-vu. Un souvenir surgit à son esprit – mais dans ce souvenir, la petite main était la sienne, fermement tenue par une main plus grande et plus forte. Elle se rappelait comment elle s'y était agrippée, en souhaitant désespérément ne jamais la lâcher. Elle vit toute la scène se dérouler dans sa mémoire, comme une séquence de film. Susan détachait un à un ses doigts des siens, se penchant vers elle et chuchotant à son oreille.

« Ne fais pas d'histoires, ma chérie. Maman doit aller travailler. Mais je reviendrai bientôt.

— Et si tu ne reviens pas ? » Emma s'entendit formuler la question de sa voix d'enfant, se rappela la peur confuse que lui inspirait cet endroit inconnu où se rendait Susan, « l'étranger ». Elle l'imaginait comme un lieu secret et ténébreux. Si sa mère se perdait là-bas, personne ne pourrait la retrouver et la ramener à la maison.

Susan sourit : « Je reviens toujours, tu le sais bien. »

Emma chassa ce souvenir. Une fois de plus, elle eut le sentiment qu'en venant en Tanzanie, elle avait déclenché un bouleversement qu'elle ne pouvait plus maîtriser. Pensées et souvenirs affluaient en elle de façon imprévisible, apportant plus de questions que de réponses. Comme si chaque fait avait été placé sous un microscope électronique et qu'elle ne pouvait contrôler ni la résolution ni l'angle de vue. Son attention était sans cesse détournée de la mère dont elle croyait se souvenir. À la place de celle-ci, elle voyait une femme tellement dévouée à son travail qu'elle avait exclu sa fille unique de ce qui constituait le centre réel de sa vie. Et c'était l'exemple donné par Susan, Emma en avait maintenant conscience, qui avait façonné ses relations avec les personnes qui comptaient le plus dans sa vie : elle avait toujours choisi des gens qui ressemblaient à sa mère. Elle essayait elle-même de lui ressembler. Parce que se comporter différemment aurait impliqué que Susan n'était pas la mère sage et parfaite de ses rêves.

À présent, un nouvel élément était entré en jeu. La présence d'Angel allait encore accroître la complexité du puzzle qu'elle tentait de reconstituer. Emma soupira, tentant de dissiper la tension qui s'était emparée d'elle. Elle espérait que le processus prendrait fin quand elle rentrerait chez elle, qu'elle retrouverait sa vie bien rangée, le travail qui devait s'être accumulé sur son bureau en son absence. Alors, avec le recul, elle réussirait peut-être à donner un sens à tout ça. Peut-être même le devrait-elle à ce détour inattendu dans son voyage. Elle referma sa main autour des doigts frêles d'Angel et, ensemble, elles se dirigèrent vers le fond de la cour.

Une petite créature à fourrure pareille à un écureuil gris était assise au milieu de la table de la salle à manger, se grattant les oreilles à l'aide de ses minuscules pattes. Emma tenta de repousser la pensée qu'elle abritait peut-être des poux. George ouvrit la boîte de friandises et en fit tomber quelques cacahuètes. Le petit animal se rua vers lui et se redressa pour se mettre à danser sur ses pattes postérieures. Puis il saisit une arachide entre ses pattes antérieures et commença à la grignoter. Emma ne put s'empêcher de sourire devant ses facéties, même si elle aurait préféré qu'il ne s'y livre pas sur la table. Elle jeta un regard à Angel, assise en face d'elle, pour voir si elle observait également le rongeur, mais sa tête blonde était penchée sur son cahier d'exercices. Ses cheveux tombaient sur les pages, dissimulant ce qu'elle était en train de faire. Toutefois, il était facile de le deviner. Elle changeait sans cesse de crayon de couleur et les mouvements de son coude indiquaient qu'elle dessinait à longs traits vigoureux.

Emma se tourna de nouveau vers l'écureuil, juste à temps pour le voir gober le dernier éclat de cacahuète et détaler le long de la table, puis sauter sur le bras de George et s'en servir comme d'une rampe pour atteindre la chaise. L'instant d'après, l'animal avait disparu. En reportant ses yeux sur la table, Emma constata qu'il avait laissé derrière lui de petites crottes brunes. George ne semblait pas l'avoir remarqué. Plongeant la main dans son sac, elle en sortit deux lingettes, en utilisa une pour ramasser les déjections, l'autre pour nettoyer le bois. Heureusement, il était peu probable, d'après les recherches minutieuses effectuées par Daniel, que ce genre d'animal serve d'hôte au virus Olambo. Elle s'interrogea sur les lions, se rappelant qu'il n'avait pas encore fait de test sur les grands mammifères, avant de se souvenir que les employés du camp avaient été épargnés par l'épidémie.

Un bruit de papier déchiré attira son attention. Angel lui tendait une feuille qu'elle venait de détacher de son cahier. « C'est pour toi, dit-elle en la faisant glisser à travers la table. Tu veux bien que je te tutoie ? »

Emma acquiesça et contempla en silence son portrait. On la reconnaissait immédiatement. La fillette y démontrait le même talent que sur le dessin qu'elle avait intitulé « Ma famille », où elle s'était représentée en compagnie de Laura et des chameaux. Les cheveux d'Emma, noirs et épais, lui retombaient sur les épaules. Ses yeux étaient très grands, sa bouche rouge. Manifestement, Angel s'était efforcée de la rendre belle. Elle avait également modifié la façon dont elle était habillée. Sur le dessin, elle portait une tunique et un pantalon, ainsi que de nombreux bracelets. Elle occupait tout le centre de la page, la tête tout près du bord de celle-ci, les pieds touchant presque le bas de la feuille. Il émanait de son attitude une impression de puissance et de force.

« Merci, murmura Emma. Il me plaît beaucoup. Personne n'avait encore dessiné mon portrait. »

Un sourire illumina le visage de la fillette. « Jamais ? De toute ta vie ?

— Jamais », lui confirma Emma.

Angel prit un air satisfait. Puis elle lui fit signe de lui rendre le dessin. « Je veux y ajouter quelque chose, expliqua-t-elle en souriant. Mama Kitu. »

À la fin de la journée, ils s'assirent de nouveau sur le sol pour prendre leur dîner, comme s'ils se conformaient à une tradition établie de longue date. Emma se retrouva installée à côté de Moyo, l'une des énormes pattes de la lionne posée tout près de son genou. De temps en temps, Emma la contemplait d'un œil incrédule. Comment pouvait-elle rester tranquillement assise à portée de ces redoutables griffes ? Mais ce sentiment se dissipa bien vite, effacé par l'aura de douceur qui environnait la lionne.

Ce soir-là, ils eurent droit à des bols et des cuillères, et l'on entendait le métal cliqueter sur l'émail tandis qu'ils dévoraient tous les cinq avec appétit. La nourriture était des plus frugales – patates douces et haricots rouges cuisinés avec de la tomate et un peu de sel. Mais Emma fut frappée par la façon dont cette association très simple rehaussait la saveur de chaque aliment. Elle ne s'arrêta pas de manger avant que son bol soit vide. Ensuite, elle s'essuya les mains sur son jean, avant de poser ses paumes sur ses joues. Elle avait oublié d'appliquer de l'écran solaire aujourd'hui et son visage lui cuisait. S'apercevant que Daniel l'observait, elle lui adressa un sourire penaud.

« J'espère que ma peau ne va pas partir en lambeaux, comme celle du Hollandais dont vous m'avez parlé. »

Il sourit. Elle se demanda si, comme elle, il se rappelait leur première conversation et songeait à tout ce qui était arrivé depuis.

« Tu vas peut-être brunir, déclara Angel. Et après, tu seras comme moi.

— Pas vraiment, répondit Emma. Mes cheveux ne sont pas de la bonne couleur.

— Vous savez, mes cheveux étaient autrefois aussi bruns que les vôtres », intervint George en pointant sa pipe vers elle.

Elle contempla les longues boucles blanches entourant le visage à l'ossature délicate. Il avait l'air d'un ancien prophète tout droit sorti d'une illustration de la Bible. Et cette apparence majestueuse lui convenait si bien qu'il était pratiquement impossible de l'imaginer sous les traits d'un jeune homme. « Où êtes-vous né ? lui demanda-t-elle.

— Ici, en Tanzanie. Évidemment, ça s'appelait le Tanganyika, à cette époque. Je suis un Africain blanc, comme toi », ajouta-t-il, avec un sourire à l'adresse d'Angel.

Il se mit ensuite à leur raconter des histoires sur son enfance dans une plantation de café sur les contreforts du Kilimandjaro. Il avait été un fervent chasseur jusqu'au jour où il avait décidé qu'il ne tuerait plus jamais aucun animal, sauf pour se nourrir ou nourrir ses lions. Il leur confia même qu'il avait été jadis amoureux d'une femme rencontrée à Nairobi, mais qu'il ne l'avait finalement pas épousée, parce qu'il avait compris qu'elle ne souhaitait pas vivre de façon permanente en Afrique. Ndisi écoutait avidement : manifestement, il n'avait jamais entendu son employeur se livrer de la sorte. Emma supposa que la présence d'un enfant parmi eux avait réveillé des souvenirs enfouis dans la mémoire du vieil homme – tout comme cela avait été le cas pour elle.

Quand toute la nourriture eut été engloutie, ils restèrent assis en cercle sur les tapis, à siroter du thé au miel, dans une atmosphère sereine. Bientôt, il fut temps d'aller se coucher.

« Et si tu dormais dehors avec nous, ce soir ? suggéra Angel à Emma. Comme ça, tu ne serais pas toute seule. »

Elle émit cette proposition comme s'il était évident que la compagnie était préférable à la solitude. Emma réfléchit un instant avant de répondre. Elle aimait l'idée d'avoir un toit au-dessus de la tête, mais le dîner s'était déroulé dans un tel climat d'intimité qu'elle n'avait pas envie de se couper des autres. Elle regarda Daniel, de l'autre côté du cercle. Elle se représenta son lit installé à côté du sien et eux deux étendus là, sans se toucher, mais tout près l'un de l'autre, tout au long de la nuit.

« Entendu, répondit-elle en souriant. Je vais me joindre à vous. »

Emma s'immobilisa sur le seuil de sa case. Elle avait revêtu son pyjama mais avait gardé ses chaussures. Elle tourna son regard vers son lit, à présent placé entre ceux des deux hommes. Ndisi avait insisté pour rester dans sa hutte et roulé des yeux effarés en apprenant la décision d'Emma. Manifestement, il n'avait pas l'habitude de voir les invités adopter les habitudes excentriques de son employeur.

George dormait déjà, elle apercevait les contours de son corps sur sa couchette. Angel était à sa place habituelle, avec Moyo et les petits. Daniel était encore sous la douche.

Emma se dirigea vers les lits de toile. Quand elle pénétra dans la flaque de lumière projetée par la lanterne, des reflets abricot chatoyèrent sur la soie rose pâle de son pyjama.

D'un regard curieux et pleinement éveillé, Angel la contempla de bas en haut. « Tu es belle comme une princesse », lui dit-elle. Puis elle prit une expression pensive. « Ce vêtement a exactement la même couleur que la langue des crocodiles. Tu sais, quand on les voit sur la berge de la rivière, la gueule grande ouverte… » Elle frémit. « Des mouches viennent se poser sur leur langue. Ils doivent les avaler.

— Tu as de drôles de comparaisons », répondit Emma d'un air amusé. Machinalement, elle se pencha vers l'enfant pour caresser la longue chevelure douce. Angel ne se déroba pas. Au contraire, elle ferma les yeux, comme pour mieux savourer la caresse. Lorsque Emma retira sa main, la fillette émit un petit murmure de protestation.

« C'est l'heure de dormir, dit Emma avec douceur. À demain matin.

— *Lala salama*, répondit Angel d'une voix rêveuse.

— *Lala salama* », répéta Emma, les mots glissant à présent avec facilité sur sa langue.

Elle grimpa sur son lit et s'étendit par-dessus le sac de couchage. Elle tira sur les jambes et les manches du pyjama pour couvrir autant de peau que possible. Sans même une moustiquaire pour la protéger, elle se sentait terriblement exposée, quand elle se représentait les étendues sauvages au-delà du campement, s'étirant à l'infini. Elle se rappela que les clôtures étaient hautes et que les portes avaient été fermées dès la tombée du soir au moyen d'une chaîne et d'un énorme cadenas à l'ancienne mode. Et qu'à quelques mètres d'elle seulement reposait la forme impressionnante de la lionne. La gentillesse qui exsudait de Moyo se doublait d'une impression de puissance et de vigilance. Elle était pareille à un gardien veillant sur eux tous.

C'est à peine si elle entendit Daniel approcher, tant ses mouvements étaient silencieux. Elle le regarda se matérialiser devant elle, silhouette sombre émergeant de l'obscurité pour prendre forme humaine. Elle le vit aller et venir dans la salle à manger, éteignant les lampes une à une. Quand il n'en resta qu'une, celle qui était suspendue dans l'arbre près de la case, il vint se placer à côté de son lit. Il ne portait que son *kitenge* drapé autour de ses hanches. Des gouttes d'eau s'accrochaient encore à sa peau. Dans la lumière, on eût dit des diamants parsemant sa poitrine et ses épaules. Emma respira le parfum de santal du savon artisanal que George et Ndisi confectionnaient eux-mêmes.

Elle demeura immobile tandis que ses yeux la parcouraient des pieds à la tête. Quand leurs regards se rencontrèrent, ils échangèrent un sourire.

Daniel s'assit sur son lit et son expression redevint grave. « Est-ce que ça va ? demanda-t-il tout bas, avec un signe de tête en direction d'Angel.

— Elle s'est endormie tout de suite, ce soir, répondit Emma. La journée a été longue. Elle devait être épuisée.

— Je m'inquiète pour elle, reprit Daniel. Elle a l'air trop heureuse. Elle n'a pas versé une larme.

— Peut-être n'y est-elle pas encore prête. Elle a sans doute peur de craquer. Je me souviens de ce que j'ai ressenti dans la même situation. » Emma espérait toutefois qu'Angel trouverait bientôt l'occasion de laisser libre cours à son chagrin. Les larmes trop longtemps réprimées deviennent dures et lourdes comme de la glace, elle ne le savait que trop bien. La pensée de l'enfant obligée de porter ce poids en elle toute sa vie, comme elle l'avait fait elle-même, lui était insupportable.

« Je m'en souviens aussi, murmura Daniel. C'est une bonne chose qu'elle soit si forte. » Il secoua la tête, l'air admiratif. « Elle s'est montrée extrêmement serviable, aujourd'hui. Si c'était ma fille, j'en serais très fier. »

Emma le dévisagea, en se demandant s'il pensait à l'enfant qu'il avait perdue et qui aurait eu trois ou quatre ans aujourd'hui. Si c'était le cas, son expression n'en laissait rien paraître, à part, peut-être, cette lueur plus chaleureuse au fond de ses yeux.

Se retournant vers elle, il s'enquit : « Êtes-vous confortablement installée ? »

Elle hocha la tête. Le lit de camp était ferme, mais le sac de couchage le rendait un peu plus moelleux.

« Je vais éteindre la lumière. » Il se releva et tendit la main vers la lanterne. Le grésillement mourut peu à peu, en même temps que s'amenuisait la lueur jaune. Puis Daniel s'allongea sur sa couche et la toile gémit sous le poids de son corps.

Elle attendit qu'il lui souhaite bonne nuit, mais il garda le silence. Répugnait-il, comme elle, à mettre un point final à cette journée ? se demanda-t-elle. Ils restèrent tous deux étendus dans le noir, sans faire un mouvement, sans prononcer un mot. Emma pouvait presque sentir la chaleur émanant du corps de Daniel, à travers l'étroit espace qui les séparait. Elle tendit l'oreille, cherchant à percevoir le bruit de sa respiration. Elle imagina son souffle tiède lui effleurant la peau, pareil à la caresse de l'air nocturne. S'insinuant sous le col de son pyjama jusque sur ses seins. Elle se vit en esprit tendre les bras vers lui, rien que pour le toucher, poser une main sur sa poitrine. Il ne se passerait rien de plus. Après tout, ils n'étaient pas seuls – mais ce n'était pas cela qui la retenait. Tout ce qu'elle savait de Daniel lui indiquait clairement qu'il n'était pas le genre d'homme à se lancer dans une aventure sans lendemain. Et elle se comporterait de la même manière. Elle ne voulait pas prendre le risque de voir le regret et la honte s'interposer entre eux, après tout ce qu'ils avaient vécu ensemble. Néanmoins, elle regrettait de n'avoir pu partager avec lui un seul petit instant d'intimité, un souvenir qu'elle emporterait avec elle et chérirait éternellement. Mais le moindre contact lui paraissait dangereux. Elle devrait se contenter de le savoir là, tout près d'elle.

Levant les yeux, elle contempla le ciel. Il ressemblait à un immense dais de velours recouvrant le monde. La lune s'était levée, pleine et lumineuse. Elle lui parut peu familière, et les taches gris-mauve sur sa surface pâle, différentes de celles qu'elle avait l'habitude de voir. Elle laissa ses yeux errer sur les figures que formaient les étoiles sur la voûte céleste, des constellations qu'elle n'aurait su nommer. Une fois de plus, cela lui fit un choc de constater à quel point cette partie du monde était éloignée de celle où elle vivait. Elle abaissa les yeux pour regarder Moyo – lionne d'argent étendue à côté d'une enfant d'argent. Cette vue lui rappela les problèmes qui les attendaient au réveil. Il faudrait expliquer à Angel ce qui allait se passer. Contacter la police. Emma allait devoir prendre des dispositions pour rentrer chez elle. Ils devraient tous se préparer aux adieux.

Elle refusa de se laisser assaillir par ces pensées. Elle voulait se fondre dans la présence calme et forte de Daniel, la quiétude de l'enfant assoupie, la sagesse bienveillante de George. Se blottir dans la chaleur et la paix collectives.

Elle se représenta la scène figée à jamais sur une toile dans de douces teintes pastel. Ils composeraient un bien étrange tableau familial, ainsi regroupés dans leur sommeil. Lions et humains, jeunes et vieux, amis et étrangers, tous réunis l'espace d'une nuit.

15

George versa dans le verre à whisky une généreuse dose de liquide doré. Debout près de lui, Angel tenait dans ses mains un antique siphon d'eau de Seltz. Le soleil du milieu de la matinée miroitait sur la surface jaune de la bouteille en verre givré.

« J'y vais ? » demanda-t-elle.

George acquiesça. « N'en mets pas trop, surtout », recommanda-t-il.

Le front plissé par la concentration, la fillette appuya sur le levier et fit un petit bond de surprise quand l'eau gazeuse jaillit dans le verre.

« Bravo, Angel, la félicita le vieil homme. Personne ne veut se joindre à moi ? »

Emma secoua la tête en souriant. « C'est un peu trop tôt pour moi. Je me contenterai d'une tasse de thé.

— Moi aussi, déclara Daniel.

— Je bois toujours un whisky sur le coup de onze heures, reprit George. Je crois que c'est grâce à ça que je reste jeune et bien portant !

— Mais il n'est pas encore onze heures, objecta Angel. Il est seulement *saa tano*, cinq heures. »

Emma tourna un regard interrogateur vers Daniel.

« L'heure tanzanienne, expliqua-t-il. Le jour commence au lever du soleil, c'est-à-dire six heures du matin. Donc, à sept heures, il est seulement une heure – *saa moja*.

— Et après, deux heures, et ainsi de suite jusqu'au coucher du soleil, ajouta Angel. À ce moment-là, la journée est terminée parce que tout le monde va se coucher. »

En l'écoutant, Emma crut de nouveau entrevoir le monde dans lequel l'enfant avait grandi. Angel était incapable de dire l'heure comme tout le monde, mais elle parlait trois langues – couramment, semblait-il – et elle savait fabriquer un remède avec des pépins de papaye.

« Bill et Ben ont-ils eu de l'eau ? » demanda George à Angel.

D'un geste vif, elle porta une main à sa bouche. « J'ai oublié de leur en apporter. » Sans hésiter, elle sortit en courant de la salle à manger pour se diriger vers la citerne.

Emma se remit à verser le thé. Elle s'apprêtait à distribuer les tasses quand une silhouette apparut à l'entrée de la case – un Africain portant un paquet enveloppé de toile.

« Samu ! *Karibu sana*, s'exclama George, en lui faisant signe d'entrer. Je suis content de te revoir. » Montrant la table, il indiqua : « Voici nos invités, Daniel et Emma. Il y a aussi Angel, que tu as peut-être aperçue dans la cour. » Avec un geste en direction du nouveau venu, il poursuivit : « Et voici mon assistant, Samu. »

Samu les salua à tour de rôle d'un signe de la tête. Puis il haussa les sourcils, l'air soucieux. « Cette lionne est revenue ! Avec des petits ! Notre travail n'a servi à rien. On se retrouve au point de départ.

— C'est une longue histoire », répondit George. Il invita Samu à s'asseoir et pria Emma de lui donner une tasse de thé. « Es-tu complètement guéri, maintenant ?

— Oui. Le *dawa* a agi très vite. J'aurais dû vous en demander dès le début, mais je croyais que c'était seulement la fièvre du *kampi*.

— Ma foi, si la quinine a marché, il s'agissait indubitablement de la malaria, déclara George. C'est un remède ancien, mais il est toujours efficace. »

Emma était occupée à remuer son thé pour dissoudre le miel qu'elle y avait ajouté. Sa cuillère s'immobilisa brusquement et elle leva les yeux vers Samu. « Qu'avez-vous dit ? Au sujet de cette autre fièvre ?

— C'est une fièvre assez répandue dans notre village. Au début, elle ressemble à la malaria, mais elle passe très vite.

— Comment l'avez-vous appelée ? » s'enquit Emma. Elle se pencha vers lui et le regarda intensément. L'homme s'agita sur sa chaise, comme si l'attention dont il faisait l'objet le mettait mal à l'aise.

— En anglais, c'est “la fièvre du camp”. Nous l'appelons ainsi parce que les gens qui travaillent ici et les membres de leurs familles sont les seuls à l'attraper. Mais ne vous inquiétez pas. Ce n'est pas une maladie dangereuse comme celle d'Olambo. Les malades reprennent généralement leur travail après une journée de repos.

« Vous le saviez ? » demanda Emma à George.

Il haussa les épaules. « J'ai entendu mes employés en parler, mais je n'y ai jamais attaché beaucoup d'importance. » Avec un sourire désabusé, il ajouta : « Je croyais que ce n'était qu'une rumeur de plus sur les pouvoirs magiques de ce vieux fou d'homme aux lions. »

Emma regarda fixement le mur de la case derrière lui, avec sa collection de photos de lions. Son esprit était en effervescence, des idées fragmentaires se bousculaient dans sa tête. Les employés du camp étaient atteints d'une maladie, mais protégés d'une autre... Elle se souvint de ce que George avait dit, le premier soir. Elle réentendit les paroles qu'il avait prononcées avec son accent britannique un peu lent. *Comme ce qui est raconté dans la Bible... afin qu'ils soient épargnés par la peste...*

D'un mouvement brusque, elle se tourna vers Daniel. « Que savez-vous sur les survivants de la fièvre d'Olambo ? Sont-ils immunisés contre le virus ?

— En effet. On ne peut l'attraper qu'une fois.

— Je me disais... » Emma avait du mal à mettre des mots sur ses pensées, tant celles-ci étaient encore floues. « Il pourrait bel et bien exister un lien entre le campement et le fait que les employés soient protégés du virus Olambo.

— Qu'entendez-vous par là ? s'enquit Daniel en fronçant les sourcils.

— Vous connaissez l'histoire du vaccin contre la variole ?

— On nous l'enseigne à l'école primaire. Les enfants massaï aiment bien cette histoire, parce qu'elle parle de vaches. Les vachères n'étaient pas touchées par la variole car elles attrapaient la vaccine[1] au contact de leurs bêtes.

— Et elles développaient une forme d'immunité passive », acheva Emma à sa place.

Un silence passa, interrompu par la voix d'Angel appelant Bill et Ben dans l'enclos.

Daniel dévisagea Emma. « Vous croyez que... ?

— Ce n'est qu'une idée », s'empressa-t-elle de répondre. Mais elle la sentait grandir en elle, se renforcer, se préciser. « Si la fièvre du camp ne provoque qu'une indisposition passagère, reprit-elle, personne n'a pu se rendre compte que les lions en étaient également atteints.

— Il est même possible que le virus ne les rende absolument pas malades, ajouta Daniel. Qu'ils en soient seulement les porteurs.

— En effet. » Emma se leva et se mit à marcher de long en large entre la table et le buffet. L'effervescence qui régnait dans son esprit semblait s'être communiquée à ses membres et il lui était impossible de rester en place. « Je pense que cela mérite une étude approfondie. Il faudrait effectuer des prélèvements sanguins sur toutes les personnes ayant séjourné ici. On pourrait alors soumettre les échantillons à des tests de compatibilité croisée pour y rechercher des anticorps, et comparer les résultats à ceux qu'on obtiendrait chez les survivants du virus Olambo. Il serait également nécessaire de procéder à des tests sur les lions. »

Sur le visage de Daniel, la concentration intense céda la place à l'excitation. Se tournant vers George, il lui demanda : « Arriveriez-vous à prélever des échantillons de

1. Maladie infectieuse des chevaux et des vaches, proche du virus de la variole et transmissible à l'homme.

sang sur vos lions sans les endormir ? Ce devrait être possible, car ils n'ont pas peur de vous. »

Le vieillard acquiesça vigoureusement. « J'en suis persuadé. Il m'est arrivé de temps en temps de devoir injecter des antibiotiques à certains d'entre eux. Ils n'ont même pas l'air de sentir l'aiguille. » Il esquissa un sourire avant d'ajouter : « De toute façon, ils accepteront toujours une petite piqûre en échange d'un bol d'huile de foie de morue. » À l'adresse d'Emma, il poursuivit : « Seriez-vous en train de dire que mes lions détiennent peut-être la clé du remède à la fièvre d'Olambo ?

— Pas le remède, mais le vaccin. »

L'écureuil renversa une boîte de thé sur une étagère. Elle tomba à terre, mais personne ne fit un geste pour la ramasser.

« Nous savons malheureusement que la fabrication de ce vaccin serait trop onéreuse, soupira Daniel.

— Pas nécessairement. Si nous sommes dans le même cas de figure que pour la variole, le procédé serait extrêmement simple et n'aurait rien à voir avec celui qui consisterait à mettre au point un vaccin en laboratoire à partir de rien. Et, de toute manière, ces travaux susciteraient un vif intérêt dans toute la communauté scientifique, car ils permettraient peut-être de découvrir des traitements pour d'autres virus. Les gens se battraient pour les subventionner. »

Daniel se frotta énergiquement le visage avec la paume de ses mains, comme pour s'assurer qu'il était bien réveillé.

« Mais, pour cela, il faudrait mettre fin au braconnage, intervint George en se penchant vers lui.

— Nous devrons obtenir que la région soit reconnue comme un territoire protégé, répondit Daniel. Ce sera peut-être plus facile, si nous expliquons que les lions jouent un rôle capital dans ces recherches.

— Vous pourriez travailler en partie ici, ajouta Emma, et en partie à la station. Toutefois, il conviendrait que vous ayez également accès à des installations dotées de tout l'équipement approprié. » Elle avait conscience de parler trop vite, avec trop d'animation. Elle s'exhorta à ralentir son débit, à adopter un ton plus professionnel.

« Il y a des laboratoires parfaitement équipés à Arusha, dit Daniel. À l'Institut national de recherche médicale.

— Parfait, dit-elle. Vous devrez vous appuyer sur une organisation de ce genre. Et vous aurez besoin d'un chercheur expérimenté pour vous épauler. » Sa voix se brisa et les mots demeurèrent suspendus dans l'air. Elle baissa les yeux vers le tapis, fixant les motifs complexes où l'orange se mêlait au rouge et au noir.

Vous aurez besoin de moi.

Elle retint sa respiration. Un bref instant, elle se laissa aller à bâtir un scénario dans lequel c'était elle qui aidait Daniel dans ses recherches. Elle frémit d'excitation en se voyant travailler à ses côtés pour mener à son terme la tâche entreprise par Susan tant d'années auparavant. Elle se prit à imaginer ce que pourrait être sa vie, si elle n'était pas obligée de rentrer chez elle. Ne plus jamais passer de soirées solitaires, enfermée dans son petit appartement, à attendre le retour de Simon. Échapper à cet univers clos, replié sur lui-même, qu'était l'institut, à son atmosphère d'âpre compétition, où l'on perdait de vue le sens même de la recherche, face à la nécessité impérieuse de publier le prochain article ou d'être invité à prendre la parole lors de la prochaine conférence mondiale ou autre prestigieuse manifestation.

L'idée de rester en Afrique lui traversa l'esprit et elle eut une brève vision des grands espaces, d'une existence où elle pourrait s'offrir le luxe de prendre son temps, savourer le sentiment rassurant d'être constamment entourée de gens et d'animaux.

D'être auprès de Daniel.

Mais aussi vite que ce mirage avait surgi, il commença à se dissiper. Et si elle se trompait, s'il n'existait aucun lien entre les deux fièvres ? Elle avait lu sur le visage de Daniel qu'il commençait à oser concevoir la fin de ce cauchemar qu'étaient les épidémies dues au virus Olambo. George, quant à lui, se représentait déjà un avenir plus sûr pour ses lions et cette espérance se reflétait dans l'expression de

Ndisi et de Samu. Emma ne voulait pas être celle qui aurait fait naître en eux de faux espoirs. Et elle ne pouvait pas mettre sa carrière – sa vie – sens dessus dessous pour ce qui n'était guère plus qu'une idée à peine structurée. Elle tenta de s'imaginer abandonnant le projet sur lequel elle travaillait à l'institut, renonçant à son poste de chercheur, à son mode de vie sûr et confortable. Et mettant fin à sa relation avec Simon…

Lentement, elle releva les yeux. Il était si facile de faire le rapprochement entre elle et le « chercheur expérimenté », qu'elle était persuadée que Daniel et George y avaient aussitôt pensé. Daniel évitait de croiser son regard – sans doute, supposa-t-elle, pour ne pas lui donner le sentiment qu'il cherchait à faire pression sur elle. Une tristesse douce-amère la submergea quand elle comprit qu'il voulait lui laisser l'entière liberté de son choix.

La gorge sèche, elle déglutit avec difficulté, en proie à un profond désarroi. Puis une solution commença à prendre forme dans son esprit. Se forçant à regarder tour à tour George et Daniel bien en face, elle annonça : « À mon retour en Australie, je verrai ce que je peux faire. Je pourrais présenter un projet de recherche lors de la prochaine réunion de l'équipe, à l'institut, pour savoir ce que mes collègues en pensent. » Elle entendait sa propre voix résonner à ses oreilles comme si elle lui parvenait de très loin et elle lui semblait faible et brusque à la fois. « Il y aurait un certain nombre de points à débattre – le financement, la stratégie. Sans oublier le problème du brevet. Tout devra être fait selon les règles. Il est possible que je puisse vous assister dans vos recherches depuis Melbourne. L'idéal serait de trouver un institut qui ait déjà des gens sur place. Cela vaudrait peut-être la peine de voir s'il en existe en Afrique du Sud. » Les paroles continuaient à affluer à ses lèvres. Elle avait conscience de parler trop, comme si elle se servait des mots pour dresser une barricade derrière laquelle elle pourrait se retrancher.

Finalement, Daniel prit la parole, d'un ton ferme mais chaleureux. « Je comprends que vous deviez retourner à votre propre travail et à votre propre vie. Votre place n'est pas ici. » Il sourit. « Toutefois, vous vous trouvez en ce moment même à l'endroit où le projet vient de naître. Et l'idée émane de vous. Votre nom restera toujours attaché à ces travaux. Et nous vous en serons éternellement reconnaissants. »

Ella lui rendit son sourire, même si des larmes refoulées lui piquaient les yeux. Elle éprouvait un douloureux sentiment de perte, l'impression confuse qu'elle venait de renoncer à une chose infiniment précieuse.

Daniel se leva et s'éloigna de quelques pas. Il contempla songeusement les photos de lions, comme s'il se demandait lequel d'entre eux avait été le premier à introduire dans le camp le virus qui avait sauvé George et ses employés de la fièvre d'Olambo. Emma préféra ne pas interrompre le cours de ses pensées ; elle savait qu'il était préférable de laisser un peu de temps s'écouler avant de reparler du projet. Elle se rassit à la table, contemplant distraitement la petite flaque de jus d'ananas qui subsistait du petit déjeuner. George commença à ramasser les tasses et le tintement de l'émail rompit le silence pesant. À ce bruit vint s'ajouter celui d'un rapide échange en swahili entre Ndisi et Samu. À la surprise qui teintait la voix de ce dernier, Emma devina que le cuisinier lui expliquait la raison de la présence des visiteurs et lui racontait comment Angel avait été secourue par la lionne.

Comme si elle n'attendait que ce signal, la fillette reparut au même instant. Elle salua Samu en lui effleurant la tête de sa main, tandis qu'il la dévisageait avec intérêt. Puis elle alla rejoindre Emma. Tandis que l'enfant trempait son doigt dans le jus d'ananas, George lança à Emma un regard lourd de signification. Elle mit un certain temps à déchiffrer le message, mais la mémoire lui revint : ils étaient convenus, un peu plus tôt ce matin, que c'était aujourd'hui qu'ils parleraient à Angel des dispositions qui avaient été prises à son sujet. D'un commun accord, il avait été décidé que c'était Emma qui s'en chargerait, en présence de George et de Daniel. Elle adressa au vieil homme un petit signe de tête. Après la discussion qui venait tout juste de se dérouler, elle se sentait vidée, mais elle était consciente qu'elle ne pouvait pas repousser plus longtemps le moment fatidique.

« Assieds-toi, Angel, s'il te plaît. Nous avons quelque chose à te dire. »

La fillette tira une chaise à elle et se hissa sur le coussin. Daniel revint vers eux et prit place à côté de George. Emma rassembla son courage. L'enfant se tenait bien droite, les mains croisées sur la table, levant vers elle un regard d'attente.

« Angel, ton oncle est arrivé d'Angleterre, commença Emma. Il est à Arusha. »

La petite se raidit de façon visible, mais garda le silence.

« Est-ce que tu le connais ? » demanda Emma.

Angel haussa les épaules. « Je sais que j'ai un oncle, mais je ne l'ai jamais rencontré. » Elle se tut un instant, puis les mots jaillirent en rafales de sa bouche. « Je ne veux pas aller vivre avec lui en Angleterre. Je l'avais dit à Laura. Je me fiche qu'il ait une grande maison au bord de la mer. Je veux rester ici.

— Ta maman en avait déjà parlé avec toi ?

— Elle avait dit que, s'il lui arrivait quelque chose, mon oncle prendrait soin de moi. Elle avait écrit son nom dans son passeport. » Une flamme bleue étincela dans ses yeux quand elle ajouta : « Je l'ai jeté.

— Les policiers l'ont retrouvé, répondit Daniel. Ils nous l'ont montré. »

Angel pinça les lèvres en un pli têtu. « Je veux rester en Tanzanie, avec Moyo et les chameaux. Je veux revoir mon ami Zuri et les religieuses. Et je dois aller au *manyata* de Walaita, comme Laura le lui avait promis. Je ne peux pas partir pour l'Angleterre », déclara-t-elle en levant le menton d'un air de défi.

Emma lança aux deux hommes un regard en biais. Ni l'un ni l'autre ne répondit : ils s'en tenaient à ce qui avait été convenu, c'était à elle de prendre les choses en main. Elle s'éclaircit la gorge. « Il semble que ta mère ait désigné ton oncle comme ton tuteur légal.

— Je ne veux pas de tuteur.

— Angel, c'est la loi. Les enfants doivent être placés sous la responsabilité d'un adulte. »

Angel sourit, comme si elle venait de marquer un point. « Alors, je veux que ce soit toi, mon tuteur. »

Emma avait du mal à en croire ses oreilles. Mais elle voyait bien, à l'expression de la fillette, que cette déclaration devait être prise au sérieux.

« Je pourrais rester ici, dans le camp, et aider George Lawrence et Ndisi. Tu pourrais nous rendre visite de temps en temps et faire comme si tu étais ma tante, poursuivit Angel d'un ton pressant. Ou bien, je pourrais venir vivre à la station avec toi, Daniel et les chameaux. Ça m'est égal, du moment qu'on ne m'oblige pas à aller en Angleterre. » Elle continua à parler à toute vitesse, comme si elle ne voulait pas leur laisser le temps de répondre. « On pourrait partir en safari tous ensemble. Je vous emmènerais au *manyata* de Walaita et au village du figuier et chez les Sœurs de la Charité.

— Stop ! Tais-toi un peu et écoute, l'interrompit Emma. Tu ne peux pas rester ici, Angel, ni au camp ni à la station.

— Mais je me rendrais utile ! Je sais cuisiner. Je sais récurer les casseroles. Je sais faire des tas de choses. » Le visage de l'enfant fut parcouru d'un tremblement. Elle parut rapetisser, se recroqueviller sur elle-même. Tout bas, elle reprit : « Tu n'as pas vu ? Je t'ai pourtant montré... »

Emma se mordit la lèvre. Les traits de la fillette étaient décomposés par la déception et quelque chose qui ressemblait à de la peur. « Angel, tu es une petite fille très gentille et très serviable. En fait, tu es même extraordinaire. Mais tu ne comprends pas. Je ne vis pas à la station, je ne suis qu'une visiteuse. » Emma eut l'impression que c'était Daniel qu'elle cherchait à convaincre en même temps – et aussi elle-même, comme si elle n'avait pas encore définitivement rejeté l'idée de rester en Tanzanie. « Je vais bientôt rentrer chez moi. En Australie. »

Angel tressaillit sous l'effet du choc. Quand elle parla enfin, elle paraissait furieuse contre elle-même, pour avoir manqué de jugement. « C'est pour ça que tu ne sais même pas prononcer le nom de Mdogo correctement. Tu ne sais pas ce que ça veut dire. Tu ne parles pas swahili.

— Même si je vivais ici, je ne pourrais pas être ta tutrice, répondit doucement Emma. Il existe des lois à ce sujet. On confie généralement les orphelins à la garde de leur famille proche. » Elle se tut. Le mot « orphelin » semblait déplacé. Il évoquait des images d'enfants vulnérables et sans défense et s'appliquait mal à cette fillette qui avait vécu dans le désert avec les lions et était bien plus débrouillarde que la plupart des adultes. « À défaut de parent proche, on trouverait quelqu'un d'autre pour veiller sur toi. Mais ça ne pourrait en aucun cas être moi, une complète étrangère, même pas mariée. »

Angel tourna son regard vers George, puis vers Daniel et enfin vers Ndisi, pour les contempler d'un air désespéré. Visiblement, elle avait déjà compris qu'aucun d'eux ne serait autorisé à prendre soin d'elle.

Emma éprouva l'impulsion passagère de retirer ce qu'elle venait de dire. Mais elle savait que chacun de ces mots était juste. Aussi reprit-elle, pressée d'en finir au plus vite : « Nous préviendrons la police dès demain. Ton oncle doit être informé que tu as été retrouvée. Nous leur proposerons de te conduire à Malangu après-demain, mais ils préféreront peut-être venir te chercher ici. Dans un cas comme dans l'autre, nous nous assurerons que tu pourras t'arrêter à la station de recherche en chemin, pour voir Mama Kitu et Matata. » La voix lui manqua ; elle se faisait l'impression de torturer Angel. Elle aurait voulu pouvoir s'arrêter là, mais quand elle regarda Daniel et George, ils hochèrent la tête en signe d'encouragement, et elle se contraignit à poursuivre. « Je suis vraiment désolée. Je sais que cela ne te laisse pas beaucoup de temps à passer auprès des lions, ni avec tes chameaux, mais c'est le mieux que nous puissions faire.

— Mais si tu changeais d'avis et si tu ne rentrais pas en Australie, si tu leur disais que tu allais t'occuper de moi…, implora la fillette en s'agrippant des deux mains au bord de la table. Ils t'écouteraient peut-être. On ne sait jamais. Tu pourrais essayer. »

Emma secoua la tête, prenant soudain conscience qu'Angel, malgré sa maturité apparente, était encore très jeune. Elle ne se rendait pas compte de l'énormité de ce qu'elle demandait. La supplier, elle, de devenir sa mère, rien de moins ! Elle s'efforça de prendre un ton compréhensif mais ferme. « Je ne peux pas faire ça. Ce serait totalement impossible. » Écartant les mains, elle ajouta : « D'ailleurs, tu ne me connais même pas. Je suis peut-être une horrible mégère, qu'en sais-tu ? Ça ne tient pas debout. »

Angel se tourna vers Daniel et lui parla dans ce qui devait être, présuma Emma, leur langue commune, le maa.

Daniel écouta, les yeux plissés, avec une expression empreinte de sympathie. Puis il traduisit à l'intention d'Emma : « Elle me demande de vous dire que j'ai affirmé que vous étiez quelqu'un de bien. Que vous avez soigné la chamelle comme si c'était la vôtre. Que Mama Kitu vous adorait. »

Le regard d'Emma passa de Daniel à l'enfant. Une fois de plus, elle eut l'impression que sa réponse leur était destinée à tous deux. Angel lui adressa un sourire d'encouragement.

« Non. Non. Tu ne sais pas à quel point ce que tu attends de moi est irréalisable. Il est hors de question que je m'occupe de toi, même si ton oncle l'acceptait et si les autorités nous donnaient leur accord. Je ne peux pas m'installer ici. Tu devrais me suivre en Australie. Je vis dans un petit appartement au beau milieu d'une grande ville. J'ai un travail important à faire et cela me prend tout mon temps. »

Angel hocha lentement la tête, avec l'air de soupeser cette déclaration. « Ici aussi, il y a un travail important à faire. »

Emma ne put s'empêcher de tourner les yeux vers Daniel. Elle vit qu'Angel l'avait remarqué et comprit que la fillette pensait qu'elle était sur le point de fléchir.

« Tu pourrais changer, poursuivit Angel. On peut tout changer. Autrefois, Laura était une de ces dames qu'on voit dans les safaris, avec plein de vêtements et de bijoux. » À sa façon de parler, on aurait dit qu'il s'agissait du début d'un conte de fées. « Elle est allée dans un village avec un minibus, pour voir des chants et des danses. Elle a aperçu un homme assis devant sa case. Le soleil était brûlant, mais l'homme frissonnait. Il avait mal et il n'avait pas de médicaments. Laura était infirmière et elle savait qu'elle pourrait l'aider. Alors elle n'est pas repartie avec le minibus. Elle est restée là et elle l'a soigné. Elle n'est jamais retournée en Angleterre. » Ouvrant les mains, elle conclut : « Elle a changé de vie, comme ça, en un clin d'œil. » Elle contempla Emma, attendant sa réponse. L'atmosphère parut se tendre d'un coup. Sur le buffet, l'écureuil détala à toutes pattes.

Emma tenta de se représenter ce que serait sa vie si elle suivait l'exemple de Laura. Si elle changeait tout, pas seulement en relevant le défi de travailler ici, mais en acceptant de prendre l'enfant sous sa garde. Combien ce serait étrange et merveilleux. Elle s'imagina répondre « oui ». Ce n'était qu'un simple petit mot, mais elle savait qu'il l'engagerait définitivement. Elle ne pouvait pas donner de faux espoirs à Angel. Ce serait encore pire que de décevoir Daniel et George. La façon dont ces deux défis s'étaient, l'un après l'autre, présentés à elle, lui donnait le sentiment d'être mise à l'épreuve. Brusquement, elle fut prise de frayeur, tant les enjeux étaient élevés. Elle n'était pas certaine de gagner. Possédait-elle le courage nécessaire pour accomplir quelque chose d'aussi considérable, d'aussi étonnant ? Elle était loin d'en être sûre.

Elle scruta le visage d'Angel. La supplication qu'elle lut dans ses beaux yeux bleus lui transperça le cœur. Elle n'arrivait plus à respirer, son souffle restait bloqué dans sa poitrine. Elle dut s'arracher les mots de la gorge et sa voix lui parut âpre et trop forte. « Je ne suis pas comme Laura. Désolée. »

Angel se laissa glisser à terre. Quand elle repoussa sa chaise, un des pieds s'accrocha dans le tapis et le siège bascula, répandant les coussins sur le sol. Elle les contourna avec soin et sortit lentement de la pièce.

Emma se tourna vers George et Daniel ; ils échangèrent des regards atterrés. D'un bond, elle se leva et s'élança à la poursuite d'Angel. Elle la rejoignit à l'endroit où ils avaient dormi la nuit précédente. Moyo et les lionceaux étaient couchés à l'ombre. La lionne dressait la tête, le regard vigilant, comme si elle avait perçu la tension dans l'air.

Angel s'agenouilla parmi les petits. Ils se mirent à la mordiller, désireux de jouer, mais leur mère les chassa d'un coup de patte. Elle pencha sa tête vers l'enfant, son menton effleurant les cheveux blonds. Elles demeurèrent figées dans cette position, pareilles à la statue d'une mère et de son enfant. Le regard de Moyo était rivé sur Emma, flamboyant d'un éclat mordoré.

Il ne restait du feu qu'un petit tas rougeoyant de cendres et des braises. La nuit était tombée, mais la lune n'était pas encore apparue et l'obscurité rendait l'air plus lourd. Emma était assise à côté de Daniel, sur un tabouret bas. Ce n'était pas la chaleur qui l'avait attirée à cet endroit, mais la lueur rosâtre émanant des braises ; cette lumière était la seule note de gaieté dans l'atmosphère lugubre qui s'était abattue sur le campement.

S'emparant d'un bout de bois, elle remua les cendres, tout en repassant dans son esprit les événements de la journée, avec un sentiment d'abattement et de désarroi. L'excitation qu'ils avaient tous ressentie lorsqu'elle avait émis l'hypothèse qu'il existait un lien entre les deux fièvres était vite retombée, dès que s'était posée la question inévitable de sa participation aux futures recherches. Même si Daniel, dans ses paroles ou son attitude, ne lui avait exprimé aucun reproche, elle avait l'impression de l'avoir trahi. Et elle éprouvait la même culpabilité vis-à-vis d'Angel.

Elle leva les yeux en direction de l'enfant endormie près de Moyo, le visage blotti contre le flanc de la lionne, tournant le dos au monde extérieur. La fillette s'était couchée très tôt et George n'avait pas tardé à l'imiter ; apparemment, lui aussi avait hâte de voir ce jour arriver à sa fin. Une nouvelle fois, Emma ne pouvait qu'admirer Angel, pour le courage avec lequel elle s'était efforcée d'accepter la situation. Après s'être retirée pendant quelque temps auprès des lions, elle avait vaillamment repris son rôle d'assistante et travaillé pendant des heures aux côtés de Daniel pour nettoyer consciencieusement l'enclos de Bill et Ben. Mais elle avait accompli sa tâche sans entrain, la mine grave. Et elle s'était tenue à distance d'Emma, en lui préférant ostensiblement la compagnie des hommes et de la lionne. La seule fois où elle s'était approchée d'Emma, ç'avait été pour lui rapporter son sac vert. Elle l'avait tenu caché derrière son dos tandis qu'elle s'avançait vers elle.

« Petite Fille a fait des bêtises, avait-elle annoncé d'un ton anxieux. Elle a trouvé ton sac. »

Elle le lui avait montré. Il y avait des traces de crocs sur le luxueux cuir italien, l'une des poches avait été à moitié arrachée, la sangle toute mâchonnée.

« Il ne manque rien, j'ai vérifié, avait ajouté l'enfant, l'air consterné. Je suis vraiment désolée. Je sais que tu y tiens beaucoup.

— Ce n'est pas grave », avait répondu Emma, la gorge serrée devant la détresse d'Angel. Brusquement, le sac lui avait paru dénué de toute valeur. « Ça n'a aucune importance. »

La fillette avait souri, visiblement soulagée, puis s'était éloignée. Emma s'était remise à balayer les tapis de la salle à manger. Elle avait demandé à Ndisi de lui donner un travail à faire, n'importe lequel, pour échapper aux pensées qui la taraudaient. Mais, en fait, elle n'avait cessé de se récapituler une à une les raisons pour lesquelles il valait mieux qu'Angel soit confiée à la garde de son oncle. Si l'homme avait pu sauter dans le premier avion à destination de la Tanzanie pour venir chercher le corps de sa sœur, cela signifiait qu'il était pour le moins aisé et qu'il serait donc en mesure d'offrir une bonne éducation à sa nièce. Elle pourrait faire du sport, prendre des leçons de musique et partir en vacances comme les autres petits Anglais. Emma avait du mal à se représenter Angel dans un tel univers – ou à voir comment ces distractions pourraient compenser la perte des chameaux, des lions, de son pays natal. Mais la fillette était forte. Elle s'adapterait. Elle survivrait.

Tout en balayant, Emma avait repensé à ce bref instant d'égarement où elle avait envisagé sérieusement de rester ici et d'essayer d'obtenir la garde d'Angel. Elle avait secoué la tête, stupéfaite d'avoir pu nourrir une idée aussi insensée. Si elle avait considéré cette hypothèse ainsi qu'elle le faisait pour toutes celles qui se présentaient à elle – en se servant de sa logique et d'une réflexion rigoureuse –, elle ne s'y serait même pas attardée une seconde. Il y avait des dizaines de raisons qui rendaient la chose impossible. Et l'idée d'abandonner ses propres travaux de recherche pour rejoindre Daniel dans sa station en pleine brousse était tout aussi irréaliste. Elle se sentait comme un nageur qui a failli s'aventurer dans un rapide. Elle aurait pu être emportée par le courant, mais elle avait renoncé juste à temps.

À présent, assise près du feu mourant, elle observait Daniel du coin de l'œil. Les épaules voûtées, il contemplait silencieusement les braises. Elle avait l'impression qu'une faille s'était ouverte entre eux. Il n'y avait pas de motif rationnel à cela – Daniel ne la blâmait pas pour son choix. Mais leur relation ressemblait à un organisme doué d'une vie indépendante, qui réagissait aux événements de manière totalement incontrôlable et imprévisible. Elle chercha un moyen de briser le silence pesant.

« Je vous ai vu discuter avec George en regardant une carte, dit-elle. De quoi parliez-vous ?

— Il me montrait la région qu'il voudrait voir transformer en parc national. Elle s'étend d'ici jusqu'au-delà de la montagne. Il y a un grand lac salé près d'Ol Doinyo Lengaï. Les flamants viennent s'y reproduire et toute la surface se recouvre alors de rose. C'est magnifique. Il y a aussi une cascade dans laquelle on peut nager. Les gens du coin l'appellent "le lieu des deux eaux", parce que le courant chaud en provenance du volcan rejoint le courant froid arrivant du plateau. Si l'on se tient au milieu, ils vous baignent tous les deux à la fois. » À mesure qu'il parlait, la lumière revenait dans ses yeux et l'animation dans sa voix. « Je crois que les touristes apprécieraient beaucoup cette sensation. Ils pourraient aussi escalader la montagne. Il faut le faire de nuit, quand l'air est plus frais. On arrive au sommet à l'aube et, de là-haut, on contemple le *nyika.* Tout autour de vous, il n'y a que de la lave durcie, d'un blanc pur. Ce serait une expérience inoubliable pour les visiteurs.

— Ça a l'air extraordinaire, en effet, dit Emma, ravalant les mots qui lui venaient à la bouche : *J'aimerais moi-même la vivre...*

— La création d'un parc national serait bénéfique pour toute la région. Ce serait une source de revenus pour les habitants. Et si nous arrivons à mettre au point un vaccin contre la fièvre d'Olambo, plus rien ne s'y opposera.

— Quel rapport avec la fièvre d'Olambo ? demanda Emma en fronçant les sourcils.

— Même si le gouvernement acceptait de transformer la zone en parc, personne ne voudra investir dans la construction d'hôtels et de lodges tant que la menace du virus subsistera.

— Pour les touristes, le risque serait pourtant tout à fait minime », objecta-t-elle. Il était extrêmement rare que les étrangers soient infectés par des virus comme ceux d'Ebola ou de Lassa et, quand c'était le cas, il s'agissait presque toujours de médecins, d'infirmières ou de chercheurs comme Susan.

« C'est vrai, mais les touristes craignent certaines choses davantage que d'autres. Tout le monde sait que les accidents de voiture constituent le plus grand danger dans un pays comme le nôtre, mais ce n'est pas cela qui les effraie. Leur plus grande peur, c'est de se faire agresser ou de tomber malades. »

Emma hocha la tête, en repensant à ses propres préparatifs de voyage et à toutes les fournitures médicales qu'elle avait entassées dans son sac. Elle s'était dit sur le moment que c'était parce qu'elle était virologue, spécialisée dans les maladies tropicales, et qu'elle ne connaissait que trop bien les risques. Mais elle comprenait à présent que c'était au contraire la peur de l'inconnu qui l'avait poussée à prendre toutes ces précautions. Les accidents de voiture, il s'en produisait dans son monde à elle et, cette horreur-là, elle pouvait la comprendre. Ce qui l'effrayait, c'était cet endroit sauvage et mystérieux que représentait l'Afrique à ses yeux. Elle promena son regard sur les contours indistincts des cases autour d'elle, la clôture et le paysage au-delà, et se rendit compte qu'elle n'avait plus peur. Ce lieu lui était devenu familier, en l'espace de si peu de jours, et elle n'était plus dans le même état d'esprit. Elle pressentait déjà combien elle le regretterait, quand elle serait loin.

Daniel garda le silence pendant un moment. Quand il reprit la parole, ce fut d'un ton dénué de réel intérêt et elle présuma que c'était uniquement pour relancer la conversation. « Sur quoi allez-vous travailler, à votre retour ?

— Je vais entamer une nouvelle recherche sur les maladies du cerveau chez les personnes âgées. Les souris qui me serviront de sujets d'expérience sont déjà prêtes, elles m'attendent au laboratoire. Je commencerai par elles. Ce sont des souris transgéniques ; elles ne vivent pas très longtemps... » Sa voix s'éteignit. D'habitude, elle devait s'empêcher de s'étendre trop longuement quand elle répondait à une question de ce genre, mais, cette fois, elle avait l'impression d'avoir la tête vide, le cœur engourdi. Elle contempla le feu, regardant les petits nuages de fumée s'élever des braises à mesure que les poches d'air s'ouvraient sous l'effet de la chaleur. Elle s'imagina, de retour à l'institut, discutant des recherches de Daniel avec son chef de laboratoire, peut-être même avec le doyen. La possibilité qu'il existe une immunité croisée et une interaction entre les deux fièvres susciterait certainement leur plus vif intérêt – ainsi que la perspective des bénéfices que l'institut pourrait en retirer s'il trouvait un moyen de revendiquer une part des travaux. Mais, en fin de compte, ils parleraient tous du problème de la fièvre d'Olambo en Tanzanie de la même façon clinique dont ils discutaient de la dengue en Thaïlande ou du virus Ebola au Zaïre. Emma savait qu'elle ne réussirait jamais à leur faire comprendre le lien particulier qui l'unissait désormais à ce pays – et au chercheur vétérinaire Daniel Oldeani.

Elle se tourna vers lui. Des mots lui montèrent aux lèvres et elle n'essaya pas de les refouler. « Je n'oublierai jamais les jours passés ici. Ç'a été l'expérience la plus étonnante de ma vie. Je chérirai à jamais ces souvenirs. » Le regardant au fond des yeux, elle ajouta : « Je ne vous oublierai jamais. »

Daniel sourit, l'air partagé entre la tristesse et la joie que lui causaient ces mots. « Moi non plus, je ne vous oublierai jamais. »

Elle songea à lui dire qu'elle reviendrait peut-être, à titre purement professionnel, pour l'aider à démarrer les recherches ou rédiger un rapport sur leur progression. Mais elle savait que, dès qu'elle aurait regagné son propre monde, le sortilège qui les attachait l'un à l'autre serait rompu. Ce qu'ils partageaient en ce moment serait aussi dénué de substance qu'un rêve.

Daniel ramassa le bout de bois avec lequel Emma jouait un peu plus tôt et le jeta dans le feu. En silence, ils regardèrent les flammes ronger l'écorce, puis dévorer le bois.

Finalement, le bâton se brisa en deux et tomba dans les cendres.

16

Avec des gestes lents et précautionneux, Angel sortit le sac bourré à craquer du fût d'essence vide. L'odeur de terre de la toile de jute, mêlée à un vague relent de diesel, s'éleva jusqu'à elle tandis qu'elle hissait ce chargement sur son dos. Haut dans le ciel, la lune la baignait de sa lumière crue à l'éclat argenté. En se dirigeant vers le portail, elle buta contre un tas de palmes séchées et les feuilles produisirent un bruissement sonore. Elle se figea et jeta un regard en direction des trois lits de camp derrière elle. Personne ne semblait avoir entendu. Elle regarda les lionceaux, endormis en un tas dont elle venait de s'extraire quelques minutes plus tôt. Eux non plus n'avaient pas bougé. Avec un soupir de soulagement, elle observa Moyo. Les yeux de la lionne brillaient dans le clair de lune. Silencieusement, à pas de velours, elle suivit Angel jusqu'à la grille.

Angel resserra sa main sur la clé et le métal s'enfonça douloureusement dans sa chair. Elle savait que si elle la laissait tomber, elle aurait du mal à retrouver l'objet en laiton terni parmi les ombres denses projetées par les arbres. Non sans malaise, elle se dit qu'elle ne pourrait pas aller remettre la clé sur le crochet auquel Ndisi l'avait suspendue, après qu'elle l'avait aidé à verrouiller les portes le soir venu. Le mieux serait encore de la laisser dans la serrure, afin qu'il la retrouve au matin.

Sa respiration s'accéléra. Au matin, elle serait déjà bien loin du camp. Au lever du jour, elle aurait disparu, tout comme les animaux nocturnes qui s'agitaient et murmuraient dans l'obscurité, puis s'évanouissaient sans laisser de traces.

Il lui fallut un certain temps pour déverrouiller le portail, ôter le cadenas et le raccrocher à la chaîne, en veillant à ne pas faire tinter le métal. Les vantaux étaient hauts et lourds. S'arc-boutant de tout son poids contre l'un d'eux, elle réussit à grand-peine à le faire bouger de quelques centimètres. Quand l'ouverture fut assez large pour qu'elle puisse s'y glisser, elle posa le sac, puis se tourna vers Moyo.

Passant ses deux bras autour du cou de la lionne, elle chuchota, en effleurant le pelage de ses lèvres : « Au revoir. On se retrouvera, je te le promets. »

Elle s'accrocha à elle, comme pour absorber la chaleur de son sang, la puissance de ses muscles, les communiquer à son corps frêle. Puis elle se releva, ses doigts s'attardant dans la fourrure pour en éprouver une dernière fois la douceur.

Moyo poussa une sorte de plainte aiguë, pareille au vent passant sur les plaines. Puis elle alla s'interposer entre Angel et la porte, en secouant la tête d'un air indécis, comme si elle se demandait si elle devait ou non la laisser partir. Finalement, elle s'écarta pour lui livrer passage.

Angel plongea brièvement ses yeux dans les prunelles d'or, puis les détourna respectueusement. Elle lança un ultime regard aux trois formes endormies sur les lits de toile, puis aux trois lionceaux pelotonnés les uns contre les autres en une masse indistincte.

Au revoir, Garçon. Au revoir, Petite Fille. Au revoir, Mdogo.

Elle se tendit en apercevant le contour d'une tête ronde qui se redressait. Un instant plus tard, l'un des lionceaux trottinait vers elle. Avec un violent pincement de cœur, elle reconnut Mdogo. Oh, comme elle aurait voulu s'accroupir et lui ouvrir les bras ! Elle avait l'impression de sentir déjà le chatouillis de ses moustaches sur sa joue, le baiser rude de sa langue râpeuse...

Rapidement, elle jeta le sac sur son épaule et franchit le portail. Elle le referma ensuite derrière elle, en le poussant de toutes ses forces. Si elle laissait Mdogo la rejoindre, elle serait incapable de partir, elle le savait.

Elle s'éloigna, s'interdisant de se retourner. Mais elle sentait sur elle les regards de Moyo et Mdogo. Le petit se mit à gémir. Un son plaintif qui ressemblait à une prière désespérée, des mains implorantes tendues vers elle, la suppliant de revenir.

Le clair de lune faisait miroiter les surfaces anguleuses des pierres et dessinait sur le sable des ombres couleur d'encre. Sa lumière irréelle soulignait impitoyablement les moindres détails du paysage, tout en l'embellissant cependant, de manière inexplicable. Angel avançait d'un pas vif, le sac heurtant son dos à chaque pas. Elle sentait la paroi dure de la marmite en terre, dans le fond, et celles des deux gourdes remplies d'eau. Un léger clapotis accompagnait sa marche, ainsi qu'un cliquetis d'allumettes s'entrechoquant dans leur boîte, qui lui faisait penser à un trottinement de souris. Elle se représenta le sac de riz qu'elle avait emporté et les haricots secs enveloppés dans de la toile. Elle aurait aimé prendre aussi quelques bananes, mais avait estimé en fin de compte qu'elles seraient trop lourdes. Le seul luxe qu'elle s'était autorisé, c'était une patate douce. Toutefois, son chargement n'en était pas moins pesant. En plus de l'eau et de la nourriture, elle avait pris ses sandales et une photo encadrée de Moyo quand elle était petite. Elle l'avait décrochée subrepticement du mur de la salle à manger, en se disant que ce n'était qu'un emprunt et que George Lawrence, lui, aurait toujours sous ses yeux la lionne en chair et en os.

Elle imagina les habitants du campement à leur réveil. Leurs voix pressantes, leurs visages anxieux. Ils se lanceraient à sa recherche, mais, en partant, elle s'était dirigée tout droit vers un affleurement rocheux, de sorte qu'ils ne trouveraient aucune empreinte de pas. Le remords l'assaillit. Ils s'étaient tous montrés si gentils envers elle ! L'un après l'autre, ils apparurent à son esprit : George Lawrence, qui ressemblait à un grand-père comme on en voit dans les livres d'images, avec ses cheveux blancs et sa pipe ; Daniel le Massaï, qui avait participé à ses jeux avec Moyo et les lionceaux et lui avait parlé en maa pour qu'elle se sente plus à l'aise. Ndisi, qui n'apprendrait jamais à tricoter sans son aide.

Et Emma.

Quand elle pensait à la jeune femme, son sentiment de culpabilité s'atténuait. C'était à cause d'elle qu'Angel était obligée de s'enfuir. Elle se rappelait encore la façon brutale dont Emma avait répondu : *Je ne suis pas comme Laura. Désolée.*

Les yeux fixés sur le flanc de la colline en face d'elle, Angel accéléra l'allure, avec une détermination accrue. Emma avait refusé de l'aider. Elle se débrouillerait toute seule. Elle repassa dans sa mémoire les renseignements qu'elle avait glanés auprès de Ndisi. Lorsqu'elle lui avait demandé où se trouvait la station de Daniel, d'un air désinvolte, comme si cela ne l'intéressait pas vraiment, il avait montré le sommet arrondi d'une colline, par-delà l'escarpement qui se dressait derrière le campement. La colline, longue et basse, évoquait la forme d'un lion tapi sur l'horizon.

Elle est située de l'autre côté de cette deuxième colline. La route est très longue, parce qu'elle contourne les montagnes. Mais si tu pouvais voler comme un oiseau, tu y serais très vite.

Angel se rembrunit. Elle n'était pas un oiseau, mais une petite fille portant une lourde charge. Elle changea son sac d'épaule et poursuivit sa route. En promenant son regard autour d'elle, sur les maigres broussailles, les herbes clairsemées, elle ne discernait aucun mouvement, aucun signe trahissant la présence d'un animal à l'affût. Marcher toute seule la nuit ne l'effrayait pas : après avoir vécu avec les lions, elle n'avait plus vraiment peur des animaux sauvages. Mais sans les lionceaux glapissant autour de ses chevilles, sans Moyo marchant devant elle, ondulant des hanches, balançant la queue, elle éprouvait un profond sentiment de solitude.

Bientôt, se dit-elle, elle allait retrouver Mama Kitu. Elle s'imagina poursuivant son voyage confortablement installée sur le dos de la chamelle, les sacs de selle bien attachés de chaque côté, Matata trottant derrière elles. Elle n'aurait alors plus rien à redouter – ni la faim, ni la soif, ni la solitude. Quand elle traverserait le désert, elle pourrait de nouveau goûter au lait riche et doux que Mama Kitu était toujours disposée à lui offrir.

Le poids du sac lui entaillait l'épaule, mordant sa chair comme s'il voulait la ronger jusqu'à l'os. L'autre épaule était déjà meurtrie. Angel essaya de porter son fardeau sur sa tête, mais le sac n'était pas assez rempli et ses bords s'affaissaient, lui tombant sur les yeux. Elle avait l'impression de marcher depuis une éternité, pourtant elle n'avait pas encore atteint le sommet de la première colline.

Après l'avoir franchi à grand-peine, elle s'arrêta et poussa un soupir de soulagement. Essuyant la sueur qui ruisselait sur son visage, elle contempla la colline en forme de lion dans le lointain et demeura bouche bée, frappée de consternation. En dessous d'elle s'étendait une vaste plaine, un patchwork d'argent et de gris se prolongeant à l'infini. La colline était bien plus éloignée qu'elle ne lui avait paru, vue du campement. Elle la contempla un long moment, comme hébétée. Un instant, elle envisagea de faire demi-tour. Si elle se dépêchait, personne ne s'apercevrait même de son absence. Mais c'était sa seule chance d'échapper au sort qu'on lui avait choisi, elle le savait.

Tu es une fille obstinée, se rappela-t-elle. C'était vrai. Laura le lui avait souvent répété. Angel chercha au plus profond d'elle-même ce sentiment si fort dont parlait sa maman. Elle l'imagina grandissant peu à peu, comme une flamme sous l'effet du souffle. Les religieuses aussi lui disaient qu'elle était têtue, que, quand elle s'était mis une idée en tête, elle ne renonçait jamais. En reprenant sa marche, pour se donner du courage, elle se répéta silencieusement ces mots, comme une incantation.

Ne renonce jamais. Jamais.

17

Emma contempla le ciel au-dessus d'elle, un océan bleu foncé où flottait une gigantesque lune jaune. Elle écouta la nuit, en se demandant ce qui l'avait tirée du sommeil. Hormis le léger ronflement de George à côté d'elle, un profond silence régnait. C'est alors qu'elle entendit un son étrange, une sorte de rire sauvage et démentiel, émanant de l'extérieur du camp. Une hyène, pensa-t-elle. On prétendait que leur cri ressemblait à un ricanement. Elle jeta un coup d'œil en direction de Daniel et George. Ils continuaient tous deux à dormir paisiblement. Elle se tourna ensuite vers Angel – et se redressa sur son lit de toile, instantanément en alerte. Là où la fillette était tout à l'heure étendue, elle ne voyait plus que deux lionceaux, étroitement blottis l'un contre l'autre. Aucun signe d'Angel, de Moyo, ni du troisième petit. Elle consulta sa montre. Il était un peu plus de trois heures du matin. Inutile de donner l'alarme ; elle savait qu'ils étaient en sécurité dans le camp. Elle descendit de sa couchette en essayant de ne pas faire de bruit. Puis elle glissa ses pieds dans ses chaussures et noua ses lacets.

Elle s'avança d'un pas rapide sur le sol baigné de lune en promenant son regard autour d'elle, le mouvement de ses jambes faisant bruire la soie de son pyjama. Elle ne tarda pas à apercevoir, près du portail, la forme massive de la lionne. Assise devant la clôture, la tête levée, Moyo regardait fixement à travers le grillage. Le lionceau se tenait à côté d'elle, dans la même attitude vigilante. Mais Angel n'était pas avec eux.

Tout en se précipitant vers eux, Emma essaya de voir ce qui captait l'attention de la lionne, dont les yeux semblaient rivés sur le sommet de la colline surplombant le campement.

Quand elle se retrouva à côté de la lionne, elle s'arrêta net et un frisson de peur lui hérissa la peau. Dans le clair de lune, le félin lui paraissait soudain moins familier, intimidant. Son regard, toujours attaché à la colline, semblait féroce, sa force menaçante. Emma était sur le point de battre prudemment en retraite quand Moyo tourna brusquement la tête vers elle. Du bout de son museau, elle lui donna un coup dans l'épaule, en un geste pressant, impatient. Un grondement sortit du fond de sa gorge et Emma comprit qu'elle était inquiète et que sa présence la soulageait.

Timidement, elle se hasarda à scruter les grands yeux brillants dont la couleur dorée prenait dans la clarté lunaire des reflets verts. La lionne ne parut pas s'en offusquer. Leurs regards se rencontrèrent et il apparut soudain à l'esprit d'Emma que ce n'était pas le cri d'une hyène qui l'avait éveillée. Moyo l'avait appelée et elle l'avait entendue. Elle tressaillit sous l'effet du choc et fixa sur la lionne un regard abasourdi. Puis celle-ci la poussa de nouveau.

S'arrachant à sa stupeur, Emma examina le portail et constata aussitôt que les vantaux n'étaient plus fermés par la chaîne et qu'une clé était fichée dans le cadenas. Elle repéra ensuite dans le sable mou les empreintes des petits pieds d'Angel, s'éloignant du campement pour devenir rapidement impossibles à discerner sur le sol plus dur.

« Où est-elle ? » murmura Emma.

Plissant les paupières, elle regarda au loin, dans la même direction que la lionne un peu plus tôt. Tout là-bas, à peine visible sur le ciel gris-noir, elle distingua une mince colonne de fumée, montant tout droit dans l'air nocturne et immobile, juste derrière le sommet de la colline.

Emma observa longuement la fumée. De l'endroit où elle se trouvait, elle ne voyait pas le feu, mais elle imagina Angel assise toute seule dans le noir, alimentant les flammes de ses petites mains en y jetant des brindilles. Les questions se bousculaient dans sa tête, mais elle ne les laissa pas s'y attarder et courut vers son lit pour récupérer ses vêtements. Une partie d'elle-même lui criait qu'elle devait réveiller ses compagnons, que c'était téméraire de partir seule à la recherche de la fillette. Mais elle avait conscience que c'était elle que Moyo avait choisie pour cette mission. La lionne n'aurait eu aucun mal à réveiller George, si elle l'avait voulu.

Elle n'avait pas fini de boutonner sa chemise quand elle retourna auprès de Moyo. Elle ouvrit un vantail, puis attendit un instant, pour voir si la lionne allait la suivre. Moyo recula, lui indiquant qu'elle préférait rester avec ses petits, mais elle émit un doux petit cri d'encouragement. Emma referma le portail derrière elle et se mit en marche vers la colline.

Elle avançait d'un pas vif, n'ayant aucun mal à trouver son chemin à la lumière étincelante de la lune. Elle était au mieux de sa forme, grâce à sa fréquentation assidue de la salle de gymnastique. Angel devait l'être également, mais ses jambes étaient beaucoup plus petites. Emma présumait que la fillette avait dû partir deux ou trois heures plus tôt et elle se demandait pourquoi la lionne avait tant tardé à la prévenir. Peut-être n'arrivait-elle pas à décider si elle devait ou non intervenir. Peut-être était-ce l'apparition de la fumée dans le ciel qui l'avait alarmée. Mais Moyo n'était qu'un animal, se rappela-t-elle. Elle n'était pas capable de tenir un tel raisonnement. Et pourtant, ce qu'elle avait vu de ses propres yeux contredisait l'opinion communément admise. Moyo était indéniablement capable d'avoir des pensées abstraites et de se représenter le futur. En fait, Emma était à présent persuadée que George avait raison : la lionne était dotée d'un sixième sens que les hommes n'avaient jamais possédé, ou qu'ils avaient perdu quelque part en chemin, durant le long parcours de l'évolution.

Elle progressait à une allure régulière, sans perdre de vue le panache de fumée. Quand elle ne fut plus très loin du sommet de la colline, elle s'arrêta pour reprendre haleine et ralentir un peu son rythme cardiaque. Elle pouvait sentir à présent l'odeur du feu de bois, voir des étincelles rouges tournoyer dans le courant d'air créé par la chaleur.

L'angoisse lui étreignit le cœur. Elle n'avait pas préparé ce qu'elle allait dire ou faire. Devait-elle tenter de raisonner l'enfant et de la convaincre de revenir au camp ? La ramènerait-elle de force si cela se révélait nécessaire ? Elle ne savait vraiment pas pourquoi elle était venue. Elle avait le sentiment de n'avoir rien d'utile à offrir. Elle savait seulement qu'elle devait être ici – *elle*, et personne d'autre.

Enfin, elle atteignit la crête rocailleuse et marqua une pause, regardant le feu à quelques mètres d'elle. Angel était agenouillée devant les flammes qui éclairaient son visage d'une lueur rosée. Sous le clair de lune, ses cheveux blonds semblaient eux-mêmes répandre une lumière argentée.

Comme si elle avait senti la présence d'Emma, Angel releva la tête. Elle la contempla sans rien dire. L'éclat dans ses yeux bleus s'était éteint.

Emma s'approcha du feu.

« Ma marmite s'est cassée. » La voix d'Angel avait elle aussi perdu sa vivacité. Montrant un tas de tessons de poterie – des fragments incurvés ressemblant à d'étranges pétales aux bords tranchants – elle ajouta : « Je ne peux plus partir, maintenant. Je ne pourrais pas faire cuire le riz ni les haricots. »

Près des débris, Emma aperçut un vieux sac de jute au fond déchiré. Le trou béant laissait voir une calebasse et un paquet enveloppé dans une étoffe.

« Le sac n'était pas assez solide. Il était usé. Je l'ai pris sans faire attention à ça, reprit Angel en fixant le feu d'un air dépité.

— Puis-je m'asseoir près de toi ? lui demanda Emma.

— Si tu veux », répondit la fillette en haussant les épaules.

Emma ramassa une large pierre plate, la plaça à côté d'Angel et s'y assit, jambes croisées devant elle. Du coin de l'œil, elle épiait l'enfant.

Au moyen d'un bâton, Angel remua une masse noircie posée sur les braises et la retourna d'un geste preste.

« Est-ce qu'il y a des patates douces, en Angleterre ? s'enquit-elle d'une voix où l'on ne décelait aucune trace de curiosité, seulement de la résignation.

— Je le crois. Nous en mangeons aussi, en Australie. Mais leur chair est orange, pas blanche comme celle des patates d'ici. »

Angel hocha la tête, comme si cette réponse ne faisait que confirmer ses soupçons. Elle arrangea le feu, remettant en place les brindilles qui avaient échappé aux flammes. Le foyer avait été préparé dans les règles de l'art, ainsi que le remarqua Emma, les bouts de bois empilés en pyramide. En voyant la fillette recouvrir la patate de braises, elle comprit ce qui se déroulait sous ses yeux. C'était pour Angel son dernier repas africain, une sorte de rite. Une façon de dire adieu à sa vie en Tanzanie.

Assises côte à côte, elles contemplèrent le feu. Le silence semblait lourd de pensées non partagées.

Ce fut Emma qui le rompit, en demandant d'une voix douce : « Où comptais-tu aller ? »

Angel se tourna vers la longue colline basse dans le lointain. « Là-bas, à la station. Je voulais aller chercher Mama Kitu et Matata. Ensuite, je serais allée au *manyata* de Walaita, poursuivit-elle en montrant la montagne de Dieu. Son frère est le chef du village. C'est quelqu'un de très important. Il aurait pu les empêcher de m'envoyer en Angleterre. J'étais auprès de sa sœur, quand elle est morte. J'ai aidé maman à la soigner. » L'enfant reporta son regard sur Emma et une lueur flamboya brièvement dans ses prunelles. « Il m'aurait aidée. Je sais qu'il l'aurait fait. »

Emma demeura muette, songeant au courage qu'il fallait pour se lancer seule dans une telle aventure, même pour un adulte.

« Mais le sac s'est déchiré et la marmite s'est brisée, reprit Angel, un tremblement dans la voix. Et de toute façon, la station est beaucoup trop loin. »

Emma contempla les épaules affaissées, le visage défait de l'enfant. Elle tendit une main vers elle, puis la laissa retomber. Sa poitrine se gonfla de chagrin. Quand elle parla, les mots jaillirent tout droit de son cœur. « Oh, Angel, tu n'es encore qu'une petite fille. Tu n'es pas obligée de te montrer tout le temps aussi courageuse, aussi forte. »

Angel se tourna vers elle d'un mouvement brusque. « Si, j'y suis obligée ! Je dois me montrer courageuse parce que Laura est morte. » Elle prononça ces mots d'une voix véhémente et sonore. « Je suis toute seule. Je n'ai plus de maman. » Sa voix s'affaiblit, parut s'étrangler dans sa gorge. C'est à peine si Emma perçut la phrase qui suivit. « Tu ne sais pas ce que c'est. »

La fillette remonta ses genoux contre sa poitrine et les entoura de ses bras, puis enfouit son visage entre eux.

« Si, je sais, répondit Emma à voix basse. Je sais très bien ce que c'est. »

Les épaules d'Angel se raidirent sous l'effet de la surprise. Lentement, elle redressa la tête et dévisagea Emma, le regard empli de questions.

« J'avais le même âge que toi quand ma mère est morte. Elle s'appelait Susan. Elle travaillait à la station de recherche sur la fièvre d'Olambo. Elle a attrapé le virus.

— Tu étais avec elle là-bas ? » demanda Angel, en la fixant intensément.

Emma secoua la tête. « Non, j'étais en Amérique. J'attendais son retour pour fêter mon anniversaire. Des hommes de son bureau sont venus annoncer la nouvelle à mon père. Pendant longtemps, je n'ai pas vraiment cru à sa mort. Je pensais que, si je pouvais venir ici, en Tanzanie, pour la chercher, je finirais par la retrouver. Mais à la fin, j'ai été bien obligée d'admettre qu'elle ne reviendrait jamais. »

En s'entendant parler, Emma fut étonnée par le ton tranquille de sa propre voix.

« Elle te manquait ? » La voix d'Angel se fêla. Des larmes brillèrent dans ses yeux. « Laura me manque. Elle me manque tellement... »

Elle commença à pleurer tout bas, en faisant entendre une espèce de petit miaulement évoquant celui des lionceaux. Peu à peu, le son s'éleva, s'amplifia, pour se transformer en un gémissement sonore. Les pleurs ruisselèrent sur son visage, scintillant dans la lumière de la lune. Elle ne chercha pas à les essuyer et les laissa s'écraser sur ses genoux. Quand elle parla de nouveau, ce fut comme si on lui arrachait les mots de la gorge. « J'ai besoin de ma maman. Je veux qu'elle revienne. »

Emma en eut le souffle coupé, la sensation d'avoir reçu un coup en pleine poitrine. Des larmes brûlantes lui montèrent aux yeux. « Je sais. Je sais. » En voyant le chagrin de la fillette, en l'entendant gémir, elle sentit quelque chose se rompre en elle. Elle était redevenue une enfant apeurée et anéantie par la mort de sa mère. La douleur la submergea, déborda en longs sanglots frémissants. « Moi aussi, ma maman me manque toujours. Je voudrais la voir revenir. » Les flammes n'étaient plus qu'une brume pourpre dansant devant ses yeux. Plus rien n'existait que la tristesse et le sentiment d'abandon – ils l'enveloppaient, l'étouffaient.

Une main vint se poser sur son bras. Emma tourna la tête pour regarder la petite forme pâle. Sa propre main alla la recouvrir, l'enserrer. Puis elle ouvrit les bras et attira l'enfant à elle. Le corps menu, toujours secoué de sanglots, s'abattit contre le sien. Emma pressa ses lèvres gonflées par les larmes contre la chevelure soyeuse. Sa poitrine se soulevait au même rythme saccadé que les épaules de l'enfant.

Elles pleurèrent ensemble, sans pouvoir s'arrêter, la peine de l'une alimentant celle de l'autre. À mesure que le temps passait – un temps très long, si on le mesurait à la descente progressive de la lune vers l'horizon, au feu mourant –, elles finirent cependant par s'apaiser toutes deux.

Angel s'essuya les yeux et le nez contre sa manche et se pencha pour récupérer son bâton.

« Est-ce que tu as faim, Emma ? » s'enquit-elle. Comme si la tempête qui venait de la dévaster était passée, elle semblait tout à coup parfaitement calme maintenant.

« Non. Oui… Je ne sais pas, répondit Emma en souriant.

— Je suis sûre que ça va te plaire », dit la fillette en penchant la tête de côté.

Plongeant la main dans la bourse attachée à sa ceinture, elle en sortit un canif. Le front plissé par la concentration, elle ouvrit la lame et la nettoya dans un pli de sa tunique. Emma eut le sentiment que l'enfant recourait d'instinct aux mots et aux gestes de la vie quotidienne, pour conserver des repères au long d'un voyage qui l'avait emmenée bien au-delà des limites de la carte, dans un territoire totalement inconnu. Emma, elle aussi, se sentait perdue et elle ne savait plus très bien où elle en était. Comme l'enfant, elle éprouvait le besoin de se rassurer en s'accrochant à un semblant de normalité. « D'accord. Oui. Je vais en prendre un peu. »

À l'aide du bâton, Angel extirpa la patate douce de sous les cendres, puis coupa en deux la masse noircie, exposant la chair blanche cachée sous une épaisse couche charbonneuse.

« Fais attention à ne pas te brûler la langue, recommanda-t-elle à Emma en lui tendant une des moitiés.

— Je serai prudente. Merci.

— *Asante*, corrigea la fillette. Tu sais, tu devrais apprendre un peu de swahili, même si tu n'es plus en Tanzanie pour très longtemps.

— *Asante*, répéta Emma.

— Et maintenant, par politesse, je dois te répondre : *Si neno.*

— Qu'est-ce que ça signifie ?

— "Pas de paroles". C'est une façon de dire que tu n'as pas à me remercier, expliqua Angel, avant d'ajouter en souriant : Mais, bien entendu, tu dois le faire, pour te montrer polie. » Montrant la patate dans la main d'Emma, elle l'encouragea : « Vas-y, goûte. »

Emma détacha un gros morceau de pulpe blanche à l'aide de son doigt et le porta à sa bouche. C'était doux et ferme, avec un petit goût de fumée. « C'est délicieux. Cuit à la perfection. »

Angel hocha la tête d'un air fier. Puis elle se mit à mâcher sa part, se noircissant les lèvres de charbon de bois.

Derrière elle, la lune perdait peu à peu son éclat à mesure que le ciel pâlissait.

18

Côte à côte, Emma et Angel descendirent le flanc de la colline. Le bruit de leurs pas ne résonnait pas sur le même tempo, car la foulée de la femme était nettement plus longue que celle de l'enfant. Elles avaient vidé les gourdes et répandu le riz et les haricots sur le sol, à l'intention des animaux ; le sac n'était plus qu'un petit paquet presque vide sous le bras d'Emma.

Le ciel se teinta de rose comme les premiers rayons du soleil pointaient à l'horizon.

Tandis qu'elles se frayaient un passage entre les rochers et les buissons, Emma contempla le campement en dessous d'elles. Dans la lumière naissante, on distinguait nettement le contour des huttes, les enclos des lions et la palissade tout autour. Vu d'en haut, l'endroit paraissait minuscule, les constructions bien fragiles. Elle avait l'impression d'être une géante, en comparaison. Mais ce n'était pas seulement une question de perspective, comprit-elle soudain. Au cours des heures passées devant le feu en compagnie d'Angel, elle s'était libérée du poids qui l'accablait. Elle avait l'impression de pouvoir enfin se redresser de toute sa taille, de pouvoir respirer plus profondément. Elle se sentait plus forte et plus libre.

La main d'Angel chercha la sienne et la serra doucement. Elles continuèrent d'avancer sans se presser. Dès que la moindre chose captait les yeux de l'enfant – une minuscule fleur rose tapie sous une pierre ; un scarabée faisant rouler une boulette de bouse sur un rocher ; une plume grise effilée –, elle s'arrêtait pour l'examiner. Parfois, son regard croisait celui d'Emma et elle lui souriait. Elle aussi paraissait soulagée d'un fardeau, comme si elle avait renoncé à essayer de maîtriser l'avenir. Mais il n'y avait plus trace sur son visage de cette détresse qu'Emma y avait lue en arrivant près du feu ; il lui fallut toutefois un certain temps pour identifier le sentiment qui lui avait succédé. Et tout à coup, elle sut : c'était la confiance. Angel avait décidé de s'en remettre aux adultes pour régler les problèmes qui la dépassaient. Elle était redevenue une enfant.

La démarche d'Emma se fit hésitante quand elle prit conscience de ce que cela signifiait. Quelqu'un d'autre devait à présent assumer le rôle auquel Angel avait renoncé. Tout comme les lionceaux avaient besoin de la lionne, Angel avait besoin de quelqu'un pour la protéger, l'aimer, la guider. Emma sentait la chaleur de la petite main blottie au creux de la sienne. Tout au fond d'elle-même, l'évidence se fit jour peu à peu avant de s'imposer enfin à sa conscience. C'était elle. Qu'elle ait été choisie par Angel, par Moyo, par quelque force ancienne issue du cœur de l'Afrique, ou qu'il ne s'agisse que d'un simple concours de circonstances, le résultat était le même.

Tu peux tout changer.

Elle continua à marcher, ses pieds trouvant d'instinct le meilleur chemin, tandis que les pensées s'emballaient dans sa tête, franchissant un à un les obstacles. Elle se rappela les arguments qu'elle avait opposés à Angel au sujet de la tutelle. Rien n'indiquait qu'elle soit en position de décider de l'avenir de la fillette. Et qu'en était-il de Daniel ? Si elle perdait Angel et si le projet de recherche n'aboutissait à rien, désirerait-elle quand même rester ici, rien que pour être près de lui ? Elle le connaissait à peine. Même s'il semblait parfait, il devait cependant posséder au moins quelques-uns des défauts humains habituels. Elle ignorait totalement ce qu'il adviendrait une fois qu'ils auraient passé un peu plus de temps ensemble, ou comment ils réagiraient en cas de conflit. D'ailleurs, elle ne savait même pas quels étaient les sentiments exacts de Daniel à son égard. Elle croyait qu'il éprouvait de l'attirance pour elle, qu'il appréciait sa compagnie, mais cela ne signifiait pas nécessairement qu'il souhaitait passer sa vie avec elle. Cette idée lui fit l'effet d'un coup de poing dans l'estomac. Il n'y avait aucune réponse à toutes ces questions. Ses pensées et ses émotions s'entremêlaient. Il lui était impossible de les séparer, de les analyser, de les remettre en ordre.

Elle ralentit l'allure et leva les yeux vers l'horizon, où la sphère dorée du soleil était maintenant entièrement apparue. Les acacias dessinaient contre le ciel des silhouettes floues. En se représentant la course inexorable de l'astre au long de la journée, Emma eut le sentiment que le reste de son voyage se déroulerait de la même manière : elle ne pouvait pas le contrôler. Son avenir était aux mains de ces mêmes forces qui l'avaient conduite jusqu'ici, celles qui avaient décidé qu'elle se retrouverait au sommet de cette colline, avec l'enfant d'une autre à côté d'elle, et non dans la salle à manger du Serengeti Lodge, en train de terminer un petit déjeuner copieux avant de partir pour un safari matinal.

Elle s'immobilisa soudain.

« Qu'est-ce qu'il y a ? demanda Angel, s'arrêtant à son tour.

— Rien », répondit Emma. Elle s'accroupit pour se mettre au niveau de l'enfant. Ses yeux étaient rouges et brûlants d'avoir trop pleuré, mais ceux d'Angel étaient clairs et brillants. Tendant la main, elle lui caressa la joue du bout des doigts. « Angel, poursuivit-elle lentement. Je sais que je t'ai dit que je ne pouvais pas rester en Afrique. Mais j'ai changé d'avis. »

La fillette écarquilla les yeux comme si elle hésitait à comprendre le sens de cette déclaration. « J'ai décidé de demander aux autorités de me confier ta garde. Je ne sais pas si ma demande sera acceptée. Mais je vais essayer. »

Angel retint son souffle. Emma vit les émotions se succéder sur son visage, comme les ondulations à la surface de l'eau, tandis qu'elle réfléchissait. « Est-ce que ça veut dire que tu m'aimes bien ? »

Emma sentit de nouvelles larmes lui piquer les yeux. « Oui, Angel, je t'aime bien. Je t'aime énormément.

— Moi aussi, je t'aime bien », répondit l'enfant, avec un large sourire.

Incapable de parler, Emma se contenta de lui sourire en retour, de ses lèvres tremblantes.

Elles reprirent leur route, réchauffant leur visage aux rayons du soleil levant.

Quand elles approchèrent du campement, Angel tendit le doigt. « Daniel est là. Et Moyo aussi. Tu les vois ? s'enquit-elle en levant les yeux vers Emma.

— Oui », répondit-elle, le regard rivé sur l'homme et la lionne attendant près du portail.

La fillette s'élança vers eux et s'arrêta pour saluer Daniel avant de se jeter au cou de Moyo. Puis elle fila vers les habitations, visiblement pressée de retrouver les lionceaux.

Daniel demeura où il était, une main posée sur l'épaule de la lionne. Son visage était creusé par l'anxiété. Quand Emma le rejoignit, il fixa sur elle un regard interrogateur.

« Elle s'était enfuie, expliqua-t-elle. Je suis partie à sa recherche. »

Il hocha lentement la tête, en la dévisageant intensément. Puis son expression s'éclaira, comme s'il avait pu lire, à travers ses yeux rougis, l'extraordinaire métamorphose qui s'était opérée en elle. Emma eut le sentiment qu'il n'était pas nécessaire, dans l'immédiat, de lui expliquer ce qui s'était passé.

« Je veux rester ici, annonça-t-elle simplement. Angel a besoin de moi. Et je souhaite m'occuper d'elle. Je n'ai pas envie de la perdre. » Elle s'interrompit pour reprendre sa respiration avant d'ajouter : « Je n'ai pas non plus envie de vous perdre. »

Il la contempla pendant un long moment. Puis il sourit, le regard brillant. Il la prit dans ses bras et la serra contre lui. Elle enfouit son visage dans la peau tendre de son cou et sentit sous ses doigts ses épaules robustes. Elle respira son odeur de miel et de feu de bois. Fermant les yeux, elle laissa la joie la submerger, balayant tous ses doutes.

19

Assise à la table de la salle à manger, la tête penchée sur le sac à bandoulière, Emma s'évertuait à réparer les dégâts infligés par la petite lionne. Le cuir était fin et souple, et l'aiguille fournie par Ndisi, trop grosse et émoussée. Néanmoins, Emma avait réussi à recoudre ensemble les deux morceaux de la courroie et elle s'attaquait maintenant à la poche latérale déchirée. Elle avait beau essayer de s'absorber dans sa tâche, ses pensées revenaient sans cesse à Angel et aux incertitudes concernant son avenir. Tout en enfonçant à grand-peine l'aiguille dans le cuir, puis en tirant le fil, elle se remémorait les événements de l'après-midi. Daniel avait contacté son ami politicien, Joshua. Comme il n'avait pas voulu se servir de la radio, car des oreilles indiscrètes auraient pu intercepter la transmission, Emma et lui étaient retournés en haut de la colline, d'où l'on pouvait capter le réseau sur le portable.

Le temps que les barres affichées sur l'écran aient atteint un nombre suffisant, ils étaient déjà arrivés à l'emplacement où Angel avait installé son feu la veille, marqué par un cercle de cendres froides et des tessons de poterie dispersés alentour. Daniel avait ouvert son carnet d'adresses et composé un numéro.

« Joshua, mon ami. » C'était en ces termes qu'il avait salué le ministre de l'Intérieur, avant de passer au maa, leur langue maternelle à tous les deux. Daniel marchait de long en large tout en parlant, mais son regard demeurait constamment fixé sur la pyramide du volcan dans le lointain, comme s'il s'adressait au dieu massaï dont c'était la demeure. À la fin de la conversation, il avait rendu le téléphone à Emma.

« Il comprend parfaitement la situation, en ce qui concerne Angel et vous. Et je lui ai exposé notre nouveau projet. Il a dit qu'il allait se renseigner. Il va également informer le chef de la police que la petite se trouve avec nous et lui faire savoir qu'il s'intéresse personnellement à cette affaire.

— Quand saurons-nous à quoi nous en tenir ?

— Nous sommes convenus qu'il me rappellerait demain à la même heure.

— Alors, nous devons simplement nous contenter d'attendre ? Il n'y a rien d'autre à faire ? s'était impatientée Emma, avant de prendre conscience qu'elle était retombée malgré elle dans ses anciens travers.

— J'ai confiance en Joshua. Il choisira la solution la plus sage et fera de son mieux pour nous aider. »

Tendant la main à Emma, Daniel avait commencé à redescendre la pente et ils avaient tous deux regagné le camp.

Il avait raison, elle le savait : nul n'était mieux placé que son ami d'enfance pour régler la situation. Mais il lui était extrêmement difficile de se montrer patiente. Reposant le sac, elle planta l'aiguille dans la bobine de fil pour ne pas l'égarer. Puis, repoussant sa chaise, elle se leva et sortit.

Elle trouva Angel et Daniel assis sur des tabourets près du feu de la cuisine. Un nuage de fumée mauve pâle les environnait. Le soleil était à mi-course dans le ciel et les ombres projetées par leurs corps étaient déjà bien sombres et nettement dessinées. Ils se partageaient l'iPod, chacun d'eux tenant un écouteur contre son oreille. Emma pouvait quasiment voir la musique se diffuser en eux. Leurs mouvements s'accordaient naturellement au rythme, comme par atavisme.

Il dut y avoir une pause entre deux morceaux, car ils s'immobilisèrent simultanément. Puis Angel se mit à plisser le nez et à secouer la tête en regardant Daniel, rejetant manifestement son choix. Daniel fronça les sourcils, feignant d'être vexé, mais passa immédiatement à la chanson suivante. En les observant, Emma se sentit partagée entre le plaisir et le chagrin. C'était une scène tellement normale, tellement joyeuse, et Angel paraissait tellement à l'aise avec lui, tellement rassurée ! Il était inconcevable qu'on puisse l'envoyer en Angleterre… Elle se laissa aller à imaginer d'autres scènes semblables à celle-ci, si banales et si merveilleuses à la fois. De toutes ses forces, elle voulait croire qu'en évoquant ces images, elle parviendrait à façonner l'avenir selon ses vœux. Son angoisse se dissipa peu à peu, tandis que ces visions radieuses prenaient forme dans sa tête, s'enchaînant au fil des jours et des mois à venir.

Tenant contre sa poitrine les deux bouteilles de lait vides, Emma regagna la salle à manger, Angel à sa suite. Elles avaient laissé George devant l'enclos des lionceaux, fumant sa pipe en regardant jouer Bill et Ben. Après avoir nourri les deux orphelins, Angel et lui avaient pris du temps pour les présenter à Mdogo – première étape dans le processus d'intégration à la famille de Moyo. Emma avait suivi cette scène en spectatrice attentive, flanquée de la lionne qui couvait son rejeton d'un œil vigilant. L'expérience ne s'était pas bien passée, au début – les petits avaient soufflé et craché à qui mieux mieux, et Angel avait été griffée à la joue. Mais les trois lionceaux avaient fini par se calmer et Mdogo avait même manifesté une certaine envie de jouer.

« C'est un bon début, avait déclaré George. Bientôt, ils formeront une joyeuse petite famille. »

Emma venait de dépasser l'aire de repos, où le sol avait été soigneusement balayé, les lits repliés, quand elle s'arrêta et se retourna. Elle venait d'entendre un faible vrombissement au loin.

« Qu'est-ce que c'est ? demanda Angel.

— On dirait un hélicoptère. »

Aussitôt, la fillette se raidit. « La police ? »

Emma fut traversée par un brusque frisson d'inquiétude, mais elle secoua la tête. « C'est un moyen de transport très coûteux. Il s'agit plus probablement de touristes, ou de gens de la compagnie minière. »

L'hélicoptère apparut bientôt à leur vue. Ce ne fut d'abord qu'un petit point dans le ciel, mais sa forme ne tarda pas à se préciser. Il se déplaçait d'un mouvement si stable et régulier qu'il donnait l'impression de grossir à vue d'œil plutôt que de se rapprocher.

Emma et Angel échangèrent un regard. Il n'y avait plus aucun doute : l'hélicoptère se dirigeait vers le campement. Elle vit George et Daniel lever la tête pour l'observer, les mains en visière au-dessus des yeux pour se protéger de l'éclat aveuglant du soleil de l'après-midi. Ndisi entraînait déjà les petits de Moyo vers l'enclos voisin de celui de Bill et Ben pour les mettre en sécurité.

Le bruit se fit de plus en plus fort et finit par emplir l'air. Des oiseaux jaillirent des broussailles et s'envolèrent à tire-d'aile dans la direction opposée. L'appareil décrivit un large cercle au-dessus d'une zone dégagée à proximité du camp, puis descendit pour atterrir. Le rotor ralentit et les pales de l'hélice, qui n'étaient jusque-là qu'un tournoiement confus, devinrent distinctes.

« Viens, dit Emma à Angel, en s'efforçant de prendre un ton léger. Allons voir qui sont nos visiteurs. »

Elle lui prit la main et elles se dirigèrent ensemble vers le portail. L'hélicoptère était posé juste en face, pareil à un crabe gigantesque. Emma présuma qu'il s'agissait d'un appareil privé, ou qu'il avait été loué à une compagnie de charters, car il ne ressemblait pas à ceux utilisés par l'armée ou la police, ni par aucun autre service gouvernemental.

Elles rejoignirent le petit groupe formé par Daniel, George, Ndisi et Samu, qui se tenaient devant l'entrée du camp telles des sentinelles. Moyo rôdait au milieu d'eux, tête levée, humant l'air, battant de la queue.

La portière du pilote s'ouvrit et un homme en chemise blanche et lunettes de soleil sauta à terre. Puis il contourna l'appareil pour aller ouvrir l'autre porte. Emma plissa les yeux pour tenter de voir à l'intérieur de la cabine. Elle entrevit des éclairs de couleur, puis des gens commencèrent à descendre. Le premier à émerger fut un Africain lourdement bâti portant un uniforme de policier. Elle sentit Angel se recroqueviller à côté d'elle et serra plus fort sa main au creux de la sienne. Un deuxième Africain suivit, grand et vêtu d'un costume bleu pâle à col Mao. Il scruta du regard le groupe rassemblé devant le portail et un sourire éclaira son visage quand il reconnut celui qu'il cherchait. Il leva la main pour saluer Daniel.

« Je crois que c'est Joshua, dit Emma à Angel, avec un profond soulagement. L'ami de Daniel. » De toutes ses forces, elle souhaita qu'il leur apporte de bonnes nouvelles.

Un mouvement sur le seuil de la cabine détourna son attention et elle se tendit brusquement. Un homme blanc apparut et descendit avec précaution. Dans ses élégants vêtements de ville, il ne paraissait pas à sa place. Toutefois, ce ne fut pas sa tenue qui attira le regard d'Emma, mais ses cheveux blonds, de la même couleur que ceux d'Angel – et que ceux qu'elle avait découverts en ôtant les pierres sur la tombe de Laura. Elle ne douta pas un instant qu'il s'agisse de l'oncle d'Angel.

L'enfant était manifestement parvenue à la même conclusion, car Emma l'entendit respirer fortement. Elle lui caressa la main pour la rassurer. Elle aurait voulu pouvoir lui dire qu'il ne fallait pas s'inquiéter, que tout allait s'arranger. Mais elle aussi était remplie de peur.

Moyo s'avança vers l'homme, l'examinant avec curiosité, comme si elle avait également perçu le lien de parenté qui l'unissait à Angel. Il battit en retraite, en jetant un regard affolé en direction du policier. Celui-ci porta la main au pistolet accroché à sa hanche. Le pilote demeura à distance, près de son appareil.

« Vous n'avez rien à craindre de Moyo, cria George. Elle ne vous fera pas de mal. Contentez-vous de rester immobiles et de ne pas la regarder dans les yeux. »

Le policier et l'oncle d'Angel ne parurent pas convaincus par ces conseils, mais se conformèrent cependant aux instructions du vieil homme. Ils se tinrent le regard fixe, les bras rigides le long du corps, pendant que la lionne tournait lentement autour d'eux en les reniflant. Joshua se plia lui aussi à cette inspection, mais sur son visage, à la place de la crainte, se lisait un sentiment proche du respect. Quand Moyo alla reprendre sa place à côté d'Angel, le politicien parut avoir du mal à en détacher ses yeux.

Il s'avança alors pour saluer Daniel et les deux hommes échangèrent une poignée de main à la façon traditionnelle, nouant leurs mains gauches et posant leurs mains droites sur leurs avant-bras gauches. Daniel avait expliqué à Emma que ce geste était destiné à montrer que le bras droit, le plus fort des deux, ne tenait pas d'arme. Quand ce rituel fut accompli, ils s'étreignirent avec chaleur, visiblement ravis de se revoir. Au bout d'un instant, Joshua sembla se rappeler son rôle officiel et reprit un air grave.

Il se dirigea vers George et lui serra brièvement la main, à la mode européenne.

« Bienvenue à Kampi ya Simba, lui dit poliment le vieil homme.

— Je suis désolé d'arriver ainsi sans prévenir, déclara Joshua. Mais M. Kelly – il fit un geste en direction de l'homme blond – était sur le point de repartir pour Londres quand je lui ai annoncé qu'Angel avait été retrouvée. Comme vous l'avez peut-être deviné, c'est son plus proche parent, le frère de sa mère. Il a tenu à affréter un hélicoptère pour venir immédiatement ici. »

Tout en l'écoutant, Emma tourna son regard vers l'Anglais. Avec sa chemise blanche fraîchement repassée et sa veste à la coupe impeccable, on l'imaginait plutôt dans un conseil d'administration ou un restaurant chic. Elle baissa les yeux sur sa propre chemise, qu'elle avait tachée de lait en donnant le biberon aux lionceaux, et qui conservait des traces du goudron de Stockholm utilisé par Daniel ; son jean imprégné de sueur ; ses chaussures de marche couvertes de boue. Elle savait que les vêtements d'Angel étaient tout aussi sales et chiffonnés et elle éprouva une sorte de satisfaction à l'idée qu'elles se ressemblaient au moins sur ce point, même si elle n'avait ni le bon accent ni la bonne couleur de cheveux. Néanmoins, ce sentiment fit bientôt place à l'appréhension. Son apparence pouvait donner l'impression qu'elle n'était pas le genre de personne à qui l'on pouvait confier un enfant. En plus de sa tenue débraillée, elle avait le visage et les bras brûlés par le soleil, les cheveux poussiéreux. Et l'aspect d'Angel pouvait laisser croire qu'elle avait été négligée ces derniers jours. Son visage était maculé de charbon de bois et l'égratignure sur sa joue saignait encore.

En levant les yeux, elle s'aperçut que l'oncle d'Angel l'observait lui aussi, ouvertement. Elle se demanda ce que Joshua avait pu lui dire à son sujet – si tant est qu'il lui ait dit quoi que ce soit. Un frisson de peur la traversa. Peut-être tout avait-il déjà été décidé sans tenir compte de sa demande. Peut-être Angel allait-elle lui être enlevée à jamais.

Elle prit brusquement conscience que Joshua s'avançait vers elle pour la saluer. Elle se tourna vers lui et lui adressa un sourire courtois pour masquer sa peur. En scrutant son visage, elle eut l'impression de voir le frère ou le cousin de Daniel. Joshua avait les mêmes pommettes hautes, les mêmes lèvres au modelé délicat. Il possédait aussi la même grâce dans le maintien. Elle s'aperçut que, tandis qu'elle le dévisageait, lui aussi l'étudiait intensément, et elle regretta de ne pas savoir ce que Daniel avait dit d'elle – d'eux deux – lors de cette conversation sur le portable, en haut de la colline. L'entendre déclarer à un de ses amis qu'elle allait rester en Tanzanie et travailler avec lui, vivre avec lui, aurait conféré plus de réalité à ce projet.

Joshua lui sourit avant de se tourner vers le policier. « Voici M. Malindi, le chef de la police pour la région d'Arusha. » Le colosse inclina la tête. Il émanait de lui une impression quasi palpable de force contenue.

Enfin, Joshua désigna l'oncle d'Angel d'un large geste du bras. « Et voici M. James Kelly, qui vient d'Angleterre. »

James regardait fixement Angel, comme s'il n'arrivait pas tout à fait à croire qu'elle était réelle. À grand-peine, il s'arracha à sa contemplation pour saluer hâtivement les adultes à tour de rôle. Quand il se retrouva devant l'enfant, qui se dissimulait à moitié derrière Emma, il dit : « Bonjour, Angel. Je suis ton oncle James.

— Bonjour, mon oncle », répondit poliment Angel, avant de baisser les yeux vers le sol.

À mi-voix, James demanda à Emma : « Comment va-t-elle ? »

Faute de trouver une réponse adéquate, elle répondit : « Elle va bien.

— Vous l'avez retrouvée il y a seulement… deux jours. Elle s'est rétablie incroyablement vite.

— Non, elle était en parfaite santé. Moyo a pris soin d'elle.

— Vous voulez dire que cette lionne… », commença James, le regard incrédule.

Moyo secoua brusquement la tête et une mouche s'envola du coin de son œil. Alarmé, l'Anglais fit un bond en arrière.

« Ce n'est rien, mon oncle, elle ne te fera aucun mal, le rassura Angel. Elle est très gentille. »

Se retournant vers elle, James la dévisagea plus intensément encore, captivé par sa voix. Il s'accroupit pour se mettre à sa hauteur et Emma constata que ses yeux étaient du même bleu que ceux de la fillette. En voyant leurs deux têtes blondes si proches l'une de l'autre, elle ne put s'empêcher de ressentir une pointe de jalousie. On aurait pu les croire père et fille.

« Je suis vraiment heureux de faire ta connaissance, Angel », reprit James. Il avait un beau sourire, remarqua Emma, chaleureux et bienveillant. « Comprends-tu bien qui je suis ? Le frère de ta maman ? »

L'enfant acquiesça.

Il parut sur le point d'ajouter quelque chose, mais se borna à la regarder en silence, ses yeux se posant tour à tour sur les cheveux, le visage puis le corps menu. « Oh, mon Dieu, tu es tout le portrait de Laura, quand nous étions enfants. » Il courba la tête et serra les lèvres. « Je suis désolé… » Quand il se fut maîtrisé, il se redressa.

Lorsque leurs regards se rencontrèrent de nouveau, Angel déclara : « Je ne veux pas aller vivre avec toi. »

James tressaillit, puis hocha lentement la tête. « Je sais. M. Lelendola me l'a dit. » Regardant Emma, il poursuivit : « Tu veux vivre avec… elle.

— Oui », acquiesça la fillette.

Emma s'éclaircit la gorge. « Je souhaiterais déposer une demande pour devenir sa tutrice légale. »

James la regarda en fronçant les sourcils ; il semblait lutter pour réprimer ses émotions. « Avez-vous mûrement réfléchi à tout ce que cela implique ? Je sais bien que vous avez participé à son sauvetage. Il est compréhensible qu'un lien se soit formé entre vous. Mais cela ne signifie pas qu'elle doive rester avec vous. Franchement, c'est… absurde. »

Emma eut un certain mal à répondre à cet argument : il y avait seulement quelques jours de cela, n'avait-elle pas elle-même jugé cette idée insensée ? « J'y ai longuement réfléchi, rétorqua-t-elle enfin. Je pense que ce serait la meilleure solution pour Angel – et pour moi aussi. »

James eut un sourire contraint. « Voyez-vous, euh… Emma, j'ai fait une promesse à ma sœur et je veux la tenir. C'est mon devoir. Et mon épouse partage cet avis, bien entendu. » Sortant une photo de sa poche, il la montra à Angel. « Voici ta tante Louise. »

La fillette jeta un bref regard sur la photo puis se détourna. Emma entraperçut une grande femme en jodhpur et chemise immaculée, au sourire charmeur.

« Je comprends votre situation, monsieur Kelly, intervint Joshua. On devrait toujours honorer sa promesse. Et quand la personne à qui on l'a faite est décédée, cela devient un devoir sacré.

— Absolument », approuva James.

Emma sentit sa poitrine se serrer et jeta un coup d'œil à Daniel. Il paraissait aussi tendu qu'elle.

« Mais les vivants ont plus d'importance que les morts, poursuivit Joshua. Et c'est au bien-être de cette enfant que nous devons d'abord songer, avant même de tenir compte de vos devoirs et de vos souhaits. »

Une ombre d'impatience passa sur le visage de James. « Écoutez, j'avais pourtant cru que c'était suffisamment clair. Je suis son plus proche parent. Cette enfant n'a pas de père. Je suis légitimement en droit de la ramener en Angleterre.

— En fait, pas vraiment, expliqua Joshua. La décision appartient au gouvernement tanzanien, puisque l'orpheline vit dans notre pays. »

Angel émergea de derrière Emma pour se placer à côté d'elle. Emma passa un bras autour de ses épaules et la serra contre sa cuisse. L'enfant leva les yeux vers elle, le visage blême de peur. Emma lui adressa un sourire rassurant, mais elle avait l'estomac noué. Elle posa son regard sur Moyo, à présent assise au côté d'Angel, immobile comme une statue, et tenta de puiser un réconfort dans cette présence solide et calme.

James fit un pas vers Joshua. « Je suis convaincu que c'est vrai sur le plan technique, monsieur le ministre. Mais il serait totalement inhabituel... On pourrait s'attendre à... » Il se tut, visiblement dépassé par la tournure des événements.

« Donc, la question à laquelle nous devons répondre, reprit Joshua, est la suivante : qui est le plus apte à donner à cette petite fille tout l'amour et le soin nécessaires ? »

James lui adressa un sourire rempli d'assurance. « Ma foi, laissez-moi présenter les choses ainsi : j'ai une belle maison au bord de la mer, avec un grand jardin et une piscine chauffée. Angel étudiera à St Mary's, l'ancienne école de Louise. Elle recevra des leçons d'équitation, de danse classique, de piano. Nous l'emmènerons en vacances à l'étranger... » Sa voix s'éteignit et il examina Angel d'un air hésitant, comme s'il avait des difficultés à associer ce programme à l'enfant qui se tenait en face de lui. Mais il termina d'une voix ferme : « Elle ne manquera de rien.

— Il est facile, pour quelqu'un de riche, de prodiguer ce genre de choses, répondit Joshua. Mais qu'en est-il de l'affection, de l'attention dont elle a besoin ? De la compagnie d'enfants de son âge ?

— Cela va sans dire. C'est la fille de ma sœur. Et en temps voulu, Louise et moi avons prévu d'avoir des enfants à nous. Angel fera partie d'une vraie famille. »

Joshua hocha la tête. « Vous avez beaucoup à offrir à votre nièce, c'est indéniable. »

Le cœur d'Emma se mit à battre à grands coups. En sentant Angel se pelotonner contre elle, elle fut submergée par une volonté farouche de la protéger. Elle aurait voulu pouvoir se dresser telle une lionne et se battre pour son petit. Mais elle savait qu'elle devait se forcer à rester calme et à écouter.

« Monsieur Kelly, enchaîna le ministre, je dois vous informer qu'il vous faudra nous prouver le sérieux de votre engagement avant d'être autorisé à emmener la petite. Selon la loi tanzanienne, un enfant ne peut pas être adopté par un étranger à moins que celui-ci n'ait résidé avec lui sur le territoire pendant une durée de deux ans minimum. Durant cet intervalle, l'étranger sera considéré comme sa famille d'accueil. »

James laissa échapper un rire incrédule. « C'est ridicule. Je peux comprendre qu'on applique cette loi quand il n'existe aucun proche parent, mais ce n'est certainement…

— Ce serait entièrement différent si vous aviez une relation étroite avec l'enfant. Toutefois, durant le vol, vous m'avez déclaré que vous ne l'aviez encore jamais rencontrée avant ce jour ?

— Mais c'est ma nièce !

— Les liens du sang ne sont pas tout, monsieur Kelly. » Se tournant vers Emma, Joshua posa sur elle un regard perçant. « Emma, êtes-vous disposée à prendre cet engagement envers Angel ?

— Une minute, l'interrompit James. Vous ne pouvez pas nous demander sérieusement, à Louise et moi, de vivre ici pendant deux ans ! Nous avons chacun une carrière professionnelle. J'ai déjà eu un mal fou à m'organiser pour pouvoir venir deux ou trois jours… »

Le ministre haussa les sourcils, puis reporta son attention sur Emma. « Et vous ? Je vous pose de nouveau la question, en vous priant de bien réfléchir avant de répondre : êtes-vous en mesure de prendre un tel engagement ? »

Emma sentit Angel se figer et retenir sa respiration.

« Oui.

— Et vous le désirez réellement ?

— Je le désire plus que tout », répondit-elle en souriant à Angel.

La fillette relâcha son souffle et appuya sa tête contre la hanche d'Emma.

« Donc, vous comptez vous installer en Tanzanie ? Cela représente un énorme changement.

— En effet. Mais cela ne me fait pas peur. Je sais que j'en suis capable. » En prononçant ces mots, elle fut étonnée de s'entendre parler avec autant d'assurance – et d'éprouver au fond d'elle-même une conviction aussi forte.

« J'ai cru comprendre que vous alliez participer aux travaux de Daniel sur la fièvre d'Olambo ? Il m'a dit que vous étiez une chercheuse extrêmement compétente. »

Elle regarda Daniel, qui l'encouragea d'un signe de tête. « Nous voulons nous lancer dans un nouveau programme de recherches. Nous croyons avoir trouvé le lien qui permettrait la mise au point d'un vaccin. »

James s'éclaircit la gorge, visiblement désireux de ramener la conversation vers le sujet principal, mais Joshua ne parut pas lui prêter attention. Il demeura un instant silencieux, le regard perdu au loin. Quand il se retourna vers Emma, elle décela dans ses yeux l'ombre d'un chagrin. « C'est une question qui me tient à cœur. Mon fils unique est mort de cette fièvre. »

Daniel murmura quelques mots en maa qui firent naître un sourire triste sur les lèvres de son ami. Puis, repassant à l'anglais, il poursuivit : « Mais pour mener à bien nos recherches, il est essentiel que ce camp continue d'exister et que les braconniers soient chassés de la région.

— Les lions de George sont la clé de tout, ajouta Emma. Ils vivent dans les deux mondes – l'humain et l'animal. Ils sont uniques en cela, et c'est pourquoi il faut absolument les protéger. » Elle sentit se poser sur elle le regard de George, chargé de gratitude.

Agitant une main en direction du policier, Joshua répondit : « C'est la raison pour laquelle j'ai amené ici mon ami M. Malindi. Il va mener une enquête afin de découvrir pourquoi la requête de M. Lawrence, visant à obtenir le statut de parc national pour cette zone, est restée jusqu'à présent ignorée. Je voulais que M. Malindi rencontre M. Lawrence, qu'il voie le camp, les lions, qu'il juge par lui-même de la situation avant de commencer ses investigations. »

Le visage de George se crispa. « Mais qu'est-ce que ça signifie, concrètement ? Cela va prendre du temps et, en attendant, les braconniers continueront à tuer impunément les animaux… »

Joshua sourit. « Dans les deux semaines qui viennent, une équipe de rangers sera affectée ici à titre provisoire. Dès que la loi aura été adoptée, le territoire sera reconnu comme parc national. » Regardant le vieillard droit dans les yeux, il poursuivit : « Ne vous inquiétez pas. Je vous promets qu'il en sera ainsi. Dès mon retour à Dar es-Salaam, je discuterai de ce nouveau programme de recherches avec le ministre de la Santé. Il nous soutiendra. Si nécessaire, nous irons ensemble parler au président. »

George demeura bouche bée, comme hébété de stupéfaction et de joie.

Le ministre porta alors son attention sur Angel. Il ne s'accroupit pas pour se mettre à sa hauteur, mais la regarda d'un air bienveillant, sans donner l'impression de vouloir l'écraser de sa taille, en homme habitué à s'adresser à des interlocuteurs plus petits que lui. « À présent, j'aimerais te poser quelques questions, Angel. Où es-tu née ?

— Dans le *manyata* du figuier.

— Celui qui se trouve près de la colline aux histoires ? Je le connais bien. As-tu vécu longtemps là-bas ?

— Non, nous n'y vivions pas vraiment. Nous ne vivions nulle part. Nous voyagions tout le temps avec nos chameaux, en nous arrêtant dans les endroits où les gens avaient besoin de notre aide. Quand nous étions à court de médicaments, nous retournions en chercher chez les Sœurs de la Charité. Quand nous n'avions plus d'argent, nous allions en ville, pour trouver une banque. Maman avait beaucoup d'argent, expliqua-t-elle en hochant la tête d'un air sagace, mais on ne le gaspillait jamais.

— Laura bénéficiait d'un fonds en fidéicommis légué par notre père, intervint James. J'ignorais qu'elle se dévouait de la sorte à soigner les malades. Nous avions perdu tout contact depuis des années. Nous menions des vies tellement différentes... Elle avait toujours été rebelle, impétueuse, se lançant constamment dans des entreprises insensées. Je supposais qu'elle ne faisait que... s'amuser.

— Mais on s'amusait ! rétorqua Angel. On faisait tout ce qu'on voulait. »

Emma perçut une fêlure dans sa voix et lui caressa l'épaule. À travers la mince étoffe de la tunique, elle sentit la chaleur de sa peau.

« Et tu aimais vivre de cette façon ? reprit Joshua. Rien que toi et ta maman.

— Et aussi Mama Kitu et Matata, rectifia l'enfant.

— Qui sont-ils ?

— Nos chameaux. Mama Kitu est très intelligente. C'est elle qui a envoyé Emma me chercher. »

Joshua sourit d'un air indulgent avant de demander : « Alors, que voudrais-tu, à présent ?

— Ce n'est qu'une enfant ! » protesta James.

Le ministre secoua la tête. « Elle a enterré sa mère de ses propres mains. Elle a vécu avec des lions. Elle est bien davantage que cela. » Tournant le dos à l'Anglais, il s'adressa de nouveau à Angel et Emma reconnut immédiatement la cadence distinctive de la langue maa. Il parla longuement et sa dernière phrase se termina sur une note interrogative.

« Je veux rester avec Emma et Daniel, répondit la fillette d'une voix ferme. Je veux pouvoir voir Moyo et les petits, et aussi George Lawrence et Ndisi. Je veux retrouver mes chameaux. » Tandis qu'elle parlait, James se rapprocha, comme si ce discours exerçait sur lui une force d'attraction irrésistible. « Je veux rendre visite à mon ami Zuri. Et aux religieuses. Il y a encore autre chose : je dois aller au *manyata* qui se trouve au pied d'Ol Doinyo Lengaï. J'ai quelque chose pour le chef. Et puis, je n'ai pas fini d'apprendre à tricoter à Ndisi. »

James la contemplait comme s'il la découvrait réellement pour la première fois. Sur son visage, on lisait une fascination teintée d'admiration, ainsi qu'une trace de déception et de regret. Joshua observait sa réaction ; quand Angel se tut, il s'adressa à son oncle, d'un ton rempli de bonté. « Comme vous pouvez le constater par vous-même, c'est une enfant africaine. Sa place est ici. » Le regard adouci par la compassion, il poursuivit : « C'est un moment très pénible pour vous. Vous pleurez votre sœur. Je compatis à votre tristesse, mais je dois écouter Angel. »

James le dévisagea une seconde, puis baissa les yeux vers le sol. Il s'essuya le nez sur le revers de sa manche et se frotta les yeux avant de relever la tête. « À vrai dire, je crois que c'est ce que Laura elle-même aurait souhaité. Il me semble que vous lui auriez plu, ajouta-t-il en se tournant vers Emma.

— Merci », dit-elle en lui souriant à travers ses larmes.

Angel se détacha alors d'elle pour s'avancer vers son oncle et Emma éprouva un petit pincement d'angoisse. Elle faillit tirer la fillette en arrière et l'emprisonner entre ses bras.

« Oncle James ? dit Angel. Je suis vraiment désolée que tu ne puisses pas m'adopter. Je ne voulais pas t'offenser. »

James tendit la main et lui ébouriffa les cheveux. « Peut-être pouvons-nous être amis. Échanger des lettres. Et tu pourrais me rendre visite en Angleterre un de ces jours. » Écrasant une larme sur son visage, il se força à sourire.

Joshua lui lança un coup d'œil empreint de respect, puis reporta son attention sur Emma. « Vous devrez vous rendre à Arusha, pour un entretien officiel avec une assistante sociale. Il faudra également remplir des papiers, accomplir un certain nombre de formalités. Il conviendra aussi d'aborder la question de sa scolarisation.

— Il y a une école, dans le village voisin de la station, déclara Daniel. L'instituteur est un de mes amis. Un Massaï.

— Et je pourrai avoir un uniforme ? s'enquit Angel d'un ton excité.

— Bien sûr. Tu porteras le même que tous les autres enfants. »

La fillette tourna vers Moyo un regard illuminé de joie, comme pour lui faire partager son enthousiasme.

Joshua la contempla un instant avant de reprendre à l'intention d'Emma : « Il y aura toutes sortes de dispositions à prendre. Mais cela peut attendre quelques semaines. Il faut laisser à cette enfant le temps de se remettre de sa perte, c'est ce qui compte le plus. » Il s'interrompit, comme s'il lui était venu une idée de dernière minute. Le silence sembla se prolonger interminablement et Emma retint son souffle. Enfin, le ministre hocha lentement la tête. « Je la confie officiellement à vos soins. Si tout se passe bien, il n'y aura aucune raison de revenir sur cette décision. »

Emma ferma brièvement les yeux, trop émue pour parler.

« Bien entendu, poursuivit Joshua, si vous deviez vous marier, votre futur époux devra également faire l'objet d'une évaluation. » Avec un coup d'œil espiègle en direction de Daniel, il ajouta : « Nos services devront s'assurer qu'il fera un bon père. » Retrouvant son sérieux, il baissa la voix pour murmurer à Emma : « Je suis content de voir que mon vieil ami a retrouvé le bonheur.

— Moi aussi, je suis heureuse », répondit-elle dans un sourire.

La voix de George résonna soudain, couvrant la sienne. « Bon, nous n'allons pas rester plantés là toute la journée. Si nous passions tous dans la salle à manger, pour prendre une tasse de thé ? Ou, mieux encore, un apéritif, même si ce n'est pas tout à fait l'heure ? » Cette proposition fut saluée par des murmures d'agrément. George posa une main sur le bras de James. « Vous devriez passer quelque temps en compagnie d'Angel, avant de partir. Elle serait ravie de vous présenter aux lionceaux », dit-il en le poussant vers l'entrée du campement.

Confusément, Emma vit Joshua leur emboîter le pas, rapidement suivi de M. Malindi, escorté de Ndisi, de Samu et du pilote. Daniel et elle se retrouvèrent seuls devant le portail avec Angel et Moyo.

Emma s'agenouilla devant la fillette. « Tu vas rester ici avec nous, pour de bon ! Nous n'avons plus à nous inquiéter. »

Les yeux bleus d'Angel étaient baignés de larmes. « *Asante*, dit-elle. *Asante sana.* »

Emma l'attira contre elle et l'étreignit avec force, respirant son odeur – un mélange de fumée de feu de bois et de savon auquel venait s'ajouter un soupçon de la senteur fauve de Moyo. L'expression swahili que l'enfant lui avait enseignée lui revint en mémoire. *Si neno.* Pas de mots. Elle pressa ses lèvres contre les cheveux blonds.

Les mots ne sont pas nécessaires.

Elle sentit la paume de Daniel lui effleurer la tête, puis venir se poser sur son épaule et elle leva les yeux vers son visage radieux. Se relevant, elle s'empara de sa main, entrelaçant ses doigts aux siens. Angel prit son autre main et ils se dirigèrent ensemble vers l'entrée du camp. Moyo les précédait, son corps musclé au pelage roux ondulant devant eux, ses membres puissants foulant silencieusement le sable en soulevant de petits tourbillons de poussière grise. Sur la surface unie, ses traces s'imprimaient distinctement, reconnaissables entre toutes – trois pattes intactes et la quatrième amputée d'un de ses coussinets. D'autres empreintes vinrent bientôt s'y ajouter – celles d'un homme, d'une femme et d'un petit enfant, avançant d'un même pas, pour composer sur le sol un nouveau motif.

Note de l'auteur

Le personnage de George Lawrence s'inspire du véritable « homme aux lions », George Adamson, que des films comme *Vivre libre* et *Christian le lion* ont rendu célèbre dans le monde entier. C'est au cours de la rédaction de mon roman *Les Amants de la terre sauvage*, alors que j'effectuais des recherches sur le tournage de *Vivre libre*, qu'est né mon intérêt pour George Adamson. (Les producteurs avaient fait appel à lui en tant que conseiller technique et, par la suite, il réadapta à la vie sauvage certains des lions apparaissant dans le film.) Son autobiographie *Bwana Game* nous retrace un tableau fascinant de sa vie, tout comme le livre de Sandy Gall *Lord of the Lions* et le documentaire éponyme. Cet homme remarquable fut assassiné par des bandits, probablement des braconniers, dans son campement isolé de Kora, au Kenya, en 1989, à l'âge de quatre-vingt-trois ans.

La fièvre d'Olambo est une maladie fictive à laquelle j'ai attribué les mêmes symptômes que des fièvres hémorragiques comme celles de Lassa et d'Ebola. Sur le plan historique, je dois préciser qu'aucune de ces deux maladies n'a jamais constitué une menace en Tanzanie. Toutefois, dans de nombreux pays à travers le monde, il existe un risque potentiel de voir surgir des épidémies virales mortelles. Le travail dangereux mais crucial accompli par les chercheurs du Centre de contrôle des maladies d'Atlanta, aux États-Unis, est fort bien décrit dans le livre *Chasseurs de virus*, de Joseph McCormick et Susan Fisher-Hoch.

Les histoires d'enfants élevés par des animaux remontent à la plus haute Antiquité. La légende veut que les fondateurs de Rome, Romulus et Remus, aient été allaités par une louve et il existe des exemples plus récents et dûment attestés d'enfants maintenus en vie par toute une gamme de parents adoptifs, allant de singes à des chiens en passant par des loups, des moutons et des chèvres. On relate même le cas d'un « garçon-gazelle » dans le Sahara. Les enfants ayant passé une longue partie de leur existence dans la seule compagnie des animaux n'arrivent généralement pas à se réadapter à un mode de vie conventionnel et leur histoire se termine inévitablement de façon tragique. Mais on connaît quelques cas tout à fait étonnants de bébés ou de jeunes enfants recueillis par des animaux pour une courte période, avant que des sauveteurs n'interviennent pour ramener ces petits d'hommes dans leur milieu naturel. Loin d'être tragiques, ces histoires sont aussi passionnantes que troublantes. Par exemple, en effectuant des recherches pour *La Lionne*, je suis tombée sur un article au sujet d'une adolescente qui avait été enlevée dans un village d'Éthiopie. Ses cris de détresse avaient été entendus par une troupe de lions qui étaient alors venus l'entourer, mettant en fuite les ravisseurs. Un peu plus tard, la police avait retrouvé la jeune fille saine et sauve, toujours en compagnie des lions.

Le décor où j'ai situé mon récit m'a été inspiré par une excursion dans la région du lac Natron, au nord de la Tanzanie. Ce lac salé, qui est un lieu de reproduction pour les flamants nains, s'étend à proximité d'Ol Doinyo Lengaï. Ce sont les cendres projetées par le volcan durant ses fréquentes éruptions qui ont créé les plaines désolées – et pourtant d'une beauté obsédante – autour du lac et du mont sacré.

Bien que le musicien Nasango soit un personnage fictif, il existe en Tanzanie une scène hip-hop très dynamique. Le groupe massaï X Plastaz d'Arusha s'est fait connaître grâce à des compositions alliant chants traditionnels et rap swahili. Un de leurs clips vidéo a été en partie filmé au sommet d'Ol Doinyo Lengaï et l'on peut y voir son insolite lave blanche sur certaines images.

Remerciements

J'aimerais exprimer ma gratitude à toute l'équipe de Penguin Australie. Ce fut un immense privilège de travailler de nouveau avec vous. Ali Watts et Belinda Byrne, votre contribution m'a été aussi précieuse qu'agréable. Mes remerciements à tous les collaborateurs de Curtis Brown en Australie, et en particulier à Fiona Inglis, ainsi qu'à Kate Cooper à Londres. Je suis infiniment reconnaissante au Dr Alan Champion de m'avoir apporté ses connaissances en matière de recherche médicale, et à Clare, Elizabeth, Hilary et Robin Smith, ainsi qu'à Kate Bendall, d'avoir lu le manuscrit et offert des conseils extrêmement utiles. Un grand merci à mes fidèles compagnons de safari en Tanzanie, Elizabeth, Robin et Andrew « Fujo » Smith, et à la merveilleuse Vanessa Smith, qui a rendu possible cet extraordinaire voyage. Merci aussi à vous, Jonny et Linden Scholes, Hamish Maxwell-Stewart, de m'avoir tenu compagnie et encouragée tout au long de la rédaction de ce livre, et à tous les amis et les proches qui m'ont toujours soutenue, sans oublier, bien entendu, les « Curry Girls ». Par-dessus tout, je tiens à saluer la contribution de Roger Scholes, qui partage ma passion pour les sujets abordés dans ce roman ; sans son aide et son inspiration infatigables, je n'aurais pas pu l'écrire.

Composition et mise en pages : Facompo, Lisieux

FSC
www.fsc.org
MIXTE
Papier issu de sources responsables
FSC® C003309

Cet ouvrage a été imprimé en France par

CPI
BRODARD & TAUPIN

à La Flèche (Sarthe)
en mars 2013

N° d'impression : 71685
Dépôt légal : avril 2013